이각 박안경기 3
二刻 拍案驚奇

Amazing Stories (the 2nd version)

옮긴이

문성재 文盛哉, Moon Seong-jae
우리역사연구재단 책임연구원, 국제PEN 한국본부 번역원 중국어권 번역위원장. 고려대학교 중어중문학과를 졸업하고 국비로 중국에 유학하여 남경대학교(중국)와 서울대학교에서 문학과 어학으로 각각 박사 학위를 받았다. 그동안 옮기거나 지은 책으로는 『중국고전희곡 10선』·『고우영 일지매』(4권, 중역)·『도화선』(2권)·『간전노』·『회란기』·『진시황은 몽골어를 하는 여진족이었다』·『조선사연구』(2권)·『경본통속소설』·『한국의 전통연희』(중역)·『처음부터 새로 읽는 노자 도덕경』·『루쉰의 사람들』·『한사군은 중국에 있었다』·『한국고대사와 한중일의 역사왜곡』·『정역 중국정사 조선·동이전』 1~4·『격강투지』·『남채화』 등이 있다.
2012년에 케이블 T채널이 기획한 고대사 다큐멘터리 『북방대기행』(5부작)에 학술자문으로 출연했으며, 현대어로 쉽게 풀이한 정인보 『조선사연구』가 대한민국학술원 '2014년 우수학술도서'(한국학 부문 1위), 『루쉰의 사람들』이 한국출판문화산업진흥원 '2017년 세종도서'(교양 부문), 『한국고대사와 한중일의 역사왜곡』이 롯데장학재단의 '2019년도 롯데출판문화대상'(일반출판 부문 본상)을 수상했으며, 작년에는 『박안경기』가 대한민국 학술원 '2023년 우수학술도서'(인문학 부문)로 선정되었다. 현재는 『금관총의 주인공 이사지왕은 누구인가』의 저술과 함께 『정역 중국정사 조선·동이전』 5(신당서권)의 역주작업을 진행 중이다.

이각 박안경기 3

초판발행 2025년 4월 10일

지은이 능몽초
옮긴이 문성재

펴낸이 박성모
펴낸곳 소명출판
출판등록 제1998-000017호
주소 06641 서울시 서초구 사임당로14길 15 서광빌딩 2층
전화 02-585-7840
팩스 02-585-7848
이메일 somyungbooks@daum.net
홈페이지 www.somyong.co.kr

ISBN 979-11-5905-959-9 94820
      979-11-5905-956-8(전 8권)
정가 35,000원

이 책은 2019년도 정부재원(교육부)으로 한국연구재단의 지원을 받아 연구되었음(NRF-2019S1A5A7069359)
This work was supported by National Research Foundation of Korea Grant funded by the Korean Government(NRF-2019S1A5A7069359).

한 국 연 구 재 단
학술명저번역총서

이각 박안경기 3

二刻 拍案驚奇

Amazing Stories (the 2nd' version)

능몽초 저

문성재 역

일러두기

1. 이 책은 번역과정에서 일본 도쿄[東京]의 내각문고(內閣文庫)에 소장되어 있는 상우당(尙友堂) 『이각 박안경기(二刻拍案驚奇)』('내각문고본')의 상해고적(上海古籍) 출판사판 영인본(1988)을 저본으로 삼고, 강소고적(江蘇古籍)·천진고적(天津古籍) 두 출판사에서 펴낸 동 미비본(眉批本), 그 밖에도 다수의 주석본들을 참조하였다.

2. 이 책에 사용된 각종 도판들은 『이각 박안경기』 속 상황에 최대한 가까운 이미지를 제시하기 위하여 『삼재도회(三才圖會)』·『장물지(長物志)』·『소주청명상하도(蘇州淸明上河圖)』 등, 능몽초와 비슷한 시기에 간행된 명대의 백과전서·문학작품·회화·지도 등에서 우선적으로 선별하여 활용하였다. 그리고 보다 정확한 설명이 요구될 경우에는 근래에 작성된 도판·지도·사진들도 추가로 사용하였다.

3. 본문에서 내용이나 맥락을 이해하는 데에 지장에 없는 경우에는 번역이 다소 투박하거나 어색하더라도 한 문장 한 단어까지 가능한 한 문법에 충실하게 직역(直譯)을 하였다. 다만, 독자가 혼동할 우려가 있는 경우에는 의역(意譯)을 하고 새로 주석을 붙이거나 접속사 등을 추가하여 독자들이 맥락을 파악하는 데에 지장이 없도록 하였다.

4. 상우당본 원문에는 현대식 문장부호가 전혀 사용되지 않았으며, 20세기 이래로 문장부호를 표시한 현대의 역주본들은 모두가 편집자의 입장에서 임의적으로 문장을 끊어 읽은 경향이 있다. 이 책에서는 그같은 기존의 끊어 읽기가 원작의 호흡이나 리듬을 살리는 데에 미흡하다는 판단에 따라 역자가 독자적인 방식으로 끊어 읽고 새로 문장부호를 표시하였다.

5. 화본소설은 원래 판소리나 '모노가타리(物語)·조루리(淨瑠璃)' 등과 같은 서사예술에서 비롯된 문학장르이다. 그래서 이야기꾼의 해설 부분은 어투를 통상적인 예사체(하게체)가 아닌 경어체(합쇼체)로 번역하여 독자들이 공연장에서 직접 이야기를 듣는 것 같은 느낌을 가질 수 있도록 하였다.

6. 『이각 박안경기』가 지닌 송·원대 화본 본연의 특색과 풍격을 최대한 재현한다는 취지에 따라 독서나 이해에 지장을 주지 않는 한 동어 반복이나 상투어, 호칭 변동, 과장된 어투 등, 서사예술의 전형적인 연출상의 장치들을 최대한 활용하였다.

7. 소설과 희곡은 장르의 특성상 장면마다 호흡·발화·동작이 이루어질 때마다 휴지(休止, pause)가 발생한다. 이 점에 착안해 독자들이 맥락을 이해하는 데 도움을 주고자 짧은 휴지는 "…"로, 장면이나 동작이 전환될 정도로 긴 휴지는 "(…)"로 표시했다.

8. 본문과 제40권 희곡에 삽입된 가사 제목을 표시할 때에는 독자들이 쉽게 식별할 수 있도록【서강월】식으로 두꺼운 꺽쇠(【】)를 사용하였다. 제목을 표시할 경우, 역사서·시문집·소설·희곡 등의 도서명이나 회화(그림)명·지도명 등에는 겹낫표(『』), 장절(章節, chapter)·논문 등 그 내용의 일부에는 홑낫표(「」)를 사용하였다.

9. 독자가 400년 전에 출판된 『이각 박안경기』의 원형을 이해하는 데에 편의를 제공하기 위하여 원본의 미비(眉批)·방비(旁批)·삽화를 모두 반영하고 미비에는 '【즉공관 미비】', 방비에는 '【즉공관 방비】'식으로 표시하여 쉽게 식별할 수 있게 하였다. 또, 명대 출판계에서 상용되었던 각종 약자(略字)·별자(別字)·고체자(古體字)·이체자(異體字)들도 그대로 반영하고 '[교정]' 표시를 붙여 설명하였다. 다만, 원본의 권점(圈點)은 현실적으로 표시할 방법이 없어서 생략하였다.

10. 본문에 한자어를 사용해야 할 경우, 번잡함을 피하기 위하여 익숙한 표현이나 관련 주서을 붙일 때에는 한글로만 표기하였다. 그러나 생소한 표현이어서 오독의 우려가 있거나 독자의 이해를 도울 필요가 있을 경우에는 '거인(擧人)'·'덤받이[拖油瓶]' 식으로 추가로 괄호 안에 한자를 병기하였다.

11. 이 책의 마지막 작품인 제40권은 명대 잡극(雜劇) 희곡으로 체제가 다른 가사와 대사와 시가 함께 사용되었다 그래서 이 삼자를 시각적으로 구분하기 위하여 가사는 굵은 글자로 처리하였다. 또, 잡극 가사에서는 간혹 일종의 감탄사가 사용되는데 이 경우는 일률적으로 위첨자로 처리하였다.

12. 맞춤법과 외래어 표기는 1989년 3월 1일부터 시행되는 「한글 맞춤법 규정」과 『문교부 자료』·『표준국어 대사전』(국립국어연구원) 등을 따랐다.

중국문학사에서 '소설novel'은 입에서 입으로 전승되던 고대의 신화나 전설들에서 유래하였다. 그것들이 지식인들에 의하여 문언文言, 서면체 중국어으로 기록·개작되면서 위·진대의 '지괴志怪'소설과 '지인志人'소설을 거쳐 당대의 전기傳奇소설로 발전되었다. 이 소설의 전통과는 별도로 당대에는 서역西域의 불교가 중국에 수용되는 과정에서 이야기의 구연과 시가의 가창이 조화된 서역의 서사예술敍事藝術, narrative arts이 도입되면서 백화白話, 구어체 중국어로 이야기를 들려주는 변문變文이 출현하게 된다.

송대에는 직업적인 이야기꾼인 '설화인說話人, narrator'이 저잣거리 공연장에서 불특정 다수의 청중 / 관중을 대상으로 이야기를 들려주는 공연 행위를 '들려준다telling'는 뜻의 '설', '이야기story'라는 뜻의 '화'를 써서 '설화說話'라고 불렀다. 당시에 설화는 시각적인 효과도 중시되었지만 주로 청각에 호소하는 서사예술이었다. 그래서 단시간 내에 생생하고 명쾌한 서사를 통하여 흥미를 자극하여 좌중을 휘어잡는 데에는 과장된 추임새, 만화화 된 인물형상, 참신한 줄거리, 치밀한 구성이 대단히 중요한 요소로 간주되었다. 이때 이야기꾼이 청중 / 관중에게 들려주는 이야기의 줄거리를 기록해 놓은 일종의 공연 비망록narrative script이 바로 '화본話本'이다. '이야기 대본story script'이라는 뜻의 화본은 송대에 몇 가지 유형이 유행했는데, 그 중에서 대표적인 것이 길이가 짧은 '소설小說'과 역사 이야기를 다루어 길이가 긴 '강사講史'였다. 당시의 이야기꾼들은 소재나 체제가 서로 다른 이 두 가지 중에서 상대적으로 길이가 짧고 짜임새가 있는 소설을 선호하였다. 이렇게 저잣거리에서 연행되던 화본이 목판 인쇄를 통하여 통속적인 읽을거리로서의 화본소설로 거듭난 것은 그로부터 3~4백 년이 지난 명대부터이다.

명대의 경우 건국 초기에는 대부분 이른바 '정통문학'으로 일컬어지던 시가·산문을 다룬 도서들이 주종을 이루었다. 그러나 중기인 가정嘉靖 연간부터 상업경제가 발전하면서 크고 작은 도시들이 도처에 형성되기 시작하였다. 그 과정에서 글자를 읽을 줄 알고 제법 구매력을 갖춘 도시인들이 유력한 사회계층으로 정착하게 된다. 그러자 당시 도서의 상업적인 출판과 판매를 겸하는 출판업자인 서상書商들은 목판 인쇄술의 발달로 대량인쇄가 가능해지자 당시 상당한 구매력을 가지고 있던 도시민들의 문화 취향에 영합할 수 있는 도서들을 경쟁적으로 선보였다. 『중국판각 종록中國版刻綜錄』에 따르면, 가정 연간부터 말기인 숭정 연간까지 120년 사이에 새로 선보인 도서들만 해도 2,019종을 넘을 정도였다.

시민들을 대상으로 한 소설·희곡·민요 등의 통속 예술이 그 유례類例를 찾아보기 어려울 정도의 번성기를 맞이한 것도 이 무렵이었다. 그렇다 보니 내용이 통속적이면서도 가격도 현실적인 화본소설들이 독서시장에서 베스트셀러로 각광 받고 또 그것을 모방한 다양한 아류작들이 줄을 잇는 것은 아주 자연스러운 현상이었다.[1] 지식인은 지식인들대로 독서시장의 그 같은 추세에 발맞추어 당시 민간에 전해지던 화본을 수집해

---

1 명대의 소설·희곡과 독서시장의 관계에 관해서는 문성재, 「명말 희곡의 출판과 유통–강남지역의 독서시장을 중심으로」, 『중국문학』 제41집, 2004, 제147~164쪽을 참조하기 바람.

소설집을 엮고 거기에 자신들의 의견이나 해설을 붙여 부가가치를 높이는 일도 많아졌다. 처음에는 이야기꾼들이 '손님들'에게 이야기를 들려줄 때 참고하던 투박한 비망록이 어느 사이에 서재에서의 품격 있는 독서를 위한 읽을거리로 격상된 것이다. 그 '고상한' 화본소설집들 중에서 가장 유명한 것이 바로 풍몽룡馮夢龍이 엮은 『유세명언喩世明言』·『경세통언警世通言』·『성세항언醒世恒言』이다. 중국문학사에서 '삼언三言'으로 통칭되는 이 소설집들이 독자들에게서 큰 인기를 끌자 학식이 풍부한 지식인이 송·원대 화본의 틀을 모방하여 비슷한 성격의 소설을 짓는 풍조가 유행하게 되는데, 그 서막을 연 것이 바로 '즉공관주인卽空觀主人' 능몽초였다.

능몽초凌濛初, 1580~1644는 생전에 활발한 저술활동을 벌여 역사서나 문학이론서는 물론이고 시문·산곡·희곡·소설 등의 방면에서 주목할 만한 작품들을 남겼는데 그 중에서도 송·원대 화본話本의 문체를 모방해 지은 이야기들'의화본'을 모아 놓은 소설집 『박안경기』와 『이각 박안경기』가 가장 유명하다.

중국문학사에서 '이박'으로 일컬어지는 이 두 소설집은 『태평광기太平廣記』·『이견지夷堅志』·『전등신화剪燈新話』·『정사情史』 등, 서면체 중국어고문로 지어진 송·원·명대에 소설집들에서 참신하고 흥미로운 소재를 취하여 당시 독서시장에서 인기를 끌던 화본의 양식을 모방하여 구어체 중국어백화로 새로 지은 2차 창작의 결과물이다. 특히 『이각 박안경기』는 당·송·원·명 등 언어 층위가 서로 다른 역대 왕조의 서면체와 구어체의 표현들이 복잡하게 뒤섞여 있다. 쉽게 말하면 고려시대를 배경으로 한 이야기인데 등장인물이나 이야기꾼이 '노다지'니 '낭만적' 같은 표현들을 사용한 것과 같은 격이다. (두 표현은 근대에 '노 터치No touch'와 '로맨틱 romantic'이 우리말과 한자어로 수용된 표현이다.) 이런 식으로 시대와 층위에서 상이한 표현들이 뒤섞여 있다 보니 언어적인 견지에서는 『박안경기』에 그다지 좋은 점수를 주기 어려운 것이다. 그럼에도 불구하고 문학적인 견지에서 이야기한다면 그 평가는 사뭇 달라진다. '설화'를 생업으로 하는 이야기꾼이 아닌 정통 지식인이 송·원대 화본을 모방해 창작한 최초의 의화본 소설집일 뿐만 아니라, 저잣거리의 공연예술에서 서재의 읽을 거리로 이행하는 중국소설의 발전과정을 고스란히 보여 주는 산 증거이기 때문이다. 중국의 소설사학자 석창유石昌渝가 중국 화본소설의 문인화文人化 작업을 최종적으로 완성시킨 것이 능몽초의 '이박'이라고 높이 평가한 것도 바로 이같은 이유 때문이다. 그렇다 보니 지금까지 관련 학자들은 말할 것도 없고, 문학·연극·오락·출판 관련 종사자들에게도 '이박'이 대단히 중요하고 흥미로운 텍스트로 간주되어 왔다.

『이각 박안경기』에 대한 번역작업은 중국에서 처음으로 시도되었다. 30여 년 전1992에 경관교육警官教育출판사를 통하여 『백화 이각 박안경기 상석白話二刻拍案驚奇賞析』이라는 제목으로 현대중국어로의 완역이 이루어졌다. 그로부터 10년 뒤2003에는 외문外文 출판사를 통하여 마문겸馬文謙이 『놀라운 이야기들Amazing tales』이라는 제목으로 영문판 번역이 이루어졌다. 그러나 전자에서는 장르가 다른 희곡인 제40권이 번역대상에서 제외되었고 후자에서는 수록 작품의 절반 수준인 19편만 번역되었다. 게다가, 정도의 차이는 있지만, 두 번역본 모두 작품 줄거리를 이해하는 데에 단서를 제공하는 시가나 은유적인 성 묘사가 등장하는 대목들이 맥락을 무시한 채 일률적으로 배제되었다. 번역의 수준이나 책의 완성도 등 여러 면에서 완역으로 보기 어려운 것이다. 이 같은 기계적인 배제는 줄거리의 맥락과 스토리텔링의 리듬을 파괴하여 독자들이 능몽초가 제시한 메시지에 다가서는 것을 방해한다. 그런 점에서 본다면, 역자가 이번에 선보이는 『이각 박안경기』는 능몽초 원작의 진면목眞面目 그대로 최대한 보전保全했으니 그야말로 명·실名實이 상부相符하는 최초의 완역본이라고 하겠다.

역자는 2019년도 한국연구재단 명저번역사업의 지원 덕분에 일본에서 발견된 중국의 고전소설집을 한국인인 역자가 처음으로 완역해 내었다는 점에서 큰 자부심을 느낀다. 개인적으로 그보다 더 감개무량한 것은 석·박사 시절 명대 희곡과 구어에 천착할 때에 수시로 접했던 능몽초·풍몽룡·탕현조湯顯祖·심경沈璟 등의 이름과 작품들을 이번 연구과제 수행과정에서 재회했다는 점이다. 이런저런 사정 때문에 본의 아니게 오랫동안 중단해야 했던 중국의 희곡·소설과 구어체 중국어에 다시 한번 집중할 수 있는 소중한 기회를 주신 한국연구재단과 심사위원 여러분께 진심으로 감사드린다. 학문적으로 부족한 점이 많음에도 불구하고 백락伯樂의 혜안으로 소중한 기회를 주신 한국연구재단과 심사위원 여러분이 아니었다면 이 책은 빛을 보기 어려웠을 것이다. 모쪼록 이 책이 중국의 구어체 문학·예술에 흥미를 가지고 있거나 관련 연구에 종사하는 독자들에게 유용한 지침서가 되기를 바랄 따름이다.

이번에 책이 나오기까지는 많은 분의 도움이 있었다. 역자가 역주작업에 만전을 기할 수 있도록 물·심 양면으로 응원해 주신 소명 출판의 박성모 대표님, 그리고 최고의 책을 선보이겠다는 일념으로 디자인은 물론이고 삽화·지도·도판에까지 온 정성을 다해 주신 박건형 과장님 등 여러 선생님들께도 진심으로 감사의 말씀을 드리고 싶다. 이 모든 분의 도움과 격려가 없었더라면 이번의 쾌거는 이루어질 수 없었을 것이다.

2024년 8월 23일
서교동 조허헌에서
문성재

이각 박안경기 전체 차례

『이각 박안경기』 서

『박물지』[1]에 이런 말이 있었던 것으로 기억한다.

"한나라의 유포[2]가 『운한도』를 그리자 그것을 본 이들이 덥다고 느꼈다. 또 『북풍도』를 그리자 그것을 본 이들은 춥다고 느꼈다."

당시에 나는 개인적으로 '그림은 사실 실물이 아닌데 어떤 까닭에 그렇게 된단 말인가' 하고 의아하게 여겼었다. 그러나 그러면서도 '사람들이 그 작품을 보고 그렇게 여겼던 게지' 하고 말하였다. 그런데 거기서 더 나아가 승요[3]의 경우에는 용의 눈을 그리자 우레와 번개가 치더니 벽을 부수고 사라졌다고 하며, 오도현[4]의 경우에는 전각 안에 용 다섯 마리

---

1 『박물지(博物志)』: 명대의 동사장(董斯張, 1587~1628)이 엮은 『광박물지(廣博物志)』를 말한다. 이 책은 서진(西晉)의 학자 장화(張華)가 지은 『박물지(博物志)』를 증보한 것으로, 당대 이전의 역대 전적·문헌들에서 사물의 기원에 관한 자료들을 모아 총 22개 분야로 구분해 소개하였다. 동사장은 절강성 오정(烏程, 지금의 오흥) 사람으로, 자가 연명(然明), 호가 하주(遐周), 별호가 차암(借庵)·수거사(瘦居士)이다. 박학다식하여 강남에서 명성이 높았으며 당시의 명사인 풍몽룡(馮夢龍)·동기창(董其昌) 등과도 교분이 있었으나 몸이 약해 병치레를 하다가 마흔도 되지 않아 죽었다.
2 유포(劉褒): 중국 후한의 환제(桓帝) 때에 촉군태수(蜀郡太守)를 지냈다. 서화에 뛰어나 중국 산수풍경화의 선구자로 훌륭한 작품을 많이 남겼으며, 특히 산천의 풍광을 묘사하는 데에 탁월한 재능을 보였다.
3 승요(僧繇): 중국 남북조시기의 양(梁)나라 화가 장승요(張僧繇, 479~?)를 말한다. 지금의 강소성 소주(蘇州) 사람으로, 벼슬로는 우군장군(右軍將軍)·오흥태수(吳興太守)를 지냈다. 산수와 불화에 뛰어나서 산수화에서는 '몰골법(沒骨法)'이라는 독특한 그림체를 창안했으며, 불화의 경우 일가를 이루어 '장가양(張家樣, 장가 스타일)'이라는 찬사를 받기도 하였다. 풍격이 비슷하여 당대의 오도현과 나란히 일컬어지곤 하였다.
4 오도현(吳道玄): 당대의 유명한 화가 오도자(吳道子, 680?~759)를 말한다. 양적(陽翟,

를 그리자 큰 비가 쏟아져 이내와 안개가 꼈다고 한다. 물론 이런 일화들이 있다고 해서 그림 속의 용을 실제로 존재하는 것으로 여겨서는 안될 것이다. 그러나 그렇다고 해서 그것들을 허구라고 치부한다 한들 그런 일화 자체만으로도 그 작품들이 실제의 용을 능가했다는 뜻이 아니겠는가? 그렇다고 한다면 글을 짓는 사람들의 경우 역시 마찬가지일 수밖에 없을 것이다.

'몰골법'의 비조 장승요의 대표작 『설산홍수도(雪山紅樹圖)』와 그 확대 화면(우)

지금 소설들 중에서 세상에 간행된 것들은 대충 따져 보아도 백 가지

지금의 하남성 우주) 사람으로, 젊어서부터 그림으로 명성을 얻었으며 나중에는 '화성(畵聖, 그림의 성인)'으로 일컬어졌다. 연주(兗州) 하구(瑕丘, 지금의 산동성 자양)의 현위(縣尉)가 되었으나 얼마 되지 않아 사직하였다. 나중에는 낙양을 떠돌며 벽화를 그리다가 현종(玄宗)의 개원(開元) 연간에 궁중으로 영입되어 공봉(供奉)·내교박사(內敎博士)를 역임하였다. 장욱(張旭)·하지장(賀知章)에게서 글씨를 배웠고 인물·산수·금수·초목·신귀·누각 그림에 뛰어났으며 특히 불교와 도교 등 종교 관련 그림에 정통하였다.

가 넘는다. 그렇기는 하지만 그 소설들은 사실적이지 못한 경향이 두드러지는데 그같은 병폐는 '신기한 것을 좋아하는' 사람들의 심리에서 비롯된 것이다. 그런 사람들은 신기한 것을 신기하게 여기는 것만 알 뿐 신기한 데가 없는 쪽이 더 신기하다는 이치는 알지 못한다. 그래서 눈 앞에 펼쳐지는 명심해야 할 이야기들은 제쳐 놓은 채 무작정 남들이 입에 올리지도 않고 거론하지도[5] 않는 세계에나 매달린다. 마치 화가가 개나 말은 그릴 생각을 하지 않고 그저 귀신이나 허깨비만 그리려 드는 것처럼 말이다. 그래서 '나는 그런 이야기를 듣는 것이 두려워 멈출 따름이다'라고 말하는 것이다.

유월석[6]은 청아하게 휘파람을 불고 피리를 부르는 것만으로도 오랑캐들이 눈물을 흘리고 심지어 포위를 풀고 물러가게 할 수 있었다. 그런데 지금 사물의 상태나 인간의 감정을 예로 들자면 겉을 꾸미는 일이나 장

---

5 거론하지도[議] : 중화서국(中華書局)판 『이각 박안경기』에서는 이 부분의 글자가 '의로울 의(義)'로 되어 있다. 그러나 원본인 상우당(尙友堂)본 『이각 박안경기』나 현대의 기타 판본들에는 모두 '논의할 의(議)'로 나와 있다. 실제로 전후 맥락을 따져 보더라도 이 글자는 '거론하다, 문제를 제기하다' 등의 의미를 나타내는 것으로 해석해야 옳다. '의로울 의'는 교열과정의 착오라는 뜻이다.

6 유월석(劉越石) : 서진(西晉)의 정치가이자 시인인 유곤(劉琨, 271~318)을 가리킨다. 중산(中山) 위창(魏昌, 지금의 하북성 무극) 사람으로, '월석'은 자이다. 진나라에 충성한 데다가 명망이 높아서 혜제(惠帝) 때에 광무후(廣武侯)로 봉해지고 원제(元帝) 때에는 시중태위(侍中太尉)로 임명되었다. 영가(永嘉) 연간 초기에 대장군(大將軍)·도독병주제군사(都督幷州諸軍事)를 지낼 때 군정(軍政)을 정비하였다. 나중에 오랑캐들이 진양(晉陽, 지금의 산서성 태원 일대) 성을 포위하자 성루에 올라가 휘파람을 불고 밤에는 호가(胡笳, 북방민족의 피리)를 불어 향수에 젖은 오랑캐들이 스스로 포위를 풀고 물러가서 성을 지켜 내었다. 정치적으로는 유연(劉淵)·석륵(石勒)과 대립했는데 나중에 상황이 역전되어 석륵에게 패하자 선비족 출신의 유주자사(幽州刺史) 단필제(段匹磾)에게 귀순했다가 죽음을 당하였다. 현존하는 작품으로는 『부풍가(扶風歌)』등 3편이 있다.

기로 여길 뿐이지 사람들로 하여금 그 속에서 노래 부르게 하거나 흐느
끼게 하는 데에는 뛰어나지 못 하다. 그런 경우가 어찌 '기이함과 기이하
지 않음은 굳이 지혜로운 사람이 나타날 때까지 기다리지 않아도 안다'
는 경우가 아니겠는가?[7] 그러니 이렇게 해명할 수밖에 없을 것 같다.

"중국에서 글은 남화[8]와 충허[9] 때부터 이미 우언이 많았다. 나중의 비
유선생[10]이나 빙허공자[11]의 경우라고 한들 어찌 내용의 사실성을 얻고자
그것을 추구한 것이었겠는가? 그러나 그런 경우들은 글로는 탁월하다고
할 수 있을지 몰라도 이야깃거리로는 탁월한 경우가 아닌 것이다. 연의[12]

---

7 안다[知] : 중화서국판 『이각 박안경기』에는 이 부분의 글자가 '지혜 지(智)'로 되어 있
다. 그러나 원본인 상우당본 『이각 박안경기』나 현대의 기타 판본들에는 모두 '알 지
(知)'로 나와 있다. '지혜 지'는 교열과정의 착오라는 뜻이다.

8 남화(南華) : 『남화진경(南華眞經)』을 줄인 이름. 『남화진경』은 전국시대 사상가인 장주
(莊周)의 저서 『장자(莊子)』를 도교에서 높여 부르는 이름이다.

9 충허(沖虛) : 전국시대의 사상가 열어구(列御寇)의 저서 『열자(列子)』의 다른 이름. 당나
라 현종의 천보(天寶) 원년에 열자를 '충허진인(沖虛眞人)'으로 봉하면서 도교에서 그
제목을 『충허진경(沖虛眞經)』으로 높여 부른 것이다.

10 비유선생(非有先生) : 전한의 문장가 동방삭(東方朔)이 지은 「비유선생론(非有先生
論)」에 등장하는 허구의 인물. 그 글에 따르면 오(吳)나라에서 벼슬을 지냈는데 3년동
안 말을 하지 않았다고 한다. 그래서 오나라 왕이 그 이유를 묻자 간언을 했다가 불행을
당한 역대 충신들의 일화들을 열거하고 왕에게 허심탄회하게 충언을 받아들여 어진 정치
를 베푸는 명군이 되기를 설득했다고 한다. '비유(非有)'는 이름부터가 글자 그대로 풀면
'존재하는 사람이 아니다'라는 뜻이다.

11 빙허공자(馮虛公子) : 전한의 문장가 장형(張衡)이 지은 노래인 『양경부(兩京賦)』에 등
장하는 허구의 인물. 그 노래에서 빙허공자는 또다른 인물 안처선생(安處先生)과 함께
차례로 당시의 도읍으로 '서경(西京)'으로 일컬어진 장안(長安, 지금의 섬서성 서안시)
과 '동경(東京)'으로 일컬어진 낙양(洛陽, 지금의 하남성 낙양시)의 성대한 풍광을 칭송
하였다. '빙허(馮虛)'는 글자 그대로 풀면 '허구에 근거하였다', 즉 가상의 인물이라는
뜻이다.

12 연의(演義) : 문학 장르들 중의 하나인 소설(小說, novel)을 고대부터 중국식으로 달리
일컬은 이름. 남북조시대의 역사가 범엽(范曄)의 『후한서(後漢書)』 「주당전(周黨傳)」

라는 분야의 경우에는, 없는 것을 지어내는 일은 쉽지만 실제로 있는 것을 묘사하는 일은 어렵다. 그렇기 때문에 양쪽을 동등한 것으로 보고 논의해서는 안 되는 것이다. 『서유기』[13] 라는 소설이 기괴하고 황당하여 상식적이지 못하다는 사실만 해도 그렇다. 그것을 읽는 사람들은 누구라도 그것이 모순 투성이라는 사실을 다 안다. 그렇기는 하지만 그 소설에서 다루어진 내용에 따르면 그 스승과 제자 네 사람[14]은 저마다 각자 정체성을 가지고 저마다 각자 행동을 한다. 그래서 시험 삼아 그 소설 속의 한 마디 말이나 한 가지 행동을 고르고, 이어서 사람들에게 가만히 맞추어 보게[15] 해 보면 그것이 어느 등장인물의 말과 행동인지 알 수가 있다. 이

에 나오는 "주당 등은 문장으로는 의미를 잘 부연하지 못하거니와 무예에 있어서도 군주를 위하여 죽지 못하였다.(黨等文不能演義, 武不能死君)"에서 볼 수 있듯이, 글자 그대로 풀면 '의미(내용)를 부연하다' 정도의 뜻으로, 역사적 사실들에 관하여 그 사실들을 토대로 하되 민간에서 전해지는 전설이나 소문들을 곁들이면서 상세하게 기술하는 행위나 그 결과물(저술)을 가리킨다.

13 『서유기(西遊記)』: 명대 소설가 오승은(吳承恩)이 지은 100회본 장편 소설. 천상을 어지럽힌 뒤 500년이 지나 당나라의 승려 삼장법사(三藏法師) 현장(玄奘)의 제자가 된 손오공(孫悟空)이 저팔계(豬八戒)·사오정(沙悟淨)과 함께 불경을 구하기 위하여 천축국(天竺國)으로 가는 길에 요괴들을 제압하고 81가지 시련을 겪은 끝에 깨달음에 이르는 과정을 다루었디. 기본 줄거리는 당시까지 민간에 전승되던 현장의 일화들을 토대로 하되 당시의 소설인 화본(話本)과 연극인 잡극(雜劇)의 허구적인 이야기들을 곁들여 장편 소설로 완성되었다.

14 스승과 제자 네 사람[師弟四人] : 『서유기』의 주인공인 삼장 법사(三藏法師)와 그 제자 손오공(孫悟空)·저팔계(豬八戒)·사오정(沙悟淨)을 말한다.

15 가만히 맞추어 보게[暗中摸索] : 명대의 유행어. 원래는 어두움 속에서 물건을 더듬는 것을 가리키는 말이다. 당대에 유지기(劉知幾, 661~721)가 지은 『수당가화(隋唐嘉話)』에 따르면, 당나라 사람 허경종은 성정이 무척 오만해서 친구들의 이름을 외우는 것을 소홀히 여겨 상대방을 불쾌하게 만들기 일쑤였다. 그래서 한 친구가 허경종이 머리가 나쁘다고 빈정거리자 이렇게 말했다고 한다. "자네 이름을 기억하지 못하는 것은 자네 명성이 너무 하찮기 때문일세. 만약 조식·유정·심약·사조 같은 분들을 마주쳤다면 가만히 맞추어 보기만 해도 바로 알아 봤을 거야!" 나중에는 전례가 없거나 스승이 없는 상황에서 오로지 자신의 능력과 지식만으로 깨우치는 것을 가리키는 말로 사용되기도 하였다. 중

는 곧 '허구적인 내용 속에도 사실적인 요소를 담고 있는 경우'이니, 이 것이야말로 '진수를 표현한다'[16]는 경우일 것이다. 그런데도 처음부터 『수호전』보다 못하다'고 비웃는다면 그것이야말로 어찌 '사실적이냐 그렇지 않으냐의 관문이 신기하냐 그렇지 않으냐의 대전제를 강화시킨 다'는 논리가 아니겠는가?'

명대에 간행된 『이탁오선생비평 서유기(李卓吾先生批評西遊記)』의 삽화(일본 내각문고 소장)

화서국판 『이각 박안경기』에는 '모색'의 '모'가 '비빌 마(摩)'로 되어 있다. 그러나 원본 인 상우당본은 물론이고 현대의 각종 판본 역시 모두 '본 뜰 모(摹)'로 나와 있다.

16 '진수를 표현한다'는 것[傳神阿堵] : '아도(阿堵)'는 남북조시대 강남지역의 구어적 표현 으로, '이것(this 또는 the thing which~)'을 뜻한다. 유송(劉宋)의 유의경(劉義慶)이 지 은 소설집 『세설신어(世說新語)』에서는 동진(東晉)의 화가 고개지(顧愷之)의 회화이론 을 이렇게 소개하였다. "고장강이 인물을 그릴 때에는 더러 몇 년씩이나 눈동자를 그리지 않았다. 사람들이 그 까닭을 물었더니 고씨가 말했다. '신체의 아름다움과 추함은 본래 오묘함과는 관계가 없습니다. 진수를 표현하여 묘사하는 요체는 바로 이것에 있으니까 요.(顧長康畵人, 或數年不點目睛, 人問其故. 顧曰, 四體妍蚩, 本無關于妙處, 傳神寫照, 正在 阿堵中)" 여기서의 "이것"은 눈(eyes)을 가리킨다.

즉공관주인이라는 분은 그 사람 자체도 기이하거니와 그 글도 기이하며[17] 그 역정 또한 기이하다. 과거에서 뜻을 제대로 펼치지는 못 했으나 원대한 그 재능을 출판계에 발휘하는 기회를 만나자[18] 남은 재능을 끌어내어 전기를 짓고, 거기서 몸을 더 낮추어 연의를 지었기 때문이다. 그것이 이 『박안경기』가 두 차례에 걸쳐 간행되기에 이른 연유이다.

그가 수집한 이야기들은 대부분 매우 사실적이고 근거가 있는 것들이다. 비록 간혹 신이나 귀신의 이야기를 다룬 이야기들도 있지만 그렇다 보니 역사가인 사마천[19]이 역사를 기록할 때만큼이나 묘사가 사실적이다. 그리고 용이 또아리를 틀고 있었다거나 뱀이 길을 막고 있었다거나 귀신을 거론하는 논리 따위가 아무리 현실과 거리가 멀다고는 하지만 없는 일은 아닐 것이다. 그러니 이국적인 볼거리를 곁들임으로써 세속의 유생들이 가진 편견을 깨는 것도 나쁠 것은 없다고 본다. 또 요염한 미인이나 풍류 넘치는 밀회 같은 소재들도 소설집에는 꼭 수록해야 할 것들이었다. 다만 세상 풍속을 더럽히는 이야기들의 경우만큼은 모조리 배제시키려 노력하였다.

---

17 그 글도 기이하며[其文奇] : 중화서국판 『이각 박안경기』의 서문에는 이 구절이 빠져 있다.

18 뜻을 제대로 펴지는 못했으나 원대한 그 재능을 발휘하는 기회를 만나자[因取抑塞磊落之才] : 전후 맥락을 따져 볼 때 작자 능몽초가 과거시험에서는 뜻을 이루지 못했으나 출판업에 종사하면서 상당한 족적을 남긴 일을 두고 한 말로 보인다.

19 역사가인 사마천[史遷] : '사천(史遷)'은 중국 정사 '25사(廿五史)'의 첫 번째 정사인 『사기(史記)』를 편찬한 전한대 사관 사마천(司馬遷)을 말한다.

　　녹문자[20]가 늘 송광평[21]의 사람 됨됨이를 힐난한 것은 그 취지가 그의 냉철한 이성[22]을 비판하는 데에 있었다. 그런데 그가 지은 『매화부』[23]는 참신하고 활달하면서도 선명하게 빛나니 남조시대 서씨[24]와 유씨[25]의 문체를 터득했다고 할 만하다. 그 점을 놓고 본다면, 일반적으로 소박함과

20　녹문자(鹿門子) : 당대의 유명한 시인이자 문장가인 피일휴(皮日休, 838?~902)를 말한다. 생전에 양양(襄陽, 지금의 호북성)의 녹문산(鹿門山)에 머문 적이 있어서 그 이름을 호로 삼았다. 피일휴는 자가 습미(襲美) 또는 일소(逸少)이며, '녹문자'와 함께 간기포위(間氣布衣)를 호로 사용하였다. 진사로 급제한 뒤로 태상박사(太常博士) · 비릉부사(毗陵副使) 등을 역임했으며, 당시의 문장가 육구몽(陸龜蒙)과 함께 '피 · 육(皮陸)'으로 나란히 일컬어졌다.

21　송광평(宋廣平) : 당대 중기에 승상(丞相)을 지낸 송경(宋璟, 663~737)을 말한다. 현종 때에 명재상으로 이름이 높았으며 국법을 준수하고 몸가짐을 바르게 하여 요숭(姚崇)과 함께 당나라를 대표하는 어진 재상으로 나란히 일컬어졌다. 매화를 좋아했으며 그가 지은 『매화부』는 특히 유명하다.

22　냉철한 이성[鐵石心腸] : '철석심창(鐵石心腸)'은 글자 그대로 풀면 '쇠나 돌 같은 마음'이라는 뜻으로, 의지가 강하여 감정에 쉬이 휘둘리지 않는 사람을 가리키는 말로 주로 사용된다.

23　『매화부(梅花賦)』 : 당나라 현종 때의 재상인 송경이 지은 노래. 피일휴가 지은 『피자문수(皮子文藪)』에 따르면, 송경은 공직에 오르기 전에 『매화부』를 지어 온갖 화초들 사이에서 외롭게 핀 매화를 예찬하면서 자신의 심정을 토로하였다. 당시의 문장가이자 정치자인 소미도(蘇味道)가 이 작품을 극찬하면서 그의 이름이 알려져 이후의 관직 생활에도 적잖은 도움을 받았다고 한다.

24　서씨[徐] : 남북조시대　진(陳)나라의　시인 · 문장가로　명성이　높았던　서릉(徐陵, 507-583)을 가리킨다. 동해(東海)의 담(郯, 지금의 산동성 담성) 사람으로, 자는 효목(孝穆)이다. 양(梁)나라 때에 동궁학사(東宮學士)를 지냈고 진나라에 이르러 상서 좌복야(尙書左僕射) · 중서감(中書監)을 지냈다. '궁체시(宮體詩)'의 대표적인 작가의 한 사람으로, 나중에는 궁체시의 대표작들을 소개한 『옥대신영(玉臺新咏)』을 엮기도 하였다.

25　유씨[庾] : 남북조시대 양(梁)나라의 시인 · 문장가로 명성이 높았던 유신(庾信, 513~581)을 가리킨다. 양나라 신야(新野) 사람으로, 자는 자산(子山)이다. 양나라 원제(元帝)가 즉위하자 우위장군(右衛將軍)에 임명되었다. 사신으로 서위(西魏)에 파견되었을 때 서위가 양나라를 멸망시키자 서위에 남았으며, 북주(北周)가 건국되자 표기대장군(驃騎大將軍) · 개부의동삼사(開府儀同三司) 등을 역임하며 '유개부(庾開府)'로 일컬어지기도 하였다. 서릉과 마찬가지로 문체가 화려하고 아름답기로 유명하여 당시에 그같은 문체가 '서 · 유체(徐庾體)'로 불려졌다.

누추함에 부쳐 세상 사람들의 이목을 어지럽히는 부류는 거의 믿을 바가 못되는 것들인 셈이다.[26] 즉공관주인의 말을 빌린다면 그야말로 '세상에서 내 이야기를 구할 수 있는 이들이 충신이나 효자가 되는 데에 어려움이 없게 해줄 것이고, 그렇게 되지 못하는 자들이라도 음행을 일삼지는 않게 될 것'이라는 격이다. 그 부분은 지은이가 애를 쓴 결과이거니와 '평범함 속의 기이함'의 틀을 초월한 경우라 할 것이다.

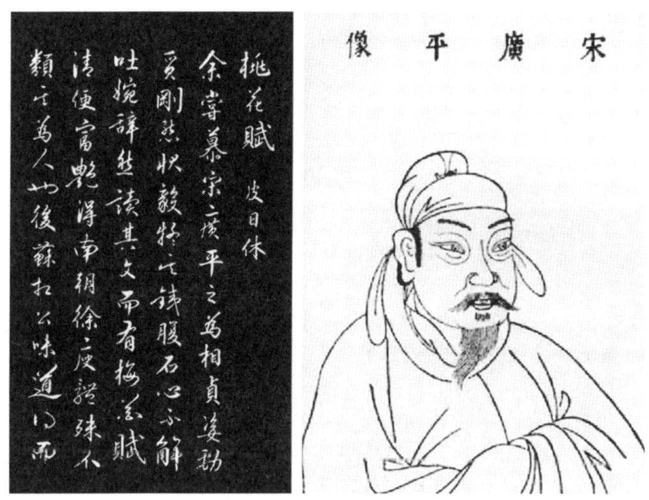

『매화부』(탁본 글씨 피일휴)와 그 작자 송경의 초상

이제 책은 마침내 완성되었지만 즉공관주인은 벼슬을 지내느라 아직

---

26 소박함과 누추함에 부쳐~[凡託於椎陋以眩世, 殆有不足信者夫] : 이 부분은 원래 북송의 정치가이자 문장가였던 소식(蘇軾)이 『모란기』서(牡丹記叙)」에서 한 말에서 유래하였다. 소식은 그 서문에서 "이제 내가 그것을 보니 일반적으로 소박함과 누추함에 부쳐 세상사람들의 눈을 어지럽히는 것들을 또 어찌 믿을 만하겠는가?(今以余觀之, 凡託於椎陋以眩世者, 又豈足信哉)"라고 하였다.

돌아오지 않았다. 그러나 서사에서는 서둘러 책을 펴내고자 하여 내게 서문을 써 달라고 청탁하였다. 나는 붓조차 제대로 잡지 못하는 주제이니 그야말로 "무염을 부각시킬 욕심에 서자를 능욕하고 마는 격"[27]이 아니겠는가! 그러니 나로서는 아무래도 "키 질 해서 까부르니 겨만 앞에 남더라"[28]라고 변명하는 수밖에 없을 듯하다.

임신년[29] 겨울날에 수향거사가 서문을 짓고 쓰다

---

27 무염을 부각시킬 욕심에~[刻画無鹽, 唐突西子] : 명대의 유행어. '무염(無鹽)'은 중국 전설에 등장하는 고대의 추녀, '서자(西子)'는 중국 춘추시대 월(越)나라의 미녀 서시(西施)를 가리킨다. 글자 그대로 풀면 추녀를 무리하게 미화하려고 애쓰다가 도리어 미녀가 무색해지게 만든다는 뜻으로, 주객이 전도된 상황을 가리키는 말로 사용되었다. 때로는 앞의 '무염을 부각시킨다(刻画無鹽)'만 사용하기도 하였다.

28 키 질 해서 까부르니~[簸之揚之, 糠秕在前] : 명대의 유행어. '공자 앞에서 문자를 쓴다'의 경우처럼, 재주가 없음에도 불구하고 과분한 자리를 지키고 있는 것을 겸손하게 표현하거나 비꼬는 말이다. 남북조시대 유송의 유의경이 지은 『세설신어』에 따르면, "왕문도와 범영기는 둘 다 간문제 때의 중신이다. 범씨는 나이가 많지만 자위가 낮았고 왕씨는 나이는 적지만 지위가 높았다. 그를 앞에 세우니 도로 서로 앞자리를 양보했는데 그렇게 오래 옮기고 옮긴 끝에 왕씨가 결국 범씨 뒤에 서게 되었다. 그래서 왕씨가 '키 질 해서 까부르니 겨만 앞에 남았군요!' 하고 계면쩍어 하니 범씨도 '체 질 해서 걸렀더니 모래가 뒤에 남았습니다 그려!' 하며 서로 겸양했다고 한다.(王文度范榮期俱爲簡文所要. 范年大而位小, 王年小而位大, 將前, 更相推在前, 既移久, 王遂在范後. 王因謂曰, 簸之揚之, 糠秕在前. 范曰, 洮之汰之, 沙礫在後)" 여기서 '겨'는 왕문도가 자신을, '모래'는 범영기가 자신을 각각 겸손하게 빗대어 표현한 말이다.

29 임신년[壬申] : 숭정제 재위기간의 임신년을 말한다. 서기로는 1632년에 해당한다.

　　嘗記博物志云, 漢劉褒畫雲漢圖, 見者覺熱, 又畫北風圖, 見者覺寒. 竊疑畫本非眞, 何緣至是. 然猶曰, 人之見, 爲之也. 甚而僧繇點睛, 雷電破壁, 吳道玄畫殿內五龍, 大雨輒生煙霧, 是將執畫爲眞, 則旣不可, 若云贋也, 不已勝於眞者乎.

　　然則操觚之家, 亦若是焉則已矣. 今小說之行世者無慮百種, 然而失眞之病, 起於好奇, 知奇之爲奇, 而不知無奇之所以爲奇. 舍目前可紀之事, 而馳騖於不論不議之鄕, 如畫家之不圖犬馬而圖鬼魅者, 曰, 吾以駭聽而止耳. 夫劉越石淸嘯吹笳, 尙能使群胡流涕, 解圍而去. 今擧物態人情, 恣其點染, 而不能使人欲歌欲泣於其間, 此其奇與非奇, 固不待智者而後知之也.

　　則爲之解曰, 文自南華沖虛, 已多寓言, 下至非有先生馮虛公子, 安所得其眞者而尋之. 不知此以文勝, 非以事勝也. 至演義一家, 幻易而眞難, 固不可相衡而論矣. 卽如西遊一記, 怪誕不經, 讀者皆知其謬. 然據其所載, 師弟四人各一性情, 各一動止. 試摘取其一言一事, 遂使暗中摹索, 亦知其出自何人. 則正以幻中有眞, 乃爲傳神阿堵而已, 有不如水滸之譏. 豈非眞不眞之關, 固奇不奇之大較也哉.

　　卽空觀主人者, 其人奇, 其文奇, 其遇亦奇. 因取其抑塞磊落之才, 出緖餘以爲傳奇, 又降而爲演義, 此拍案驚奇之所以兩刻也. 其所捃摭, 大都眞切可據. 卽間及神天鬼怪, 故如史遷紀事, 摹寫逼眞. 而龍之踞腹, 蛇之當道, 鬼神之理, 遠而非無, 不妨點綴域外之觀, 以破俗儒之隅見耳. 若夫妖艶風流一種, 集中亦所必存, 唯污穢世界之談, 則戛戛乎其務去. 鹿門子常怪宋廣平之爲人, 意其鐵心石腸, 而爲梅花賦, 則淸便艷發, 得南朝徐庾體. 繇此觀之, 凡託於椎陋以眩世, 殆有不足信者夫. 主人之言固曰, 使世有能得吾說者, 以爲忠臣孝子無難, 而不能者, 不至爲宣淫而已矣. 此則作者之苦心, 又出於平平奇奇之外者也.

時剞劂告成, 而主人薄游未返. 肆中急欲行世, 徵言於余. 余未知搦管, 毋乃刻畫無鹽, 唐突西子哉. 亦曰簸之揚之, 糠粃在前云爾.

壬申冬日 睡鄕居士 題幷書

정묘년[1] 가을의 일은 뜻을 이루는가 싶었으나 급제하지 못하고 말았다. 그래서 미련을 떨치지 못하고 남경으로 돌아와 전해 들은 고금의 신기한 이야기들 중 특기할 만한 것들을 우연히 재미 삼아 골라 살을 붙이고 이야기로 만들어 잠시나마 마음속의 응어리를 풀고자 했다. 애초에는 널리 전하려고 한 것이 아니라 잠시나마 장난 삼아 응어리 진 마음이라도 후련하게 풀자는 생각이었다. 그런데 지인들 중에서 나와 내왕하던 이들이 한 편을 받아서 읽고 나면 한결같이 책상을 치면서 '참 기이하기도 하구려 이 이야기는!' 하는 것이 아닌가. 그 일이 서상[2]의 귀에까지 들어가고, 그것이 계기가 되어 '정식으로 출판하자'며 알음 알음으로 사람을 통해 요청해 왔다. 그래서 그 이야기들을 베끼고 모아 책으로 엮은

---

1 정묘년[丁卯] : 서기로는 1627년에 해당한다. 이 해는 명나라 황족으로 제14대 황제 희종(熹宗)의 배다른 동생인 주유검(朱由檢, 1611~1644)이 제15대 황제로 즉위한 숭정(崇禎) 원년에 해당한다. 능몽초가 과거시험에서 낙방한 일을 거론한 것을 보면 "정묘년 가을"에 숭정제의 즉위를 축하하기 위하여 특별히 과거시험이 거행되었음을 알 수가 있다.

2 서상(書商) : 명대에 서점의 일종인 서방(書坊)을 경영하면서 동시에 도서의 판각·인쇄·출판·판매를 도맡았던 도서 관련 전문 상인. 중국에서 영리성 서점의 역사는 오대(五代) 시기의 서사(書肆, 서점)로부터 시작되었으나 서상이 출판과 판매에 본격적으로 나서기 시작한 것은 송대부터이다. 근세인 명·청대에는 서상의 활동이 행정수도로 북방에 위치한 북경과 문화수도로 남방에 위치한 남경을 중심으로 활성화 되었다. 일부 지역의 서상들은 북경에 개설한 상인들의 사교 장소인 회관(會館)을 거점으로 삼았는데 강서지역 서상들의 문창회관(文昌會館), 하북지역 서상들의 북직문창회관(北直文昌會館), 강남지역 서상들의 숭덕회소(崇德會所, 소주)이 그것들이다. 명대 강남지역의 서상과 출판 사업에 관한 문화사적 고찰은 문성재의 논문 「明末 희곡의 출판과 유통— 江南지역의 독서시장을 중심으로」(『중국문학』, 제41집, 2004)를 참조하기 바란다. 전후 맥락을 따져 볼 때 여기서 능몽초가 언급한 "서상"은 박안경기를 두 차례에 걸쳐 출판해 준 소주 상우당(尚友堂)의 운영자 안소운(安少雲)을 가리킨다.

것이 마흔 편이나 된 것이다. 그것들은 억지로 지어낸 말이거나 투박한 이야기들이어서 장독을 덮기에도 부족한 내용들이었다. 그런데 그럼에도 불구하고 날개가 돋아 날고 다리가 생겨 달리기라도 하는 것처럼 빠르게 유행하였다. 그렇다 보니 수염을 꼬고 피를 토하며 글공부[3]에만 몰두할 때와 비교해 보면 팔리는 쪽과 안 팔리는 쪽이 되려 하늘과 땅만큼 큰 차이를 보일 정도였다.

능몽초의 전작 『박안경기(拍案驚奇)』의 초판본 표지(좌)와 중판본 표지(우).
중판본 맨위에 '초각' 두 글자가 추가되어 있다

아아, 글에 언제 정해진 값이 있었다던가! 서상이 무심코 한번 시도해 보았다가 성공을 거두자 '또 내겠다'고 하길래 나는 웃으면서 "한번으로

---

3 필총(筆塚) : 글자 그대로 풀면 '붓무덤' 정도의 뜻이다. 당나라의 명필인 회소(懷素)는 오래 써서 닳은 붓을 그냥 버리지 않고 산 아래에 묻어 주고 그 자리를 '필총'이라고 불렀다고 한다. 나중에는 부지런히 글씨 또는 글을 공부하는 것을 가리키는 표현으로 사용되곤 하였다.

도 충분하지 않소?" 하고 말하였다. 그리고는 세상에 알려지지 않은 일화나 새로 나온 이야기들을 되돌아 보았다. 그랬더니 화제로 삼을 만한 데도 지난번에는 미처 책으로 엮지 못했던[4] 작품들 중에도 백량대[5]를 짓고 남은 목재나 무창의 남은 대나무[6] 같은 소재가 꽤 많았다. 그래서 '도중에 멈출 수는 없다'고 여겨 일단 이번에도 마흔 편을 엮기로 한 것이다. 그 작품들 중에서 귀신을 언급하고 꿈을 거론한 것들은 실제로 있었던 일도 있고 황당무계한 것도 있었지만 이번 책 역시 독자들을 설득하여 경계로 삼게 하는 데에 그 취지를 두었다. 교화의 죄인이 되기를 바라지 않는 심정은 이번이나 지난번이나 매 한 가지인 셈이다.[7]

---

4 미처 책으로 엮지 못했던[未及付之于墨] : '부지우묵(付之于墨)'은 글자 그대로 풀면 '글로 짓다' 정도의 뜻이다. 여기서는 서상이 『이각 박안경기』 출판을 제안하기 전까지만 해도 작자 능몽초는 과거에 수집해 놓았던 의화본 소재들을 소장만 하고 있었을 뿐 창작(2차 창작)으로 옮길 생각은 하지 않고 있었다는 뜻으로 해석된다. 그러다가 서상이 정식으로 출판을 제안하자 소장했던 소재들을 추리고 자신만의 언어로 재창작하여 『이각 박안경기』를 선보인 것으로 보인다. 중화서국판 『이각 박안경기』에서는 세 번째 글자가 '아들 자(子)'로 나와 있으나 '어조사 우(于)'를 잘못 읽은 것이다.

5 백량대[栢櫟] : '백량(栢櫟)'은 한대에 지어진 백량대(柏梁臺)를 가리킨다. 지금의 섬서성 서안시 미앙구(未央區)의 장안 고성(長安故城) 안에 지어졌다고 전해지며 때로는 궁선을 뜻하는 밀로 사용되기도 한다. "백량대를 짓고 남은 목재[栢櫟餘材]"는 글자 그대로 풀면 '황제의 궁전을 짓는 데에 사용하고 남은 목재' 정도의 뜻이므로 품질이 아주 좋은 고급 목재를 말한다. 여기서는 재능이 출중한 인재를 뜻하는 말로 사용되었다.

6 무창의 남은 대나무[武昌剩竹] : 『진서(晉書)』의 「도간전(陶侃傳)」에 따르면, 동진 시기에 강서지역의 관리이던 도간은 공정하게 국법을 집행하고 성실하게 백성들을 대했는데 무창태수(武昌太守)를 지낼 때에는 매사에서 백성들의 권익을 최우선으로 두었다고 한다. 물자의 절약을 강조했던 그는 배를 건조하고 남은 나뭇조각들을 모아 놓았다가 겨울에 땅바닥에 깔아 물자나 행인들이 쉽게 이동할 수 있게 했으며, 남은 대나무는 전선의 대못으로 만들어 그 배를 고정하는 데에 사용하여 백성들로부터 칭송을 받았다고 한다. 원래는 그럭저럭 쓸 만한 목재를 가리키는데 여기서는 쓸 만한 인재를 뜻하는 말로 사용되었다.

7 이번이나 지난번이나 매 한 가지인 셈이다[後先一指] : '이번[後]'은 이각 박안경기, '지난번[先]'은 그보다 먼저 간행된 『박안경기』(초각)를 두고 한 말이다. 능몽초가 초심(初

축건씨[8]는 이 정도의 작품들조차 '야릇한 말로 업보를 짓는 짓'으로 여긴다. 그런 시각에서 본다면 아무리 패관[9]의 몸을 빌어 불법을 설파한다고 해도 '유마거사[10]가 과거시험을 감독하는 격'이니 시험장에서 면박을 당하고 쫓겨나는 수모를 피할 수 없으리라.

숭정 임신년[11] 겨울에 즉공관주인이 옥광재에서 글을 짓다

心)를 저버리지 않고 『박안경기』에 이어 『이각 박안경기』의 집필·간행 과정에서도 "교화의 죄인이 되지 않는 것[不爲風雅罪人]"을 가장 중요한 가치로 두었음을 알 수 있다.

8 축건씨(竺乾氏) : 명대의 유행어. 원래는 불교의 비조 석가모니를 가리키지만 때로는 불교 또는 불가를 일컫는 말로 사용되기도 한다. 여기서도 '불가'의 의미로 사용되었다.

9 패관(稗官) : 중국 고대의 하급 관리를 낮추어 일컫던 이름. 한대의 역사가인 반고(班固, 32~92)는 자신이 편찬한 『한서漢書』의 「예문지(藝文志)」에서 소설의 유래와 관련하여 "소설가 부류는 대개가 하급 관리들에서 비롯되었다. 거리의 대화나 골목의 이야기들이나 길가에서 듣거나 길에서 하는 말을 토대로 지은 것이다.(小說家者流, 蓋出於稗官. 街談巷語, 道聽途說者之所造也)"라고 소개하였다. 반고의 설명에 등장하는 하급 관리 즉 '패관'과 관련하여 당대의 훈고학자이던 안사고(顔師古, 581~645)는 삼국시대 위나라의 학자인 여순(如淳, 3세기)의 "자잘한 알곡을 '패'라고 한다. 거리의 대화나 골목의 이야기, 그런 것은 하찮고 맥락 없는 말들이다. 임금은 민간의 풍속을 알고자 하기 마련이다. 그래서 '패관'을 두고 그들로 하여금 그런 이야기들을 소개하고 이야기하게 했던 것이다.(細米爲稗. 街談巷說, 其細碎之言也. 王者欲知里巷風俗, 故立稗官, 使稱說之.)"라는 설명을 근거로 "패관은 하급 관리이다.(稗官, 小官)"라고 설명하였다.

10 유마거사(維摩居士) : 인도 고대 불교의 고승으로 알려진 유마힐(維摩詰)을 말한다. 불교의 비조인 석가모니와 같은 시대 사람으로 '비마라힐(毗摩羅詰)'로 불리기도 하는데, 그 의미대로 풀면 '무구칭(無垢稱, 티 없는 이름)' 또는 '정명(淨名, 깨끗한 이름)' 정도의 뜻이라고 한다. 전설에 따르면 불제자인 사리불(舍利佛)·미륵(彌勒)·문수사리(文殊師利) 등과 함께 대승불교의 교리를 해설했다고 하며, 현재 전해지는 『유마경소설경(維摩經所說經)』에는 그가 여러 불제자들과 나눈 문답이 소개되어 있다. '유마거사가 과거시험을 감독한다'는 말의 경우, 유마거사는 불가의 성인이고 과거시험은 유가의 행사이므로 앞뒤가 맞지 않는 이율배반(二律背反)의 상황을 두고 한 말로 이해할 수 있겠다.

11 숭정 임신년[崇禎壬申] : 서기 1632년에 해당한다.

二刻拍案驚奇小引

丁卯之秋事, 附膚落毛, 失諸正鵠, 遲迴白門, 偶戲取古今所聞一二奇局可紀者, 演而成說, 聊舒胸中磊塊. 非曰行之可遠, 姑以遊戲爲快意耳. 同儕過從者索閱一篇竟, 必拍案曰, 奇哉, 所聞乎. 爲書賈所偵, 因以梓傳請. 遂爲鈔撮成編, 得四十種. 支言俚說, 不足供醬瓿, 而翼飛脛走, 較撚髭嘔血筆塚硏穿者, 售不售反霄壤隔也. 嗟乎, 文詎有定價乎.

賈人一試之而效, 謀再試之. 余笑謂一之已甚, 顧逸事新語可佐談資者, 乃先是所羅而未及付之于墨, 其爲柏樑餘材武昌剩竹, 頗亦不少. 意不能恝, 聊復綴爲四十則. 其間說鬼說夢, 亦眞亦誕. 然意存勸戒, 不爲風雅罪人, 後先一指也. 竺乾氏以此等亦爲綺語障, 作如是觀, 雖現稗官身爲說法, 恐維摩居士知貢擧, 又不免駁放耳.

崇禎壬申冬日　即空觀主人題於玉光齋中

제11권

만 소경이 불우할 때 붙었다가 출세하자 배신하고
초문희가 살았을 때의 원수를 죽어서야 갚다

滿少卿飢附飽颺 焦文姬生讐死報

　송대의 홍려 소경鴻臚少卿 만滿 선비는 불우할 때 전국을 유람하다가 변량汴梁에 이른다. 그러나 폭설에 길이 막혀 객줏집에 머물다가 수중에 돈이 떨어지자 현지의 유지인 초대랑焦大郎의 눈에 띄어 그의 집에 머무른다. 얼마 뒤에 만 선비는 초대랑의 딸인 초문희焦文姬와 혼인을 하고 남다른 금슬로 행복한 신혼생활을 보낸다. 그로부터 2년 뒤, 만 선비는 동경東京으로 가서 과거시험을 보고 단번에 급제한다. 희소식을 접한 초 씨네에서는 더더욱 그를 아껴 그의 입신양명을 위하여 전 재산을 쏟아 붓는다. 나중에 서울에서 임해臨海 현위縣尉에 제수된 만 선비는 변량에 돌아가 초 씨네 모녀를 데리고 임지로 떠나려다가 갑자기 자신을 찾아온 고향 사촌의 손에 이끌려 귀향한다.

　고향집에 돌아간 만 선비는 숙부의 집요한 설득과 경박스러운 젊은 혈기에 대대로 벼슬을 지내 온 주 씨댁의 딸과 또 혼인을 한다. 부부는 금슬이 좋아서 만 선비는 초 씨네 부녀의 일은 완전히 잊어버리고 만다. 어느 사이에 10여 년이 지나고 만 선비는 제주齊州의 지주知州로 제수되자 주씨 부인 등 가솔들을 데리고 함께 임지의 후당으로 산보를 나갔다가 뜻밖에도 초문희와 마주친다. 초문희는 울면서 그에게 이별한 뒤의 기구한 운명과 그에 대한 그리움을 털어 놓고 부끄러움을 느낀 만 선비는 그녀를 소실로 들이기로 결정한다. 그러던 어느 날, 만 선비는 초문희의 방에 가서 잠을 자지만 이튿날 해가 중천에 떠도 일어날 기색을 보이지 않는다. 이상하게 여긴 주씨가 하인들을 시켜 방문을 열게 했더니 만 선비는 이미 침상에서 죽어 있고 초문희는 행방을 감춘 뒤였다. 그 날 밤, 초문희가 주씨의 꿈에 나타나더니 그간의 경위를 자초지종 상세하게 들려준다. 주씨는 그제서야 초문희는 죽은 지 이미 오래되었고 그동안 집안에 있었던 것은 그 원혼이었음을 깨닫는다. 초문희의 원혼이 간밤에 배은망덕한 전남편 만 선비를 응징하고 그 목숨을 앗아간 것이다.

이 이야기는 홍매『이견지 보』권11에 소개된「만 소경滿少卿」및 풍몽룡『정사』의「만 소경」이야기를 소재로 지어졌다.

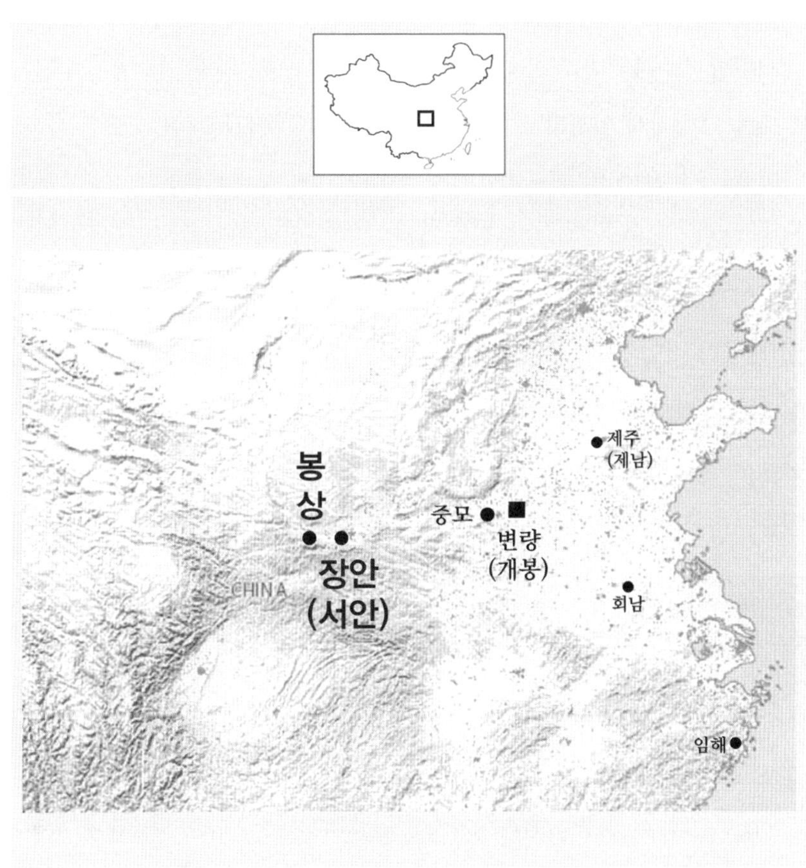

봉상
장안
(서안)
중모
변량
(개봉)
제주
(제남)
회남
임해
CHINA

번역

이런 시가 있습니다.

십 년간 칼을 갈았건만
서릿발 같은 날 아직 쓰지 않았지.
오늘 그대에게 선사하고 나면
그 누가 억울한 일 있으리오?

十年磨一劍,
霜刃未曾試.
今日把贈君,
誰有不平事.

이야기를 들려 드리도록 하겠습니다. 세상에서 가장 억울한 것이 신의를 저버리는 일입니다. 그런 까닭에 저승에서도 유독 그 벌이 무거우며, 검객도 그런 자들만 찾아다니며 응징하곤 하지요. 신의를 저버리는 부류 중에서 가장 참을 수 없는 경우라면 무엇보다도 부부 사이에 있지 않나 싶습니다. 일반적으로 친구 사이에서 배은망덕한 짓을 저지르면 서슴없이 그 자와 관계를 끊어 버리면 뒷말이 없지요. 그러나 부부의 경우만큼은 평생을 서로 의지하고 사는 사이입니다. 그렇다 보니 한번 신의를 저버리면 평생 원망하게 되기에 그 심각성이 장난으로 치부하고 끝낼 수 있는 일이 아니지요. 예로부터 생사를 건 원수지간으로 서로 복수를 주고 받는 경우는 유독 이런 경우가 무척 많았답니다.

송나라 때 구주[1] 고을에 어떤 사람이 살았는데, 성이 정鄭으로, 글공부

---

1   구주(衢州) : 명대의 지역명. 지금의 절강성 서부, 전당강(錢塘江) 상류, 금구(金衢) 분지 서쪽 끝에 자리잡고 있으며, 절강·강서·안휘·복건 네 성(省)의 교통 요지이자 물산 집

를 하는 사람이었습니다. 회계[2] 육陸 씨네 딸을 아내로 맞아 들였는데, 자태와 용모가 아리따웠지요. 두 사람은 금슬이 좋기가 아교 같고 옻칠 같았답니다.[3] 그러던 어느 날이었지요. 마침 잠자리에서 사랑이 한창 돈독하던 차에 정 선비가 갑자기 육 씨를 보고 말하는 것이었습니다.

"나와 당신 둘의 사랑이 이미 절정에 이를 정도로구려.[4] 다만 만에 하나 훗날 해로할 수 없게 된다면 … 내 오늘 먼저 당신한테 맹세하리다. (…) 내가 죽더라도 당신은 개가하면 안되오! 당신이 만약에 죽으면 나역시 새 장가를 들지 않으리다!"[5]

그러자 육 씨가 말했지요.

"그렇지 않아도 서방님과 백년해로 할 텐데 … 어째서 그런 불길한 말씀을 하세요!"

어느 사이에 세월은 흘러 흘러 십 년이 지나서 벌써 아들 둘을 두었답니다. 그런데 정 선비가 얼마 지나지 않아 생각도 하지 못한 병을 얻었지

산지로 유냉하였다.
2 회계(會稽) : 중국 고대의 지명. 지금의 절강성 소흥시(紹興市) 일대에 해당한다. 소흥시에 있는 회계산에서 그 이름이 유래했으며, 춘추시대 월(越)나라의 도읍으로, '와신상담(臥薪嘗膽)'의 무대이기도 하다.
3 아교 같고 옻칠 같아[如膠似漆] : 중국 고대의 격언. 부부의 금슬이 아교나 옻칠만큼 끈끈하다는 뜻이다.
4 【즉공관 방비】物極必反. 만물은 궁극에 이르면 되돌아오기 마련이지.
5 【즉공관 미비】便是死徵. 그야말로 죽음의 징조로고!

뭡니까. 그는 병세가 위독해지자 부모를 보고 말했습니다.

"소자는 죽어도 여한이 없습니다. 다만, … 육 씨는 아내로서 사랑이 깊어 헤어지기가 아쉽군요! 게다가 나이까지 젊으니 … 예전에 벌써 아내한테 다짐했었습니다. 제가 죽고 나면 개가하면 안 된다고요. 이제 만약 그 말을 지킨다면 소자는 죽어도 눈을 감을 수 있겠습니다!"

거기까지 들은 육 씨는 대답도 하지 않고[6] 그저 고개를 숙이고 서럽게 통곡하는 것이었지요. 하도 애통하게 울길래 정 선비의 부모조차 '며느리에게 딴 마음이 없구나' 하고 여길 정도였습니다.

그런데 남편이 죽고 나서 몇 달이 지났을 때였습니다. 이 집 저 집 들락거리면서 별별 일에 다 참견을 하는 그 노파들[7]이 그녀의 근황을 알아보고 그 소식을 캐물었답니다. 그러다가 육 씨가 한창 나이에 용모까지 아름답다는 것을 알고 나자 절개를 지킬 사람은 아니라고 여기고 너도나도 몰려들어 그녀와 내왕하는 것이었지요. 육 씨는 육 씨대로 그 패거리들을 물리치는 일이 없었습니다. 그래서 만나기만 하면 몹시 반가워하면서 차를 끓이네 과자를 내놓네 하고 아주 각별하게 대접하는 것이 아닙니까. 그런 모습들을 발견한 시부모는 속으로 그녀를 의심했습니다.

---

6 【즉공관 미비】盡在不言中. 그 본심이 오롯이 침묵에 담겨 있구나.
7 노파들[牙婆每] : '아파(牙婆)'는 원·명대에 인신매매로 이익을 챙기는 나이 지긋한 여자를 가리키는 말이다. '매(每)'는 그 문법적 성격이나 용법이 현대 중국어의 '-문(們)'과 같은 것으로, '타매(他每)·니매(你每)·아매(我每)' 등과 같이 일반명사나 고유명사 뒤에 접미사로 붙어서 해당 대상물의 복수형을 나타낸다.

'과부 살이를 할 때에는 조신하게 처신해야 옳거늘 … 그런 패거리는 아무 일이 없을 때라도 함부로 집안으로 들여서는 안 되는 법이다. 하물며 서방이 임종할 때 뭐라고 분부했던가 말이야! (…) 다른 속셈이 없다면 그런 자들이 무슨 필요가 있겠어?'[8][9]

육 씨는 시부모가 그런 말을 해도 못 들은 척 했습니다. 나중에는 그것도 익숙해져서 시부모조차 아예 말을 꺼내지 않았답니다. 그런데 정말로 웬 중매쟁이가 잘 구슬러서 소주[10] 증曾 공조[11]의 혼담을 받아들이는 것이 아닙니까 글쎄! 시부모는 부아가 치밀기는 했지만 속으로는 이렇게 생각했습니다.

'저 아이 행실이 그런 것을! 집에 잡아 두고 있어도 원수지간이 돼 버릴 테니 쉽게 끝낼 수 있는 일이 아니야![12] 차라리 내친 김에[13] 가 버리라

8　그런 자들이 무슨 필요가 있겠어[用這些人不着] : '~할 필요가 없다' 또는 '~가 쓸모 없다'라는 뜻을 나타내는 '용불착(用不着)'의 경우, 현대 중국어에서는 어순이 "用不着+목적어"로 고정되어 사용되고 있다. 그러나 명·청대에는 목적어가 짧은 명사일 경우에는 동사와 조사 사이로 들어가서 "用+목적어+不着" 식으로 사용될 때도 많았다.

9　【즉공관 미비】惟其然耳. 그저 그렇게 할 뿐이다.

10　소주(蘇州) : 명대의 지명. 남직예(南直隷)에 속했던 소주부(蘇州府, 지금의 강소성 소주시)를 말한다.

11　공조(工曹) : 중국 고대의 관서명. 남북조시대 북위(北魏)에서 처음 설치되었으며 도중에 폐지되었다가 송대에 다시 설치되었다. 송나라 휘종(徽宗) 숭녕(崇寧) 3년(1104)에 개봉부(開封府)에 속한 육조(六曹)를 조정하여 재설치하고 도성(개봉부)의 토목사업을 전담하게 하였다. 대관(大觀) 2년(1108)에는 개봉부의 사례에 의거해서 전국의 주·군(州郡)들에도 설치하고 참군(參軍)을 그 수장으로 삼았다. 여기서의 '공조' 역시 공조참군을 가리킨다. 명대에는 '공조'가 북경행부(北京行部)에 속한 공조청리사(工曹淸吏司)의 약칭으로 사용되기도 하였다.

12　【즉공관 미비】此爲大見. 이런 것이 탁견이지.

고 하지!'

그러나 자기네 아들이 임종할 때에 남긴 말을 떠올리며 두 손자를 바라보다 보니 속이 상해서 통곡이 다 나오지 뭡니까![14] 그런데도 육 씨는 전혀 아랑곳도 하지 않았습니다. 남편 상을 다 치루자마자 궤짝이며 상자들을 잘 챙겨서 시부모도 돌아보지 않고 아들들한테 눈길도 주지 않은 채 길일에 맞추어 희희낙락 시집을 가 버리는 것이었습니다!

그렇게 혼례를 치루고 이레째 되는 날 한참 뜨거운 시간을 보내고 있을 때였지요. 증 공부가 조수[15]의 격문을 받았더니 다른 군으로 시찰[16]을 다녀오라는 명령이 내려졌지 뭡니까. 행장을 챙겨 길을 나설 수밖에 없게 된 그는 육 씨와 작별하고 집을 떠났지요.

13　내친 김에[順水推船] : '순수추선(順水推船)'은 송·원대의 격언으로, 글자대로 풀이하면 '물이 흐르는 방향으로 배를 밀고 간다' 정도로 번역된다. '임기응변(臨機應變)'과 비슷한 의미로, 상황에 맞추어 말을 하거나 행동 하는 것을 가리킨다. 때로는 '순수행주(順水行舟)' 식으로 쓰기도 한다.

14　【즉공관 방비】 可傷在此. 이쯤 되면 속상할 만하군.

15　조수(漕帥) : 명대의 관직 도전운염사(都轉運鹽使)에 대한 존칭. 원·명·청대에는 소금 생산·판매를 관장하는 도전운염사사(都轉運鹽使司)를 두었는데, 원대에 요동·대도(大都)·하간(河間)·양회(兩淮) 등지에 분사를 두고 각각 정3품의 도전운사를 2명씩 배치했다고 한다. 『명사(明史)』「직관지(職官志)」"도전운염사사"조에 따르면, "도전운염사는 여섯 군데가 있는데 양회·양절·장로·산동·복건이 그것이다(都轉運鹽使司凡六：曰兩淮, 曰兩浙, 曰長蘆, 曰河東, 曰山東, 曰福建)"라고 한다.

16　시찰[考試] : '고시(考試)'는 중국 고대에 수험자나 관원의 지식·지능·능력 등을 고찰·판별하고 고과 평가에 반영하는 행위를 가리키는 말이었다. '고시'는 전한의 정치가인 동중서(董仲舒)의 『춘추번로(春秋繁露)』에 처음 등장하는데, 인재의 우열을 객관적으로 평가하는 척도가 되었으며 문제(文帝)·무제(武帝)에 이르러 체계화되었다. 편의상 여기서는 '시찰'로 번역하였다.

그렇게 떠나고 이틀이 지났을 때였습니다. 육 씨가 슬퍼져서 저녁 나절에 정청[17] 앞으로 와서 한가하게 산책을 하고 있는데 문득 웬 젊은이가 하나 눈에 들어오는 것이 아닙니까. 보아하니 먼 곳에서 온 것 같은데 앞으로 걸어 오더니 육 씨를 보고 머리를 한번 조아리고

"정나리께서 아씨께 올리는 서신입니다!"

하면서 웬 서신을 건네는 것이었습니다. 육 씨가 받아서 겉봉투에 씌어진 큰 글자를 보니

"육 씨 보시오"

라고 되어 있는 것이 아닙니까. 글씨체를 따져 보니 전 남편의 필적이 분명했습니다. 그래서 영문을 캐물으려 했지만 그 젊은이는 어느 사이에 자취를 감추어 버린 뒤였지요. 육 씨가 겁이 나서 서신을 들고 허둥지둥 방으로 들어와서 등불을 밝히고 자세히 보니 서신에는 이렇게 씌어져 있었습니다.

"십 년 전 머리 얹어 준 남편　　　　　　十年結髮之夫,
평생 제사를 받을 호주　　　　　　　　一生祭祀之主.

17　정청(正廳) : 중국의 전통 가옥에서 집의 한가운데에 지은 대청(大廳).

아침부터 저녁까지 환락 함께 하며	朝連暮以同歡,
재물도 여유롭게 함께 지냈건마는	資有餘而共聚.
홀연히 죽음 맞아 저 세상 떠나니	忽大幻以長往,
다른 이 사모하여 가벼이 혼담 받아들였구나!	慕他人而輕許.
나의 터전을 팽개치고	遺弃我之田疇,
그 재산을 남의 집에 옮겨 가면서도	移蓄積于別戶.
내 양친도 염두에 두지 않고	不念我之雙親,
내 두 아들도 측은히 여기지 않았으니	不恤我之二子.
의리로는 사람의 부인으로 부족하고	義不足以爲人婦,
자애로도 사람의 모친으로 부족하구나!	慈不足以爲人母.
내 이미 하늘에 하소연 했나니	吾已訴諸上蒼,
변명 하려거든 저승에 가서 하시오!”	行理對于冥府.

그것을 읽고 난 육 씨는 놀란 나머지 식은땀이 마구 흘러내리고 얼이 다 나가 버렸습니다. 그러나 속으로 뒤늦게 뉘우쳐도 때는 늦어 있었지요. 그녀는 속마음을 감춘 채[18] 하도 두려워서 말도 제대로 하지 못했습니다. 그렇게 식음을 전폐하고 ‘허허’ 하면서[19] 우울해 하다가 사흘 만에 죽고 말았답니다. 전 남편을 배신한 데 대한 천벌을 받은 셈이었습니다.

---

18 속마음을 숨긴 채[懷着鬼胎] : 자세한 설명은 제1권의 주110(제77쪽)를 참조하기 바란다.
19 ‘허허’ 하면서[嘿嘿] : 명대의 구어. 뜻 밖이거나 기가 차서 할 말을 잊은 모습을 나타낸다. 풍몽룡의 『경세통언(警世通言)』「두십낭노침백보상(杜十娘怒沉百寶箱)」의 “이도령은 두십낭을 보자 ‘허허’ 하면서 말이 없었다[見了十娘, 嘿嘿無言]”에도 같은 표현이 보인다.

이야기가 또 한 가지 있습니다. 세상 일이란 것이 참 억울한 구석이 많은 법입니다! 예를 들어 남자가 죽었는데 여자가 개가한다면 절개를 버리고 이름을 더럽히고 몸까지 망쳤다며 해서는 안될 일로서 만인의 비난을 받곤 하지요. 남자 쪽이 부인상을 당했을 때 후실을 들이기 위해 첩을 들이고 여종을 사 들이는 등 일련의 수작들을 벌이면서 망자를 제쳐 놓고 언급조차 하지 않더라도 절대로 그 자가 '야멸차네 배신했네' 하면서 구설거리로 삼는 법이 없습니다. 설사 생전의 처첩들의 경우라 해도 여자가 조금이라도 바람을 피웠으면 엄청난[20] 추문으로 여기며 세간에서 입에 담는 것을 부끄럽게 여깁니다. 반면에 남자 쪽에서 아내를 팽개치고 음욕에 집착하고 여색을 밝힌다거나 기방에서 자면서 기생을 끼고 지내면서 하지 않는 짓이 없을 정도라고 칩시다. 그러면 잘못했다는 뒷공론은 있을지언정 대단한 죄악으로는 여기지 않는답니다. 그렇기 때문에 여자 쪽은 갈수록 불쌍해지고 남자 쪽은 갈수록 방자해지는 것이지요. 이런 사례들은 여자들을 승복시킬 수 없는 구석들인 것입니다. 어쩌면 겉으로 내색은 하지 않아도 실제로는 눈치들을 채실 테지요. 만약 남자가 화류계를 좀 어슬렁거린다면 그것을 늘상 있는 일로 치부하곤 합니다. 그러나 설마 여자가 정조를 잃는 일 같다고 견줄 수나 있을 일일까요? 정말로 배신의 절정을 달려 왕년의 의리를 망각하고 당초의 믿음을 저버린 채 남의 인생을 망치고 남의 목숨을 해친 자들 치고 나중에 천벌

을 받지 않는 경우는 하나도 없었습니다. 과거에 왕괴[21]가 계영桂英을 배신했다고들 이야기해 왔습니다마는 결국 계영은 왕괴의 목숨을 빼앗아 갔지요. 이것이 바로 남자가 여자를 배신한 데 대한 본보기인 것입니다! 여자가 남자를 배신한, 앞서 들려 드린 육 씨의 경우만 천벌을 받는 정도로 그치지 않았다는 말씀입니다.

오늘 소생은 왕괴의 사례에 맞먹는 이야기를 손님들에게 한번 들려 드릴까 합니다. 이야기를 들으시면 '남자도 여자를 배신하면 안된다'는 사실을 깨닫게 되실 것입니다. 이 이야기를 증명하는 시가 있습니다.

자고로 '여자는 집착이 심하다' 떠들지만	鑠來女子號痴心,
집착이 심하면 원한 역시 깊어지는 법.	痴得眞時恨亦深.
'그런 집착은 쉬이 저버린다' 말하지 마소	莫道此痴容易負,
원수끼리는 세상 달리해도 언젠가 찾아가노니!	冤冤隔世會相尋.

이야기를 들려 드리도록 하겠습니다. 송나라 때 홍려 소경[22]이 하나

---

21 왕괴(王魁, ?~?) : 송대에 제녕(濟寧)의 선비였다고 한다. 과거에 급제하고 나서 조강지처이던 계영(桂英)을 버리는 바람에 계영이 목을 매어 죽고 왕괴 역시 천벌을 받았다고 한다. 송대 이래로 희곡·소설 등의 장르에서 자주 소재로 사용되었으며 명대에는 왕옥봉(王玉峰)에 의하여 그 이야기가 『분향기(焚香記)』라는 희곡으로 개작되기도 하였다.
22 홍려소경(鴻臚少卿) : 중국 고대의 관직명. '홍려시 소경(鴻臚寺少卿)'을 줄여서 부른 이름으로, 홍려시의 수장을 보좌하였다. 북위 때에 처음으로 홍려소경을 설치했고 북제에 이르러 홍로시 소경으로 일컫기 시작했으며 그 뒤로 역대 왕조에게 계승되었다. 당대의 홍려시 소경은 1명으로 품계는 정4품이었다. 명대에는 소경이 종5품으로, 좌·우 2명을 두었으며 청대에는 만주족과 한족에서 각각 1명씩 임명하였다.

계영을 배신한 왕괴의 이야기를 다룬 대만 연극 『왕괴부계영(王魁負桂英)』

있었는데, 성이 만滿씨였지요. 그는 처신하는 과정에서 끝이 좋지 않았습니다. 그래서 이름은 숨겨 밝히지 않고 '만 소경少卿'으로만 부르도록 하지요. 그가 때를 만나지 못했을 때에는 그저 '만 선비[滿生]'로만 불렸습니다. 만 선비는 회남[23] 지방의 뼈대 있는 집안 출신이었습니다. 대대로 대단한 관리들을 배출했고, 숙부인 만귀滿貴는 추밀 부원樞密副院을 지내고 있었습니다. 그래서 문중의 자제들은 서울에 두루 넘치고 한결같이 다 넉넉하고 후덕하며 본분을 지키며 살고 있었답니다. 그런데 만 선비만은 심성이 제멋대로여서 방탕하고 오만했습니다. 그리고 외모가 준수하고 단정한 데다가 풍류가 넘치고 호감을 주는 사람이었지요. 학식도 풍부하

---

23 회남(淮南) : 중국의 지역명. 일반적으로 화하(淮河) 이남, 장강(長江) 이북의 지역을 가리키며, 특히 안휘성(安徽省)의 중부를 일컫는다.

여 '머잖아 과거에 급제할 것이 분명하다'고 할 정도였습니다. 게다가 어려서 부모를 여의고 얽매이는 바가 없다 보니 늘 풍월을 읊으면서 강호를 유랑하곤 했지요. 그렇게 가산을 모두 탕진하는 바람에 아내조차 맞아들이지 못하고 있었지 뭡니까! 문중 사람들도 차츰 그를 외면했지만 만 선비는 그것조차 마음에 두지 않았답니다.

그에게는 부친의 옛 지인이 있었는데 장안[24]에 지방 장관으로 나가 있었습니다. 만 선비는 행장을 챙겨 집을 떠나서 그에게 몸을 의탁해 도움을 좀 받을 작정이었지요. 그런데 장안에 도착하고 보니 그 나리님은 벼슬살이를 잘못하는 바람에 그곳을 떠나 버린 뒤였지 뭡니까. 결국 발길을 돌릴 수밖에 없었습니다.

만 선비는 나이가 젊고 맹랑하다 보니 치밀하지 못했습니다. 그래서 아는 사람을 찾아가서 재물을 챙기는 데에만 몰두했답니다. 그런데 뜻밖에도 일이 틀어지는 바람에 수중의 노잣돈까지 진작에 바닥나 버리고 만 상태였지요.

그렇게 변량[25]의 중모[26] 땅까지 왔을 때였습니다. 마침 문중 사람 하나가 그곳에서 주부[27]를 지내고 있어서 그에게 노잣돈을 좀 챙겨 주어 집으

---

24 장안(長安) : 전한과 당나라의 도읍지. "길이 다스리고 오래도록 평안한[長治久安]" 도시라는 뜻으로, 지금의 중국 섬서성(陝西省)의 서안(西安)을 말한다. 나중에는 경우에 따라서는 보통명사처럼 사용되어 다른 왕조의 도읍지까지 가리키는 말로 전용되기도 하였다.
25 변량(汴梁) : 원·명대에 하남성의 개봉시를 부르던 이름. 송대에는 변경(汴京)으로 불렸으나 원대인 1288년 금대의 이름인 남경로(南京路)를 '변량로(汴梁路)'로 개칭하면서 '변량'으로 불리기 시작하였다.
26 중모(中牟) : 중국의 지명. 지금의 하남성 정주시(鄭州市)가 관할하는 중모현(中牟縣)에 해당한다.

로 돌아가게 해 주었지 뭡니까. 그 주
부는 작은 벼슬아치여서 현지에 이
렇다 할 벌이가 없는 탓에 본인조차
겨우 생계를 꾸리는 처지였습니다.
그럼에도 불구하고 그에게 한 꿰미[28]
가 넘는 돈을 마련해 주었답니다. 그

엽전 꾸러미. 1민(緡)은 1관(貫)과 같은 말로
엽전 1천 문(文)에 해당하였다

러나 숙박비며 식비를 갚은 뒤에는 남은 것이 많지 않다 보니 고향 집으
로 돌아갈 정도로 넉넉하지는 않았지요.[29]

이때는 벌써 십이월 무렵이었습니다. 만 선비는 가만히 생각해 보았지요.

'행낭에 반 푼도 남은 돈이 없으니 빈손으로 집으로 돌아가더라도 설
을 쇨 수가 없다. 차라리 그냥 객지에서 활동하면서 일감을 좀 구해서 일
단 설부터 쇠고 나서 방법을 강구해 보도록 하자!'

관중[30]에는 그의 지인이 한두 사람 더 있었는데 현지에서 벼슬살이를
하고 있었습니다. 그래서 원래대로 방향을 틀어 서쪽으로 향했지요. 그

---

27 주부(主簿) : 중국 고대의 관직명. 주로 공문이나 장부의 작성·보관 등의 업무를 관장하
    였다.
28 꿰미[貫] : 돈을 세는 단위. 보통 엽전 천 닢을 실에 꿴 것을 '관(貫)'으로 불렀다.
29 **【즉공관 미비】** 幹人之難如此. 世間有最喜打抽豐者, 不知何意. 사람 노릇이 이렇게 하기 어
    려운 것이지. 세간에서 남 돈 뜯기 좋아하는 자들은 무슨 속셈인지 모르겠다.
30 관중(關中) : 중국 고대의 지역명. 지금의 섬서성에 위치해 있다. 동으로는 함곡관(函谷
    關), 남으로는 무관(武關), 서로는 산관(散關), 북으로는 소관(蕭關)에 이르는 위치로,
    이 네 관문의 가운데에 자리잡고 있다고 하여 '관중'으로 일컬어졌다.

런데 봉상[31] 땅에 이르렀을 때였습니다. 하루 종일 내리는 큰 눈을 만났는데 사흘 내내 그치지 않는 것이 아닙니까. 그야말로

구름이 진령[32]을 가로지르건만 집은 어드메뇨?　　　雲橫秦嶺家何在,
눈이 남관에 휘몰아치니 말이 나아갈 줄 모르누나![33]　雪擁藍關馬不前.

만 선비는 객주집에 발이 묶인 채 연거푸 며칠을 지낼 수밖에 없었습니다. 그런데 점원이 밥값을 받으러 와도 돈을 제대로 치루지 않았더니 밥조차 갖다 주지 않지 뭡니까. 그러자 그는 이렇게 생각했지요.

'나는 좋은 집안의 자제로 학문이 풍부한 데다가 공명을 보기를 풀을 줍는 것만큼 쉽게 여겨 왔다. 그런데 한 순간 때를 만나지 못하여 강호를 떠돌다가 지금 이처럼 궁지에 몰려 고생을 하게 될 줄이야! (…) 내가 때를 만나지 못한 고관대작 감인지 그 누가 알겠는가? 지금 이 순간 만약에 누구라도 눈 속에 숯을 보내 준다면[34] 그야말로 비단에 무늬를 입히는

31　봉상(鳳翔) : 중국 고대의 지명. 지금의 섬서성 보계시(寶雞市) 동북쪽의 봉상구(鳳翔區)에 해당한다. 고대의 옹(雍) 땅으로, 주나라·진나라가 발상한 곳이다.

32　진령(秦嶺) : 중국의 지역명. 중국 중부를 가로질러 서로는 감숙성(甘肅省) 조하(洮河)로부터 동으로는 회양(淮陽) 산지까지 동서로 이어지는 산맥. 역사적으로 진나라의 강역에 있었기 때문에 '진령' 또는 '진산(秦山)'으로 일컬어졌다.

33　한퇴지(韓退之) : 당대의 시인이자 문장가인 한유(韓愈, 768~824)는 불교를 배척하는 상소를 올린 죄로 귀양을 가다가 섬서성 남관에 이르렀을 때 "눈이 남관에 휘몰아치니 말이 나아가지 않누나"라고 시를 읊었다고 한다. '퇴지'는 한유의 자이다.

34　눈 속에 숯을 보내 준다면[雪中送炭] : '설중송탄(雪中送炭)'은 '눈이 내릴 때에 숯을 보내 준다'는 뜻으로, 어려움이나 역경에 처하거나 간절하게 도움을 필요로 하는 사람에게 도움을 주는 것을 말한다.

것[35]보다도 훌륭한 일일 테지. 그러나 … 세상 인심이 각박하니 어쩌겠는 가? 아무리 기다린들 어느 누가 나를 도와주러 오겠는가!'

그는 자기도 모르게 소리 놓아 통곡을 하다가 옆방 사람을 놀라게 만들어 버리고 말았습니다. 그러자 그 사람이 건너 와서 말했습니다.

"누가 이렇게 우는 게요?"

그 사람이 어떤 차림이었는지 아십니까?

검은 여우털 모자 쓰고	頭戴玄狐帽套,
새끼 양 가죽옷 입었는데	身穿羔羊皮裘.
검붉은 색으로	紫膛顔色,
얼근하게 취기가 올라서	帶著幾分酒,
낯빛이 붉은 복숭 같이 발그레한데	臉映紅桃.
희끗희끗한 수염은	蒼白鬚髯,
눈이 몇 점 묻은 듯	沾着幾點雪,
몸은 옥으로 만든 나무 같구나.	身如玉樹.
맹호연[36]이 나귀 등에서 내려왔나	疑在浩然驢背下,

35 비단에 무늬를 입히는 것[錦上添花] : '금상첨화(錦上添花)'는 비단 자체만으로도 화려 한데 거기다가 수까지 놓는다는 뜻으로, 더할 나위 없을 정도로 좋은 상황을 가리킨다.

36 맹호연(孟浩然, 689~740) : 당대의 시인. 양주(襄州) 양양(襄陽) 사람으로, 이름은 호 (浩), 호는 맹산인(孟山人)이며 '호연'은 자이다. 초기에 녹문산(鹿門山)에 은거하다가

안도[37]의 집에서 돌아온 것일까?　　　　　　想從安道宅中來.

그 사람은 객줏집 안으로 들어오더니 점원에게 물었습니다.

"누가 우는 게요?"

그래서 점원이 대답했습니다.

"대랑大郎께 고합니다요! 웬 수재[38] 나리가 예서 사나흘이나 묵으면서
도 밥값을 안 내지 뭡니까요? 하늘에서는 눈이 그침 없이 내리는 데다가
길도 가기 어려운 판에 우리가 먹을 밥을 주지 않으니까 배가 고파서 울
고 부는 게지요!"

"복을 쌓는 곳이 따로 있다더냐? 정말 수재 나리시라면 그 사람에게

잠시 벼슬살이를 했지만 얼마 후 낙향하여 평생 은둔하면서 시 창작에 전념하였다. 전하
는 바에 따르면 그는 눈보라 속에 나귀를 타고 시의 소재를 찾아다녔다고 한다.

37 안도(安道): 동진의 미술가·조각가인 대규(戴逵, 326~396)를 말한다. 초군(譙郡) 질
현(銍縣) 사람으로, '안도'는 그의 자이다. 젊은 시절에 당대의 저명한 유학자인 범선(范
宣)에게 사사하여 박학다식한 데다가 악기와 그림에도 뛰어났다. 그러나 당시 태재(太
宰)로 있던 무릉왕(武陵王) 사마희(司馬晞)에 이어 효무제(孝武帝) 사마요(司馬曜)도 그
재능에 주목하여 몇 번이나 발탁하려 했으나 끝까지 벼슬길에 나가지 않았다고 한다.

38 수재(秀才): 중국 고대에 선비들을 높여 부르던 호칭. '수재'는 한대 이래로 인재를 발탁
하는 절차로서 존재했으며, 당대에도 과거시험 과목으로 존립하다가 나중에 폐지되었
다. 당대의 제도를 계승한 송대에는 과거시험에 급제한 선비들만 한정해서 '수재'로 불렀
지만 명대에는 과거시험에의 당락과는 상관없이 선비들에 대한 통칭으로 사용되기도 하
였다.

밥을 먹이고 내 이름으로 달아 놓게.
내가 갚아 줌세!"

"쉰네 알겠습니다요!"

그리고는 가서 밥을 좀 가져 오더니
만 선비 앞에 차려 주고 나서 말하는
것이었습니다.

"손님, 이곳 대랑께서 가져다 대접
하라고 하셨습니다요!"

"대랑 … 이라니?"

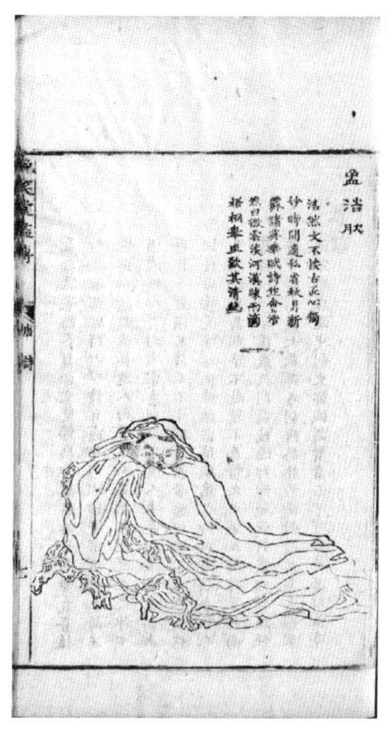

청각『만소당화전(晚笑堂畵傳)』에 소개된
맹호연 초상

만 선비가 이렇게 말하면서 가만 보니 그 사람이 다가오더니 말하는
것이었습니다.

"이 늙은이올시다!"

그러자 만 선비는 허둥지둥 예의를 차리고 말했습니다.

"노인장께서는 처음 뵙는 분이신데 … 어째서 이렇게 잘 대해 주십니까?”

“이 늙은이는 성이 초焦로, 이 객주 옆집에 살고 있소이다. 눈이 많이 내리길래 제 딸과 함께 따뜻하게 데운 술 몇 잔으로 몸을 녹이고 있었지요. 헌데 이 방에서 슬프게 신세타령 하는 소리가 들리는데 미천한 신분[39] 같지는 않길래 예까지 와서 캐물었지. 그랬더니 점원이 ‘수재인데 눈에 발이 묶였다’더군요. 이 늙은이도 따지고 보면 똑같이 학문을 하는 입장이올시다. 그러니 어떻게 수재님이 배를 곯게 내버려 둘 수가 있겠소이까?[40] 해서 점원더러 밥을 갖다 드리게 했습니다. 허름한 객줏집이다 보니 드실 만한 것이 없소이다. 더욱이 날씨까지 이 모냥이다 보니 한 잔 술로 추위를 견딜 수밖에 없습니다.[41] (…) 수재님, 안심하고 앉아 계시면 이 늙은이가 집에서 가동을 시켜 술을 보내 드리겠소이다!”

만 선비는 기뻐서 어쩔 줄을 모르면서 말했습니다.

“소생은 길을 잃은 몸인 데다가 어르신과는 면식도 없습니다. 그런데도 어르신으로부터 이처럼 세심한 대접을 받으니 정말 몸 둘 바를 모르

---

39 미천한 신분[以下之人] : ‘이하지인(以下之人)’은 노비처럼 지위가 낮은 사람을 가리키며, 우리 말의 ‘아랫것’과 같은 의미이다. 여기서는 편의상 “미천한 신분”으로 번역하였다. 풍몽룡의 화본소설집인 『성세항언(醒世恒言)』「백옥낭인고성부(白玉娘忍苦成夫)」의 “정만리가 그 여자를 자세히 살펴 보니 … 아주 참하게 생긴 것이 아랫것들 같지가 않았다[程萬里仔細看那女子 … 生得十分美麗, 不像個以下之人]”에도 같은 표현이 보인다.

40 【즉공관 미비】肯念斯文一脈者, 今世絶少. 똑같이 학문 하는 입장이라고 기꺼이 배려했다지만 요즘 세상에는 드물지.

41 【즉공관 방비】个中人. 물정을 아는 양반이로군.

겠군요!"

그러자 초대랑이 말하는 것이었지요.

"수재께서는 풍채가 비범하시니 지금 어려움을 당하기는 했지만 결코
남보다 못한 분이 아니올시다![42] (…) 이 늙은이는 이곳의 지주이니 뒷바
라지를 해 드리는 것이 도리이지요. 수재께서는 안심하십시오. 하루를
머무시면 이 늙은이가 그 날을 다 책임지도록 하겠습니다. 그렇게 날이
개이고 길을 나서기 좋을 만해지면 그때 가서 다시 떠나실 날을 상의해
도 늦지는 않겠지요!"

"감사합니다, 감사합니다!"

초대랑은 이어서 만 선비의 이름과 고향을 확실하게 물어본 뒤에 천천
히 그 자리를 떠나는 것이었습니다. 만 선비는 속으로 기뻐했습니다.

'죽을 고비에서 살 길을 만났구나![43] 이렇게 좋은 분을 뵙게 될 줄이
야!'[44]

---

42 【즉공관 미비】此老可謂異眼, 詎知反爲所誤. 이 노인장은 남다른 안목을 가진 셈이다. 그
   러나 되려 자신의 팔자를 그르치게 될 줄 누가 알았겠는가!
43 죽을 고비에서 살 길을 만났구나[絶處逢生] : 명대의 성어. 대단히 위험한 상황에서 활로
   를 찾은 상황을 가리킨다.
44 【즉공관 미비】與不期多寡, 但期當厄. 此可謂當厄矣, 他日何忍忘之. '많거나 적기를 바라지
   않고 그저 어려움에 처하기만 바랄 뿐'이라는 말이 있더니 이 경우야말로 어려움에 처한

이렇게 다행스러워 하고 있을 때였습니다. 가만 보니 머리를 묶은 웬 가동이 요리[45] 네 사발에 안주 네 접시와 따뜻한 술 한 주전자를 가지고 오더니 말하는 것이었습니다.

"대랑께서 만 나리께 갖다 드리라고 하셨습니다요!"

만 선비는 몇 번이나 '고맙다'는 말을 하면서 그것들을 받아 탁자에 차리더니 식사를 시작했지요. 가동이 객줏집을 나가자 만 선비는 술을 먹으면서 점원에게 물었습니다.

"그 초대랑이라는 분 … 이곳에서 어떤 분이요? 어째서 이렇게 호의를 베푸시는 게요?"

그러자 점원이 말하는 것이었습니다.

"그 대랑이라는 분은 이곳의 대갓집으로, 아주 의리가 있는 분이시지요. 평소에도 가난한 사람을 돕기도 하고 어려움을 만난 사람을 구해 주기도 하고 말입니다. 글공부 하는 분들을 보기라도 하시면 더더욱 기꺼이 친교를 맺으려 하면서 소홀히 대하시는 법이 없지요. 그 어른도 술 먹

경우라고 할 수 있으리라. 다른 때라면 어찌 차마 그것을 잊을 수 있겠는가?

45 요리[下飯] : '하반(下飯)'은 원·명대의 강남지역 방언으로, 밥을 먹을 때 곁들여 먹는 반찬이나 술을 마실 때 같이 먹는 안주·요리를 말한다. 명대의 (의)화본소설이나 희곡에서는 때로는 '하반(嗄飯)'으로 적기도 하였다.

는 걸 즐기시니 … 그 어른과 자리를 함께 할 수 있는 분이라면 더더욱 인연이 있는 셈입니다!"

"집안 형편이 … 넉넉하신가 보구려?"[46]

"가산이 좀 있기야 하지만 아주 넉넉하신 건 아닌데[47] 심성만은 그러신 편이지요. (…) 나리께서 운이 좋아서 그 어른을 만나셨군요. 며칠 더 묵으셔도 상관 없으실 겝니다!"

"눈이 그치면 그 분께 인사라도 좀 드리게 안내를 좀 해 주시오!"

"그럼요, 그럼요!"

잠시 지나자 초 씨네 가동이 와서 그릇들을 챙기더니 대랑의 명령을 점원에게 전했습니다.

"만 나리께서 필요하신 것들은 무조건 평소처럼 챙겨 드리랍니다! 술을 드시겠다시면 집으로 와서 가져가시고요!"

---

46 【즉공관 방비】俗腸. 속물 근성 하고는.
47 【즉공관 미비】不富而好客, 更爲難得, 然富者必不好客也. 넉넉하지 않으면서도 손님을 반기기란 더더욱 보기 드문 경우이다. 그러나 넉넉한 자들은 어김없이 손님을 반기지 않더군.

그 분부를 들은 점원이 정말 조금도 부족함이 없도록 챙겨 주니 만 선비는 그저 감격할 따름이었습니다.

그렇게 하루가 지나자 날이 개이는 것이었습니다. 만 선비는 길을 나서려 했지만 수중에는 노잣돈이 한 푼도 남은 돈이 없었습니다. 게다가 초대랑의 신세를 졌으니 고맙다는 인사를 하러 가야 했지요. 그러나 참으로 사람 마음이란 만족이란 것을 몰라서 '농 땅을 얻고 나니 촉 땅까지 바란다'[48]고 했던가요? 그의 신세를 지고 노잣돈까지 좀 꾸려는 마음이 들지 뭡니까요!

그는 점원에게 앞장을 서서 길을 안내하게 해서 그 길로 초대랑의 집으로 왔습니다. 그를 맞이한 초대랑은 온 얼굴에 반가운 표정이 역력했지요. 대랑을 본 만 선비는 땅바닥에 엎드리자마자 절을 하면서 고맙다고 인사를 했습니다.

"궁지에 빠졌을 때 도움을 주시니 너무도 고맙습니다! 혹시 저를 쓰실 일이 생기신다면 기꺼이 최선을 다하도록 하겠습니다!"

---

[48] 농 땅을 얻고 나니 촉 땅까지 바란다[得隴望蜀] : 중국의 성어. 인간의 욕심에는 끝이 없는 것을 두고 한 말. 때로는 '농 땅을 얻은 데다가 촉 땅까지 바란다[既得隴, 復望蜀]' 식으로 사용되기도 한다. 『후한서(後漢書)』 「잠팽전(岑彭傳)」에 따르면, 후한 초기, 외효(隗囂)는 지금의 감숙성(甘肅省) 일대인 농(隴) 땅에, 공손술(公孫述)은 지금의 사천성 일대인 촉(蜀) 땅에 각각 할거하면서 공동전선을 구축하고 조정에 대항하였다. 그러자 건무(建武) 8년(32), 이들의 토벌에 나선 광무제(光武帝) 유수(劉秀, BC5~AD57)는 대장군 잠팽에게 보낸 서신에서 "두 성을 함락시킨 다음에는 바로 군사를 남쪽으로 돌려 촉 땅의 오랑캐들을 격파하도록 하시오. 사람이 만족할 줄 모르는 것은 괴로운 일이나 농 땅을 평정했으니 이제 촉 땅까지 노려야지요" 하면서 잠팽을 독려했다고 한다.

그러자 초대랑이 말했습니다.

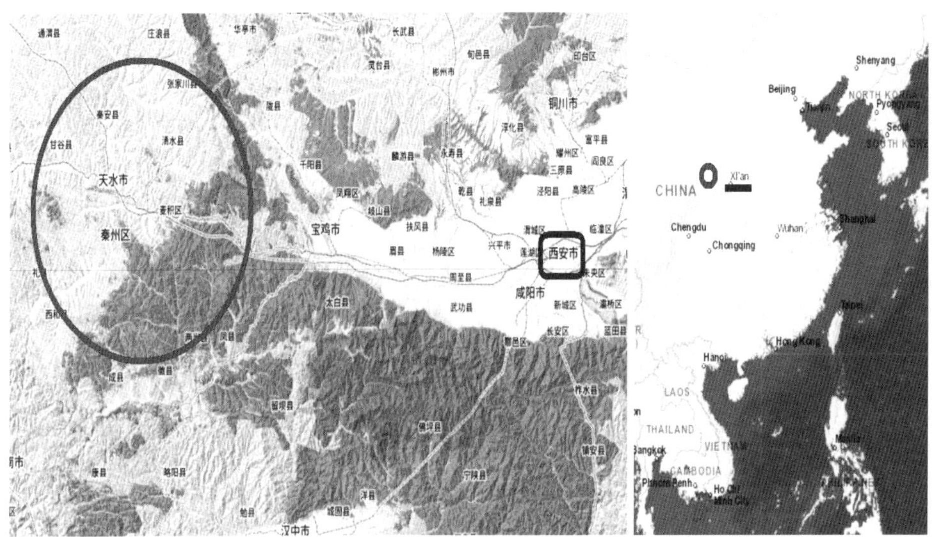

농우지역(동그라미 부분). 그 오른쪽에 당나라 도읍 장안(長安. 지금의 서안시)이 보인다

"이 늙은이도 형편이 넉넉한 것은 아니올시다. 그저 수재께서 그렇게
어려움을 당하시는 모습을 보고 조금이나마 도움을 드려 지주로서의 성
의를 다해야겠다고 생각한 것뿐이올시다. 애초부터 다른 뜻이 없는데 어
째서 '최선을 다하겠다'고 하십니까!"

"소생은 과거에 응시하려는 수재입니다. 훗날 만약에라도 작은 벼슬
이라도 한다면 은혜 갚는 일을 잊지 않겠습니다!"[49]

---

[49] 【즉공관 방비】此時偏會說□話. 이때 하필이면 그런 말을 할 게 뭐람.

"천만에요, 천만에! (…) 지금 이 해도 다 저물었는데 … 수재께서 또 어디로 가시겠다는 겁니까?"

"소생은 남에게 몸을 의탁하지도 못한 데다가 행낭도 텅텅 비었습니다. 그렇다 보니 고향으로 돌아갈 면목이 없군요! 그래서 관중까지 가서 지인 몇 사람을 찾아가 볼 생각이었습니다. 그런데 뜻밖에도 이곳에 머물다가 어르신을 뵈었으니 참으로 천만다행입니다! 지금은 섣달 그믐이 머지 않아 길을 가기는 늦었지요. 그야말로 '앞에도 마을이 안 보이고 뒤에도 객주가 안 보인다[50]'는 격이니까요. 하는 수 없습니다. 그냥 이 객줏집에서 일단 설부터 쇠고 다시 방법을 강구하는 수밖에요!"

그래서 대랑이 말했지요.

"객주는 썰렁한데 어떻게 설을 쇤단 말입니까! 수재께서 누추하다고 마다하지 않으신다면 제 집으로 옮기셔서 이 늙은이 하고 같이 며칠 지내시지요. 평소처럼 차와 식사도 대접해 드리겠습니다. 이 늙은이도 적적하지 않을 테니 설을 쇠고 나서 다시 방법을 강구하시지요. 수재님 의향이 어떠십니까?"

---

50 앞에도 마을이 안 보이고 뒤에도 객주가 안 보인다[前不巴村, 後不巴店] : 명대의 유행어. 주변에 인적이 끊어지거나 황량한 벌판이어서 묵을 곳이 없는 상황을 가리키며, 나아가 의지할 데가 없는 상황을 나타내기도 한다. 여기서 '파(巴)'는 '가깝다', '접근하다'라는 뜻으로 해석된다.

그러자 만 선비가 말했습니다.

"소생은 객주에서도 늘 어르신께 폐를 끼쳤으니 댁으로 들어가도 마찬가지일 테지요. 다만…, 부평초처럼 정처 없는 신세에 이 같은 깊은 은혜를 입었건만 갚을 길이 없으니 참으로 황송하고 부끄러울 따름입니다!"

"온 세상이 다 한 집안이올시다[51]! 하물며 수재께서는 글공부를 하는 분이니 앞날이 원대할 것입니다! 훗날 시골에도 저 같은 사람이 있다는 것을 잊지 않으신다면 그것만으로도 충분한데[52] 굳이 이렇게 겸양을 하십니까!"

따지고 보면 초대랑은 물론 천성적으로 손님을 반기는 사람이었습니다. 거기다가 만 선비는 풍채가 준수하고 품격도 남다른 데다가 말투도 털털했습니다. 절대로 남보다 못한 사람 같아 보이지 않았지요. 그래서 정성을 다 해서 그를 도와주었던 것입니다. 그래도 만 선비가 인연이 있어서 이 사람을 만날 수 있었던가 봅니다. 그가 정말로 점원을 시켜 객줏집에서 행장을 초 씨네로 보내게 했으니까요.

---

51 온 세상이 다 한 집안이올시다[四海一家] : 중국의 성어. 『순자(荀子)』「의병(議兵)」의 "네 바다 안은 한 집안과 같다(四海之內若一家)"에서 유래한 말이다. 온 세상이 한 집안 식구처럼 사이가 가깝다는 뜻으로, 때로는 천하가 통일된 것을 가리키기도 한다.
52 【즉공관 미비】有前程的人, 他日偏善忘. 앞날이 유명한 사람은 훗날 쉬이 잊는 경향이 있더군.

만 소경이 불우할 때 붙었다가 출세하자 배신하다

이 날, 초대랑은 저녁밥을 준비해 만 선비와 함께 먹었습니다. 만 선비는 그 자리에서 청산유수로 말솜씨를 뽐내었지요. 거기다가 술솜씨도 대단해서 한껏 술을 마시고도 취하지 않는 것이었습니다. 대랑은 더더욱 마음에 들었던지 '이제야 상대를 제대로 만났구나' 하고 여겼지요. 그렇게 흥이 다할 때까지 마시고 나서야 그를 글방에 안내해 쉬게 해 준 것은 말 할 필요도 없었답니다.

대랑에게는 아직 출가하지 않은 딸이 하나 있었습니다. 이름이 문희文姬로, 나이는 이제 열여덟 살인데, 아름답기가 남다르고 총명하기가 비할 데가 없을 정도였지요. 초대랑은 아무한테나 출가시키지 않고 현지에서 명문가 자제나 글공부를 하는 군자를 찾아 자기 집에 데릴사위로 들여서 노년을 보낼 생각이었습니다. 그러나 그는 상인 출신이다 보니 권문세족 집안에서는 당장은 그 집에 혼담을 넣는 일이 없었지요. 그렇다고 미천한 집안 출신 부잣집의 얼빠진 사내는 그 스스로가 바라지 않았습니다. 그런 식으로 높으면 높아서 성사되지 않고 낮으면 낮다고 거부했는데 아그러다 보니[53] 그만 혼기를 놓치고 말았지 뭡니까!

문희는 나이가 이미 찬 지라 남녀 사이의 감정에 관해서는 알 만큼은 다 알고 있었답니다. 다만 집안을 들락거리는 사람들은 평범하고 하찮은 부류가 꽤 많다 보니 성에 차는 사람이 없었지요. 그러던 차에 부친이 객

---

53 높으면 높아서~[高不湊, 低不就] : '고불주, 저불취(高不湊, 低不就)'는 명대의 속담으로, 고귀한 대갓집은 지체가 높아서 격이 맞지 않고 미천한 집안은 지체가 낮아서 격이 맞지 않는다는 뜻이다. 『박안경기』(초각) 제1권에도 같은 표현이 보인다.

주에서 외지 출신의 웬 글공부 하는 수재를 데려 왔다는 소식을 들었지요. 그래서 안에서 두리번거리면서 그가 어떤 사람인지 살펴보려고 하는 것이었습니다. 만 선비는 풍채도 행동거지도 모두 그럴듯한지라 금세 호감이 드는 것이었지요. 물론 이것은 초대랑의 잘못이었습니다. 재물을 베풀어 정의를 구현하면서 선행을 베푸는 것은 좋다 이겁니다. 하지만 만 선비에게 노잣돈을 좀 쥐어 주고 그가 길을 떠나게 해 주었어야 했어요. 더욱이 집안에는 아내도 없이 딸만 있는 상황이었습니다. 그런데 만 선비가 친지도 인척도 아닌데 어쩌자고 집에 묵도록 붙잡아 둘 수가 있단 말입니까! 그저 술 몇 잔을 즐기고 술친구 되어 줄 사람을 욕심 낸 것이 화근이었습니다. 거기다가 만 선비가 사랑스러운 것을 보고 정성을 다 해서 그를 대해 준 거지요.

그러나 만 선비가 경박한 젊은이일 줄 누가 알았겠습니까? 그는 우선 대랑이 정성을 다하는 모습을 보고 자신의 재능을 존경하는 것으로 여기고[54] 느긋하고 거만하게 굴면서 자기 본분을 망각하고 있었습니다. 거기다가 그 집에 친딸이 있고 미모가 적절한데 여태 출가시키지 않은 것을 눈치채더니 꿍꿍이속을 품고 아내로 삼을 마음을 품는 것이었지요. 그렇다고 해서 스스로 입을 열기는 곤란한지라 기회를 노리기로 했습니다. 날이 갈수록 바로 관중으로 가려던 마음은 제쳐 두고 더 이상 입에 올리지 않았지요. 초대랑은 초대랑대로 하루 종일 몽롱하게 술에 취해 있다 보니 그다지 주의를 기울이지 않게 되어서 별로 경계하지 않았답니다.

---

54 【즉공관 방비】此意最惡. 이런 마음이 아주 나쁜 것이다.

그렇다 보니 그 둘이 서로 마른 장작의 활활 타오르는 불 짝이 될 줄이야 누가 알았겠습니까? 서로가 서로를 탐닉하고 사랑하면서 각자 호감을 품더니 급기야 그렇고 그런 짓을 벌이고 말았지 뭡니까. 정분이 깊어지자 행동도 자연스레 대범해질 수밖에 없었지요. 초대랑도 그같은 낌새를 눈치채고 나서야 의심을 좀 품기 시작하는 것이었습니다.

일반적으로 아무리 작정하고 달려 들어도 제대로 감시하기는 어려운 법입니다. 당초에 만 선비가 집에 있을 때에는 대랑이 하루도 함께 지내며 술을 마시지 않는 날이 없을 정도로 붙어 지냈지만 전혀 책 잡을 구석이 없었습니다. 아 그런데 대랑이 의심을 품기 시작하니까 만 선비가 술을 마시는 동안 무심결에 말이 오락가락하면서 허점들을 많이 드러낸다는 생각이 들지 뭡니까요.

대랑은 그러다가 어느 날 볼일이 있다는 핑계로 대고 외출을 했습니다. 그런데 반나절 뒤에 돌아와서 보니 만 선비가 술에 취한 채 글방에 누워 있는 것이 아닙니까. 바람이 불어 옷이 날리면서 안에 입은 속옷이 드러나길래 그것을 보니 붉은 색을 띤 것이 여자의 면 저고리 같았습니다. 곁으로 가서 자세히 보니 바로 딸 문희가 입는 것이었습니다. 거기다가 목에는 원앙이 한 쌍이 서로 기대고 있는 무늬의 향주머니[55]를 걸고 있는데, 역시 문희가 직접 수를 놓은 것이었지요. 그는 깜짝 놀라서 소리

---

55 향주머니[香囊] : 향기가 나는 향료를 담은 작은 주머니. 몸에 지니거나 장막에 장식용으로 늘어뜨리기도 한다.

쳤습니다.

명대의 청화 원앙희수문 인합(鴛鴦戲水紋印盒)

"해괴하구나 해괴해! 이런 일이 다 있다니!"[56]

만 선비는 꿈을 꾸다가 고함 소리를 듣고 별안간 놀라 일어났습니다.
그는 허둥지둥 옷섶을 여미기도 전에 대랑에게 들킨 것을 알고 얼굴이
흙빛으로 변해 버렸습니다.

---

[56] 【즉공관 미비】 事甚不奇, 留之者奇. 일 자체가 해괴한 것이 아니라 이런 자를 붙잡은 자가
해괴한 게지!

“수재님 … 몸의 그 옷 … 어디서 나신 것입니까?”

대랑이 이렇게 말하자 만 선비는 속일 수 없다는 것을 눈치챘습니다. 그래서 하는 수 없이 거짓말을 둘러대었지요.

“소생이 … 옷이 얇아 춥길래 견딜 수가 없어서 … 따님 아가씨 처소에서 ‘어르신께 낡은 옷이 있으시면 한 점만 빌려 달라’고 부탁했지요. 그랬더니 따님이 여성용 면 저고리를 하나 가지고 나왔지 뭡니까. (…) 소생은 추위를 타는지라 사양하지도 못하고 일단 이 옷 안에 끼어 입은 겁니다!”

“옷이 필요하시다면 이 늙은이한테 이야기하면 되는데 어떻게 … 안채의 아녀자 하고 대놓고 들락거릴 수가 있습니까? (…) 내가 딸을 잘못 키웠구나!”

몸을 돌려 안으로 들어가던 그는 공교롭게도 딸 곁의 청상靑箱이라는 여종과 딱 마주치자 덥석 붙잡더니 매질을 했습니다.

“아씨가 그 만 수재 하고 벌인 일을 사실대로 낱낱이 고하렷다! 그러면 매질은 하지 않겠느니라!”

당황한 청상은 발뺌을 하는 수밖에 없었습니다.

"아무 것도 본 적이 없습니다요!"

대랑은 애가 타서 말하는 것이었지요.

"그래도 허튼 소리를 하다니! 딸이 입었던 저고리를 모두 벗어서 그 자한테 입혔는데도?"

청상은 어쩔 도리가 없어서 어물어물 둘러대었습니다.

"아씨가 주인마님[57]께서 만 나리를 몹시 아끼시는 것을 보시더니만 평소 서로 마주치면 그 분한테 인사 정도는 하고 지냈답니다. 그런데 그 분이 오늘 '몸이 춥다'고 해서 옷을 주었을 뿐 그 밖에는 아무 일도 없었습니다요!"

"여자 옷을 어떻게 호락호락 남한테 입힐 수가 있느냐? 더욱이 오늘은 내가 집에 있지도 않았는데 만수재에게서 술냄새가 진동을 하다니! 대체 어디서 먹은 게야!"

---

57 주인마님[爹爹] : 현대 중국어에서 '다다(爹爹)'는 구어식 표현으로 아버지 또는 아버지와 연배가 비슷한 남자를 높여 부르는 호칭이다. 그러나 명대에는 나이가 많은 남자를 높여 부르는 호칭으로 사용되었다. 여기서는 청상이 초문희의 아버지(초대랑)를 간접적으로 일컫는 말로 해석할 수도 있겠지만 그런 경우 의미상으로 혼선이 있을 수 있기 때문에 편의상 "주인마님"으로 번역하였다.

청상이 모른다고 둘러대자 대랑이 말했습니다.

"그래도[58] 허튼 소리로구나! 그 자가 설마 다른 데에서 술을 처먹었겠느냐? (…) 그 자가 방금 나한테 자백했느니라. 사실대로 털어 놓지 않으면 네년을 때려죽이고 말 테다!"

더 이상 둘러댈 수 없다는 것을 눈치 챈 청상은 하는 수 없이 그동안 두 사람이 그렇고 그런 짓을 벌여 온 일을 낱낱이 털어 놓았습니다. 그 말을 들은 대랑은 하도 성이 나서 귀를 잡았다 뺨을 긁었다 해 보았습니다마는 무슨 소용이 있겠습니까?

"아무 쓸모도 없는 몹쓸 것 같으니! 그 자는 외지에서 온 자인데 … 그런 작자와 그런 짓을 벌이면 어쩌자는 것이냐!"

그가 이렇게 고함을 지르자 청상이 말하는 것이었습니다.

"아씨는 오늘 주인마님께서 안 계신 것을 알고 은밀히 술곽을 준비하셨습니다. 그리고는 만 나리한테 '당신과 제가 혼인하여 평생 저버리지 않겠다' 하늘 앞에서 맹세하기를 요구하시고 그 분 하고 같이 드셨답니

---

58 그래도[一發] : 명대 구어의 '일발(一發)'은 현대 중국어의 '월발(越發)'과 같은 표현으로, 일반적으로 '더더욱' 정도로 번역하는 것이 보통이지만 여기서는 어감상 그보다는 '그래도'의 의미에 더 가깝다.

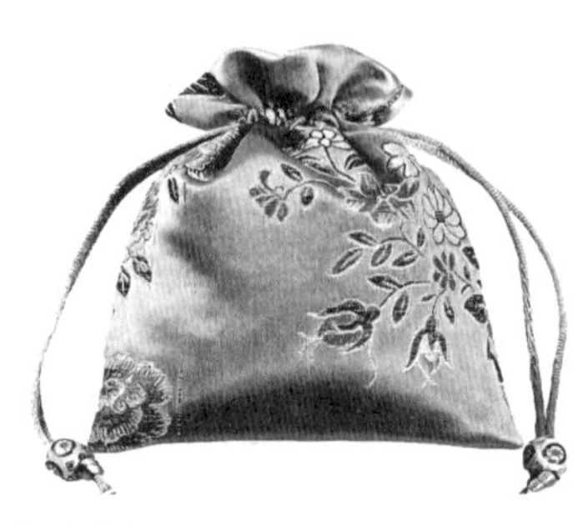

향 주머니

다. 그리고는 옷 한 점과 향주머니 한 개를 벗어서 기념으로 그 분한테 주셨어요!"

"이를 어쩔꼬, 이를 어째!"

그는 한숨을 쉬면서 말했습니다.

"이 모두가 내가 너무 잘 대해 준 탓이다! 더 말 할 것도 없지!"

그는 두 손으로 뒷짐을 지고 느릿느릿 바깥으로 나가 버리는 것이었습니다.

문희는 부친이 청상을 때리는 것을 보고 자신이 좀 민망한 짓을 저질렀음을 깨달았습니다. 그런데 자세히 들어 보니 청상이 진상을 낱낱이 털어놓는 것이 아닙니까. 그래서 방 안에서 다급해진 나머지 목을 매려고 하는데 갑자기 청상이 자기 앞으로 다가오는 것이었습니다. 부친이 나간 것을 안 그녀는 그제서야 마음을 가라앉히고 청상을 보고 말했지요.

"일이 이렇게 들통이 나 버렸으니 어쩌면 좋지? 차라리 … 죽어 버리고 말까!"[59]

"아씨, 고정하세요! 제가 보니까 주인마님께서 한숨을 쉬시더니 당신 탓을 하면서 나가시더군요. (…) 아씨 혼사를 치루어 주시기로 작정하신 것 같아요!"

"어째서?"

"주인마님께서 만 나리를 몹시 아끼시지요. 그런데 이런 일이 생겼다는 걸 벌써 아셨으니 … 만약에 지금 그 분을 쫓아내기라도 해 봐요. 노여움을 사는[60] 셈일 뿐만 아니라 여태까지의 좋은 감정을 몽땅 저버리는 격이잖아요. 그래서야 어떻게 아씨 문제를 해결하실 수 있겠어요? (…) 주인마님께서 오늘 나가셔서 만약에 … 만 나리가 아직 미혼이신 걸 확인하시면 … 어쨌든 짝을 지어 주시고 말 거에요!"

"그렇게만 되면 좋으련만…"

아닌게 아니라 대랑은 그곳을 나가서 한 동안 생각에 잠겼다가 그 길로 글방으로 가서 성난 표정으로 만 선비에게 물었습니다.

---

59 죽어 버리고 말까[不如死休] : 원·명대의 구어체 중국어[白話]에서 주로 문미에 조사로 사용되어 청유의 어감을 담은 '~파(罷)'나 상황의 변동을 나타내는 '~료(了)'와 비슷한 어감을 나타낸다.

60 노여움을 사는[惡識] : 원·명대에 '악식(惡識)'은 '죄를 짓다' 또는 '노여움을 사다'라는 의미로 사용되었다. 『금병매(金瓶梅)』 제61회에서 서문경(西門慶)이 "네 이 망할 놈, 그의 노여움을 사지 않도록 하는 편이 좋을 게다![你這歪狗材, 不要惡識他便好]"라고 한 데서도 같은 표현이 보인다.

"수재님! (…) 댁에 부인이 계십니까?"

만 선비는 몸둘 바를 몰라 쩔쩔 매면서 대답했지요.

"소생 … 세상을 떠돌아 다니느라 사실은 여태 아내를 들이지 못했습니다."

"수재님네들은 『시경詩經』 『서경書經』 공부와 더불어 행실이 발라야 하는 법입니다![61] 나와 수재님은 본래 모르는 사이임에도 객지에서 고생하는 수재님이 딱해서 각별하게 도와 드렸던 겁니다. 헌데 … 수재님 행실이 이렇듯 의롭지 못할 줄 누가 알았겠소이까! (…) 남의 집 자식의 몸을 더럽히셨으니 어찌 군자의 처신이라고 할 수 있겠습니까!"

만 선비는 부끄러워 어쩔 줄을 모르면서 땅바닥에 엎드려 머리를 조아리며 말했습니다.

"소생이 정말 죽을 죄를 졌습니다! 어르신께 입은 깊은 은덕만 해도 갚기 어려울 지경인데 … 이번에는 남녀 간의 연정을 순간적으로 절제하지 못한 나머지 이런 미친 짓을 저지르고 말았군요! (…) 큰 아량을 베풀어 주신다면 소생 … 이번 생에서 죽음으로 갚아 하늘만큼 높고 땅처럼

---

61 【즉공관 방비】讀詩書者逐有行止乎. 『시경』, 『서경』을 읽었다고 예의범절을 안다던가?

두터운 그 은혜를 맹세코 잊지 않겠습니다!"

그러자 대랑은 다시 한숨을 쉬더니 말했습니다.

"일이 이 지경이 되었으니 후회한들 무슨 소용이 있겠소이까! 따지고 보면 내가 둔 딸이 현명하지 못해서 이런 수모를 당하는 게지! (…) 지금 딸이 그대에게 몸이 더럽혀졌으니 … 어떻게 남의 집에 출가시킬 수가 있겠소? 그대가 거리가 멀다고 마다하지 않는다면 이참에 우리 집에 데 릴사위로 들어와 사위 노릇을 하면서 나를 말년까지 봉양해 주시구려. 그러면 나도 '재수가 없었다' 치리다!"

그 말을 들은 만 선비는 '구중 하늘에서 사면서가 내리는 셈'[62]이었으 니, 어떻게 만족하고 반가워하지 않을 리가 있겠습니까? 이번에도 머리 를 조아리면서 말하는 것이었지요.

"그렇게만 인연을 맺어 주시면 이 만 아무개 몸이 가루가 되고 뼈가 으 스러지더라도 그 깊은 은혜를 갚기 어려울 것입니다! 만 아무개는 양친 이 모두 돌아가시고 집안에 아내가 없으니 어르신을 평생토록 봉양해 드 림이 옳습니다! 제가 또 어디로 가겠습니까?"[63]

---

62 구중 하늘에서 사면서가 내리는 셈[九重天上飛下一紙赦書] : 명대의 유행어. 속박에서 해
    방된다는 뜻이다. 여기서는 대랑이 자신의 딸을 만 선비에게 짝 지어 주기로 약속한 일을
    두고 한 말이다.
63 【즉공관 미비】輕諾者必寡信. 가볍게 약속하는 자는 분명히 신용이 없기 마련이지.

"젊은 나이여서 매사를 쉽게 여기고 훗날 마음을 바꿀까 봐서 걱정이외다!"

"소생은 따님과 사랑이 깊고 의리가 막중하여 벌써 맹세를 했습니다! 만약에 그 맹세를 저버린다면 이 만 아무개 좋게 죽지는 못할 것입니다![64]*[65]

대랑은 그의 말이 참된 데다가 따로 방법도 없는지라[66] 되는 대로 날을 잡고 술자리를 좀 준비해서 두 사람을 짝 지어 주었답니다.[67] 그야말로

화려한 비단 이불 속에서 신부를 부르고	綺羅叢裡喚新人,
비단 수 놓인 이불 속에서 옛 물건을 보네.	錦綉窩中看舊物.
나중에 본처 들여 주객이 전도되고 말지만	雖然後娶屬先奸,
이날 밤의 정분은 되려 더 돈독하구나!	此夜恩情翻較密.

이렇듯 만 선비와 문희 두 사람은 남 몰래 정을 통함으로써 목적[68]을

---

64 좋게 죽지 못하다[不得好死]: '좋게 죽는다(好死)'는 것은 온전한 몸으로 천수를 누리는 것을 가리킨다. '좋게 죽지 못한다(不得好死)'는 것은 목이 잘리거나 능지(凌遲) · 거열(車裂) 등으로 사지가 훼손된 채 처참하게 죽거나 비명(非命)에 횡사(橫死)하는 것을 말한다.

65 【즉공관 방비】應驗. 말이 씨가 된다는데.

66 【즉공관 방비】可憐. 딱하기도 하지!

67 【즉공관 미비】所以起後日之輕薄也. 이렇게 해서 훗날의 배신(박정)의 씨앗이 되는구나!

68 목적[正果]: '정과(正果)'는 원래 불교 용어로, 수행에 정진한 끝에 얻는 '올바른 깨달음'을 뜻하는 말이다. 나중에는 일에서 성과를 내거나 목적을 이루는 것을 두고 하는 말로 사용되기도 했는데, 여기서도 같은 의미로 사용되었다.

이룰 수가 있었습니다. 하늘이 인간의 소원을 이루어 준 셈이니 그 기쁨은 이루 형용할 수조차 없을 정도였지요. 그래서 문희는 만 선비를 보고 말했습니다.

"소녀는 아버님께서 서방님을 아끼시는 것을 보고 순간적으로 흠모하게 되어 이 한 몸 바치는 것을 부끄럽게 여기지 않다 보니 결국 정조를 잃었습니다. (…) 당초에는 언젠가 이 일이 발각되어 해로할 수 없게 되면 남은 길은 죽음뿐이라고 여겼었지요. 다행스럽게도 아버님께서 짝을 지어 주시니 이제 해로할 걱정일랑 하지 않아도 되게 되었습니다. 그야말로 죽었다가 되살아난 격이니 천만다행이올시다! 나중에도 절대로 잊으시면 안될 것입니다!"

그러자 만 선비가 말하는 것이었습니다.

"소생은 날아다니는 쑥대처럼 정처 없이 떠도는 신세이올시다. 다행스럽게두, 장인어른께서 오랜 벗을 본 것처럼 대해 주셨지오. 입던 옷도 벗어주고 먹던 음식도 양보할 정도[69]이셨으니 그 은혜만 해도 충분히 두텁소이다! 거기다가 그대까지 소생을 버리지 않고 오늘 이렇게 좋은 인연을 맺게 되었으니 참으로 은혜에 은혜가 더해진 격이요! 훗날 이 은혜

---

69 입은 옷도 벗어주고 먹던 음식도 양보할 정도[解衣推食] : 상대방에 대한 사랑이나 호감이 각별한 것을 말한다. 『사기(史記)』「회음후열전(淮陰侯列傳)」의 "옷을 벗어 나를 입히고 음식을 양보하여 나를 먹였소[解衣衣我, 推食食我]"에서 비롯된 말이다.

를 저버린다면 정말 사람이 아닐 것이오!"

두 사람이 갈수록 아교 같고 옻칠 같이 금슬이 좋아진 것은 말할 필요도 없었습니다.

만 선비는 집에서 따로 할 일이 없는지라 밤낮으로 글공부에 전념하면서 과거 응시만 목표로 삼았답니다. 그의 그런 모습을 본 초대랑은 '제대로 된 사람에게 출가시켰다'며 속으로 기뻐하면서 그때부터 그를 격의 없이 대해 주었지요.

그렇게 두 해가 지났을 때였습니다. 동경[70]에서 봄철의 과거시험을 시행하여 인재들을 등용할 때가 되었지 뭡니까. 만 선비는 즉시 장인에게 가서 과거를 보겠다는 뜻을 밝혔습니다. 그래서 초대랑이 노잣돈을 챙겨서 길을 떠나게 해 주었지요. 장인과 아내와 작별한 만 선비는 그 길로 동경으로 가서 단번에 과거에 급제했답니다.

일단 급제하기는 했지만 만 선비는 내심 문희 걱정에 마음이 놓이지 않았지요. 그는 정식 인사까지는 시간 여유가 있음을 알고 생각했습니다.

'변량은 봉상에서 멀지 않지. 이제 다행스럽게도 베옷을 벗고 관복을 입게 되었으니[71] 일단 장인 댁으로 가서 가족들과 축하 인사를 좀 나누고

---

70 동경(東京) : 북송의 도읍이던 개봉부(開封府)의 다른 이름.
71 흰 옷을 벗고 관복을 입게 되었으니[脫白掛綠] : 평민에서 관리로 신분이 상승한 것을 말한다. 『신당서(新唐書)』「거복지(車服志)」에 따르면, 당나라 관원들의 경우 "관복으로 짙은 녹색은 6품의 복색이며 옅은 녹색은 7품의 복색으로, 모두 은 띠를 두른다(深綠爲六品

와도 늦지는 않겠지!'

이때 만 선비는 벌써 부리는 종복을 거느리고 과거와는 지체가 비할 바가 아니었습니다. 그래서 종복에게 행장을 챙기게 해서 즉시 길을 나섰답니다.

그렇게 해서 며칠 지나지 않아 벌써 초대랑 집 앞에 이르렀습니다. 대랑은 누가 미리 그 소식을 알려 주어서 그날 그를 맞이할 준비를 잘 했지요. 그리고는 요란하게 풍악을 울리는데 그야말로 온 동네가 다 떠나 갈 정도이지 뭡니까. 만 선비는 푸른 색 관복에 홰나무 널판[72]을 든 채 의기도 양양하게 집 안으로 들어왔습니다. 그리고는 장인을 보자마자 고개를 숙이고 네 번 절을 하는 것이었지요.[73] 절을 마친 그는 한참 동안 무릎을 꿇고 일어나지도 않은 채 고맙다는 인사를 했습니다.

"이 사위에게 오늘의 영광이 있게 된 것은 모두가 장인께서 이끌어 주신 터태입니다! 당초 객주에서 어려움을 당할 때 아무도 도와주지 않았다면 저는 진작에 이름 모를 산골짜기에 묻히는 신세가 되고 말았을 테니 어디 이런 영화부귀를 바랄 수가 있겠습니까!"

之服, 淺綠爲七品之服, 皆銀帶)". 송대에도 초기에는 당나라의 제도를 계승하였다. 말하자면 녹색은 당·송대 하급 관원들의 복색인 것이다.

72 홰나무 널판[槐簡] : 중국 고대에 하급 관원이나 과게에서 석차가 낮은 급제자가 메모를 하던 작은 널판. 때로는 회목간(槐木簡)'으로 부르기도 하였다.

73 【즉공관 미비】僅博得此耳. 고작 얻을 것은 이 호사 뿐인 것을!

하면서 쉬지 않고 머리를 조아리자 대랑은 그를 부축해 일으키더니 말했습니다.

"이 모두가 사위님 재능이 출중하여 저 푸른 구름처럼 높은 자리에 오른 것인데 이 늙은이한테 무슨 공이 있겠는가? 당초 사위님이 어려움에 처해 낙심하기도 했지만 그것은 선비들에게는 일상적인 일일세. 이제 금의환향 했으니 오히려 이 늙은이야말로 더 없는 영광일세 그려!"

만 선비는 이번에는 문희를 불러내더니 맞절로 예의를 차리고 서로 고맙다는 인사를 했습니다. 그 날 이웃들은 인산인해를 이루며 구경을 하면서 저마다 이렇게 말했습니다.

"초대랑께서 좋은 사람 알아보는 안목을 가지고 계시고 … 거기다가 평소에 선행을 베풀기 좋아하셔서 오늘 이렇게 영화로운 보답을 받으시고 그 딸까지 덕을 본 게지!"

개중에 어떤 경박스러운 자는 이렇게 말하기도 했지요.

"그 딸 말인데 … 들자니 전부터 저 선비 하고 뭔가가 있었다던디?[74] 그러다가 나중에 짝을 지어 줬다더만?"

---

[74] [교정] 뭔가가[須] : 상우당본 원문에는 '모름지기 수(須)'로 되어 있다. 그러나 전후 맥락을 따져 볼 때 '조금 사(些)'의 의미로 사용되었음을 짐작할 수 있다.

그러자 어떤 사람은 이렇게 말하는 것이었습니다.

"그래도 대랑께서 따님을 주실 생각으로 그를 집안에서 그동안 지내게 해 주셨던 게지. 설사 이전에 무슨 사연이 좀 있었다손 치더라도 … 어쨌거나 둘이 부부가 되지 않았는가? 이제는 한 침상의 비단 이불로 왕년의 모든 잘못을 다 덮고[75] 거기다 마침 원군[76] 부인[77]까지 되었는데 … 아

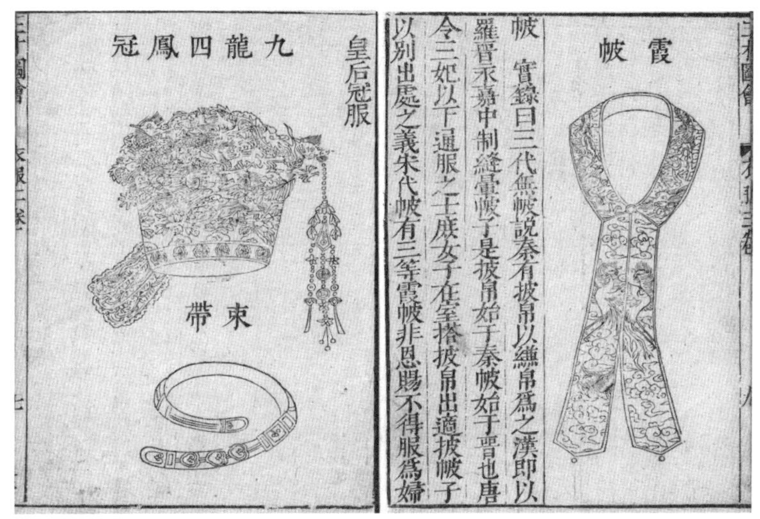

멍대의 봉관(좌)과 하피(우)(『삼재도회』)

---

75 한 침상의 비단 이불로 모든 허물을 덮어 주고[一床錦被遮蓋了] : 과거에 지은 잘못이나 실수를 눈 감아 주거나 남들이 실정을 알 수 없도록 진상을 은폐하는 것을 말한다. 때로는 "한 침상의 비단 이불로 서로 허물을 덮어 주다(一床錦被相遮蓋)" 식으로 사용하기도 한다.

76 원군(院君) : 송·원대에 조정으로부터 봉호(封號)를 하사 받은 부녀자를 높여 부르던 호칭. 일설에는 '현군(縣君)'을 잘못 쓴 것이라고 한다. 청대 말기의 유월(俞樾)은 『다향실총초(茶香室叢鈔)』에서 남송대 학자 주밀(周密, 1232~1298))의 『무림구사(武林舊事)』에 소개된 잡극 제목 「취원군영부(醉院君瀛府)」와 관련하여 다음과 같이 주석을 붙였다. "서방(민간 출판사)에서 간행한 판본에는 '원(院)'이 '현(縣)'으로 되어 있다. 따져

그게 다 무슨 상관이 있는가?"

　이렇게 입방아를 찧고 있을 때였습니다. 가만 보니 많은 사람들이 양을 끌고 술을 지거나 꽃을 들고 예단을 받들고 왔지 뭡니까. 모두가 현지의 구역 담당관에 이웃에 친척들이었지요. 그들은 대랑에게 경사를 축하해 주러 온 것이었습니다. 대랑은 이때 한껏 우쭐해져서 정말 그렇게 영광스러울 수가 없었지요![78] 그는 한편으로는 술을 준비해 사위를 정성껏 대접하면서 우선 지인과 친척 몇 사람을 남겨서 자리를 같이 하게 했습니다. 이튿날도 술을 준비하여 축하 인사를 하러 온 사람들을 접대하면서 먼저 친지, 이어서 이웃들까지 연거푸 열흘 가까이 술잔치를 벌였습니다. 그 와중에 초대랑은 엄청난 돈을 썼지만 원체 기쁜 일이다 보니 돈을 들이는 것조차 마음에 두지 않았지요.[79] 만 선비와 문희 부부 두 사람은 더더욱 서로 존경하고 사랑하면서 그렇게 즐거울 수가 없었답니다. 청상은 청상대로 '과거에 공로를 세운 사람'이라 하여 남다르게 대해 주

　　보건대 지금의 소설가들은 '원외원군(員外院君)'이라고들 부르던데 '원군'이 무슨 뜻인지 알 수가 없었다. 그런데 이제 이 대목을 보니 그것이 '현군'을 잘못 적은 것임을 알게 되었다. 아마도 옛날에는 부녀자에게 군군(郡君)이니 현군이니 하는 봉작이 내려졌던가 보다. '현군'이라고 부르는 것은 요즘 '유인(孺人)'이라고 부르는 것과 같은 경우이다(陳刻, 院作縣. 按今世小說家有員外院君之稱, 不知院君爲何義. 今觀此, 乃知是縣君之誤. 蓋古婦人有郡君縣君之封, 稱縣君猶今稱孺人也)"

77　부인(夫人) : 중국 고대의 존칭. 당대에는 3품 이상의 고관대작의 모친이나 아내를 '군부인(郡夫人)', 왕의 모친·아내 및 1품 고관대작과 제후의 모친·아내는 '국부인(國夫人)'으로 높여 불렀다. 나중에는 대갓집의 여주인 역시 '부인'으로 불려졌다.

78　【즉공관 미비】 易盈者易涸, 每每如此. 쉬이 채워진 것은 쉬이 마르기 마련이다. 언제나 늘 그랬다네.

79　원체 기쁜 일이다 보니 돈을 들이는 것조차 마음에 두지 않았답니다[歡喜破財, 不在心上] : 기쁜 일을 만나서 사소한 금전적인 손해 정도에는 아랑곳 하지 않는다는 뜻이다.

어 그야말로 얼굴색까지 달라 보일 정도였지 뭡니까. 그래서 과거에 급
제하고 돌아온 뒤에 달라진 세상인심을 풍자한 이런 가사가 다 있는 것
입니다.

세상 일이란 예로부터 정해진 게 없나니	世事從來無定,
하늘께서 뜻대로 안배하시기 때문이라네.	天公任意安排.
가난한 선비가 갑자기 높은 자리 오르매	寒酸忽地上金堦,
온갖 추악한 광경 다 보는구나.	立看許多滲瀨.
잘 아는 사이라도 다시 보아야 하고	熟識還須再認,
가까운 친지라도 의심부터 하고 보자.	至親也要疑猜.
부부가 처신할 때도 마음 열지 말고	夫妻行事別開懷,
불알처럼 다르게 대할지어다[80]!	另似一張卵袋.[81]

이야기를 들려 드리도록 하겠습니다. 만 선비는 남편이 영광을 누리고
아내가 존귀해지자 아침저녁이 즐겁고 기쁘기 짝이 없었습니다. 초대랑
은 처음부터 통이 큰 사람이다 보니 더더욱 씀씀이가 커졌습니다. 그런
데도 '딸과 사위한테 기대면 말년에 부귀를 누리지 못할까 걱정할 필요
는 없겠지' 하고 여겼지요.[82] 그래서 마음과 힘을 다해서 그 두 사람을 부
양했답니다. 나중에 되돌려 받을 생각으로 말입니다. 만 선비는 이렇듯

---

80 불알처럼 다르게 대할지어다[另似一張卵袋] : 명대의 유행어. 자세한 의미는 알 수가 없
　　다. '난대(卵袋)'는 음낭을 가리키지만 편의상 "불알"로 번역하였다

81 【즉공관 미비】眞眞可以絶倒. 정말이지 포복절도 할 지경이로군.

82 【즉공관 방비】未必. 정말 그럴까?

언제나 남이 내야 할 기분이나 내면서[83] 즐겁게 지냈습니다.

　그렇게 얼마 지나고 났을 때였습니다. 인사 철이 닥치면서 서울로 가게 되었지요. 대랑은 '관리의 인사에는 돈을 써야 좋은 곳으로 영전할 수 있다'고 여기고 있었습니다. 그래서 기름진 땅들을 전부 처분하고 엄청난 액수의 은자를 모아서 만 선비에게 들려 보낼 수밖에 없었지요. 초대랑의 집안 형편은 당초에는 평소와 같았습니다. 그런데 이번에 이렇게 큰 지출을 하고 나니 열에서 팔구 할이 거덜나고 말았지 뭡니까. 그래도 '사위가 좋은 자리로 영전하고 나면 다시 집안 형편이 번창하기를 바랄 뿐이었지요. 그래서 조금도 인색하게 아끼는 법이 없었답니다. 만 선비가 길을 나서던 날 밤에 문희가 그를 보고 말했습니다.

　"저와 서방님은 사랑이 남다른 사이지요. 지난번에 과거시험을 보실 때에도 헤어지기는 했습니다만 속으로 좋은 날이 오기를 바라면서 아무리 마음에 걸리는 것이 있어도 그다지 슬픈 마음이 들지 않았지요. (…) 이번에 일단 급제는 했고 … 이번 부임지만 선정되면 좋은 일만 생길 테지요.[84] 그러나 웬일인지 속으로 참담한 생각만 들어서 서방님을 떠나 보

83　남이 내야 할 기분이나 내면서[慷他人之慨] : 남이 기분을 내고 뿌듯해 해야 할 일에 엉뚱하게 제3자가 자신이 인심을 쓴 것처럼 그 기쁨을 가로채는 것을 두고 하는 말이다. 명대 말기의 사상가인 이지(李贄, 1527~1602)가 저술한 『분서(焚書)』「한등소화(寒燈小話)」의 "하물며 남이 내야 할 기분을 내고 남이 써야 할 재물을 쓴다면 남들 입장에서는 인정이 없는 것이요 자신의 입장에서는 너무도 변명의 여지가 없는 일이 아니겠는가?[況慷他人之慨, 費別姓之財, 于人爲不情, 于己甚無謂乎?]"에서 비롯되었다. 남의 재물로 자기 인심을 쓰는 것을 두고 하는 말이다.

84　【즉공관 방비】未必. 과연 그럴까?

내고 싶지 않군요. (…) 무슨 불길한 일이라도[85] 있는 것이 아닌지…"[86]

그러자 만 선비는 이렇게 말했습니다.

"나는 서울에 가자마자 발탁되고 갑방[87]으로 급제했으니 좋은 자리를 얻을 것이 분명하오! 부임지가 결정되기만 하면 사람을 시켜 당신과 장인어른을 마중하게 하겠소. 함께 임지로 가서 편안하게 부귀영화를 누립시다! 이 절차는 일정이 정해져 있어서 시일이 오래 걸리지 않을 테니 무슨 불길한 구석이 있겠소? 그런 걱정일랑 하지 마시오!"

"저도 그건 알고 있지요. 하지만 … 웬일인지 평소와는 좀 다른 생각이 들어서 … 저도 모르게 눈물이 다 나려고 하는군요. 도대체 무슨 영문인지 모르겠습니다!"

"이번에 집이 한 동안 북적거렸는데 이제 내가 떠나면 금세 썰렁하게

---

85 [교정] 징조[兆]: 강소고적판(제239쪽)에는 첫 글자가 '아닐 비(非)'로 소개되어 있다. 그러나 상우당본은 물론이고 천진고적판(제549쪽)에도 '징조 조(兆)'로 나와 있고 그 뒤에 이어지는 구절의 내용을 따져 보더라도 여기서는 후자로 해석하는 편이 옳다.
86 【즉공관 미비】兆已見矣, 正是算不定的. 징조는 벌써 나타난 셈이다. 아직 적중하지 않았을 뿐이지.
87 갑방(甲榜): 원·명대 이래로 진사(進士)를 일컫는 데에 사용된 또다른 이름. 청대의 학자 조익(趙翼, 1727~1814)은 『해여총고(陔餘叢考)』「갑방을방(甲榜乙榜)」에서 "지금 진사를 '갑방'이라고 하는데 그들이 과거의 최종단계인 전시에서 1·2·3갑의 우수한 석차로 급제했기 때문이다[今世謂進士爲甲榜, 以其曾經殿試, 列名於一二三甲也]"라고 설명하였다.

느껴질 거요. 그래서 그런 게지."

"그것도 그렇군요!"

두 사람은 밤새도록 이야기를 나누었습니다마는 끈끈한 정을 담은 것으로, 결국 따지고 보면 '저를 잊지 마시라'는 이야기였지요.

이튿날 날이 밝자 옷차림과 행장을 잘 챙긴 그는 대랑 부녀와 작별 인사를 나누었습니다. 그리고 종복을 데리고 그 길로 동경으로 길을 나섰지요. 이쪽의 대랑과 문희 부녀 두 사람은 두 사람대로 서로를 위로하면서 집안 일들을 정리하고 처리했습니다. 그리고 나서 서울에서 심부름꾼이 데리러 와서 함께 임지로 떠날 날만 목이 빠져라 기다리고 있었던 것은 말 할 필요도 없었지요.

계속 이야기를 들려 드리도록 하겠습니다. 서울에 도착한 만 선비는 임해[88]의 현위[89]에 제수되었습니다. 그래서 행장을 챙겨 출발해서 봉상에 들러 장인과 아내를 만나 함께 임지로 떠날 참이었습니다. 그런데 날짜를 잡고 곧 길을 나서려고 할 때였습니다. 가만 보니 문 밖에서 웬 사람이 성큼성큼 걸어 들어오면서 이렇게 외치는 것이었습니다.

---

88 임해(臨海) : 중국 명대의 현 이름. 지금의 절강성 태주시(台州市) 관할하의 임해현(臨海縣)에 해당한다.
89 현위(縣尉) : 중국 고대의 관직명. 진(秦)나라 때 처음으로 설치되었으며, 현승(縣丞)과 함께 현령을 보좌하던 관리로서, 현의 치안을 담당하였다. 지금의 경찰서장에 해당한다.

"동생, 어디서도 못 찾았었는데 이제 보니 여기 있었군 그래?"

만 선비가 고개를 들고 보니 회남에 살던 한 집안 형님이 아닙니까. 만 선비가 서둘러 마중하자 그 사람이 말했습니다.

"동생, 자네가 몇 해 동안 먼 곳을 떠도는 사이에 집안에는 생활비가 바닥나고 온 문중 사람들이 '동생이 어디에 있는지 모르겠다'고 다들 의아해 하고들 계시네! (…) 서울에 가서 단번에 급제했다니 참으로 이만저만한 경사가 아니지 뭔가! 문중 숙부님이신 추밀원 상공께서는 급제자 명단을 보시자마자 사람을 서울로 보내 마중을 하게 하셨지.[90] 허나 … 아무리 찾아도 찾을 수가 없어서 동생이 어디로 갔는지 영문을 알지 못하고 있었네. (…) 이번에 임지가 결정되었으니 서울을 떠나 고향 집에 가 보아야 하지 않겠나? (…) 나는 여기서 일이 좀 있었네. 일을 다 마치고 짐을 챙겨 돌아갈 요량으로 벌써 변하[91]에서 배를 빌리고 짐도 전부 배에 실어 놓았지. 그리고는 가는 곳마다 수소문을 한 끝에 이렇게 동생을 만났네 그려! (…) 짐을 다 챙겼으면 무조건 나 하고 같이 돌아가서 친척들 좀 뵙도록 하세. 그런 다음에 부임하면 되지 않는가!"

---

90 【즉공관 미비】未見榜時, 何不見相接. 방이 걸리기 전에는 어째서 맞아 들일 생각을 하지 않았던고?

91 변하(汴河): 중국 고대의 하천이자 운하 구간의 이름. 통제거(通濟渠)·변수(汴水)·고변하(古汴河) 등의 이름으로 불리기도 하였다. 수나라 양제(煬帝) 때에 하남성 낙양(洛陽)의 서원(西苑)으로부터 강소성의 양자강(揚子江) 나루 어귀(지금의 양주시 남쪽)까지 개통되었다. 당·송대에는 '변하'로 일컬어졌다.

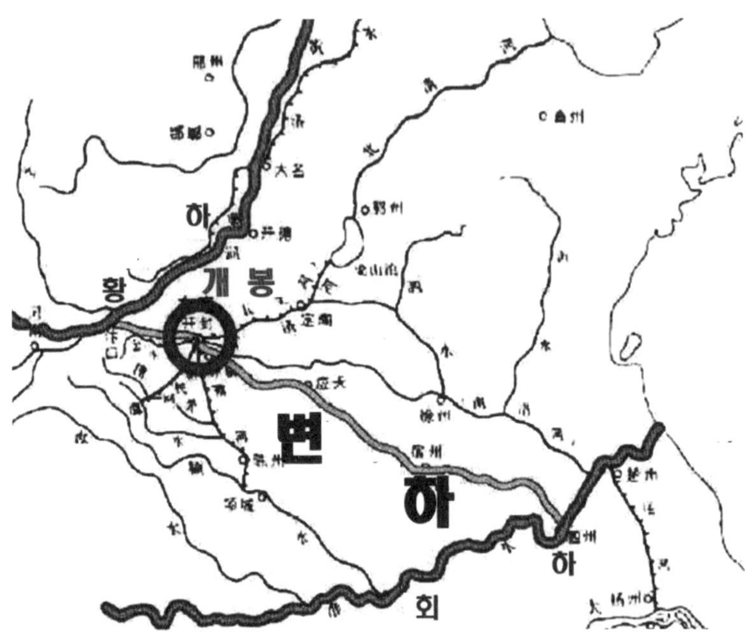

지도에서 동그라미로 표시된 개봉에서 비스듬히 동남쪽으로 흐르는 변하가 보인다

만 선비에게는 오로지 봉상으로 갈 생각뿐이었습니다. 어디 고향 집으로 돌아갈 생각인들 한 적이 있었겠습니까? 그러나 문중 형님이 터무니없는 소리를 하는 것을 보면서도 대놓고 그를 보고 따질 수는 없었습니다. 그래서 우물쭈물 하면서 대답했지요.

"저는 … 처리해야 할 일이 좀 있어서 당장은 집에 갈 수가 없겠습니다!"

"또 심통을 부리는 겐가? 자네가 짐을 모두 잘 꾸려 놓아서 길을 나서기만 하면 될 것 같은데 … 고향 집에 가지 않으면 어디를 가겠다는 게야?"

“제가 떠돌이 생활을 할 때 어떤 분으로부터 큰 은혜를 입었습니다. 이제 서쪽으로 고맙다는 인사를 드리러 가야 합니다!”

“동생이 급제하기는 했지만 빈 손이지 않은가! 남한테 인사를 하려면 선물부터 준비하는 것이 순서일세. (…) 그런 일은 당연히 부임하고 나서 처리하도록 하게. 하물며 이번에 임지로 가려면 도중에 동쪽을 거쳐 가야 되니 고향 집 근처를 지날 수밖에 없어. 같은 방향으로 가지 않고 되려 서쪽으로 간다는 게 웬 말인가?”

만 선비는 이때 무조건 사실대로 그 사람에게 이야기 했어야 옳았습니다. 부득이한 사정을 이야기했더라면 그도 말리기 곤란했을 테니까요. 그러나 만 선비는 일처리가 노련하지 못했습니다. 그렇다 보니 마치 그 일을 가지고 남을 속이려 들이라도 하는 것처럼[92] 분명하게 밝히기는커녕 그저 말을 얼버무리기만 할 뿐이었습니다. 급기야 그 사람이 아무리 감언이설을 늘어놓아도[93] 끝까지 ‘돌아가지 않겠다’지 뭡니까. 그러자 그 사람은 벌컥 성을 내면서 욕을 퍼붓는 것이었습니다.

“이렇게 경박스럽고 무지한 녀석을 보았나! 선비가 급제했으면 돌아가

---

92 【즉공관 미비】終是偸情二字不能消化. 결국은 바람 피운 일은 지울 수가 없지.
93 감언이설을 늘어 놓자[天花亂墜] : 전설에 따르면 부처가 불법을 설파할 때에 천신들이 감동하여 저마다 각양각색의 꽃들을 공양으로 뿌려 부처에 대한 경의를 표명했다고 한다. 나중에 ‘천화난추(天花亂墜)’는 당사자의 말이 그럴듯하고 솔깃한 것을 뜻하는 말로 사용되었으나 과장되거나 현실적이지 못한 말을 가리키는 경우가 많다.

서 문중 어른들과 이웃사람들도 좀 만나 뵈어야 할 게 아닌가! 그건 그렇다고 치자구. 부모님 산소에 가서 절도 좀 드려야 되는 것 아닌가? 나 하고 같이 아무 데나 가서 한번 물어 보세 세상이 이런 법이 어디 있는지!"

만 선비가 그가 하는 말을 들어 보니 맞는 말이었습니다. 그래서 순간적으로 반박할 수가 없자 얼굴이 벌게져서 입을 열 엄두를 내지 못하는 것이었지요. 그 형님은 그의 말문이 막히자 자신을 수행한 하인들을 불렀습니다. 그러더니 그의 중요한 함과 궤짝들을 그가 항의하기도 전에 막무가내로 그 길로 배 위로 날라 가 버리는 것이 아닙니까 글쎄. 만 선비는 어떻게 해 볼 도리가 없자 속으로 생각했습니다.

'나는 오랫동안 고향에 돌아가지 못했지. 하물며 난 형편이 어려울 때 고향을 등졌다. (…) 이번에는 금의환향 하는 격이니 좋은 일이기는 하지.[94] (…) 고향에 들렀다가 봉상으로 간다면 날짜는 좀 지체되겠지만 큰 지장은 없을 거야.'

그래서 그 사람을 보고 말했습니다.

"정 그러시다면 형님 하고 같이 고향에 좀 다녀오도록 하지요."

---

[94] 【즉공관 미비】還鄉何妨. 只要立得□□定耳. 고향에 가면 또 어떤가? □□만 굳게 지키면 되는 게지!

그러나 바로 이 걸음 때문에 다음과 같은 일이 벌어지게 됩니다.[95]

관복 차림의 젊은이,	綠袍年少,
발 묶인 줄에 엉뚱한 데로 끌려가매	別牽繫足之繩,
검은 머리의 아름다운 그녀,	靑鬢佳人,
선 채로 망부석으로 변하고 마누나!	立化望夫之石.

만 선비가 그 사람과 함께 고향 집으로 돌아왔더니 정말로 문중 친척과 이웃들이 이전과는 달리 하나같이 알랑거리며 아부를 하는 것이었습니다. 만 선비는 속으로 흐뭇해 하면서 그들을 따라 친숙부인 만귀를 만나러 갔지요. 추밀 부원이었던 그 숙부는 벼슬 살이를 마치고 고향으로 내려와 지내고 있었습니다. 그는 대단한 벼슬아치이기도 하지만 문중의 어른이기도 했지요.[96] 조카의 인사를 받은 그는 만 선비가 급제하자마자 돌아온 것을 알고 몹시 기뻐하면서 말했습니다.

---

95 다음과 같은 일이 벌어지게 됩니다[有分交] : 명대 (의)화본 및 장회(章回)소설에서 장면이 끝나거나 바뀔 때마다 사용하는 상투어. 보통 이 앞에는 "바로 이 걸음 덕분에[只因此一去]"라는 말이 관용석으로 사용되며, 이 뒤에는 다음 장면에서 벌어지게 될 사건이나 상황들을 사전에 미리 암시하는 두 구절의 시를 사용함으로써 청중들이 이야기에 몰입하도록 이끄는 역할을 하는데, 엄밀한 의미에서는 독서를 목적으로 한 일반 소설의 관용적인 표현이라기보다는 극장에서의 공연을 목적으로 한 공연물에서 주로 사용하는 연극적 장치의 일종으로 이해하는 것이 더 좋을 듯하다. "분교(分交)"는 '분교(分教)'로 표기하기도 한다. 여기서는 "유분교(有分交)"를 편의상 "다음과 같은 일이 벌어지게 된다" 식으로 번역하였다.
96 【즉공관 미비】正是勢力總頭. 그야말로 세력의 수장이지.

"자네가 객지에 나가서 영 돌아오지 않길래 타항을 전전하는 줄로만 알고 있었네. 헌데 악착같이 노력해서 급제하고 관리가 되어 돌아올 줄이야 누가 알았겠는가? 참으로 우리 가문의 영광일세 그려!"

만 선비가 연신 겸양하면서 용서를 빌자 만 추밀은 말을 이어 나갔습니다.

"또 한 가지 … 자네에게 해야 할 말이 있네. (…) 자네는 부모님이 일찍 돌아가시고 한창 나이에 여태 아내를 들이지 못했지. (…) 이제는 관리가 되었으니 대를 잇는 일이 무엇보다도 중요하네! 지난번에 등과록[97]에 자네 이름이 있는 것을 보고 나서 진작부터 자네 혼사를 염두에 두고 있었네.[98] (…) 송도宋都의 주朱 종간대부從簡大夫에게 둘째 딸이 있지. 내가 알아보니 재능도 용모도 모두 뛰어나다고 하는군. 해서 자네가 돌아오기 전에 벌써 사람을 시켜 혼담을 넣었지. 그 댁에서도 출가시키기로 결정했다고 하니 이거야말로 좋은 인연이지 뭔가! (…) 임해의 전임 현령이 아직 이임하지 않은 것으로 알고 있네. 자네가 그곳까지 가자면 날짜가 아직 여유가 있네. 그러니 일단 이 혼사부터 먼저 치루도록 하세. 부부가 함께 부임한다면 안성맞춤이 아니겠는가?"

---

[97] 등과록(登科錄): 송대의 과거 급제자의 명단과 내력을 기재한 명부. 당대의 등과기(登科記)에서 유래했으며 송대부터는 등과록으로 불려졌다. 일반적으로 과거시험의 최종단계인 전시 급제자의 개인정보를 등급·석차·성명·본관 식으로 기재해 놓아서 '전시록(殿試錄)'으로 불리기도 하였다.

[98] 【즉공관 미비】惟有名方留心. 然旣有名, 亦不勞汝留心矣. 명성을 얻고 나니 그제서야 염두에 둔 게지. 그렇지만 명성을 얻은 이상 당신이 염두에 두는 수고를 할 필요는 없을 텐데?

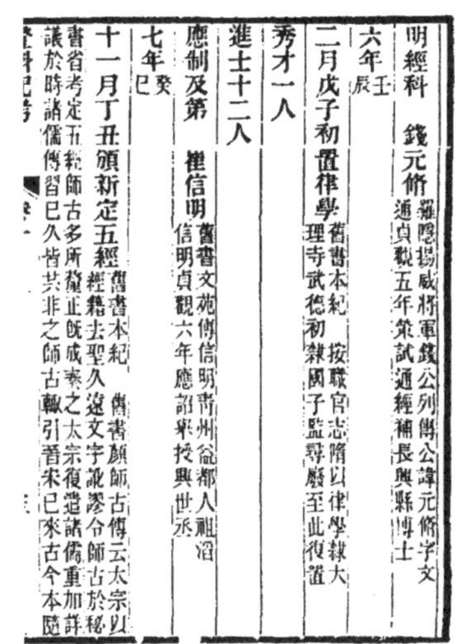

明經科　錢元俶
通貞觀五年策試通經補長興縣博士

六年〔壬辰〕
二月戊子初置律學
按職官志隋以律學隸大理寺武德初隸國子監尋廢至此復置

秀才一人

進士十二人

應制及第　崔信明
舊書文苑傳信明青州益都人祖溜　信明貞觀六年應詔舉授興世丞

七年〔癸巳〕
十一月丁丑頒新定五經
舊書本紀　經籍去聖久遠文字訛謬令師古於秘書省考定五經師古多所釐正既成奏之太宗復遣諸儒重加詳議於時諸儒傳習已久皆共非之師古輒引晉宋已來古今本隨

登科記卷一
言曉答援據詳明皆出其意表諸儒莫不歎服於是頒其所定之書於天下令學者習焉蓋四年詔師古考定五經至是頒行今五經正義中每引定本郎其時所頒之本也

秀才二人

進士十三人

應制及第　鄭敞
薛稷故洛州洛陽令鄭府君碑公諱敞字仲高榮陽開封人貞觀七年制兼高第授越州都督府參軍按敞即仁基之子

八年〔甲午〕
正月壬寅命尚書右僕射李靖特進蕭瑀楊恭仁禮部尚書王珪御史大夫韋挺鄆州大都督府長史皇甫無逸揚州大都督府長

당대의 등과기(登科記). 과거시험이 치러진 날짜 다음에 급제자 이름과 약력이 소개되어 있다

그 말을 들은 만 선비는 속으로 깜짝 놀란 나머지 한참 동안 아무 소리도 하지 못했습니다. 만 선비가 지각이 있는 사람이었다면 이때 봉상을 떠돌다가 초씨와 가약을 맺은 일을 숙부 앞에서 당장 이렇게 자초지종 상세하게 밝혔어야 합니다.

"혼사를 치룬 지 이미 오래 되어 그녀를 저버릴 수가 없습니다. 그러니 주 씨댁 혼담은 단칼에 두 동강 내듯이 물리셔야겠습니다."

이렇게 단호하게 거절했더라면 숙부도 그 말을 따르지 않을 수 없었을 것입니다.[99] 만 선비가 지난날 맹랑하게 객지를 떠돌 때의 일들을 입 밖에 꺼내기를 꺼리니 어쩌겠습니까. 그는 마치 봉상에서의 일이 은밀히 벌인 것이기라도 한 것처럼 그 자리에서 분명하게 밝히려 하지는 않고 입 속으로 중얼거리기만 할 뿐이었지요. 그러자 추밀 부원이 말하는 것이었습니다.

"자네가 내심 언짢아하는 것 같은데 혹시[100] … 우리가 일을 주도면밀하게 준비하지 못했을까 걱정하는 겐가?[101] (…) 혼사에 필요한 예물은 일체를 지난번에 내가 벌써 모두 전달했네. 이번에 혼사를 치루는 데에 드는 비용은 어쨌든 우리 집에서 대지. 그러니 자네는 그냥 신랑이 될 준비만 하면 된다니까!"[102]

"숙부님께서 큰 인정을 베풀어 주셔서 정말 감사드립니다! 제가 곰곰이 생각을 좀 해 보도록 하지요."

그러자 만 추밀이 정색을 하면서 말했습니다.

"일은 벌써 결정되었는데 무슨 생각을 해 본다는 게야?"

---

99 【즉공관 미비】若有情之人, 自應爾爾. 인정이 있는 자라면 당연히 그랬을 것이다.
100 걱정해서인가[敢慮] : 여기서의 '감(敢)'의 용법은 '감히 ~하다' 또는 '·할 엄두를 내지 못하다'라는 의미를 나타내는 경우가 아니라 '혹시 ~가 아닌가' 식의 추정의 의미를 나타내는 용법이다.
101 【즉공관 방비】十分體貼. 아주 살갑기도 하지.
102 【즉공관 미비】如此便宜, 怎肯回个决絶. 이렇게 이득이 많으니 어디 거절하고 싶겠나?

그의 말과 표정이 단호한 것을 본 만 선비는 대답을 할 엄두가 나지 않았습니다. 그래서 그저 '예, 예' 하면서 그 자리를 나올 수밖에 없었지요. 집으로 돌아온 그는 한 동안 우울해 하더니 생각했습니다.

'숙부님 말씀을 따른다 해도 그렇지 … 어떻게 문희 부녀의 은혜를 저버릴 수가 있단 말인가? 그렇다고 그 댁 혼담을 물리친다면 … 숙부님의 호의를 저버리기도 난처할 뿐 아니라 … 그 존엄하신 성품 역시 거역하기가 곤란하다. 게다가 … 연분도 좋은 데다가 … 내가 재물을 들여 가면서 복잡한 절차를 거칠 필요도 없으니 … 놓쳐서는 안될 기회지! (…) 벼슬살이를 하는 관리가 아내를 둘이나 들이는 경우는 원래 많지 않다. (…) 양쪽을 다 아내로 들인다면 … 문희를 먼저 들였으니 그녀한테 정실 자리를 내 주어야 하는데 … 이쪽의 주 씨댁 역시 명문가의 금지옥엽이어서 측실이 되려고 들지 않을 텐데 … 그야말로 진퇴양난이로구나!'

그의 마음속은 그야말로 열다섯 개나 되는 두레박으로 물을 긷는 것처럼 쿵쿵거리는 것이었습니다.[103] 그 덕에 언짢은 생각만 잔뜩 늘어났습니다마는 며칠 내내 망설이면서도 도무지 결정을 내리지 못했답니다. 그

---

103 열다섯 개나 되는 두레박으로 물을 긷는 것처럼~[十五個吊桶打水, 七上八落的] : 명대의 유행어. 앞서의 "독 안에서 자라를 잡는 것 같았다, 손만 뻗으면 되니까 말이다"의 경우처럼, 원래는 "두레박 열다섯 개로 물을 긷는 것 같았다(十五個吊桶打水)" 다음에 앞 구절과 맥락상 연결되는 "7개는 올라가고 8개는 내려간다(七上八落的)"라는 구절이 이어지는 헐후어의 일종이다. 위에서처럼 두 구절을 그대로 직역하면 좋겠지만 그렇게 되면 우리 정서에서는 무슨 뜻인지 제대로 이해할 수가 없다. 여기서는 편의상 앞 구절만 직역을 하고 뒷 구절은 그 맥락에 맞게 의역하여 "가슴이 쿵쿵거리다" 정도로 번역하였다.

러나 역시 만 선비는 야멸찬 자였습니다. 그는 주 씨댁이 관리 집안의 딸이고 용모도 빼어나며 자기 돈은 쓸 필요도 없다는 말을 듣는 순간 진작부터 욕심이 모락모락 솟아 오르기 시작하는 것이었습니다.[104] 그래도 문희 부녀에 대한 한 점 마음만은 양심이 좀 있었던지 완전히 떨쳐 버리지 못하는 것이었지요.

속으로 몇 번이나 머리를 굴린 그는 결국 초심을 버리고 말았습니다. 일반적으로 사람이 처음부터 이런 마음을 품었다고 칩시다. 그것은 하늘의 섭리를 따른 것으로 그 생각에 따라 실천하면 좋은 일이 많습니다. 그런데 생각을 몇 번이나 바꾸다 보면 온갖 간사한 욕심과 교활한 위선과 얼토당토 않은 마음들이 다 생겨나게 되지요. 만 선비만 해도 오로지 혼사 때문에 내내 고민을 떨쳐 버리지 못한다 싶더니만 이틀이 지나자마자 어느새 마음을 완전히 바꾸어 버린 것이었지요. 그는 이렇게 생각했습니다.

'문희와 나는 당초 그저 서로가 정을 통한 사이였을 뿐이야! 기껏 해야 바람을 피운 셈일 뿐이라구! (…) 나중에 부부가 되기야 했지만 … 애시당초 합법적인 혼사로 정당하게 부부가 된 사이는 아닌 것이다![105] 더욱이 나는 … 관리가 되었으니 내 배필이 될 사람은 명문대가 출신이어야 옳지! (…) 초 씨네는 그저 시정의 잡배일 뿐이다. 집안이 비천한데 어떻게 조정의 봉고[106]인들 받을 것이며 평생토록 해로할 수가 있겠는

---

104 【즉공관 미비】病根在此. 화근이 여기에 있었군.
105 【즉공관 미비】焦氏被絶, 只爲始不以正. 信乎, 女子不可不愼也. 초 씨네가 버림 받은 것은 오로지 애초에 정당한 혼사를 치루지 않았기 때문이다. 믿어지는가? 여자라면 삼가지 않을 수 없는 일이다!

가! (…) 일단 이쪽 주 씨댁 혼례를 치루도록 해야겠다! 나중에 초 씨네에서 소식이 오면 좋은 말로 답을 주고 새로 시집을 가게 하면 그만이야! 설혹 그래도 못 가겠다고 버티기라도 하면 … 그때 가서 날더러 거두어 달라고 해도 몸을 낮추어 측실이 되겠다고 하기 전까지는 끄떡도 하지 말아야지!'

  이렇게 마음을 굳힌 그는 만 추밀에게 가서 그 결정을 알렸습니다. 그러자 만 추밀은 황도의 길일을 잡아서 예물을 주대부 댁에 전달하고 그 댁 아가씨를 아내로 맞아들이게 해 주었답니다. 주 씨댁은 관리 집안인 데다가 딸을 맞아들이는 사위가 이번 과거의 급제자이다 보니 더더욱 정성을 들여 혼수도 풍성하고 물품들도 빠짐없이 잘 준비했답니다. 주 씨댁 딸은 관리 집안에서 자란 데다가 외모 역시 빼어나기로 소문이 자자했습니다. 그야말로 덕·용·언·공德容言功 치고 어느 하나도 잘 갖추지 않은 것이 없을 정도였지요. 너무도 신바람이 난 만 선비는 봉상 쪽 일은 동쪽 바다[107] 망망 대해 저 멀리로 팽개쳐 버리는 것이었습니다[108]. 그야말로

---

106 봉고(封誥) : 명대에 황제가 5품 이상의 관원 및 그 선조·본처에게 작호(爵號)를 내리던 것을 말한다.
107 동쪽 바다[東洋] : 중국 고대의 지역명. '동양'은 '동쪽의 먼 바다'라는 뜻으로, 송대의 동대양해(東大洋海)에서 유래하였다. 일반적으로 중국의 남해 해역을 기준으로 그 동쪽을 가리키며, 그 서쪽으로는 '서양(西洋)'이라고 불렀다. 근대 이후로는 '서양'은 유럽과 아메리카를 아울러 일컫는 지역개념으로, '동양'은 일본을 가리키는 말로 굳어졌다.
108 동쪽 바다 망망대해 저 멀리로 팽개쳐 버리는 것이었습니다[丟在東洋大海去了] : '동쪽 바다 망망대해'는 명대의 세계관에서 아주 먼 곳을 뜻하는 말로 자주 사용되었다.

꽃의 신은 시든 작약 응시하고   花神脈脈殿春殘,
자애로운 자주 모란 다투어 감상하네.   爭賞慈恩紫牡丹.
찬 이슬 받을 옥 쟁반 따로 있다 한들   別有玉盤承露冷,
달 속으로 가서 보아 줄 이 없구나!   無人起就月中看.

만 선비는 주씨와 집안이 잘 맞았습니다. 거기다가 나이며 외모도 잘 어울려서 내외가 서로 존경하고 사랑하면서 금슬이 아교나 옻칠 같이 돈독했답니다. 만 선비는 속으로 오히려 봉상에 있을 때 괜히 초 씨네에서 그런 일을 벌인 것을 후회했답니다. 그러면서도 때로 그 쪽 일이 생각나기라도 하면 속으로 좀처럼 떨쳐 버릴 수가 없었습니다. 그러나 주씨에게 눈치가 보이자 아예 왕년에 초씨가 선물한 옷이며 향주머니를 꺼내서 마음을 모질게 먹고 불살라 버렸습니다.[109] 그것으로 초씨 부녀에 대한 미련을 끊겠다는 의도였지요. 그런데 주씨가 그 까닭을 묻자 만 선비는 그제서야 문희와의 과거를 털어 놓았습니다.

"이건 … 내가 불우했던 시절에 있었던 일이요. 이제는 당신과 부부가 되었으니 더 이상 거론할 필요가 없지!"

주씨는 현명한 여자이다 보니 이런 이야기를 하는 것이었습니다.

---

109 【즉공관 미비】 此則忍極矣. 이쯤 되면 너무도 모진 것이 아닌가.

청대 화가 운수평(惲壽平)의 〈오색작약도(五色芍藥圖)〉

　"불우한 시절에 잠시 함께 하셨다니 이제 부유하고 존귀해졌는데 이렇게 인연을 끊으시면 안되지요. (…) 저는 질투심 많은 저 항간의 부녀자들과는 다릅니다. 혹시라도 괜찮으시다면 그녀를 데려와서 같이 살면서 해로해도 안 될 것은 없지요."

만 선비는 당초의 맹세를 저버려서 초씨를 볼 면목이 없게 되었으니 어쩌겠습니까! 그녀가 찾아오기라도 하면 상황을 수습하기 난처하게 될까 두려운 판국이었습니다. 그런데 어디 한 술 더 떠서 그녀를 집안으로 맞아들일 엄두를 낼 수가 있겠습니까? 더욱이 주씨 앞에서 민망한 꼴을 보일까 두려웠습니다.[110] 그래서 아예 인연을 끊어 버리기로 작정하고 이렇게 대답했답니다.

"부인의 호의가 고맙소! 그러나 그녀는 미천한 집 자식이오. 내 쪽에서 아무 기별도 없는 것을 보고 그녀도 당연히 남의 집에 출가했을 게요. 그러니 신경 쓸 것 없소!"

그리고는 다시는 입에 담지 않는 것이었습니다.

처음에 만 선비는 속으로 몹시 초조해 했습니다. 그러면서 그녀가 언

---

110 【즉공관 미비】李君虞當日亦以不見小玉爲事. 이군우 역시 왕년에 소옥을 만나려 하지 않았지.

여기서 '이군우'와 '소옥'은 당대의 소설가 장방(蔣防, 792~?)이 지은 소설 「곽소옥전」의 남녀 주인공인 이익(李益)과 곽소옥(霍小玉)을 말한다. 당나라의 진사 이익은 기녀 곽소옥과 사랑하는 사이가 되지만 우여곡절 끝에 다른 여인과 혼인한다. 그가 돌아오기만 기다리다가 병으로 죽은 곽소옥은 원혼이 되어 이익 앞에 나타나고 이익은 결국 비극적인 최후를 맞고 만다. 이 소설은 명대에 널리 유행하여 당시의 학자 호응린(胡應麟)은 "당대의 사람이 지은 작품들 중에서 가장 훌륭하고 감동적인 소설"이라고 높이 평가하였다. 당시 명성을 얻고 있던 극작가 탕현조(湯顯祖) 역시 거기서 영감을 얻어 「자소기(紫簫記)」와 「자차기(紫釵記)」 두 편의 희곡을 지었다.

젠가는 자신을 찾아올까 걱정이 태산이었지요. 그런데 다행스럽게도 그
쪽에서 아예 소식이 없지 뭡니까. 이런 시쳇말이 있지요.

효심의 무게가 천 근이 넘는다 해도,　　　　孝重千斤,

날마다 한 근씩 줄어드는 법이란다.[111]　　　日減一斤.

만 선비는 날이 지나면서 아예 그 일을 잊어 버리더니 그날로 주씨와
함께 임지인 임해로 떠났습니다. 그는 나중에 현위 임기가 끝난 뒤로도
좋은 자리를 연거푸 너댓 개나 지냈습니다. 주씨는 주씨대로 덩달아 조
정으로부터 두 번이나 봉작을 받았지요.

그리고 어느 사이에 십 년 가까이 세월이 지났습니다. 그는 여러 벼슬
을 두루 거쳐 홍로 소경을 지내더니 외직으로 나가 제주[112]의 지주知州가
되었답니다. 제주 고을은 청사가 무척 넓어서 온 집안 가솔들이 함께 지
낼 만했지요. 그런데 임지에 당도한 지 사흘이 지났을 때였습니다. 집안
정리가 다 끝나자 인식구들은 사저 밖으로 나가 뒷채에 와서 좀 둘러보
려던 참이었지요. 만소경은 관아에서 부리는 아전들에게 모두 나가도록

---

111 효심의 무게가 천 근이 넘는다 한들~[孝重千斤, 日減一斤] : 명대의 유행어. 부모 사후에
　　3년상을 치를 때에 처음에는 그 효심이 천 근이나 될 정도로 무겁지만 날마다 한 근씩
　　줄어 들어서 3년 1,000일째가 되면 더 이상 남은 효심이 없게 된다는 말이다. 무슨 일이든
　　간에 시간이 흐르면 차츰 마음이나 열정이 사그라 들어 무심해지기 마련이라는 뜻이다.
112 제주(齊州) : 중국 고대의 지명. 춘추전국시대의 제나라 지역이라고 하여 북위(北魏) · 수
　　· 당 세 왕조에서 '제주'라고 불렀다고 한다. 지금의 산동성 제남시(濟南市) 일대에 해당
　　한다.

분부하여 외부인들을 밖으로 내보냈습니다. 그리고는 주씨와 함께 몇몇 가동·여종에 하인의 아내까지 열 명 가까운 사람을 데리고 다함께 뒷채로 가서 산보를 즐겼지요. 그들은 각자 여기저기를 한가하게 거닐면서 구경을 하고 놀았답니다. 소경이 뜻하지 않게 뒷채의 오른 편 천정[113]까지 왔더니 웬 작은 문이 하나 보이는 것이었습니다.

소경이 그 문을 열었더니 그 안에서 검푸른 옷의 웬 어린 여종이 소경을 발견하고 쏜살 같이 내빼는 것이 아닙니까. 소경이 서둘러 쫓아가 보니 그 여종은 벌써 웬 낡은 발 안으로 들어간 뒤였지요. 그런데 소경이 발 옆까지 와서 가만 보니 그 발 안에서 어떤 여자가 나오는데 자세히 보니 바로 봉상의 초문희이지 뭡니까요 글쎄! 소경은 허심병虛心病 때문에 처음부터 그녀를 만나기를 두려워하고 있던 참이었습니다.[114] 그랬다가 뜻밖의 상황이 벌어지자 자기도 모르게 당황해서 어쩔 줄을 모르는 것이었지요. 문희는 소경을 덥썩 잡더니 목 멘 소리로 통곡을 하기 시작했습니다.

"이 원수 같으니! 한번 헤어지자 십 년이라니! (…) 그동안의 그 깊은 사랑을 … 조금도 마음에 두지 않고 순식간에 잊어버리다니! 정말 잔인한 인간!"

---

113 천정(天井) : 중국의 전통적인 가옥 구조. 글자 그대로 풀면 '허공의 우물'이라는 뜻으로, 가옥과 가옥 또는 가옥과 담장으로 둘러싸인 집 내부에서 지붕이 없이 '우물 정(井)' 자처럼 뻥 뚫린 공간을 가리킨다. 『이각 박안경기』 제39권에도 같은 표현이 보인다.
114 【즉공관 미비】恨其不見耳. 그가 만나 주지 않은 것을 원망할 테니까.

천정의 예시. 지붕 사이로 네모난 공간을 말한다.

　순간적으로 당황한 소경은 그녀가 어디서 왔는지 묻기도 전에 자기 변명부터 늘어놓았습니다.

　"난 당신을 잊은 것이 아니오! 그저 … 고향 집에 돌아왔더니 숙부님께서 미리 다른 집에 혼담을 넣으시고 … 강제로 나를 혼인시키셨지 뭐요? (…) 내가 아무리 싫다고 해도 안되길래 … 그래서 지금까지 세월만 허송하고 당신한테 갈 수가 없었던 게요."

　그러자 문희가 말하는 것이었습니다.

"당신네 집안에서 벌어진 일들은 내가 다 알고 있으니[115] 꺼낼 것도 없어요! 나는 이제 아버지께서 돌아가시고 땅까지 전부 처분해서 딱 나와 청상 둘만 남았을 뿐입니다. 달리 몸을 의탁할 곳조차 없다구요! 어쩔 도리가 없길래 … 그래서 천리 길을 달려와서, 그저께에 가까스로 여기에 도착했습니다. 그런데 이번에는 문지기가 나를 들여 보내주지 않더군요. 몇 번이나 애걸복걸한 끝에 오늘에서야 날더러 별채의 빈 방에 잠시 머물면서 좀 쉬게 해 주었습니다. 그 덕분에 다행스럽게도 당신을 만난 거에요! (…) 이제 저는 외로운 신세여서 몸을 둘 곳조차 없이 막막하기만 합니다. 당신에게는 좋은 배필이 생겼으니 … 차라리 저를 측실로 삼고 당신과 부인을 섬기면서 제 여생을 보낼 수 있게 해 주세요! 과거지사는 … 저도 잘잘못을 따지지 않고 한숨이나 쉬고 말겠습니다!"

한 마디 할 때마다 통곡을 하는 것이었습니다. 말을 마친 그녀는 소경의 품에 쓰러져 소리 놓아 대성통곡을 하는 것이 아닙니까. 청상은 청상대로 나와서 그 광경을 보더니 한 덩어리가 되어 통곡을 하는 것이었지요.

소경은 그녀가 애절하게 우는 모습을 바라보노라니 자기도 모르게 눈물이 흘러 내렸습니다. 그러면서도 바깥에서 누가 알아채기라도 할까 두려웠던지 허둥지둥 그녀를 제지하면서 말했지요.

---

115 【즉공관 방비】 知得奇. 그것을 알다니 기이하구나.

"모든 게 내 잘못이오! 당신 … 이제 울 것 없소. 내가 당신을 잘 대해 주리다! (…) 다행스럽게도 부인이 현명하니 … 당신이 측실로 지내기를 마다하지 않는다면 일이 어렵지는 않을 게요. 일단 여기서 안정을 취하 도록 하시오. 내가 부인에게 이야기하러 갈 테니!"

소경은 이번에도 스스로 결정을 내리지 못했습니다. 그래서 주씨에게 와서 말했지요.

"예전에 말했던 봉상의 초 씨네 딸 말이오. (…) 몇 해나 인연을 끊고 있었는데 … 남한테 개가한 줄로만 알았더니 … 그 집 아버지가 죽는 바 람에 여종을 데리고 여기까지 찾아 왔구려! (…) 지금 … 만약에 거두어 주지 않으면 … 연고가 없어서 아무 데도 갈 데가 없으니 … 어떻게 해야 좋소?"

그러자 주씨가 말하는 것이었습니다.

"제가 당초에 그 분을 집으로 데려 오자고 말씀 드렸더니 바라지 않으 셨지요. 그 지경까지 되었는데 거두어 주지 않아서야 되겠습니까?[116] 어 서 모셔 와서 인사를 시켜 주십시오!"

---

116 **【즉공관 미비】** 賢哉! 若爲男子, 必不似滿生. 현명하기도 하다! 만약에 사내였다면 만 선비 처럼 우유부단하지는 않았을 것이 분명해.

"역시 부인은 현명하시오!"

그 길로 서쪽으로 간 그는 주씨가 한 말을 문희에게 이야기해 주었지요. 그러자 문희는 고개를 돌려 청상을 보면서 말하는 것이었습니다.

"그렇게만 된다면 우리에게는 다행스럽게도 몸을 의탁할 데가 생기는 셈입니다!"

소경을 따라 뒷채로 간 두 사람은 주씨를 만나 서로 인사를 나누었습니다.

"부인께서 저희를 버리지 않으신 덕분입니다! 기꺼이 부인의 잠자리를 살펴 드리겠습니다!"

초씨가 이렇게 말하자 주씨가 말하는 것이었지요.

"그런 법이 어디 있습니까! 그냥 자매처럼 지내면 되지요."

그렇게 맞아 들여 함께 사저로 들어갔지요. 주씨는 사람을 시켜 좋은 침실을 한 칸 치우게 했습니다. 그리고 청상으로 하여금 초씨와 함께 지내면서 시중을 들게 해 주었지요. 그러자 문희는 고개를 숙이고 순종하면서 거기다 신중하게 처신하는 것이었습니다. 주씨는 그녀의 그런 모습을 보고 더더욱 아끼고 사랑하면서 사이 좋게 지냈답니다.

그렇게 관아에서 며칠을 지냈을 때였습니다. 소경은 내내 좀 부끄럽게 여기고 쭈뼛쭈뼛 하면서 그녀의 방에 자러 갈 엄두를 내지 못하는 것이었습니다. 그러던 어느 날이었지요. 그가 바깥채에서 술을 마시고 돌아왔는데 약간 술에 취한 상태였습니다. 그가 문희의 방 쪽으로 가는데 등불이 희미하게 비치고 있는 것이 아닙니까. 자기도 모르게 속으로 옛 생각이 떠올랐습니다. 술에 취하여 간이 커진 김에 비틀비틀 곧장 문희의 방 앞까지 갔습니다. 그러자 문희와 청상은 서둘러 그를 맞이하더니 기쁜 마음으로 그를 둘러싸고 잠자리로 가는 것이었지요. 그런데 이쪽의 주씨는 그 일을 전해 듣고도 웃으면서 말했습니다.

"이 정도 세월이 지났으니 그 분 방에도 가시는 것이 도리지."

그날 밤, 주씨는 방을 치우고 혼자서 잠을 잤답니다.
그리고 다음날이 되었을 때였지요. 해가 중천에 뜨고 온 집안사람들이 다 일어났는데 유독 소경만 아직 일어나지 않았지 뭡니까. 집안사람들은 그 일을 문제 삼아 문희를 비웃고 비난했습니다.

"아무리 십 년 동안 보지 못했다지만 어떻게 어울려 놀았길래 이 때가 다 되도록 잠을 자고 있담? (…) 청상이년도 두 사람의 넋두리를 옆에서 듣고 있다가 더 이상 못 참고 피곤해져서 그년까지 일어나지 않고 있는 게지!"

그러자 개중에 물정을 아는 사람이 말하는 것이었습니다.

"십 년 동안 있었던 사연을 다 털어 놓자면 밤새도록 이야기를 나누었겠지. 그러니 날이 밝았는데도 여태 깨지 않은 게야!"

사람들이 한참 동안 그렇게 쑥덕 공론을 늘어 놓고 있는데도 내내 아무 동정도 보이지 않지 뭡니까. 머리를 빗고 세수를 한 주씨는 주씨대로 약간 언짢아졌던지 말하는 것이었습니다.

"이제는 일어나실 때도 되지 않았나! 설마 바깥에서 공무를 처리하시는 일을 잊어버리기라도 하신 걸까?"

주씨는 여종 하나와 함께 문희의 방 앞으로 가서 기척을 좀 들어 보았습니다. 그런데 안에서는 아무 기척도 없지 뭡니까. 그래서 문을 좀 열고 보려고 했더니 그 안쪽도 잠겨 있는 것이었습니다. 그러자 하인들이 말했지요.

"날마다 이맘때면 밖에 나와 일을 하러 가곤 했습니다요. 오늘 이렇게 말도 되지 않게 늦었으니 좀 재촉하셔도 괜찮습니다요!"

초 문회가 살았을 때의 원수를 죽어서야 갚다

그 중 한 사람이 다가가서 그 방 문을 두드렸습니다. 처음에는 가만히 말을 걸었지만 차츰 소리가 높아지더니 급기야 마구 문을 두드리고 고래고래 고함을 지르는 지경에까지 이르고 말았지 뭡니까요 글쎄. 그런데도 안에서는 한 마디도 대답 소리가 들리지 않았지요. 그러자 사람들은 모두 와서 주씨를 보고 말했습니다.

"좀 이상합니다요! 도무지 불러 낼 수가 없습니다요. 마님께서 결정을 내리시면 쉰네들이 벽에 구멍을 내서라도 들어가서 살펴 보겠습니다요! (…) 그러니 나중에 상공께서 역정을 내시면 마님께서 뒷감당을 좀 해 주십시요!"

"그건 나한테 맡기게. 상관 없네!"

그렇게 사람들이 모두 손을 써서 이윽고 벽에 구멍을 내었습니다. 그런데 안으로 들어간 사람들은 입을 벌린 채 닫을 줄을 모르는 것이었습니다. 그야말로

| 완선자는 느긋하게 무귀론을 전하고 | 宣子慢傳無鬼論, |
| 양소[117]는 예전에 갚을 원한 있었네. | 良霄自昔有冤償. |

---

117 양소(良霄, ?~BC543) : 중국 춘추시대 정(鄭)나라의 대부. 이름은 '소(霄)'이며, '양(良)'은씨, 성은 '희(姬)'이다. 서쪽의 진(晉)나라가 제후들을 군사를 이끌고 정나라 정벌에 나서자 사신으로 초(楚)나라에 갔다가 3년간 억류되었으며 16년 뒤에는 정나라를 대표하여 진나라와 초나라의 맹약에 참여하기도 하였다. 그러나 나중에는 방탕하고 오만한

만약 죽음서 되살아난 자 전혀 깨달음 없다면 若還死者全無覺,

살아 있는 사람들 선량하지 않게 될 테지.　　落得生人不善良.

사람들이 들어갔는데 가만 보니 만 소경이 바닥에 뻣뻣하게 드러누워 있는 것이 아닙니까. 입과 코에서는 붉은 피가 흘러 나와 있길래 다가가서 손으로 더듬어 보니 사지가 차갑게 식어 있는 것이 이미 숨이 진 지가 한참 지난 뒤였습니다. 그런데 방 안에는 아무도 없었습니다. 그런데 초씨가 다 어디 있겠어요? 청상은 청상대로 흔적도 없이 그 자리에는 이부자리만 덜렁 남아 있을 뿐이었습니다. 사람들은 허둥지둥 부인을 모시고 안으로 들어오고 그 광경을 본 주씨는 하도 놀라서 눈을 부릅뜨고 입까지 딱 벌린 채 대성통곡을 하는 것이었습니다. 다 울고 난 주씨가 말했습니다.

"이런 … 해괴한 일이 다 있다니! 설마 … 둘이 작당해서 서방님을 죽이고 간밤에 도망이라도 쳤단 말인가?"

그러자 사람들이 말했습니다.

"관아의 문이란 문들은 다 잠겨 있으니 아무리 날개가 있어도 넘어갈 수가 없습니다요.[118] 더욱이 … 방 안이 이렇게 … 문이며 창문까지 꼭꼭

　행태를 보이다가 죽음을 당하였다.
118 아무리 날개가 있어도 넘어갈 수가 없습니다요[揷翅也飛不出去] : 철통 같이 봉쇄되어서

닫혀 있는데 어디로 빠져나갈 수가 있겠습니까요?"

"그렇다면…, 설마 대명 천지에 그동안 그렇게 오래 같이 지냈는데 …
그 둘이 귀신이었다는 게냐?"

아무리 믿으려고 해도 도저히 믿을 수가 없었지요. 그래도 한편으로는
'소경이 밤새 급사했다'는 소문을 내고 구역 담당관들에게는 뒷수습을
잘 하게 했습니다.

슬픔에 잠긴 주씨가 밤이 되자 침실로 들어가 침상에서 잠을 청하려
할 때였습니다. 가만 보니 문희가 침상 뒤에서 걸어 나오는 것이 아닙니
까. 그녀는 주씨를 보고 이렇게 말하는 것이었지요.

"부인, 괴로워하지 마십시오. 만 선비는 당시 저희 집에서 큰 은혜를
입었건만 나중에 배신하고 한번 떠나더니 영영 돌아오지 않았지요. 저희
집 식구들은 온갖 걱정을 다하고 온갖 고초를 다 겪다가 원한을 품고 죽
고 말았습니다! 제 아버지는 제가 얼이 다 나가 버린 꼴을 보시더니 노인
네가 하도 슬픈 일을 당한 나머지 청상이와 잇따라 돌아가셨지요! (…)
이번에 저승에서 억울한 사정을 하소연한 것이 받아들여져 저 스스로 만
소경의 목숨을 받으러 왔습니다. (…) 십 년의 원한을 이제야 갚았으니

빠져나갈 도리가 없는 상황을 가리킨다. 때로는 '날개가 있어도 날 수 없다[揷翅難飛]'
식으로 사용되기도 한다.

저도 이제 그 놈과 함께 대질하러 갑니다. 부인께서는 호의로 대해 주셨기에 차마 해칠 마음을 품지 못하고[119] 특별히 이렇게 작별인사를 드립니다!"

그래서 주씨가 막 자세하게 물어 보려고 할 때였지요. 갑자기 한 줄기 찬 바람이 온몸을 덮치면서 놀라 정신을 차렸더니 꿈이었지 뭡니까! 그제서야 문희와 청상 두 사람이 정말 귀신이었으며, 소경의 죽음도 그

초문희와 청상의 원혼에게 끌려가는 만 소경의 넋. 오른쪽에 그 시신이 보인다

녀가 저승에서 대질하기 위하여 산 채로 잡아 간 것임을 깨달았답니다.[120] 주씨는 과거에 '소경이 이치에 어긋난 일을 한다'고만 여겼을 뿐이었습니다. 그랬다가 이번에 죽었으니 문희를 원망할 수가 없어서 남편의 시신을 남쪽 고향으로 운구해 돌아가는[121] 수밖에 없었지요. 주씨가 남은 삶을 홀몸으로 고생을 하면서 지내게 된 것 또한 만 선비가 남긴 업보인 셈이었습니다. 세상사람들이 이 같은 본보기를 보면서도 남자가 여

---

119 【즉공관 미비】 所以好人落得做. 그래서 좋은 사람은 해내곤 하지.
120 【즉공관 미비】 公道. 정의의 심판을 받은 셈이야.
121 남쪽으로 운구해 돌아가는[護喪南還] : 중국에서는 고대부터 사람이 객지에서 죽으면 거리가 아무리 멀어도 망자의 시신을 그 고향까지 운구해 가서 선산에 안장해 주는 것이 보편적이었다. 이를 고향으로 돌아가 안장한다는 뜻에서 '귀장(歸葬)'이라고 불렀다. 여기서도 주씨가 남편 소경의 관을 고향인 남쪽으로 운구해 돌아가는 것도 중국의 전통적인 장례 풍습인 '귀장'의 전형적인 사례라고 할 수 있겠다.

자를 배신할 수가 있단 말입니까?

모진 마음의 여자와 배신한 사내로다!　　痴心女子負心漢,
누가 '저승에서 판결 내려 준다' 하던가?　　誰道陰中有判斷.
아무리 예로부터 누구나 다 죽는다지만　　雖然自古皆有死,
이번만큼은 좋지 못한 모습으로 죽은 셈이네!　這回死得不好看.

제12권

판결을 강행한 대유학자가 괜한 자존심 싸움 벌이고
형벌도 감수한 의리 있는 여인이 명성을 크게 떨치다

硬勘案大儒爭閒氣 受刑俠女著芳名

해제

천태^{天台}의 명기인 엄예^{嚴蕊}는 용모가 아름답고 가무에 뛰어나서 태주^{台州} 태수 당여정^{唐與正}과 교분이 돈독하였다. 그러나 가기^{歌妓}는 잠자리 시중을 들 수 없기에 두 사람은 동침한 적이 없었다. 그때 의협심이 많은 무주^{婺州}의 수재 진량^{陳亮}은 태주로 태수 당여정을 만나러 가서 대화를 나누던 중 주희^{朱熹}를 칭찬해 마지 않는다. 그러나 당여정은 정색을 하면서 주희가 글자도 제대로 알지 못한다며 악담을 퍼붓는다. 그래서 진량이 이번에는 기녀 조연^{趙娟}을 아내로 들이려 한다면서 당여정에게 그녀를 기적^{妓籍}에서 **빼** 줄 것을 요청하지만 거절당한다. 원한을 품은 진량은 주희에게 당여정이 악담을 퍼부은 일을 일러 바치고 분노한 주희는 당여정을 소환한다. 당여정의 행동이 굼뜬 것을 본 주희는 그가 상사를 무시하고 소환에 응하지 않는다는 이유를 들면서 그의 관직을 삭탈하는 한편 그가 엄예와 간통을 저질렀다고 무함한다.

당시 제거절동상평창^{提擧浙東常平倉}에 임명되어 위세가 대단하던 주희는 엄예를 감옥에 가두고 온갖 고문을 다 가하며 당여정과의 간통 사실을 자백하라고 압박한다. 그러나 엄예는 불굴의 정신으로 끝까지 당여정과의 의리를 지켜 사람들이 저마다 그녀의 절개에 감탄한다. 당여정은 재상 왕회^{王淮}가 효종 황제에게 올린 상소문을 통하여 주희를 고발한다. 그것이 선비들 사이의 자존심 싸움임을 눈치챈 황제는 그 일을 무마시킨다. 나중에 태주로 부임한 신임 태수 악림^{岳霖}은 엄예를 기적에서 **빼** 주고 종실에 출가하여 새로운 생활을 시작하게 해 준다.

　이 이야기는 홍매『이견지 지경^{夷堅志支庚}』권10에 소개된 「오숙희 엄예
^{吳叔姬嚴蕊}」 및 『제동야어』와 『정사』의 「엄예^{嚴蕊}」 이야기를 소재로 지어졌
다.

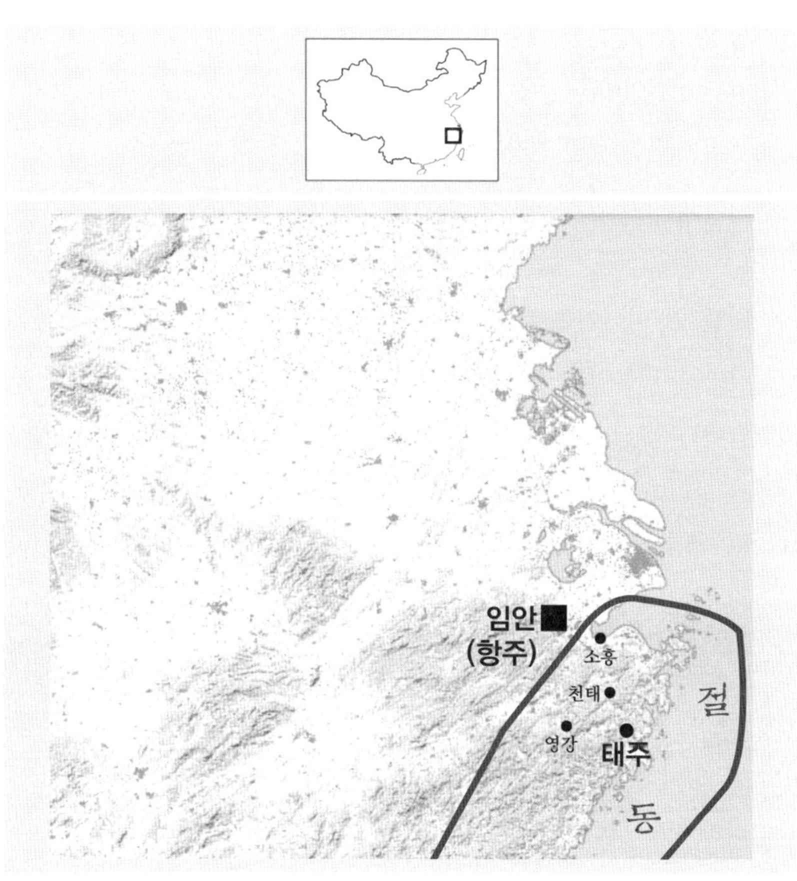

임안
(항주)
소흥
천태
영강
태주
절
동

번역

이런 시가 있습니다.

세상 일이란 편견을 가져서는 안되는 법,	世事莫有成心,
편견은 어김없이 판단을 그르치게 하기에.	成心專會認錯.
아무리 대단한 성인 현자라 해도	任是大聖大賢,
조심하고 또 조심해야 하지 않겠나.	也要當着不着.

손님들, 제 이야기를 좀 들어 보십시오. 그동안 들려 드린 이야기들은 그저 연애를 다룬다든지 기담을 들려 드린다든지 해서 재미에 무게를 두었었습니다. 그러나 가장 보탬이 되는 것들은 세간의 인정을 논한다거나 인과를 들려 드리는 등, 듣는 분들에게 마음에 와 닿는 것이 있어서 잘못된 길로 빠지려던 마음을 되돌리게 만드는 이야기들이었습니다. 그것이야말로 바로 우리 이야기꾼들의 한 가닥 도학자[1]의 마음이기 때문입니다. 그렇다고 해서 한번도 도학을 거론한 적은 없었지요. 그런데 이번에는 어째서 '편견을 가져서는 안된다'고 하는 걸까요? 그것은 사람 마음이 하도 영악하다 보니 마음을 비우는 것이야말로 공정해지는 길이기 때문입니다. 작은 편견이 마음속에 끼어들기만 해도 좋고 나쁜 것을 모두 잘못 판단하게 되니까요. 아무리 성인 현자라고 해도 지나치게 집착하다

---

1 도학자[道學] : '도학(道學)'은 송대에 유행한 이학(理學)을 말한다. 원나라 사람들은 『송사(宋史)』를 편찬할 때에 「도학전(道學傳)」을 엮고 주돈이(周敦頤)·정호(程顥)·정이(程頤)·장재(張載)·주희 등 20여명의 송대 이학자들을 도학자로 분류하여 소개하였다. 그 뒤로는 주로 이학자들을 일컫는 말로 사용되기 시작하였다.

보면 자기만 옳다고 여겨 실상은 전혀 그렇지 않다는 사실을 깨닫지 못할 수도 있는 법입니다.

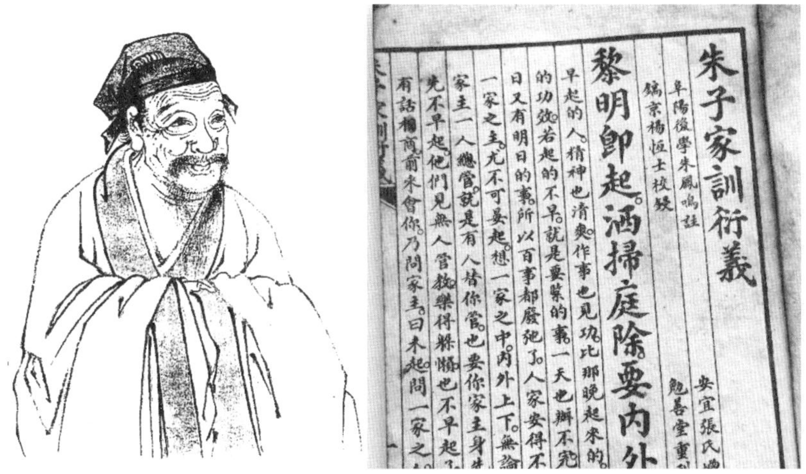

주희 초상과 『주자가훈』

도학계의 정통파라면 주 문공[2] 회옹晦翁만한 인물이 없습니다. 글공부를 하는 사람들 치고 그를 존경하지 않는 이가 어디 있겠습니까? 그러니

---

2   주문공(朱文公): 남송의 이학자 주희(朱熹, 1130~1200)를 말한다. 자는 원회(元晦), 호는 회암(晦庵)·자양(紫陽)이며 원적은 휘주(徽州) 무원(婺源)이다. 복건성 우계(尤溪)에서 태어나 14살 때에 부친을 여의고 모친을 따라 숭안현(崇安縣, 지금의 무이산시)에 정착하였다. 소흥 18년(1148)에 진사로 급제하고 벼슬 살이를 시작하여 고종(高宗)·효종(孝宗)·광종(光宗)·영종(寧宗)의 네 황제를 차례로 섬기면서 지남강(知南康)·제전 강서형옥공사(提典江西刑獄公事)·비각수찬(秘閣修撰) 등을 지냈으며 나중에는 조여우(趙汝愚)의 천거로 환장각시제(煥章閣侍制) 및 시강(侍講)을 지냈다. 경력(慶曆) 3년(1197)에 권신이던 한탁주(韓侂胄)가 국권을 농단하고 조여우를 배척하면서 면직되어 낙향했다가 병으로 죽었다. 영종의 가정(嘉定) 2년(1209)에 조정에서 '문(文)'이라는 시호를 내리고 중대부(中大夫)로 추증하는 한편 특별히 보모각 직학사(寶謨閣直學士)를 추증하였다. 이종(理宗)의 보경(寶慶) 3년(1227)에 태사(太師)로 추증하고 신국공(信國公)을 거쳐 휘국공(徽國公)으로 추봉하였다.

대단한 현자가 아니겠습니까? 그러나 '편견'에 있어서만큼은 그 역시 잘 못 판단한 적이 있었답니다. 당초에 복건의 숭안현[3]에서 현을 다스릴 때의 일입니다. 어떤 평민[4]이 이렇게 송사를 제기한 적이 있었지요.

"저희 집에 조상의 선영이 있습니다. 그런데 현의 대갓집에서 빼앗아 자기네 묘지로 삼더니 보란듯이 안장까지 해 버렸습니다요!"

회옹은 풍수風水에 정통했습니다. 거기다가 복건 사람들은 또 그들대로 그것을 무척 중요하게 여겼지요. 그래서 현지의 유지나 부자들은 풍수가 좋은 명당 자리를 발견하기라도 하면 기를 쓰고 평민의 땅을 빼앗으려 들곤 했답니다. 그렇다 보니 송사가 빠질 수 없어서 그런 일들이 날마다 벌어졌지 뭡니까.

회옹이 그의 고발장을 받아들여 그 유지를 관아로 소환했지요. 그랬더니 그가 말하는 것이었습니다.

"저희 집에서 조성한 묘지이지 남 하고는 아무 상관이 없습니다! 그런데 어떻게 빼앗았다고 그러십니까?"

그러나 그 평민은 평민대로 이렇게 말했지요.

3 　숭안현(崇安縣): 송대의 지명. 지금의 복건성 서북부의 무이산시(武夷山市)에 해당한다. 동으로는 포성(浦城), 남으로는 건양(建陽), 서로는 광택(光澤), 북으로는 강서성의 선산현(鉛山縣)과 접하고 있는 교통의 요지이기도 하다.
4 　평민[小民]: 일반 백성. '소민(小民)'은 백성들을 낮추어 부른 이름이다.

"원래는 우리집 조상님들 묘소였습니다. 그것을 저 부자 유지가 권세를 믿고 차지한 겁니다요!"

두 집은 이렇게 쉬지 않고 다투었습니다. 그래서 회옹이 증인들을 불러 캐물었더니 각자 자기네 편만 들 뿐 증거는 하나도 없었지요.

"이거야 모두 말 뿐이지 근거가 없구나! (…) 내가 직접 현장에 가서 분명하게 확인해야겠다!"

그는 곧바로 관련자들과 수행원들을 데리고 직접 묘지로 갔지요. 그곳은 산수가 빼어난 데다가 지세도 웅장한 것이 정말 대단한 명승지였습니다. 회옹은 속으로 생각했지요.

'이렇게 좋은 땅이니 빼앗으려는 자들이 생기는 게지!'

주희는 속으로 처음에는 의심을 좀 품었습니다. 그렇지만 그 평민이 조상을 안장한 땅을 유지 집에서 눈독을 들였다가 빼앗으려 든 것이 분명했지요. 그때 유지가 먼저 고했습니다.

"이곳은 소인의 집안에서 새로 조성한 묘지입니다. 봉분에서 석물까지 모두가 다 새 것인데 어떻게 전부터 자기네 묘지였다고 우긴답니까? 나리께서 두 눈으로 보시기만 해도 똑똑히 알 수 있으실 겝니다!"

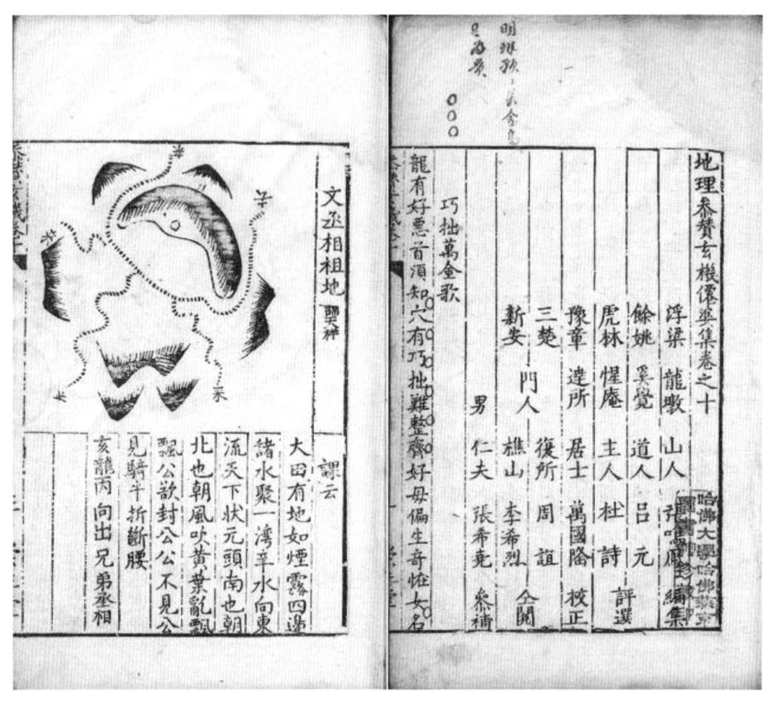

명대의 풍수서 『지리참찬현기(地理參贊玄機)』

그러자 그 평민이 말했습니다.

"땅 위에 새로 세운 것이야 저 집 것이지만 땅 밑에 있는 것은 예전 땅입니다. 이 땅이 처음에는 저희 집 것인데 저 자가 빼앗아서 새로 단장한 것뿐입니다요!"

회옹은 사람을 시켜 호미와 쇠삽을 가지고 무덤 앞을 파 보게 했습니다. 부드러운 진흙 땅을 거의 다 팠을 때였습니다. '땅' 하는 소리가 나더니 흙을 파던 사람의 손이 다 아플 정도로 흔들리지 뭡니까 글쎄. 그래서 들뜬 흙을 치우고 보았더니 바로 검푸른 돌이 하나 드러났습니다. 그 위에 희미하게 글자가 보이길래 회옹이 사람을 시켜 가져오게 해서 살펴보았지요. 종복이 흙을 털어내고 물로 깨끗이 씻자 글자들이 드러나는데 '모씨의 무덤[某氏之墓]'이라는 글자들이 큼지막하게 씌어져 있는 것이 아닙니까. 옆으로는 가는 글자들이 새겨져 있는데 모두가 그 평민 집안 조상들의 이름들이었습니다. 그러자 대갓집은 깜짝 놀라면서 말했습니다.

"이 물건이 … 어디서 난 거람?"

그러자 회옹은 호통을 치면서 말했습니다.

"남의 집 옛 무덤을 네놈이 권세를 믿고 빼앗은 것이 분명하다! 돌에 새긴 묘지명이 이렇게 있는데 그래도 할 말이 있느냐?"

평민은 무작정 머리를 조아하면서 말했습니다.

"푸른 하늘 같은 나리께서 계시니 소인은 더 이상 끼어들지 않겠습니다요!"

진상이 다 밝혀졌다고 여긴 회옹은 자리에서 일어나 그 길로 현 관아로 돌아왔습니다. 그리고 그 무덤을 그 평민에게 돌려주고 대갓집에는

남의 땅을 억지로 **빼앗은** 죄를 물었지요. 그 평민은 연거푸 "푸른 하늘이
시여!" 하면서 고맙다며 절을 하고 그 자리를 떠났답니다.

그 사건에 대한 판결을 내린 회옹은 혼잣말을 했습니다.

'이렇듯 강자를 억누르고 약자를 돕는 일을 내가 아니고 어느 누가 하
겠나?'

하면서 무척이나 자랑스러워하는 것이었습니다. 그러나 그것이 되려 교
활한 평민의 속임수에 넘어간 것이었음을 어떻게 알았겠습니까![5] 알
고 보니 그 평민이야말로 속임수를 쓴 것이었습니다.

그는 회옹에게 고집이 있어서 매번 부자나 유지 같은 대갓집들이 백성
들을 괴롭히는 것을 못마땅하게 여긴다는 것을 알고 있었습니다. 그런
고집도 본래는 호의에서 비롯된 것이기는 하겠지만 어쨌든 그들에게 그
속내를 간파당하여 넘어가 버린 것이었지요. 대갓집에서 조성한 묘지가
풍수가 좋은 곳임을 눈치챈 그 평민이 속임수를 꾸며 검푸른 돌에 글자
를 새기고 오래 전에 그 무덤 앞에 몰래 묻어 놓았다가 어느 날 갑자기
이번 송사를 벌인 것이었습니다. 대갓집의 입장에서야 꿈속에서조차 자
신들이 새로 조성한 무덤이어서 척 보기만 해도 알 수가 있다고 철석같
이 믿고 있었던 거지요.

그러나 땅 밑에 그런 올가미를 미리 만들어 놓고 관리가 보는 앞에서

---

5   **【즉공관 미비】** 今之賢守令, 亦有坐此者. 지금의 현명한 수령들 중에도 이런 실수를 범하는
     경우가 있지.

그것을 파 낼 줄이야 누가 알았겠습니까 글쎄! 회옹으로서도 그 분명한 증거를 보았으니 어떻게 믿지 않을 수가 있겠습니까? 게다가 그동안은 대갓집에서 평민들 것을 빼앗는 일들만 있었지 어디 평민이 대갓집 것을 노리는 일을 본 적이 있었어야지요. 그래서 국법에 따라 판결을 내렸던 것입니다. 그 대갓집의 입장에서는 정말이지 억울할 수밖에요!

그 집은 속으로 승복하지 못하고 상급 관청으로 가서 다시 송사를 제기했답니다. 그런데 이번에도 '숭안현에서 심리하라'는 지시가 내려왔지 뭡니까. 회옹은 더욱 성을 내면서 '그 대갓집이 교활하게도 저항하는 것'이라고 여겼지요. 그래서 더 엄하게 대응하여 그 구역 담당관으로 하여금 대갓집에 명령을 내려 관을 옮기고 그 땅을 평민에게 주어 조상을 안치하게 하고 사건을 종결시켜 버렸습니다. 그러나 외간사람들은 그 평민이 속임수를 쓰고 회옹이 잘못된 판결을 내려 사건을 종결시킨 것'을 다들 알고 있으니 어쩌겠습니까요! 급기야 '불공평하다'는 여론으로 민심이 들끓으면서 사달이 나고 말았습니다. 어떤 소문은 회옹의 귀에까지 들어갔지 뭡니까. 회옹은 그래도 '대갓집의 권세가 커서 사람들에게 그렇게 떠들도록 부추겼다'고만 여겼답니다. 그래서 분개해 한숨을 쉬면서 말했지요.

"세상 꼴을 보니 올바른 도는 끝까지 실천할 수가 없겠구나!"

결국 그는 벼슬을 버리고 현지의 무이산[6]에 은거해 버렸답니다.[7]
그러다가 회옹에게 나중에 볼 일이 생겨서 무심코 그곳을 지나게 되었

무이산의 풍광

는데 숲이 **빽빽**하게 우거져 있는 것이었습니다. 기억을 더듬어 보니 과거에 자신이 직접 현장을 답사하고 판결을 내려 평민에게 돌려 준 바로 그 땅이지 뭡니까. 느긋하게 몇 걸음을 더 가서 보았더니 풍수가 하도 좋아서 그 자리에 안장하기만 하면 집안이 크게 일어날 곳이었습니다. 그래서 그 근방의 주민들을 찾아가 물었지요.

"이 집은 어떤 집이길래 이런 길한 땅에 안장되는 복을 누렸소이까?"

---

6 무이산(武夷山) : 중국의 산 이름. 복건성 서북부의 무이산시 남쪽 15km 지점에 자리잡고 있다. 36개의 봉우리와 99개의 동굴이 있어서 당대부터 '천하 명산'으로 명성이 있었으며 주희가 무이정사(武夷精舍)를 짓고 도학을 공부하면서 그 산수를 노래한 「무이구곡도가(武夷九曲圖歌)」를 지은 곳으로도 유명하다.

7 【즉공관 미비】 寧折不彎, 朱子所以爲朱子也. 차라리 부러질지언정 굽히지는 않는 면모야말로 주자가 주자로 추앙되는 이유일 테지.

"그 집 무덤으로 말할 것 같으면 죄다 양심을 속여서 빼앗은 거랍니다. 그 자한테 천벌을 내리는 풍수 같은 건 없나 몰라?"

"어떻게 양심을 속였길래요?"

주민은 그 평민이 당초에 무덤 속에 돌을 묻어 놓고 현령을 속여 대갓집 묘지를 가로채 자기네 조상을 안장한 이야기를 이러쿵저러쿵 한 바탕 자세하게 들려주었습니다. 이야기를 다 들은 회옹은 어느새 두 뺨이 빨개졌습니다. 그러나 그 일을 뉘우쳐도 돌이킬 방법이 없었지요.

"내 그때는 공무에 힘쓰며 국법을 따랐다고 여겼었건만 … 되려 간교한 놈의 속임수에 넘어갈 줄이야!"

그러면서 한 점 원망하는 마음이 단전[8]으로부터 곧바로 정수리까지 치솟아 오르지 뭡니까.[9]

'이 정도의 풍수라면 분명히 출세하고 호강했을 것이다. 허나, … 그렇게 못된 심보로 욕심을 내어 가로챘다면 그런 놈은 호강해서는 안되지!'

---

8   단전(丹田) : 도교 및 중의학 용어. 도교에서는 뇌를 '상'단전, 심장을 '중'단전, 배꼽 아래를 '하'단전으로 구분하고 이 세 자리를 '3단전(三丹田)'이라고 부른다. 하단전은 정확하게는 배꼽으로부터 아래로 한 치 다섯 푼(9cm) 되는 지점으로, 도교나 중의학에서는 이곳을 단련하여 정기를 모으면 건강해져서 장수할 수 있다고 주장한다.

9   【즉공관 미비】愈見奸民可恨, 朱子未嘗不公. 그럴수록 그 간교한 평민이 생각할수록 괘씸하구나. 주자는 한 번도 공익을 저버린 일이 없거늘!

　　이렇게 생각한 회옹은 하늘을 우러러보며 네 마디로 다음과 같이 빌었지요.

이 땅에서 출세한다면	此地若發,
그것은 땅의 섭리 때문일 것이며	是有地理,
이 땅에서조차 출세하지 못한다면	此地不發,
그것은 하늘의 섭리 때문일 것이다!	是有天理.

　　그는 이렇게 빌고 나서 그 자리를 떠났답니다.

　　그날 밤이었습니다. 갑자기 억수 같은 큰 비가 쏟아지고 우레와 번개가 번갈아 치는가 하면 벼락까지 떨어지는 것이었습니다. 그 바람에 지붕의 기와들까지 다 울릴 지경이었지 뭡니까요 글쎄. 다음날 그 무덤에 가 보니 이미 부서져 연못으로 변해 있었습니다. 시신이 든 관조차 보이지 않았지요. 이로써 매사에 편견을 가지면 제 아무리 회옹 같이 대단한 현자라도 잘못을 범할 수밖에 없음을 알 수 있습니다. 나중에 진상이 밝혀지매 회옹이 뒤늦게 깨닫고 뉘우치니 하늘이 그 평민에게 천벌을 내린 거지요. 이거야말로 하늘의 섭리가 사라지지 않았음을 보여주는 일인 셈입니다. 사람이 만약에 양심을 저버린 채 성인 현자를 속이면서까지 남의 이득을 차지하고 명당 자리에 안장되었다고 칩시다. 그렇더라도 하늘은 절대로 용납하지 않으시는 것입니다!

　　지금 어째서 이 이야기를 한참 동안이나 늘어놓고 있겠습니까? 바로

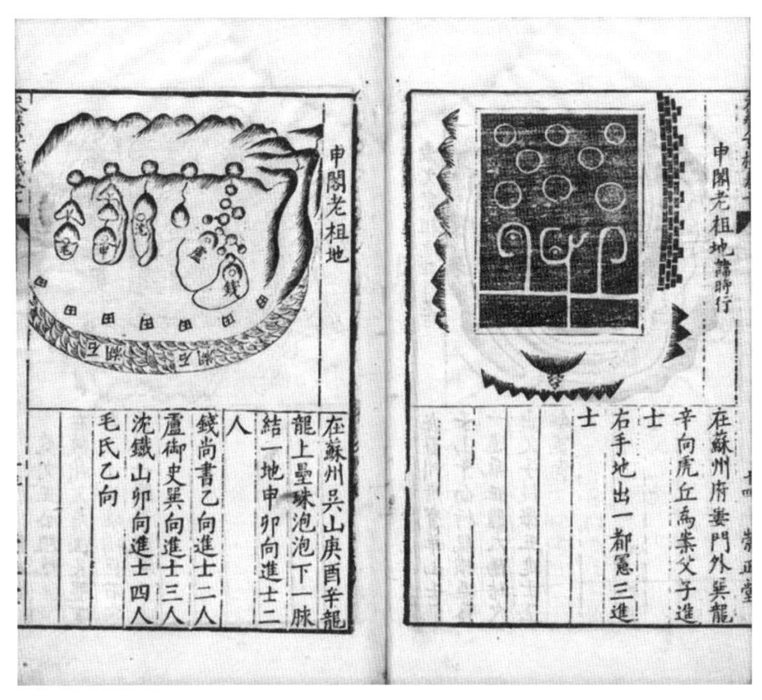

『지리참찬현기(地理參贊玄機)』에 소개된 명대의 명당도(明堂圖, 왼쪽)

주회옹에게는 자신의 편견 때문에 억지 판결을 내린 일이 또 한 가지 있기 때문입니다. 그 판결 때문에 어떤 미천한 신분의 여인이 억울한 일을 당했지요. 그리고 그것이 거꾸로 그녀의 명성이 천자에게까지 전해지고 온 세상이 징송하게 만들어 나중에는 오히려 좋은 결과를 가져 왔답니다. 그 일을 증명하는 시가 있습니다.

뽀얀 얼굴의 서생들 다투게 만들고	白面秀才落得爭,
발그레한 얼굴의 여자들 괴롭게 만드니	紅顔女子落得苦.
관대하고 인자로운 성인이 서로 갈라서고	寬仁聖主兩分張,

되려 창기의 명성 만고에 전하게 해 주었구나! 反使娼流名萬古.

이야기를 들려 드리도록 하겠습니다. 천태영[10]에는 수청을 드는 행수[11]가 하나 있었습니다. 그녀는 성이 엄嚴, 이름이 예蕊, 자가 유방幼芳으로, 빼어난 미모를 가진 여자였지요. 거문고·바둑·글씨·그림에서 노래·춤·피리·현악기에 이르기까지 못하는 것이 없을 정도였습니다. 시가를 짓는 데에도 뛰어나서 언제나 직접 새 작품을 지어 내었기 때문에 가객들조차 탄복할 정도였지요. 거기다가 고금의 이야기들에도 두루 밝은데다가, 매사에서 무척 의리를 중시하고 사람들을 대할 때에도 늘 진심으로 대했답니다. 그렇다 보니 만나 본 사람 치고 그녀에게 넋을 빼앗기지 않는 이가 없을 정도였지 뭡니까요.

그녀 명성이 사방에 자자해진 뒤로 그녀를 사모한 젊은 자제가 하나 있었습니다. 그는 천리 길도 마다하지 않고 곧바로 태주[12]까지 달려 와서 한번만 만나 줄 것을 빌었답니다. 그야말로

---

10 천태영(天台營) : 절강성 태주(台州)에 있었던 병영.
11 행수(行首) : 중국 고대에 관가의 행사에 수청을 드는 관기(官妓)들 중에서도 으뜸 가는 기생. 수하의 기생들을 관리하기도 했으며, 나중에는 이름난 기생을 두루 일컫는 말로 전용되었다. 옛날 중국에서는 관기들은 수청이나 노역에 출석할 의무를 지고 있었다. 때문에 관청에서 연회를 거행한다든지 관청의 수장에게 개인적인 길흉사가 있으면 반드시 가서 가무를 하거나 술 시중을 들어야 했다.
12 태주(台州) : 중국의 지명. 지금의 절강성 태주시(台州市) 일대에 해당한다. 절강지방 중부에서 동으로는 황해, 북으로는 소흥(紹興)·영파(寧波), 남으로는 온주(溫州), 서로는 금화(金華)·여수(麗水)와 접하고 있는 교통의 요지이다. 불교 천태종(天台宗)과 도교 남종(南宗)의 발상지이기도 하다.

십 년 동안 군왕 용안 알지 못했거늘   十年不識君王面,

이제야 미인이 사람 망친다는 말 믿겠노라.   始信嬋娟解悞人.

엄예의 일생을 다룬 중국 만화 『엄예전』의 표지 그림

  이때 태주의 태수는 당의정이었습니다. 그는 자가 중우仲友로, 젊은 나이에도 남다른 재주를 가진 데다가 풍류도 넘치고 글재주도 뛰어났지요. 송대의 법도에 따르면, 관청에 술자리가 벌어지면 어김없이 노래하는 기생들을 불러다 놓고 수청을 들게 하곤 했습니다. 그럴 때에는 서서 노래를 부르고 술 시중을 들게 하는 것이 다였으며 사사롭게 잠자리 시중을 드는 것을 허용하지 않았지요. 그렇기는 하지만 그들과 질펀하게 음탕한 농담이나 수작을 거는 것만큼은 대수롭지 않게 여겼답니다.

  엄예가 이처럼 완벽하고 사랑스러운 것을 본 중우는 그녀를 가까이하고 싶은 마음이 간절했습니다. 그러나 관청의 법도가 지엄하다 보니 경솔하게 처신을 할 엄두를 내지는 못했지요. 그렇기는 하지만 좋은 날이나 명절이 되어 어쩌다가 손님을 술자리에서 접대하기라도 하면 어김없이 불러서 술 시중을 들게 했습니다.

그러던 어느 날이었습니다. 붉고 흰 복사꽃들이 흐드러지게 피었지 뭡니까. 중우는 술을 준비하고 꽃을 감상하기도 했습니다. 물론, 엄예의 시중이 빠질 수가 없었지요. 그렇게 술을 마시던 도중에 중우는 그녀가 가사를 잘 읊는 것을 떠올리고 곧바로 붉고 흰 복사꽃들을 주제로 짧은 가사를 한 편 읊어 보도록 일렀습니다. 엄예가 대답을 하고 나서 한 편을 지었는데, 그 내용은 다음과 같았지요.

오얏꽃인가 했더니 그것도 아니고	道是梨花不是,
살구꽃인가 했더니 그것도 아닌 것이	道是杏花不是.
희고 희며 붉고 붉어	白白與紅紅,
동풍의 정취가 남다르구나!	別是東風情味.
기억 나시오, 기억 나시오?	曾記, 曾記,
무릉에서 살짝 취했던 그 님이?	人在武陵微醉.
—가사를 【여몽령】가락에 부치다	—詞寄【如夢令】

엄예는 가사를 읊고 나서 그것을 중우에게 바쳤습니다. 그러자 중우는 그것을 다 읽더니 몹시 기뻐하면서 겸백[13] 두 필을 상으로 주었답니다.

또 어느 날이었습니다. 때는 바야흐로 칠석[14]이어서 관아에서 잔치가 열렸지요. 중우에게는 사원경謝元卿이라는 친구가 있었는데, 무척 호탕한 선비로, 이날도 마침 술자리에 끼어 있었지요. 그는 전부터 '엄유방'의 명성을 듣고 있던 참이었습니다. 그런데 이날 직접 만나게 되고 보니 그 반가움은 이루 말로 표현하기 어려울 지경이었지요. 그녀의 일거수일투족이며 대화하고 노래 부르는 모습을 지켜 보노라니 한결같이 사람의 마음을 사로잡는 것이 아닙니까.

"명성이 허투루 전해진 것이 아니었구나!"

그 바람에 큰 잔으로 연거푸 술을 마시다 보니 갈수록 신바람이 나는 것이었습니다. 그래서 당 태수를 보고 말했지요.

"전부터 이 아이가 노래에 뛰어나다는 소문을 들었습니다만 … 이 자리에서 한번 시켜 봐도 되겠습니까?"

---

13 겸백(縑帛) : 서로 다른 실을 엮어 짠 명주 천.
14 칠석(七夕) : 중국의 전통적인 명절. 음력 7월 7일로, 견우(牽牛)와 직녀(織女)가 만나는 날로 유명하다. 천상에서 옥황상제(玉皇上帝)의 예복을 짜는 일을 맡은 직녀는 인간 세상에 내려갔다가 소 치는 목동 견우에게 반한다. 그러나 정분이 난 두 사람이 맡은 일을 게을리 하자 분노한 옥황상제는 그 벌로 직녀를 은하수(銀河水) 동쪽에 견우를 서쪽에 떨어져 살다가 칠월 초이래 칠석에 한 해에 한번만 만날 수 있게 해 주었다. 견우와 직녀가 은하수 때문에 만날 수 없는 신세가 서러워서 눈물을 흘리자 어디선가 까마귀와 까치들이 날아와 다리를 만들어 두 사람이 만나게 해 주었다고 한다. 후세 사람들은 그 다리를 까마귀와 까치가 이어 주었다고 해서 '오작교(烏鵲橋)', 이 날 내리는 비를 '칠석우(七夕雨)'라고 불렀다고 한다. 양(梁)나라의 종름(宗懍)이 지은 『형초세시기(荊楚歲時記)』에 처음으로 소개된 이 이야기는 지금도 중·한·일 세 나라에 널리 전해지고 있다.

"훌륭한 손님께서 계시니 새 가사를 시키는 것이 옳지요. (…) 이 아이는 꽤 잘 부르니 가르침 부탁드리기에 딱 좋겠습니다."

"그냥 칠석을 주제로 하고 내 성을 각운으로 삼아 한 편만 불러 주게나. 그러면 내가 큰 사발로 석 잔을 마시도록 하지!"

조선 화가 안견(安堅)이 그린 『무릉도원도(武陵桃源圖)』의 한 부분(국립중앙박물관 소장)

엄예는 그 명령대로 즉석에서 가사를 한 편 읊었습니다.

벽오동 마악 지고	碧梧初墜,
계수나무꽃 마악 향기 토해 내는데	桂香纔吐,
연못의 물꽃은 이제 시들었구나.	池上水花初謝.
바느질 하는 미인 마침 합환루에 있는데	穿針人在合歡樓,
밝은 달은 옥 쟁반처럼 높은 데서 비치네.	正月露玉盤高瀉.
거미는 분주한데 까치는 게을러서	蛛忙鵲懶,
견우 게으르고 직녀 베 짜기 지루해 하니	耕慵織倦,

고금의 미담은 괜스레 만들어진 것인가!　　空做古今佳話.

인간 세상에선 한 해나 기다려야 되건만　　人間剛到隔年期,

천상 세계에선 고작 하루밤 사이라니!　　怕天上方纔隔夜.

　—가사를 【작교선】에 부치다　　　　　—詞寄【鵲橋仙】

가사를 다 읊은 원경은 세 사발 중에서 막 두 사발을 먹었습니다. 그리고는 자기도 모르게 벌떡 일어나더니 말하는 것이었지요.

"가사가 새롭고 각별한 데다가 가락 역시 경치에 잘 어울리는군요. 거기다가 재능도 있고 민첩하니 그야말로 천상의 사람이로군요! 나 같은 놈은 무슨 복을 타고 나야 그녀를 가까이 할 수 있을까요!"

그는 서둘러 큰 사발을 들고 술을 권하면서 말했습니다.

"유방공도 이 한 사발은 먹고 내가 흠모하는 마음을 좀 보여 주시게!"

엄예가 술을 받아서 먹자 태수는 그런 두 사람 모습을 보자마자 말했지요.

"원경께서는 엄자[15] 집까지 길동무 삼아 가시지요."

15　엄자(嚴子) : 남송대의 이름난 기생 엄예(嚴蕊)를 높여 일컬은 호칭.

견우와 직녀의 전설을 다룬 중국 만화 『우랑직녀(牛郎織女)』의 표지

그러자 원경은 큰소리로 웃고 나서 인사를 하더니 말했습니다.

"부탁드릴 주제는 못됩니다마는 … 진심으로 바라는 바입니다! 다만, … 유방의 속내가 어떤지는 알 수가 없어서…"

그러자 중우가 웃으면서 말하는 것이었습니다.

"엄자는 사람 보는 눈이 있는데 … 훌륭한 손님 모시는 것을 바라지 않을 리가 있겠습니까! 게다가 이 몸이 오늘 술자리의 주인이니[16] 더더욱 그래야지요!"

엄예로서도 거절할 엄두를 내지 못하여 술자리가 끝나자 그 길로 사원경과 같이 집으로 갔답니다. 그리고 그날 밤 결국 그녀를 붙잡아 놓고 잠자리의 즐거움을 함께 나누었지요.

성격이 호쾌한 원경은 이 아름답고 총명한 여자가 몹시 마음에 들었습니다. 다만 그녀의 환심을 얻지 못할 것이 걱정이었지요. 그래서 태수의 관저에서 얻은 것들은 모조리 그녀의 집에 보내 주면서 반년 동안 머물고 나서야 그곳을 떠났답니다.[17] 그는 상당한 돈을 써 버렸음에도 불구하고 속으로는 그래도 미흡해 하는 기색이 역력했습니다. 엄예가 정말 사람 넋을 빼 놓을 정도로 뛰어나다는 것을 알 수 있는 셈입니다. 여기까지 들려 드리고 나니 더 들려 드릴 것이 없군요.

계속 이야기를 들려 드리도록 하지요. 무주[18]의 영강현[19]에 유명한 수재가 하나 살았습니다. 성이 진陳, 이름이 량亮이며 자는 동보同父였지요. 천성이 시원시원한 데다가 의협심이 강해서 당대의 호걸로 일컬어졌습니다. 그래서 관리나 사대부들 중에 기개가 있는 사람들 치고 그와 사이가 좋지 않은 이가 없을 정도였지요. '회수淮帥'인 신가헌[20]이 연산[21]에 머

---

16 【즉공관 미비】好主人. (풍류를 아는) 멋진 주인이로군.

17 【즉공관 미비】便一年何妨. 일 년이면 또 어떤가.

18 무주(婺州) : 중국 근세의 지명. 지금의 절강성 금화시(金華市)를 말한다. 수나라 때에 무주를 설치하고 그 치소를 금화현에 두었다. 원나라 혜종(惠宗) 지정(至正) 18년(1358)에 주원장(朱元璋)이 무주로(婺州路)를 점령하고 영월부(寧越府)를 설치했으며 지정 20년(1360)에 금화부(金華府)로 개칭되었다.

19 영강현(永康縣) : 중국 고대의 지명. 지금의 절강성 중부 금화시가 대리관할하는 영강시에 해당한다.

20 신가헌(辛稼軒) : 남송의 저명한 가객 신기질(辛棄疾, 1140~1207)을 말한다. 산동 역성(歷城, 지금의 제남) 사람으로, 자는 유안(幼安)이며 '가헌'은 호이다. 산동은 그가 태어

물 때 동보가 그를 찾아간 적이 있었답니다. 그의 집 근처까지 왔을 때 작은 다리를 만났는데 말이 앞으로 가려 하지 않지 뭡니까. 동보는 세 번이나 다리를 뛰어넘게 했지만 말은 그때마다 물러서는 것이었습니다. 동보는 벌컥 성을 내면서 차고 있던 검을 뽑아 말 머리에 휘둘렀지요.[22] 그러자 말은 땅바닥에 쓰러져 버렸습니다. 그런데도 동보는 얼굴빛 하나 바꾸지 않고 느긋하게 걸어서 건너가는 것이 아닙니까. 마침 망루 위에서 그 광경을 본 가헌은 몹시 신기하게 여기고 나중에 그와 친분을 맺었답니다.[23]

평소의 처신이 이와 같다 보니 당중우도 그와 사이가 좋았습니다. 한 번은 태주에 중우를 보러 오자 중우는 거처와 양식을 제공하고 그를 붙잡아 두었지요. 그리고 한가할 때 서로 내왕하면서 시사를 토론을 하곤 했답니다. 중우는 인품이 늠름하고 호쾌한 명사들을 반겼지만 도덕군자들은 싫어했습니다.[24] 동보의 생각도 마찬가지였지요. 그는 늘 이렇게 말하곤 했습니다.

날 때 이미 금나라 치하에 있었는데 21살 때에 항금 의병에 투신하여 남송 조정에 귀순하였다. 호북·강서·호남·복건·절동(浙東) 등지의 안무사(安撫使) 등을 역임하면서 적극적으로 유민들을 초무하고 군대를 훈련시켜고 탐관오리들을 응징하는 등 민생 안정에 노력하였다. 적극적인 항금 대책을 건의했으나 주화파의 반대로 좌절되자 강서의 상요(上饒)·연산(鉛山) 일대에 은거하였다. 말년에 한탁주의 집권으로 재기용되었으나 얼마 뒤에 죽었다. 그 가사는 애국과 항전을 고취시키는 내용이 많아서 '호방파(豪放派)'로 분류된다.

21 연산(鉛山) : 송대의 지명. 지금의 강서성 상요현(上饒縣) 옆 연산현에 해당한다.

22 【즉공관 미비】奇人. 기이한 사람이로고.

23 【즉공관 미비】稼軒亦奇人. 가헌 역시 흥미로운 사람이지.

24 【즉공관 미비】不差. 틀리지 않은 말이다.

"지금 세상에서는 그저 도학이나 떠들고 있습니다. 그러나 '바른 마음 성실한 자세'를 떠드는 자들이 하나같이 통풍에 걸려서 아픈 건지 가려워서 그런 건지도 분간하지 못하는 자들이지요. 군주나 부친의 큰 원수에는 전혀 아랑곳하지 않고 그저 눈썹을 치켜 뜨고 팔짱이나 낀 채로 '본성이니 천명이니[25]' 하고 떠들어대지만 정작 그것이 어떤 것인지조차 모르지요."[26]

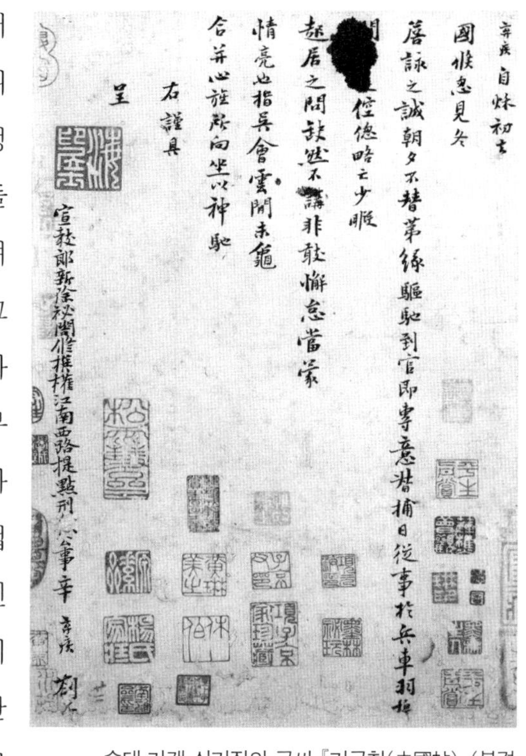

송대 가객 신기질의 글씨 『거국첩(去國帖)』(북경 고궁박물원 소장)

---

25 본성이니 천명이니[性命] : '성명(性命)'은 중국 고대의 철학 개념으로, 일반적으로 '성'은 선천적으로 부여 받은 본성, '명'은 후천적으로 부여 받는 천명을 각각 가리킨다고 보았다. 송대의 철학자 정호(程顥)·정이(程頤)는 '성'과 '리(理, 천도)'와 '천명'의 본질이 완전히 일치하면서도 드러나는 방식이 다르다고 보았다. 주희는 여기서 더 나아가 "'성'이란 것은 인간이나 사물이 천지로부터 부여 받은 것이다. … 그 이치에 따라 정의하자면 하늘이 이러한 이치로 인간과 사물에게 소명을 내리는 것을 '명'이라 하고 그리하여 인간과 사물이 그것을 하늘로부터 받는 것을 '성'이라 한다[性者, 人物之所以稟受乎天地. … 自其理而言之, 則天以是理命乎人物謂之命, 而人物受是於天謂之性]"(『주문공문집(朱文公文集)』), "'리'니 '성'이니 '명'이니 하는 것은 처음에는 서로 다른 것이 아니다[理也, 性也, 命也, 初非二物]"(『주자사서혹문(朱子四書或問)』)라고 주장하였다. '성'과 '명'은 본질은 같으나 형식에서 차이를 보인다고 인식한 셈이다.

그렇다 보니 중우와도 말이 잘 통했습니다. 다만 한 가지, 동보는 도학을 못마땅하게 여기기는 했지만 주회암과는 사이가 좋았습니다. 회암 역시 과거에 동보를 천거한 적이 있었지요. 동보는 동보대로 '그만은 실질적인 학문으로 쓸모가 있어서 물정에 어두운 세간의 유학자들 하고는 다르다'고 여겼답니다. 그러나 당중우만은 평소에 재능을 믿고 주회암을 몹시 경멸하면서 '그가 글자조차 모른다'고 여겼습니다. 그렇다 보니 두 사람이 토론을 할 때에는 입장이 상반된 경우도 있었지요.

동보는 객사에서 즐겁게 지내던 중에 기방에 놀러 갈 생각을 했습니다. 이때는 엄예의 명성이 온 고을에 자자할 때였지요. 사람들은 '태수 나리가 즐거움을 만끽하는 남다른 여흥거리여서 하루도 집안에 붙어 있는 날이 없다'는 것을 다 알고 있을 정도였습니다. 동보는 시원시원한 사나이였습니다. 그러니 한가하게 태수만 바라보고 있을 마음이 어디 있겠습니까? 당시 그는 조연趙娟이라는 기생이 있다는 소문을 들었습니다. 미모나 기예가 엄예보다 못하기는 해도 상등급의 기방으로, 태주에서도 손꼽히는 곳이었지요. 동보는 그 집에서 놀면서 오랫동안 어울리다 보니 서로 사랑하는 사이가 되었습니다. 동보는 돈을 물처럼 쓰면서도 조금도 아까워하는 기색이 없었습니다. 기방에서는 그의 이런 모습을 보고 더더욱 비위를 잘 맞추어 주는 것이었습니다. 조연은 그에게 출가할 마음을 갖게 되었고 동보는 동보대로 조연을 아내로 맞아들이려는 마음을 품었

---

26 【즉공관 미비】絶頂議論, 宋時之針砭. 대단한 식견이로군! 송대 식 비판이야.

습니다. 두 사람은 몇 번이나 의논을 하면서 서로가 서로를 원하기에 이르렀지요. 그러나 조연은 관기였습니다. 악적[27]에서 벗어나야만 양갓집에 출가할 수가 있었지요.

"악적에서 말소하는 것은 관아에서 담당한 일이지. 당중우에게 말만 하면 손바닥 뒤집기만큼 쉬운 일일세!"

동보가 이렇게 말하자 조연이 말했습니다.

"그렇게만 된다면 더 바랄 것이 없지요!"

진동보는 그 일 때문에 일부러 관아로 당 태수를 찾아 가서 자신의 뜻을 자세하게 이야기 했지요. 그러자 당중우가 놀리는 것이었습니다.

"동보는 지금 일류 인사이시오. 그런데 여기서 엄예를 사귀지 않고 조연을 사귀시겠다니요? (…) 어찌 된 일입니까?"

"우리는 사랑에 빠지는 것을 가장 중요하게 여깁니다. 어디 다른 것 따위를 염두에 두겠습니까! 더욱이 … 엄예는 바로 태수님께서 마음에 두고 계십니다. 설사 사귀려 한다 한들 어디 악적에서 지우고 해방시켜나

---

27 악적(樂籍) : 중국 고대에 관청에 소속된 관기(官妓)의 이름과 내력을 기재하던 장부.

주시겠습니까?"

그러자 중우도 웃으면서 말했지요.

"마음에 두고 있는 것은 아니외다. 허나, … 정말로 엄예가 떠나버리고 나면 이곳에는 사람이 없다는 생각이 들 테지. 그러니 당연히 안 되지요! 허나, … 만약 조연이 악적을 벗어나게 해 달라고 한다면 바라시는 대로 해 드리지 않을 이유가 없소이다. 다만 … 그 아이가 진 형을 따르기로 뜻을 이미 굳혔는지 모르겠군요?"

"하는 말을 들어 보면 정성이 아주 지극한 것 같습니다. 물론, 태수님께서 가상하게 여기시고 월하노인[28]이 되어 주셔야겠습니다!"

"부부가 되겠다는 것은 당사자들의 소원에서 비롯된 일이니 소관이 도울 수 있는 일이 아니지요. 그러나 소관이 그 아이를 악적에서 지워 드리면 되지 않겠습니까."

---

28 월하노인[月老]: 중국 고대의 전설에 따르면 월하노인(月下老人)은 남녀의 혼인을 주관하는 신으로, 홍실로 남녀의 발을 몰래 묶으면 반드시 부부가 되었다고 한다. '월로(月老)'로 불리기도 한 월하노인의 이야기는 역사적으로 당대의 이복언(李復言, 9세기)이 지은 『속유괴록(續幽怪錄)』에서 처음으로 언급된 후로 다양한 문학 장르를 통해 소개되었으며, 당대부터 전해진 남녀를 홍실로 묶어 부부로 선언하는 혼인의례 역시 다양한 형태로 유행하였다. 나중에는 남녀의 인연을 맺어 주는 중신아비나 매파를 일컫는 표현으로 사용되는 경우가 많았다.

그러자 동보는 작별 인사를 하고 그 자리를 떠나자마자 그 말을 조연에게 들려주고 함께 기뻐했답니다.

이튿날, 태수의 관아에서 술자리가 벌어져서 조연을 불러 수청을 들게 했습니다. 그래서 술을 마시는 틈에 당 태수가 조연에게 물었지요.

중국 민간예술 전지(剪紙)에 묘사된 사랑의 신 월하노인의 모습

"어제 진 관인(官人)이 네 이야기를 하면서 '악적에서 벗어나 양갓집에 출가하려 한다'고 하던데 … 정말 그런 일이 있었느냐?"

그러자 조연이 머리를 조아리면서 말하는 것이었습니다.

"쇤네 이제는 세간에 미련이 없습니다. 만약 벗어날 수만 있다면 그거야말로 천지신명께서 내리신 은혜이겠지요!"

"악적에서 벗어나는 것은 어렵지 않다. (…) 벗어나면 … 진 관인을 섬길 작정이냐?"

"진 관인께서는 명사이시자 귀빈이십니다. 쉰네가 미천하다 하여 거두어 주지 않으실까 두려울 뿐이지요. 허나 지금 정말로 … 마음이 있으시다면 쉰네 어찌 감히 모른 척 할 수가 있겠사옵니까? 악적에서 벗어나자마자 그 분을 섬기겠습니다!"

그러자 태수는 속으로 생각했습니다.

'이 계집은 뭐가 뭔지도 모르고 경솔하게 비위만 맞출 뿐이군. (…) 동보가 사람을 죽이면서도 눈 하나 깜빡 하지 않는 사내임을 어찌 알겠는가? 게다가 재물을 펑펑 써 제끼는 바람에 집안이 텅텅 비었으니 평생을 섬기겠다는 소망을 어찌 이룰 수가 있겠는가?'

그는 그래도 조연에게 한 가닥 호의는 가지고 있었습니다. 그래서 코웃음을 치면서 말했지요.[29]

"네가 정말로 진 관인을 섬길 생각으로 그 집으로 간다면 반드시 … 굶주림을 견디고 추위를 참을 수 있어야 할 게다!"

---

29 【즉공관 미비】此處原是仲友多事. 이 대목은 사실 중우가 오지랖이 너무 넓은 게지!

그러자 조연은 순간적으로 표정이 바뀌더니 이런 생각을 하는 것이었습니다.

'내 그가 그처럼 펑펑 돈을 쓰는 것을 보고 그 집이 분명히 잘 사는 줄 알고 출가할 마음을 먹은 것이다. (…) 만약에 태수가 한 말대로 가난뱅이 사내라면 어떻게 내 여생을 맡길 수가 있겠어?'

그녀는 심기가 몹시 불편해졌습니다. 당 태수가 갑자기 놀리는 말을 해도 그녀는 대수롭지 않게 넘기는 여유가 있었습니다. 그러나 기생들에게는 꾀가 아주 많아서 한 마디라도 마음에 걸리면 금세 의심하고 마음을 바꾼다는 것을 어떻게 알 수가 있겠습니까? 당 태수가 그녀에게 악적 말소에 필요한 문서를 건네고 그녀는 그녀대로 관아를 나가 진동보를 만났습니다마는 그에게 출가하겠다는 말은 아예 입에 올리지도 않았답니다. 그를 대하는 태도조차 평소보다 훨씬 차가워져 있지 뭡니까. 동보는 속으로 이상하게 여겼습니다.

'화류계가 매정하기가 이렇게까지 기가 막힐 정도일 줄이야! (…) 자신을 악적에서 벗어나게 해 달라고 난리를 떨더니 내 소원은 들어주지 않겠다고?'

그래서 지난번에 한 말을 또 조연에게 물어 보았지요. 그러자 조연이 대답하는 것이었습니다.

"태수 나리께서 말씀하시더군요. 나리 댁에 가면 추위와 굶주림을 각오해야 한다고요. (…) 그게 무슨 뜻인지요?"

동보는 그 말을 듣더니 벌컥 성을 내면서 말했습니다.

"당가 이 괘씸한 놈! (…) 네놈이 엄예에게만 마음을 두고 있으면 된 거지 그것도 모자라 내 험담까지 해야 속이 후련했더냐?"

그는 고지식하면서도 자존심이 무척 센 사람이었습니다. 그래서 조연에게서 미련을 버리고 당 태수에게 작별인사도 하지 않은 채 그 길로 주회암에게로 갔습니다.

이때 주회암은 절동[30] 상평창[31]을 점검하느라 무주에 머물고 있었습니다. 동보는 관아로 들어가 인사를 나누고 나서 태주에서 오는 길이라고 고했습니다.

"당가는 태주에서 어떻게 지냅디까?"

---

[30] 절동(浙東) : 중국의 지역명. 중국에서는 전통적으로 절강성 항주시 일대를 흐르는 전당강(錢塘江)을 중심으로 그 동쪽을 '절동', 그 서쪽을 '절서(浙西)'라고 불렀다.

[31] 상평창(常平倉) : 중국 고대의 빈민 구제 제도. 양곡의 가격을 조절하고 가뭄 등 천재지변에 대비하기 위하여 평소에 각지에 설치한 양곡 창고. 천재지변이 닥치면 비축해 두었던 양곡을 풀어 빈민들을 구제하였다. 한대에 비롯되었으며 청대 중엽 이후로는 유명무실하게 변하였다.

하고 회암이 묻자 동보는
이렇게 말했습니다.

"그 자는 엄예만 싸고
돌 줄이나 알지 달리 무슨
일을 할 줄 알겠습니까!"

"본관 이야기를 … 합디
까?"

절동(우)과 절서(좌)

"당가가 '주공은 글자도 모르면서 무슨 감사[32] 노릇을 하느냐'고 하더
군요!"[33]

그 말을 들은 회암은 한참을 묵묵히 있는 것이었습니다.

회암은 이른 나이에 벼슬길에 나온 이래로 망망한 벼슬살이를 하면서
저술로 일가견을 이루고 그 명성이 천하에 널리 전해진 사람이었습니다.
그렇다 보니 자신으로서도 아무래도 겸손하지 못한 구석이 좀 있기는 했
을 테지요. 그러나 당중우가 젊은 나이에 출중한 재능을 가진 것을 보면
서 속으로는 늘 '저 자가 나를 업신여기는 것 아닌가' 하고 의심하고 있
던 참이었습니다. 그런 판국에 자신은 글자도 모른다고 떠들어 댄다는

---

32 감사(監司) : 중국 고대의 관직명. 지방 관청의 관리들을 감찰하는 업무를 수행하였다.
33 【즉공관 미비】眞是秀才閒氣. 선비들 쓸데없는 자존심 싸움이란!

소리까지 들었으니 민망스럽기도 하고 성도 날 수밖에요. 그는 발끈해서 말했지요.

"그 자는 내 수하인데 감히 그렇게 무례할 수가 있나!"

그러나 뒤에서 한 말이니 사실 여부를 알 수가 없었습니다. 그래서 부하에게 명령패를 내리고 일렀습니다.

"태주의 형사 행정에 억울한 사례가 있으니 단단히 살피도록 하라!"

그러자 그 부하는 밤길을 달려 태주로 향했답니다.
회암은 회암대로 당 태수의 잘못을 찾을 작정으로 서둘러 태주로 달려왔습니다. 당중우는 뜻밖의 상황이 발생하자 순간적으로 제 때에 영접하지 못하고 좀 늦게 현장으로 달려오는 것이었습니다. 그러자 회암은 생각했습니다.

'동보의 말에 틀림이 없구나. 정말 이렇게 업신여겨 나를 안중에도 두지 않을 줄이야!'

이 분노만은 아무리 해도 도저히 삭힐 수가 없었습니다. 그래서 그날로 임지에 도착하자마자 당 태수의 관인을 박탈해 군승[34]에게 인계했습니다. 그리고 나서 말하는 것이었지요.

"지부[35]가 직무에 충실하지 못했으니 처분을 기다리라!"

엄예도 잡아서 감옥에 가두었습니다. 그녀와 태수가 정을 통한 정황을 추궁하기 위해서 말입니다. 회암은 중우가 풍류가 넘치니 분명히 둘이 그렇고 그런 사이일 것이 분명하다고 여겼지요. 게다가 부녀자는 부드럽고 연약하니 형벌을 견딜 수가 없습니다. 일이야 있든 없든 간에 알아서 실토할 테니 당 태수의 죄를 탄핵하기에 안성맞춤이라고 생각했던 거지요. 그러나 가냘픈 가지 같은 엄예의 몸이 되려 무쇠나 돌과도 같은 의지를 가지고 있을 줄 누가 알았겠습니까? 여러분이 아무리 아침저녁으로 매질을 하고 욕을 퍼부으며 온갖 방법으로 형벌을 가해도 그녀는 끄떡도 하지 않았답니다.

"본분에 따라 노래만 불러 드렸사옵니다. 시를 읊고 술 시중을 한 일은 있사오나 다른 일은 털 끝 만큼도 없었나이다!"

그렇게 온갖 고초를 다 겪으며 달포나 갇혀 있으면서도 끝까지 같은 말만 하는 것이었습니다.[36] 회암으로서도 그녀를 어쩔 도리가 없었지요. 하는 수 없이 '상관을 유혹하지 말았어야 했다[不合蠱惑上官]'는 아리쏭한 죄목을 씌워서 고약하게도 모질게 매질을 하고 나서 소흥紹興으로 압송하여

---

34 군승(郡丞): 중국 고대의 관직명. 진(秦)나라 때에 비롯되었으며 한대에 이르러 군수(郡守) 아래에 승(丞) 및 장사(長史)를 두고 군수의 업무들을 보좌하게 하였다.
35 지부(知府): 명대에 지방 행정구역인 부(府)의 수장을 일컫던 이름.
36 【즉공관 미비】俠骨天生. 의협 기질을 타고 났군 그래.

추가로 심문하게 했답니다.

그와 동시에 일단 당 태수를 탄핵하는 상소를 올렸지요. 그 대체적인 내용은 다음과 같았습니다.

"당 아무개는 강학에 불복하고 성현의 가르침을 깨우치지 못한 채 신이 글자도 모른다는 험담을 일삼았는가 하면 관직에 있으면서도 체통 없이 창기와 어울렸나이다. 심문 결과 범죄의 정황을 적발하여 다시 상소를 올리고 거취를 결정하게 하겠나이다. 이에 고하였나이다."

唐某不伏講學, 罔知聖賢道理, 却詆臣爲不識字, 居官不存政體, 褻昵娼流. 鞫得奸情, 再行覆奏, 取進止. 等因.[37]

당중우에게는 왕회王淮라는 동향 친구가 있었습니다. 그때 마침 중서성中書省에서 국정을 전담하고 있었지요.[38] 그래서 그도 은밀한 제보를 갖추어 회암의 상소를 반박하며 황제에게 진상을 보고하려 했습니다. 그 대체적인 내용은 다음과 같았지요.

"주 아무개는 조정의 법제를 준수하지 않고 한 지방을 다시 시찰하면서 갑자기 들이닥쳤사옵니다. 그 바람에 미처 영접하지 못했다는 핑계로

---

37 등인(等因): 중국 고대의 공문 표현. 글자 그대로 직역하면 "~등등(이상의)의 사유로 말미암아" 정도로 번역되는데, 각종 공문의 보고 내용을 마무리할 때에 사용되었다.
38 【즉공관 미비】 □有此耳. □□ 이런 경우가 다 있구나.

판결을 강행한 대유학자가 괜한 자존심 싸움을 벌이다

창기를 가혹하게 핍박하고 현직 관리를 함부로 모욕했나이다. 공정한 법
도는 어길 수 없나니 절대로 이 여인이 능욕 당하게 버려 둘 수 없기에
외람되게도 상소를 올리오니 폐하를 기망하려는 저의를 밝게 살펴 주옵
소서. 이에 고하였사옵니다!"

　朱某不遵法制, 一方再按, 突然而來, 因失迎候, 酷逼娼流, 妄汚職官, 公道難
泯, 力不能使賤婦誣服. 尙辱瀆奏, 明見欺妄. 等因.

　효종[39] 황제는 회암이 상소한 글을 보고 나서 그것을 꺼내어 재상 왕
회에게 처리를 맡기려던 참이었습니다. 그런데 왕회는 왕회대로 중우의
은밀한 제보 내용을 꺼내 효종에게 보여 주는 것이 아닙니까. 효종이 그
것을 보고 나서 물었지요.

"두 사람의 시비를 … 경은 어떻게 생각하시오?"

그러자 왕회는 이렇게 상소를 올렸습니다.

"신이 보기에, 이는 그야말로 '수재들끼리 쓸데없는 자존심 싸움을 하
는 꼴'이옵니다![40] 한쪽은 상대가 글자도 모른다고 빈정거리고 한쪽은
자신을 제대로 영접하지 않았다고 말하고 있사옵니다. 물론 이는 실제로
있었던 일이옵니다. 허나, 나머지 내용은 전부가 부풀려진 소리일 뿐 조

39　효종(孝宗) : 남송 제11대 황제 조신(赵眘, 1127~1194)의 묘호.
40　【즉공관 미비】實話也. 好宰相聖主. 사실 그대로다. 훌륭한 재상과 황제로고!

금이라도 제대로 된 내용이 있나이까? 그의 말은 모두 받아들이지 마시옵소서!"

"경의 말씀이 옳소! 허나…, 상급 관청과 하급 관청이 불화하여 지방관들이 불편해 하니 양쪽을 모두 전보[41]하는 편이 좋겠소!"

효종이 이렇게 말하자 왕회는 성은에 고마워하면서 말했습니다.

"폐하의 말씀이 지당하옵니다! 신이 해당 부서에 분부하여 받들어 이행하도록 하겠나이다!"

이번 일의 경우 서울에서는 왕승상이 돕고 효종은 효종대로 생각이 있었기 때문에 당중우의 관직에는 아무 변동도 없었습니다. 딱하게 된 사람은 이쪽의 엄예 뿐이었지요. 온갖 고초를 다 당했지만 그걸로 끝내지 않고 어명이 내려지고 나서도 따로 소흥으로 가서 처분을 받게 했지 뭡니까 글쎄!

소흥 태수 역시 강학講學을 하는 사람이었습니다. 엄예가 압송되어 오자 그녀의 아름다운 모습을 보더니 태수가 말하는 것이었지요.

"예로부터 '미색을 가진 것들 치고 덕을 가진 경우가 없다'고 하더니!"

---

41 전보[丕調] : '평조(丕調)'란 승진이나 좌천과는 달리 동일한 품계나 직급의 자리로 수평 이동하는 경우를 말한다.

남송 효종 초상

그러면서 가혹한 형벌로 그녀를 고문하는가 하면 찰자拶子를 가져다 손가락을 조이는 형벌[42]까지 가했지 뭡니까! 엄예는 열 손가락이 가녀린 데다가 손등도 부드럽고 뽀얀 편이었습니다. 태수는 그것을 보자마자

"직접 물을 긷고 절구질을 하는 계집이라면 절대로 이럴 수가 없지. 그래서 더더욱 괘씸하구나!"

하더니 또 주릿대[43]로 주리를 틀게 하는 것이었습니다. 그래서 형옥을 담당한 공목[44]이 고했지요.

---

42 손가락을 조이는 형벌[拶指] : 중국의 고대 형벌의 일종. 헐겁게 엮은 나뭇살들을 연결하고 조였다 풀었다 할 수 있는 형구인 '찰자(拶子)'에 죄인의 손가락들을 끼운 다음 힘을 주어 조임으로써 형벌을 가한다. 이 형벌은 주로 여성에게 가해졌는데 심한 경우에는 손가락이 으스러지기도 하였다. 여기서는 찰지(拶指)'를 편의상 "손가락을 조이는 형벌"로 의역하였다.

43 주릿대[夾棍] : 주리를 트는 데에 사용하던 긴 장대. 다만, 명대의 백과전서 『삼재도회』의 삽화에 근거할 때, 중국의 주리 틀기는, 우리가 알고 있는 조선시대의 것과는 달리, 앞의 '찰지'처럼 장대 사이로 발을 끼우고 여러 사람이 힘을 주어 조이는 방식으로 형벌을 가했던 것으로 보인다.

44 공목(孔目) : 중국 고대의 관직명. 각급 관청에서 문서 업무를 관장하였다.

“엄예는 두 발이 아주 작아 감당하지 못할까 걱정입니다!”

“저 계집 발이 작다고? (…) 그거야 모두가 인위적으로 작게 만든 탓이지. 선천적으로 그런 것이 아니다!”

그래서 또 한 바탕 난리를 치더니만 ‘당중우와 정을 통한 일을 실토하라’며 윽박지르는 것이 아닙니까. 그런데 엄예가 전처럼 끝까지 자백을 하지 않는 것이었습니다. 태수는 하는 수 없이 일단 끌고 가 감옥에 가두고 나중에 다시 심문하기로 했지요.

엄예가 감옥으로 들어오자 옥관獄官은 그 처지를 정말 딱하게 여기고 옥졸에게 ‘그녀를 괴롭히지 말라’고 분부했습니다. 그리고는 좋은 말로 물었지요.

“태수님께서 형벌을 가한 것은 그저 네가 무엇이라도 자백을 해 주기를 바란 것뿐이니라. 헌데 어째서 냉큼 자백하지 않았느냐? (…) 이런 죄목에는 형량에 한계가 있다. 여인네가 간음을 저지르면 아무리 무거워도 곤장 죄에 불과해. 하물며 곤장은 벌써 맞았으니 죄가 더 무거워질 이유가 없느니라. 네 몸을 희생하면서까지 이런 고초를 당하니 이게 무슨 고생이란 말이냐!”

그러자 엄예가 말하는 것이었습니다.

"쇤네는 천한 기생입니다. 아무리 태수님과 정을 통했다 한들 죽을 죄는 아닐 테지요. 그러니 자백한들 무슨 큰 곤욕을 당할 리가 있겠습니까? 그러나 … 세상 일이란 것이 긴 것은 긴 것이고 아닌 것은 아닌 법입니다. 어찌 미천한 이 한 몸 아끼겠다고 망령된 말을 멋대로 늘어 놓아 사대부를 모욕할 수가 있겠습니까? (…) 오늘 차라리 저를 죽을 자리로 몰아넣을 수 있을지 모릅니다. 그러나 절더러 남을 무고하라고 하신다면 단연코 그 뜻을 이루지 못할 것입니다!"[45]

옥관은 그 말과 태도가 결연한 것을 보고 그녀를 존경하게 되었습니다. 그리고 그 말을 모두 태수에게 고했지요. 아 그런데 그 태수가

"그렇다면 상부에서 당초 판결한 대로 시행하는 수밖에 없구만. 괘씸한 계집 참으로 고집불통이로구나![46] (…) 상부에서 이미 처분을 내리기는 했다마는 우리 쪽에서도 어차피 결단을 내릴 수밖에 없다!"

하더니 다시 엄예를 감옥에서 끌어내서 모질게 곤장을 치는 것이 아닙니까 글쎄! 사실은 그것도 회암의 비위를 맞추어 주려는 속셈이었지요. 태수는 공문을 잘 접어 제거사[47]에 보고를 올리고 나서 눈치를 봐 가면서

---

45 【즉공관 미비】土人之所難能. 서생 나부랭이들은 해낼 수 없는 일이로다!
46 【즉공관 미비】何苦. 이게 다 무슨 고생이란 말인가!
47 제거사(提擧司) : 송대의 관청 이름. '제거(提擧)'는 관리하거나 전담한다는 뜻이다. 제거상평(提擧常平, 구휼) · 제거시박(提擧市舶, 경제) · 제거학사(提擧學事, 교육) 등과 같이, 특별한 업무의 수행을 위하여 조정에서 파견한 제거(提擧)가 업무를 보는 관청으로, 원 · 명대를 거쳐 청대까지 제도가 지속되었다.

형벌도 감수한 의리 있는 여인이 명성을 크게 떨치다

자체적으로 결정을 내릴 작정이었습니다. 그러다가 회암이 다른 벼슬로 전보되었다는 소식을 전해 듣더니 그제서야 엄예를 감옥에서 풀어 주었답니다.

엄예도 참 운이 나쁘기도 하지요! 벼슬아치들끼리 쓸데없는 자존심 싸움을 하는 바람에 못볼 꼴을 당하여 양쪽 관아 감옥에서 괜히 두 달 동안이나 간혀 지내면서 그녀가 써서는 안될 죄목을 억지로 뒤집어 쓰고 두 번이나 판결을 받고, 그 다음에도 억지로 자백을 받아내려고 모진 고문까지 가하는 바람에 난데없는 수모를 당했으니 말입니다요! 그야말로

모난 대나무 작대기 둥글게 깎아 놓고	規圓方竹杖,
무늬 벗겨진 거문고에 칠까지 해 버린 격.[48]	漆却斷紋琴.
탐나는 물건에도 마음이 흔들리지 않아야만	好物不動念,
도 이루겠다는 도학자의 소망 이룰 수 있는 것을!	方成道學心.

---

[48] 모난 작대기 둥글게 깎아 놓고~[削圓方竹杖, 漆却斷紋琴] : 당대 후기의 시인인 이덕유(李德裕, 787~849)가 지은 「모난 대나무 지팡이[方竹杖]」에서 유래한 말. 모가 난 대 지팡이를 깎아 둥근 지팡이로 만들고 줄이 끊어진 거문고에 새로 옻칠을 한다는 뜻으로, 물건을 함부로 다루는 것을 두고 하는 말이다. 당나라 무종(武宗) 때에 이덕유가 회남절도사(淮南節度使) 신분으로 윤주(潤州)를 시찰하러 나왔다가 명성이 높은 사찰인 감로사(甘露寺)를 방문하였다. 그는 안내를 해 준 답례로 그 절의 중에게 모가 난 대나무 지팡이를 선물로 주었다. 그 지팡이는 대완국(大宛國)에서 만들어진 것으로, 재질이 단단하고 대단히 귀한 물건이었다. 그런데 세월이 흘러 다시 감로사에 들른 이덕유가 당초의 지팡이의 행방을 묻자 그 중은 소중하게 간직하고 있다는 말과 함께 지팡이를 꺼내는데 원래의 모를 다 갈아서 동그랗게 만들어 놓았지 뭔가? 게다가 나름대로 머리를 쓴답시고 거기에 옻칠까지 해서 원형을 완전히 잃은 상태였다. 실망한 이덕유는 남의 물건을 함부로 다룬 중을 빈정거리면서 이 시를 지었다고 한다. 여기서 '물리칠 각(却)'은 동사가 아니라 현대 중국어의 '마칠 료(了)'처럼 완료형 어기조사로 사용되었다.

엄예는 끝없이 시련을 당하고 나서야 풀려났지요. 그러나 겨우 가냘픈 숨만 남아 몇 번이나 죽을 고비를 넘겨야 했답니다. 가까스로 곤장에 곯은 상처가 아물고 나서도 한동안 손님을 받을 수가 없었습니다. 그런데도 집 앞에 늘어서는 수레며 말의 행렬은 예전보다 더 북적거리지 뭡니까.[49] 그건 엄예가 차라리 죽을지언정 끝까지 당중우의 일을 자백하지 않았기 때문이었습니다. 그래서 방방곡곡의 사람들이 그녀의 의리를 대단하게 여긴 거지요. 젊은 나이로 자존심을 중요하게 여기는 친구들은 그럴수록 그녀를 '예로부터의 정의로운 협객에 비길 만하다'고 여겼지요. 거기다가 지금까지 알고 지내던 이들은 그녀의 안부를 묻기 위해 몰려왔고, 과거에는 모르는 사이였던 이들도 그녀와 안면을 트기 위해서 찾아드는 것이었지요. 그래서 집 앞이 비집고 들어갈 틈도 없을 정도로 그렇게 북적거렸던 것입니다. 화류계에서 같은 밥을 먹는 이들이야 당연히 도학과는 사이가 좋을 수가 없습니다. 그러나 엄예를 보러 온 사람조차 주회암을 욕하지 않는 경우가 없을 지경이었지요.

회암은 그 일로 당중우를 제대로 손도 보지 못했습니다. 오히려 남들의 구설수에만 올라서 외간사람들이 떠들썩하게 입방아를 찧어 대는 바람에 엄예의 명성과 위상만 높아져 갔지요. 그 소문은 급기야 효종의 귀에까지 전해졌지 뭡니까. 효종은 말했습니다.

---

49 【즉공관 미비】公道在人. 사람들은 그녀가 옳다는 것을 알기에!

"진작에 지난번에 두 사람에게 전보 처분을 내렸기에 망정이지[50] 한쪽 말만 듣고 당여정을 귀양 보냈더라면 의리 있는 그 여인이 하소연 할 곳도 없이 억울해 할 뻔 하지 않았는가!"

진동보는 진동보대로 그 일을 알고 나서 자신의 잘못을 뉘우쳤습니다.

"나는 그저 회암에게 몇 마디 한 것뿐인데 뜻밖에도 그 말을 곧이듣는 바람에 일이 커지고 말았구나! 이제 당중우는 내가 자신을 해코지 했다고 의심할 텐데 어디 가서 해명을 할 수도 없게 되었구나!"

그래서 회암에게 이렇게 서신을 보냈지요.

"소생은 평소 남의 시비를 왈가왈부 하는 성격이 아닙니다. 그런데 당여정이 의심을 품고 비방을 했으니 참으로 전광[51]이 죽은 일에 빗댈 수 있겠습니다. 그러나 곤궁에 처한 입장에서 또 이렇게 구차한 목숨만 아끼느라 바쁘니 민망스럽습니다 그려!"

亮平生不曾會說人是非, 唐與正乃見疑相譖, 眞足當田光之死矣. 然困窮之中, 又自惜此潑命. 一笑!

---

50 【즉공관 미비】 □得如此. 이렇게 □□하구나.
51 전광(田光, ?~BC227) : 중국 전국시대 협객. 진시황을 암살하고자 고심하는 연나라 태자 단(丹)에게 자객 형가(荊軻)를 추천하였다. 그러나 단이 그 계획의 누설을 우려하자 스스로 목숨을 던지면서 철저하게 보안을 지켰다고 한다.

보시다시피 진동보는 그저 당중우가 자신과 조연의 혼사를 망친 일 때문에 순간적으로 부아가 치밀자 중우가 평소에 한 말을 회암에게 일러바쳤을 뿐이었습니다. 처음에는 회암이 독한 마음을 품고 중우를 해코지할 줄은 생각조차 하지 못했던 거지요. 엄예가 거기에 연루되고, 그런 모진 고문을 당한 일들은 동보가 바라던 바가 아니었습니다. 그 일들도 마찬가지로 회암이 앙심을 품고 지나치게 집착하는 바람에 벌어진 일이었지요. 나중에 다른 자리로 전보되어 가 버리기는 했지만 말입니다.

회암의 자리를 교대한 것은 악상경[52]으로, 이름이 림霖이었습니다. 그가 임지에 당도하자 기생들이 절을 하면서 부임을 축하해 주는 것이었지요.

"누가 엄예인고?"[53]

상경이 이렇게 묻자 엄예가 앞으로 나오더니 대답을 했습니다. 상경이 눈을 들어 그녀를 보니 행동거지가 남다른 것이 기녀들 사이에서 마치 닭 무리 속에 들판의 두루미가 홀로 서 있는 것 같지 뭡니까. 그러나 얼

---

52 악상경(岳商卿) : 북송대 명장 악비(岳飛)의 아들 악림(岳霖, 1130~1192)을 말한다. 상주(相州) 탕음(湯陰, 지금의 하남성 안양시 인근) 사람으로, 자는 급시(及時)이며 '상경'은 호이다. 고종 때에 간신 진회(秦檜)의 모함을 당하여 그 부친 악비가 죽음을 당하고 가택 수색을 당하는 수모를 당했으나 나중에 진회의 실각과 함께 복권되어 효종 때에 조산대부(朝散大夫)·부문각대제(敷文閣待制)를 지냈으며, 사후에는 태중대부(太中大夫)로 추증되었다. 주희와 교류했으며, 각계의 도움으로 악비가 생시에 남긴 글들을 수집해 책으로 엮었다.
53 【즉공관 미비】此人比煞風景者何如. 이 사람은 살풍경(꼴불견)인 자와 비교할 때 어떠하뇨?

굴은 핼쑥하기 짝이 없었지요. 상경은 이전에 있었던 일을 알고 있었으므로 그녀가 시련을 당한 일을 몹시 딱하게 여겼습니다. 그래서 그녀를 보고 말했지요.

"네가 가사에 뛰어나다고 들었다. 너의 속내를 가사로 지어서 내게 들려 다오. 내게 다 생각이 있으니."

엄예는 그 명령에 따라 따로 구상도 하지 않고 대답과 동시에 즉흥적으로 【복산자卜算子】 가사를 읊었습니다.

이 풍진 세상에 미련이 있는 것은 아니거늘	不是愛風塵,
전생의 인연이 잘못 되었던 것일까?	似被前緣悞.
꽃 지고 피는 데에는 다 때가 있다지만	花落花開自有時,
어김없이 조물주이신 동군의 조화라네.	總賴東君主.
떠나는 거야 결국엔 떠나야 하리니	去也終須去,
머물려 한들 어이 머물 수 있겠나?	住也如何住.
만약 산의 꽃을 머리에 잔뜩 꽂더라도	若得山花挿滿頭,
쉰네 어디로 돌아갔는지 묻지 마소서!	莫問奴歸處.

상경은 그것을 다 듣고 나서 칭찬을 아끼지 않았습니다.

"네가 양갓집에 출가하려는 마음을 굳힌 게로구나. 그건 좋은 일이다. (…) 내 너를 위하여 발벗고 나서도록 하마!"

그리고는 곧바로 기적伎籍을 가져와 그 이름을 지우고 '양갓집에 출가'한 것으로 처리해 주는 것이 아닙니까. 엄예는 머리를 조아리고 고맙다는 인사를 하고 나서 관아를 떠나는 것이었습니다. 그 소식을 들은 사람들은 천 금이나 되는 폐백을 싣고 앞다투어 몰려 와서 아내로 맞아들이려 했으나 엄예는 모두 거절했답니다.

그런데 이때 황가 종실의 가까운 친척댁 자제가 정실 부인을 잃고 나서 하도 슬픈 나머지 넋을 놓고 지내고 있었습니다. 그 댁을 찾는 손님들은 그가 상심해 하는 것이 걱정이 되었던지 그를 기방으로 끌고 가서 기분을 풀게 해 주기로 했지요. 그러자 다른 곳을 거론하면 가지 않으려 하지 뭡니까. 그래서 '엄예가 있는 집에 간다'고 하자 그제서야 마지 못해 따라 나서는 것이었습니다.

엄예가 그 사람을 보니 온 일굴에 슬픈 표정이 역력했습니다. 사연을 물어 보고 나서야 부인을 여읜 까닭 때문임을 알고 '인정이 있는 사람'임을 눈치챘지요. 그러나 그 일을 그저 마음속에 담아두고 있을 뿐이었답니다. 그 종실 자제는 자제대로 엄예의 대단한 명성을 흠모하고 있던 참이었습니다. 그래서 술을 마시는 동안 서로에게 호감을 가지게 되고, 그 일을 계기로 자기 집에 남아 머물게 해 주었지요. 그는 그렇게 서로에게 애틋한 마음을 가지고 오랫동안 내왕한 끝에 마침내 엄예를 첩으로 맞아

들였답니다. 엄예는 엄예대로 한 마음으로 그를 섬겨 마침내 평생의 소원을 이루었지요. 그녀는 신분의 한계 때문에 '부인'이나 '현군'의 명예를 누릴 수는 없었습니다. 그러나 종실 자제는 엄예를 맞아들인 뒤로 몹시 흡족해 하면서 끝까지 정실 부인을 들이지 않았답니다. 한 아내가 한 남편만 섬기면서 아내로서의 명예를 바로 세우고 끝까지 해로했으니 이 역시 엄예가 뜻을 세워 곧고 바르게 처신한 데 대한 보답이었던 셈이지요. 그래서 후세 사람들은 바로 이 엄예야말로 참으로 도학의 가르침을 몸소 실천한 인물이라고 평가했던 것입니다. 이에 대해서는 칠언 고시가 한 편 전해지는데 그녀의 미덕을 집중적으로 다루었답니다.

천태에 참 대단한 여자가 있어	天台有女眞奇絶,
사 씨네 정원의 눈을 일필휘지 노래 부르고.[54]	揮毫能賦謝庭雪.
태수의 연회에서는 분 바르고 시중 들면서도	搽粉虞候太守筵,
거나하게 취해서도 잠자리 시중 들지 않았지.	酒酣未必呼燭滅.
그러다가 갑자기 감사에서 공문 날아와	忽爾監司飛檄至,
졸지에 칼 쓰고 온갖 수모 다 겪었지.	桁楊橫掠頭搶地.

---

54 사 씨네 정원의 눈[謝庭賞雪] : 남북조시대 유송(劉宋)의 황족 유의경(劉義慶, 403~444)이 지은 『세설신어(世說新語)』 「언어(言語)」에 따르면, 동진(東晉)의 태부(太傅) 사안(謝安, 320~385)이 눈이 내리는 날 가족들과 모여서 딸과 글월의 의미를 강론하고 있는데 갑자기 눈이 휘몰아치자 '흰 눈이 어째서 이렇게 내린단 말인가?'라고 말하였다. 그러자 그 형의 아들 호아(胡兒)가 '소금을 허공에 뿌리는 것 같군요' 라고 하니 이번에는 그 형의 딸이 '버들솜이 바람에 흩날리는 것만 못하군요' 하고 말하였다. 그래서 사안이 껄껄 웃으면서 좋아했다고 한다.

기생은 국법을 어기지 않았건만   章臺不犯士師條,

판관[55]은 자사[56]와의 일을 상소하니.   肺石曾疏刺史事.

천한 이 몸 가벼이 목숨 바칠지언정   賤質何妨輕一死,

어찌 막된 말로 군자를 더럽힐 수 있으리오?   豈承浪語汚君子.

그 죄 무겁지 않아 그저 매질 두 번 당했으니   罪不重科兩得笞,

옥리의 위세라 해 봤자 그 뿐인 것을!   獄吏之威止是耳.[57]

나리야 얼마든지 말해도 자신을 속이면 안되거늘   君侯能講毋自欺,

대뜸 여인에게 남의 처신 모함하라 하니   乃遣女子誣人爲.

아무리 감옥에 갇힌 이몸 그 죄를 힐난한들   雖在縲絏非其罪,

공자님 가르침을 어찌 잊는단 말인가?   尼父之語胡忘之.

그대는 보지 못했는가   君不見,

관고가 당시 조왕을 변호하며   貫高當時白趙王,

---

55 판관[肺石] : ‘폐석(肺石)’은 『주례(周禮)』「추관·대사구(秋官大司寇)」에 따르면, 고대에 백성들에게 억울한 사정이 있으면 그것을 두드려 소리를 내면서 억울함을 하소연하게 하기 위하여 조정의 대문 밖에 놓아 두었는데 그 돌 모양이 사람의 폐를 닮았고 색깔도 폐처럼 붉다 하여 ‘폐석’으로 불렀다고 한다. 이 고사에서 착안하여 여기서는 ‘판관’으로 번역하였다.

56 자사(刺史) : 중국 고대의 관직명. ‘자사(刺使)’로 적기도 한다. 한나라 무제 때 생겨났다. 무제는 전국을 13개 주(州)로 나누고 각기 한 명의 자사가 해당 지역의 행정을 감찰하도록 했으며 어사중승(御史中丞)의 관할 아래 두었다. 그 명칭은 나중에 ‘주목(州牧)·태수(太守)’ 등으로 바뀌었다가 되돌려지기를 반복하였다. 송대에는 조정의 문신이 ‘지주(知州)’로 파견되면서 무신에게 부여되는 일종의 명예직으로 변하였다.

57 【즉공관 미비】獄吏愧之久矣. 옥리들이 내내 부끄러워 했겠군 그래.

몸이 으스러지면서도 당당했던 일을!　　　　　　　身無完膚猶自强.

이제 미인도 그렇게 해내었으니　　　　　　　　　今日蛾眉亦能爾,

천고에 나란히 의협심 놀랍다 명성 듣게 되었네.　千載同聞俠骨香.

찡그린 얼굴에 웃음 띠고 옥문을 나오니　　　　　含顰帶笑出猙狂,

눈 감은 사내들에게까지 소문이 났다오.　　　　　寄聲合眼閉眉漢.

머리에 산꽃 가득 꽂고 돌아온 뒤로는　　　　　山花滿頭歸去來,

황가에서 양홍처럼 남편을 섬겼단다![58]　　　　天潢自有梁鴻案.

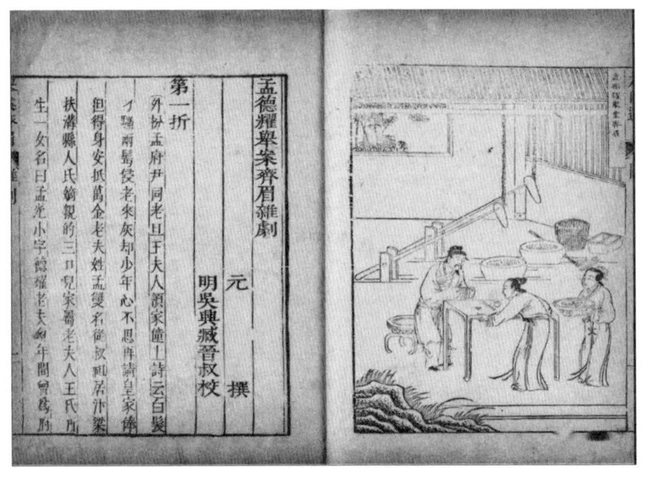

양홍의 이야기를 다룬 원대 잡극 희곡 『거안제미(擧案齊眉)』

58　양홍처럼 남편을 섬겼단다[自有梁鴻案] : 후한의 학자 양홍(梁鴻)의 고사. 『후한서(後漢
　　書)』「일민전(逸民傳)」에 따르면, 양홍의 아내 맹광(孟光)은 밥상을 차리고 기다렸다가
　　양홍이 일을 마치고 귀가하면 눈을 아래로 깔고 밥상을 눈썹까지 들어올려 바치므로써
　　남편에 대한 공경심을 나타내었다고 한다. 여기서는 부부가 서로를 공경하고 사랑하는
　　것을 두고 한 말이다.

제13권

녹태암에서 나그네가 절에 묵고
섬계리에서 귀신이 새 시신을 빌리다

鹿胎庵客人作寺主 剡溪里舊鬼借新屍

해제

남송의 순희淳熙 연간에 절강 땅 회계현 녹태산의 녹태암鹿胎菴에는 죽림竹林이라는 중이 행자와 함께 지내고 있었다. 어느 날, 산 아래 섬계리剡溪里 마을의 장張 씨댁에서 가장이 죽자 죽림을 찾아와 마을로 와서 불재를 지내 고인의 명복을 빌어 달라고 부탁한다. 그러자 죽림은 행자를 데리고 산을 내려가던 도중에 마침 암자로 향하던 수재 직량直諒과 마주친다. 죽림은 직량이 암자에서 하룻밤 묵기를 원하자 암자 열쇠를 넘겨 주고 혼자 암자에서 하룻밤을 보내게 해 준다.

이날 밤, 직량은 문득 누가 방문을 두드리는 소리를 듣고 문답을 주고받다가 상대가 일 년 전에 죽은 지인인 유염사劉念嗣의 귀신임을 깨닫는다. 그 귀신은 자신이 죽자마자 아내 방房씨가 남에게 개가하면서 재산을 전부 가져가 버렸고, 그 바람에 홀로 남은 아홉 살박이 고아는 보살펴 주는 이조차 없이 길거리에서 동냥을 하면서 지낸다고 토로하고 서둘러 관아에 가서 이 억울한 사정을 고해 처리해 달라고 직량에게 간청한다. 그래서 직량이 그렇게 해 주겠다고 약속했지만 귀신은 그래도 그 자리를 떠나지 않고 자신의 행동을 따라한다. 겁을 집어먹은 그가 그 길로 방을 나가 불당으로 향하자 귀신도 그 뒤를 바짝 따라 오다가 직량이 기지를 발휘해 갑자기 방향을 바꾸자 몸을 피하지 못하고 그대로 기둥을 들이받더니 단단히 끌어안고 놓아 주지 않는다. 놀란 직량은 그 길로 산 아래로 달아나 버린다.

마침 날이 밝고 직량은 도중에 불사를 마치고 암자로 향하던 죽림과 마주치자 밤새 있었던 일들을 모두 일러 준다. 그러자 죽림은 죽림대로 간밤에 불사를 진행하던 중 갑자기 고인이 흔적도 없이 사라진 기이한 일을 당했다고 털어 놓는다. 세 사람이 같이 산을 올라가 암자 대문을 열고 기둥을 끌어안고 있는 것을 보니 유염사가 아니라 산 아래 마을 장 씨네 주인의 시신이었다. 죽림은 행자를 보내 장 씨네 사람들에게 그 사실을 알리고 시신을 수습하러 올 것을 부탁한다. 이 이상한 일은 금세 온 마을을 떠들썩하게 만들고 마침 현장에 와 있던 구역 담당관이 관련자들을 데리고 관아로 가서 사건의 경위를 보고한다. 그래서 지현이 직량에게 경위를 묻자 직량은 사실대로 고하는 한편 유염사가 부탁한 일을 지현에게 고한다. 방씨를 소환해 상황을 캐물은 지현은 유염사의 귀신이 직량에게 토로한 사연과 정확하게 일치한다는 사실을 발견한다. 지현은 그녀가 가지고 간 재산의 일부를 홀로 남은 고아에게 분배해 주라는 명령을 내리고 유염사의 아들은 거리를 떠돌던 거지 신세에서 하루아침에 부잣집 상속자가 된다.

이 이야기는 홍매『이견지 보』권16에 소개된 「승현산암嵊縣山庵」 이야기를 소재로 지어졌다.

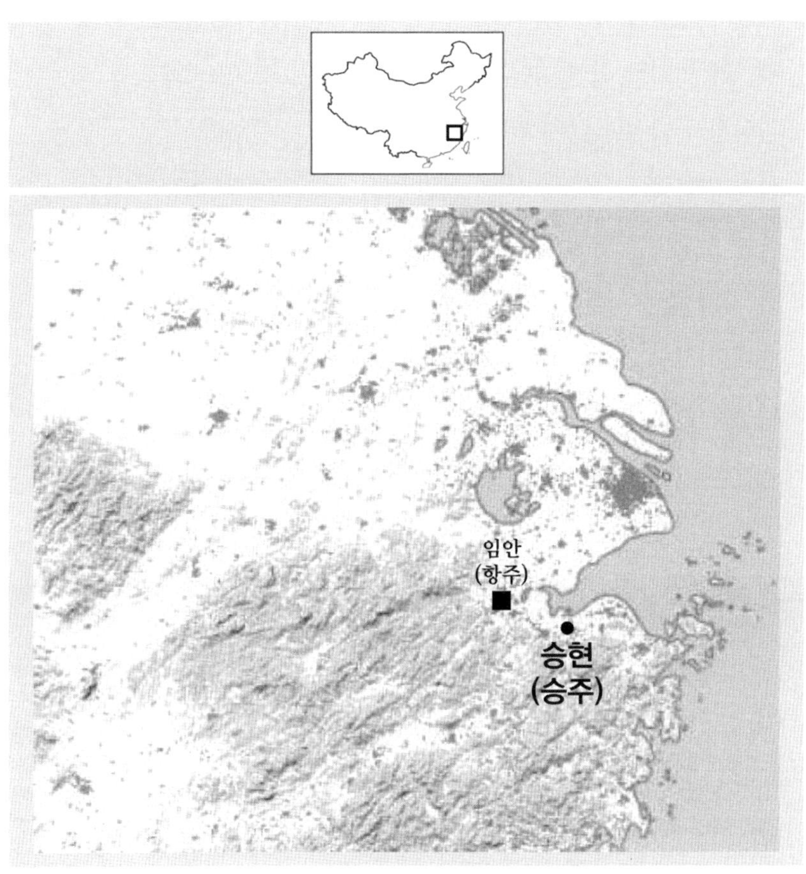

임안
(항주)
승현
(승주)

번역

이런 시가 있습니다.

예전에 미산 옹[1]은	昔日眉山翁,
괜스레 억지로 귀신 이야기를 했지만	無事强說鬼.
황당하고 괴이한 말에 취할 것이 어디 있나	何取誕怪言,
음과 양은 똑같은 한 가지 이치인 것을!	陰陽等一理.
죽은 자도 살아나게 할 수 있나니	惟令死可生,
산 자가 죽은 자를 민망하게 만들지 말라.	不教生魄死.
진대의 사람들 꽤나 현학에 정통했다지만	晉人頗通玄,
나는 완선자를 못마땅하게 여기노라!	我怪阮宣子.

진晉나라 때 완수[2]라는 사람이 살았는데, 자가 선자宣子였습니다. 그는 평생 동안 귀신이 존재한다는 것을 믿지 않아서 특별히 「무귀론無鬼論」을

---

1 미산 옹(眉山翁) : 북송대의 정치가이자 문장가인 소식(蘇軾, 1037~1101)을 친근하게 일컬은 호칭. 소식이 사천성의 미산 출신이어서 그 고향 이름을 붙여 부른 것이다. 소식은 자가 자첨(子瞻)이며, 호는 '동파거사(東坡居士)'이다. 22살의 나이에 진사로 입신하고 당시 조정의 실력자이던 구양수(歐陽修)의 인정을 받아 문단에 등단하였다. 정치적으로는 구법당(舊法黨)으로 분류되어 심한 취조를 받고 호북성(湖北省) 황주(黃州)로 유배되었다가 철종(哲宗)의 즉위와 동시에 복귀하여 예부 상서(禮部尙書) 등의 벼슬을 역임하였다. 그러나 얼마 후 다시 신법당(新法黨)이 집권하자 해남도(海南島)로 유배되었다가 7년 후 휘종(徽宗)의 사면으로 도성으로 귀환하던 중 객사하였다.
2 완수(阮修, 270~311) : 서진(西晉)의 정치가. 당시의 명사로 '죽림칠현(竹林七賢)'의 하나로 꼽히던 완적(阮籍)의 조카로, 자는 선자(宣子)이다. 홍려승(鴻臚丞)·태부참군(太傅參軍)·태자세마(太子洗馬) 등의 벼슬을 역임하였다. 술을 즐기고 도가사상에 심취했으며 서진 말기에 군벌들의 발호로 나라가 어지러워지자 강남으로 피난을 가던 중에 도적에게 죽었다.

짓기까지 했지요. 그 글에서 그는 이
렇게 주장했습니다.

"요즘 사람들 중에서 귀신을 보았
다는 자들은 다들 '그 귀신이 살아 있
을 때의 옷을 입고 있었다'고 말한다.
그렇다면 사람이 죽고 나서 귀신이 되
듯이 옷에도 귀신이 있다는 말이 되는
셈이다."[3]

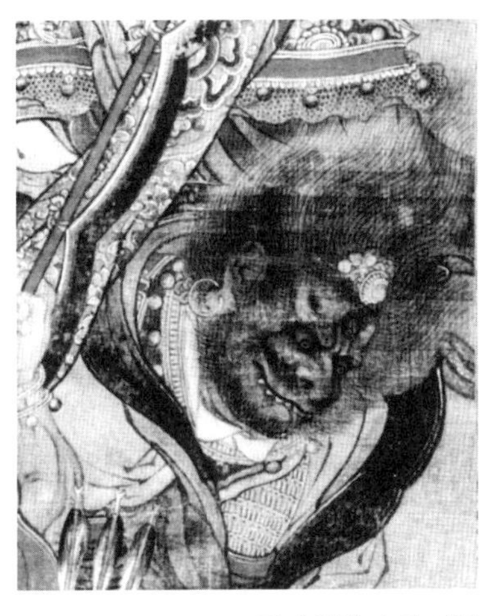

명대 탱화 속의 야차

하루는 어떤 선비가 인사를 왔습니다. 그런데 그가 '귀신은 존재한다'
고 완강하게 주장하는 것이 아닙니까. 한 사람은 없다고 하고 한 사람은
있다고 하면서 양쪽이 한참 동안 논쟁을 벌였지요. 그러나 선자의 말재
주는 조리 있고 뛰어났습니다. 선비는 말로는 이길 수 없을 것 같길래[4]
몸을 일으키더니 말하는 것이었습니다.

"귀하께서 믿지 않는다니 증명해 보일 방법이 없소이다마는 눈앞에
중대한 증거가 있소이다. (…) 이몸이 바로 귀신이올시다. 그러니 어떻

3　요즘 사람들 중에~ : 완수가 주장했다는 「무귀론」. 자세한 내용은 『세설신어(世說新
　　語)』「방정(方正)」에 소개되어 있다.
4　같길래[看看] : 명대 구어의 '간간(看看)'은 현대 중국어의 '간일간(看一看)' 또는 '간래
　　(看來)'와 같은 표현으로, '보아하니' 정도의 뜻이다. 여기서는 '~한 것 같아 보이다' 정
　　도의 어감으로 번역하였다.

게 없다고 할 수 있겠소?"

그는 말을 마치자마자 어느새 자취를 감추어 버리는 것이 아닙니까. 선자는 놀라서 얼이 다 나가 버렸습니다. 그러더니 할 말을 잊고 부끄러워했답니다. 그런 현상은 그도 본 적이 없었으니까요. 예로부터 성현들은 모두 '사람이 죽으면 귀신이 된다'고 말해 왔습니다. 그러니 어떻게 없을 리가 있겠습니까? 어디 존재하다 뿐인가요. 생전의 근심거리를 떨쳐 버리지 못한 탓에 사후에까지 모습을 드러낸 경우도 많았습니다. 그래서 옛 사람들은 이렇게 말했지요.

"죽은 자를 도로 살리고 산 자는 부끄럽지 않게 하는 이야말로 충신이요 의인들이다!"

當令死者復生, 生者可以不愧, 方是忠臣義士.

그런데 지금 세상 사람들 중에서 죽은 사람을 눈으로 볼 수 있는 사람이 몇이나 되겠습니까? 내내 남들 말에 속아 사후의 귀신에 대해서는 아는 바가 없다가 만약 모습을 드러낸 귀신을 보기라도 하면 진짜 무서울 수밖에요!

송나라 때 복주[5]의 황려[6] 사람인 유劉 감세[7]의 아들 사구四九 수재[8]는 정

---

5 복주(福州) : 명·청대의 지명. 지금의 복건성 복건시에 해당한다. 복건지역의 정치·경제·문화 중심지로, 송대 이래로 동남아 각지를 오가는 선박들이 반드시 거쳐 가는 해운

鄭 사업[9] 명중明仲의 딸을 아내로 맞아 들였습니다. 나중에 죽고 석 달이 지나서 정 씨네 선영 곁에 안장하게 되었지요. 그런데 구덩이를 덮고 나서 유 수재가 장례에 참석한 친지들을 초대해 무덤 옆 초막에서 술을 마실 때였습니다. 별안간 웬 큰 나비가 날아왔지 뭡니까. 크기가 세 마디 정도 되는데 유 수재 곁을 맴돌며 춤을 추면서 쫓아도 달아나지 않는 것이었습니다. 괴이하게 여긴 유 수재는 이렇게 농담을 했지요.

"혹시 제 처의 넋이 아닐까요? 만약 저승에서라도 알고 있다면 제 손바닥에 앉을 겝니다."

그 말이 끝나자마자 그 나비는 그 말에 답이라도 하듯이 내려오더니 놀랍게도 유 수재의 오른손 손바닥 안에 앉는 것이었습니다. 그렇게 한동안 있더니 날아가 버리는 것이었지요. 그런데 자세히 보니 손바닥 안에 알을 두 개 까 놓았지 뭡니까.[10] 그러자 앉아 있던 손님들이 모두 몰려

의 요지였다.

6 황려(黃閭) : 명대의 지명.

7 감세(監稅) : 송대에 세무를 담당한 관리. 정식 명칭은 지역에 따라 '감□□상세무(監□□商稅務)' 등으로 일컬어졌다.

8 수재(秀才) : 중국 고대에 선비들을 높여 부르던 호칭. '수재'는 한대 이래로 인재를 발탁하는 절차로서 존재했으며, 당대에도 과거시험 과목으로 존립하다가 나중에 폐지되었다. 당대의 제도를 계승한 송대에는 과거시험에 급제한 선비들만 한정해서 '수재'로 불렀지만 명대에는 과거시험에의 당락과는 상관없이 선비들에 대한 통칭으로 사용되기도 하였다.

9 사업(司業) : 중국 고대의 관직명. 수대(隋代) 이후로 국자감(國子監)에서 제주(祭酒)를 보좌해 감생의 훈도를 관장하게 했으며, 오늘날의 국립대학교 부총장에 해당한다.

10 【즉공관 미비】 妻靈復生卵乎. 아내의 넋이 다시 알을 낳았다는 말인가?

들어서 그것을 구경했습니다. 유 수재는 그것을 잃어버리기라도 할세라 종이로 쌌습니다. 그리고는 방 안의 한 하녀를 불러 건네더니 잘 간수하게 했지요.

유 수재는 정씨를 그리워하면서 연신 한 숨을 쉬더니 무심결에 눈물을 흘렸습니다. 그렇게 슬퍼하고 있을 때였지요. 별안간 아까 그 하녀가 들어오더니

"슬퍼하지 마세요. 제가 왔잖아요!"

하고 말하는 것이 아닙니까! 그래서 그녀의 행동거지 하며 목소리나 웃는 모습을 보니 그야말로 생전의 정씨와 하나도 다른 데가 없었지요. 그러나 사람들은 다들 이 하녀가 미친 줄 알았답니다. 날이 저물어 집으로 돌아온 그녀는 그 길로 정씨 방으로 갔습니다. 그리고는 궤짝이며 상자를 열고 모자·치마·비녀·팔찌·장신구 같은 것들을 모조리 다 꺼내더니 정씨가 평소에 그랬듯이 단장을 하지 뭡니까. 하인들이 모두 놀라서 어쩔 줄을 모르는 사이 그녀는 그 길로 방을 나오더니 유 수재를 보고 말하는 것이었지요.

"제가 떠난 석 달 사이에 당신이 집에서 하신 일들 중에서 그건 잘못이고 이건 잘못입니다. 또 아무 첩은 무슨 말을 했고 아무 종은 무슨 일을 했지요."

하면서 일일이 손을 꼽는데 하나도 틀린 말이 없는 것이었습니다. 유 수재는 그제서야 정씨의 넋이 그녀 몸에 붙은 것을 눈치챘지요. 그는 이 하녀를 정씨라고 믿고 그녀와 이야기를 나누는데 전혀 다를 바가 없지 뭡니까. 그래도 그는 '잠시 붙어 있다가 가 버리겠거니' 하고 여겼는데 뜻밖에도 그때부터 목소리가 바뀌지 않는 것이었습니다. 게다가 밤이 깊자 뜻밖에도 정씨의 침상에 들어 유 수재를 잡아끌고 동침까지 하지 뭡니까. 운우의 정을 나누는데 뜻밖에도 정씨가 살았을 때와 똑같았지요.[11]

다음날 아침, 그녀는 잠자리에서 일어나 집안일을 처리했습니다. 그런데 장원의 소작세며 장부·문서를 대충 맞추어 보는데도 한 치도 어긋남이 없는 것이었습니다. 그 집 친속들이 소문을 듣고 다들 몰려와서 그녀를 보니 사람들과 안부를 묻고 환대하는 것이 모두 이전과 같지 뭡니까. 그래서 사람들은 다들 그녀를 '귀신댁'이라고 불렀습니다.

그 하녀의 아버지는 유 씨네 장원의 종이었는데, 그 소식을 전해 듣고 허둥지둥 딸을 보러 왔습니다. 아 그런데 딸은 그를 보고도 아버지임을 인정하지 않고 그의 이름을 부르면서 욕을 퍼붓는 것이었습니다.

"너는 작년에 곡식을 빚 졌으면서 어째서 갚지 않는 게냐?"

하더니 하인[12]을 시켜 붙잡아 매질을 하더니 용서를 빌자 그제서야 멈추

---

11 【즉공관 미비】 □□養娘□□□大□□□就□. □□하녀가 □□□크고 □□□하니 □하
   는군.
12 하인[當直] : '당직(當直)'은 원래는 당직·당번을 뜻하는 말이지만 때로는 하인을 뜻하
   는 표현으로 사용되기도 한다.

는 것이었지요.

그렇게 다섯 해가 지났을 때였지요. 도로 유 수재가 죽자 하녀는 외마디 소리를 지르더니 갑자기 땅바닥에 쓰러져 버리는 것이었습니다. 의식을 되찾았을 때에는 정씨가 죽을 당시 원래대로 평소의 그녀와 같았습니다.[13] 그래서 그녀에게 다섯 해 동안 일어난 일을 물어 보아도 조금도 알지 못하는 것이었지요. 그리고 자신이 입고 있는 옷을 보더니 부끄러움을 참지 못하고 서둘러 벗더니 전처럼 하녀의 신분에 맞게 처신하는 것이었지요. 이로써 세상

명대 화가 진홍수(陳洪綬)의 『완수고주도(阮修沽酒圖)』

---

13 【즉공관 미비】腰間物得還如舊否. 허리춤의 그 물건은 온전히 달려 있었는지 모르겠군.

에서 귀신이 산 사람에게 붙는 일은 아주 많지만 일시적인 현상일 뿐 몇 년도 되지 않아 결국에는 산 사람으로 되돌아 와 남들과 함께 지낸다는 것을 알 수 있는 셈입니다. 아마 그녀는 저승에서도 유 수재를 버릴 수가 없었고, 거기다가 집안일도 보살펴야했기에 그런 기이한 일들이 생긴 것이었을 테지요. 그러니 어떻게 귀신이 없다고 이야기할 수가 있겠습니까? 이 이야기는 산 사람 몸을 빌린 경우이지만 죽은 사람의 몸을 빌린 경우도 있답니다. 그 이야기를 들려 드리자면,

그야말로 겁쟁이는 놀라 죽을 일이요	直叫小膽驚欲死,
영웅호걸이라 해도 식은 땀 흘리겠네.	任是英雄也汗流.
오로지 그 한 몸 억울한 사연 때문에	只爲滿腔寃抑事,
하룻밤 귀신 하소연에 그 원한 갚아 주었구나.	一宵鬼話報心仇.

이제 이야기를 들려 드리도록 하겠습니다. 회계[14]의 승현[15]에는 산이 하나 있는데, '녹태산'[16]이라고 부릅니다. 어째서 '녹태산'이라고 부를까

---

14 회계(會稽): 중국 고대의 지명. 지금의 절강성 소흥시(紹興市) 일대에 해당한다. 소흥시에 있는 회계산에서 그 이름이 유래했으며, 춘추시대 월(越)나라의 도읍으로, '와신상담(臥薪嘗膽)'의 무대이기도 하다.

15 승현(嵊縣): 중국 고대의 지명. 지금의 절강성 소흥시에 속한 현으로, 사명산(四明山)과 회계산 남쪽 자락에 위치해 있다. 송대에 이 인근에 있는 승산(嵊山)에서 현의 이름을 취했다고 한다.

16 녹태산(鹿胎山): 중국의 산 이름. 지금의 절강성 승현(嵊縣) 서북편에 있는 성황산(城隍山)의 북쪽 갈래. 『대청일통지(大淸一統志)』「소흥부(紹興府)」의 '섬산(剡山)'조에 따르면, "소흥부 남쪽으로 2리 지점에 녹태산이 있는데 현의 치소가 그 기슭 너머에 있다. 송대에 주자가 그 정상에 오른 적이 있다고 한다[其南二里爲之鹿胎山, 縣治跨其麓, 宋朱子登眺其上.]".

일본 대덕사(大德寺) 진주암(眞珠庵)에 소장된 『백귀야행 회권(百鬼夜行繪卷)』

요? 당시에 진혜도陳惠度라는 사람이 살았습니다. 그는 오로지 사냥으로 생계를 꾸리고 지냈답니다. 하루는 그 산 속에 갔는데 새끼를 밴 웬 사슴 한 마리가 눈 앞을 지나가지 뭡니까. 혜도는 허리에 찬 주머니에서 화살을 한 대 뽑아 활에 재더니 쏘면서 외쳤습니다.

"맞아라!"

화살은 어디 삐뚤거나 치우치지도 않고 정통으로 사슴 머리에 박히는 것이었습니다. 화살을 맞은 사슴은 다급하게 숲 속으로 도망치다가 두 번을 뛰어 오르더니 어느새 새끼를 한 마리 낳았지 뭡니까. 새끼를 낳은 어미는 새끼 몸의 피를 깨끗이 핥아 내자마자 땅에 쓰러져 죽고 말았습니다. 진혜도는 그 광경을 보고 정말 견딜 수가 없었습니다. 전생의 업보를 깊이 뉘우친 그는 활과 화살을 팽개치고 그 길로 절로 가서 중이 되었 답니다. 나중에 사슴이 죽은 자리에는 웬 풀이 돋아났는데, '녹태초鹿胎草' 라고 불렸지요. 그 산은 원래 '섬산剡山'이라고 불렀는데 이 일을 계기로 '녹태산'으로 바꾸어 부르게 되었답니다.

그 산에는 작은 암자가 하나 있었습니다. 사람들은 그것을 '녹태암'이 라고 불렀는데, 암자 크기는 그다지 크지 않았지요. 송나라의 순희[17] 연 간에 '죽림竹林'으로 불리는 중이 하나 살았는데, 행자[18] 하나와 같이 안에 서 지내고 있었습니다. 산 아래 마을은 '섬계리剡溪里'라고 했는데, 왕자 유[19]가 눈 내리는 밤에 대안도[20]를 방문했다는 바로 그 곳이지요. 이 마을 에는 장張씨 성의 집안이 하나 있었는데, 가장이 얼마 전에 죽어서 입관 을 하기 위하여 암자의 중 죽림을 불러 입관 불사를 거행하기로 되어 있

---

17 순희(淳熙) : 남송의 제11대 황제 효종(孝宗) 조신(趙昚, 1127~1194)의 연호. 1174~ 1189년까지 16년 동안 사용하였다.
18 행자(行者) : 불교 용어. 출가하여 절에 들어갔으나 아직 중이 되지 않은 수행자를 가리키 는 말이다.
19 왕지유(王子猷) : 동진(東晉)대의 유명한 문필가 왕휘지(王徽之, 338~386)를 말한다. 낭야(琅琊) 임기(臨沂) 사람으로, '자유'는 그의 자이다. 왕휘지는 어느 날 밤 내리던 눈 이 그친 후 아름다운 설경을 보다가 섬계에 사는 친한 벗 대안도(戴安道) 생각이 나자 그 길로 배를 타고 대안도를 방문하러 나섰다. 그런데 배가 대안도의 집에 가까워지자 갑자기 뱃머리를 돌려 귀가해 버리는 것을 본 사람들이 그 이유를 묻자 "애초에 흥이 나 서 간 것인데 흥이 사그라 들었길래 돌아온 것뿐인데 굳이 대안도를 보아야 할 필요가 어디 있는가" 하고 반문했다고 한다.
20 대안도(戴安道) : 동진의 미술가·조각가인 대규(戴逵, 326~396)를 말한다. 초군(譙郡) 질현(銍縣) 사람으로, '안도'는 그의 자이다. 젊은 시절에 당대의 저명한 유학자인 범선 (范宣)에게 사사하여 박학다식한 데다가 악기와 그림에도 뛰어났다. 당시 태재(太宰)로 있던 무릉왕(武陵王) 사마희(司馬晞)에 이어 효무제(孝武帝) 사마요(司馬曜)도 그 재능 에 주목하여 몇 번이나 발탁하려 했으나 끝까지 벼슬길에 나가지 않았다고 한다.

었습니다. 그것이 이날 밤에 할 일인지라 죽림은 행자를 시켜 법사法事에 필요한 불경 상자를 지게하고 자신의 뒤를 따르게 했지요.

때는 이미 날이 저물었는데 산 중턱까지 갔을 때였습니다. 가만 보니 앞에서 웬 사람이 부르는 것이 아닙니까.

"날이 저물었는데 스님께서는 산을 내려가 어디로 가시려고요?"

죽림이 고개를 들고 보니 평소에 그와 친하게 지내던 수재가 아닙니까. 그는 성이 직直, 이름이 량諒이며 자가 공언公言이었습니다. 두 사람은 서로 인사를 나누었지요. 그리고 나서 죽림이 말했습니다.

"나리는 어디서 오셨습니까? 소승은 산 아래의 집에 가던 참인데 … 어쩌면 좋습니까?"

"소생이 현에서 여기까지 오다 보니 날이 벌써 어두워졌군요. 해서 암자에 와서 묵으면서 스님 하고 이야기라도 나눌까 해서 말입니다."

직 선비가 이렇게 말하자 죽림이 말하는 것이었습니다.

"산 아래 장 씨댁에서 가장의 입관 일로 일부러 가서 불사를 해 달라고 부르셨는데 그 일이 오늘밤에 있습니다. 여러 해 동안 시주를 해 주신 댁인데 어떻게 가지 않을 수가 있겠습니까? 다만, … 나리께서 기왕에 여기까지 오셨는데 암자에 묵게 해 드리지 않을 이유도 없으니 진퇴양난이로 군요. 이를 어쩌면 좋습니까 그래!"

"여기에 안 묵으면 달리 갈 곳이 없는데…"

그래서 죽림이 말했습니다.

"나리께서 혼자 계실 담력이 있으실지 모르겠군요?"

"우리는 대장부여서 기세는 호수·바다조차 삼킬 정도입니다. 귀신들 조차 두려워하는 판인데 담력이 없을 턱이 있나요? (…) 두 분은 그냥 가 십시오. 저는 이 길로 암자에 가서 알아서 묵도록 하겠습니다."

"그러시다니 잘됐군요. 다만 … , 소승이 내심 죄송하기 짝이 없군요. 내일 돌아오면 그 벌로 손님 대접을 잘 해 드리고 용서를 빌겠습니다."

"그럼 어서 가십시오, 어서! 저 때문에 시줏돈을 덜 받으시면 되겠습 니까! 내일 그 시줏돈으로 갚으시면 되지요 뭐."

그러자 죽림은 허리춤에서 열쇠를 끌러서 직 선비에게 주면서 일렀습 니다.

원대 화가 장악(張渥)의 『설야방대도(雪夜訪
戴圖)』

"나리, 바로 가셔서 문을 열고 묵으십시오. (…) 배가 고프시면 부엌에 과자도 있고 부뚜막 아래에 지어 놓은 쌀밥도 있습니다. 먹을 것은 많이 있으니 나리 마음껏 드시도록 하십시오. 아쉬운 대로 오늘밤을 보내시면 내일 이른 아침에 소승이 바로 돌아오도록 하겠습니다. 서로 아는 사이랍시고 함부로 이렇게 무례를 범하게 되었습니다만 모쪼록 나무라지 마시기 바랍니다!"

그래서 직 선비가 이렇게 농담을 했지요.

"문을 열고 들어가지 말라고 하시니 설마 … 안에 꺼리는 사람이라도 마주칠까 봐서 마음을 못 놓는 건 아니시겠지요?"

그러자 죽림도 웃으면서 말하는 것이었습니다.

"산 속 암자가 누추해서 숨겨 놓은 여인은 없을 테니 상관 없지요, 상관 없어요."

"만약에라도 안에 있다면 … 제가 그 여인 하고 밤새 즐기도록 하겠습니다."[21]

"얼마든지 즐기십시요! 소승도 시샘하지 않을 터이니."

둘은 이렇게 껄껄 웃으면서 작별하고 죽림은 그 길로 산을 내려갔답니다.

열쇠를 넘겨받은 직 선비는 그 길로 느릿느릿 산을 올라갔지요. 그런데 밤 풍경이 참으로 좋지 뭡니까.

둥지 튼 까마귀 나무로 몰려 들고	棲鴉爭樹,
잠자리 찾는 새는 수풀로 돌아가네.	宿鳥歸林.
은은하게 종소리 울리니	隱隱鐘聲,
사찰의 청아한 범패 소리이런가?	知是禪關淸梵,
여기저기 연기 피어나니	紛紛炳色,
집집마다 저녁밥 짓나 보다.	看他比屋晚炊.
길은 외져서 다니는 사람 드물고	徑僻少人行,
그저 나무꾼만이 땔감 짐 지고 내려오고	惟有樵夫肩擔下,
산이 깊어 찾는 길손 없이	山深無客至,

---

21 【즉공관 미비】 豈知此夜別有受用乎. 이날 밤에 별도로 즐길 거리가 있을 줄 누가 알았겠나.

녹태암에서 나그네가 절에 묵다

가끔 꿩만 왕후의 집 대문서 사람을 맞이하네.　并稀稚子侯門迎.

드넓은 하늘 몇 개의 듬성듬성 뜬 별이　　　　微茫幾點疎星,

지게문[22] 앞까지 길을 안내해 주고　　　　　戶前相引,

찬란한 초승달은　　　　　　　　　　　　　燦爛一鉤新月,

나무 곡대기 끝에서 손님을 맞이하누나.　　　木末來邀.

방 안에서 짝 되어 주는 것은　　　　　　　　室內知音,

법당 가득한 불상들 뿐이요　　　　　　　　　祇是滿堂木偶,

뜰 앞에서 짝 하기 좋은 것은　　　　　　　　庭前好伴,

마주 앉아 있는 금강[23] 역사들 뿐　　　　　無非對座金剛.

덕이 높아 귀신이 받드는 게 아니라면　　　　若非德重鬼神欽,

속으로 요괴들이 들이닥쳤나 의심할 판이로다!　也要心疑魍魅至.

직 선비는 암자 문을 들어서자마자 바로 선방으로 향했습니다.

이때는 밝은 달이 대낮처럼 환하게 빛나고 있었지요. 그는 열쇠로 방
문을 열고 불전 앞의 장명등[24]에 불을 붙인 다음 방에도 불을 붙였습니
다. 그리고는 부뚜막 아래를 보니 밥우에 아까 지은 밥이 있길래 그것을

22　[교정] 지게문[戶] : 상우당본 원문(제644쪽)에는 '시체 시(尸)'로 되어 있으나 전후 맥
락으로 볼 때 '지게 호(戶)'를 잘못 새겼거나 또다른 글자[別字]로 보인다.

23　금강(金剛) : 불교 수호신인 금강역사(金剛力士)를 말한다. 금강역사는 불교용어로, 불
교 사찰의 탑 또는 산문(山門) 양쪽을 지키는 수문신장(守門神將)을 뜻하며, '인왕역사
(仁王力士)'로 부르기도 한다. 일반적으로 산문 왼쪽에는 금강저(金剛杵)라는 무기를 들
고 부처를 호위하는 야차신(夜叉神)인 '밀적금강(密迹金剛)'이, 오른쪽에는 코끼리의 백
만 배나 되는 힘을 가졌다는 천상의 역사인 '나라연금강(那羅延金剛)'이 각각 배치된다.

24　장명등(長明燈) : 불교 용어. 불상(佛像)이나 신상(神像) 앞에 밤낮으로 켜 두는 등불.
'상야등(常夜燈)'이라고도 한다.

경주 석굴암 입구의 금강역사 부조

가져다가 솥에서 좀 데웠지요. 이어서 병을 기울이던 그는 죽순이며 목이 같은 괜찮은 먹을 것들도 찾아내고는 웃으면서 말했습니다.

"마실 술 몇 잔을 구할 데가 없는 것이 유감이로군!"[25]

밥을 배부르게 먹고 난 그는 따뜻한 물을 좀 끓여 차를 좀 타서[26] 먹고 방으로 들어갔습니다. 그리고는 문을 닫고 이불을 잘 편 다음 등불을 끄고 드러눕자마자 잠을 청했지요.

---

25 【즉공관 방비】僧房未必無之. 승방에 그것이 없을 리가 없는데?
26 차를 좀 타서[點些茶] : '점 / 차(點茶)'는 중국 고대에 사발에 뜨거운 물을 붓고 찻잎을 골고루 담은 다음 거기에 다시 뜨거운 물을 부어 찻물이 우러나게 하는 것을 말한다. 때로는 다식을 곁들여 내기도 하였다. 여기서는 편의상 "차를 타다"로 번역하였다.

한 동안 잠을 이루지 못하고 계속 뒤척거리고 있을 때였습니다. 문득 들어 보니 문을 두드리는 소리가 들리지 뭡니까. 직 선비는 혼자

'암자의 스님은 이 시각에 돌아올 때가 되지 않았고 이웃에는 따로 사람이 사는 것도 아닌데 … 누가 여기에 왔을까? 산이나 나무의 요괴인 것이 분명하다!'

하는 생각에 관심도 두지 않았습니다. 그런데 밖에서 아주 다급하게 문을 두드리는 것이 아닙니까 글쎄. 직 선비는 원래 담력이 있는 사람인지라 조금도 겁을 내지 않고 큰소리로 말했지요.

"너는 웬 놈이길래 감히 장난을 치는 게냐!"

그러자 문 밖에서 이런 소리가 들리는 것이었습니다.

"소생은 산 아래에 사는 유염사劉念嗣입니다. 요괴가 아니올시다!"

직 선비는 상대가 말을 하길래 귀를 기울여 들어 보았지요. 그랬더니 정말 유염사의 목소리이지 뭡니까. 그는 원래 직 선비와 사이가 좋은 옛 친구였지요. 그래서 잠결에 일어나서 문을 열어 주려다가

'유염사라면 … 죽은 지가 벌써 꽤 됐는데? (…) 저건 귀신이 분명

하다!'

하는 생각이 들면서 발길이 떨어지지 않는 것이었습니다. 그러자 문 밖에서 또 소리가 들렸습니다.

"그대가 일어나서 나를 방 안으로 들이지 않으면 그냥 밀고 들어갑니다?"

그 말이 끝나고 나서 가만히 들어 보니 방문이 삐그덕 소리를 내는가 싶더니 곧바로 방 안까지 밀고 들어오는 것이 아닙니까! 달빛 속에서 쳐다보니 정말 웬 사람이 좌선 의자 위에 웅크리고 있다가 거리낌 없이 퍼질러 앉더니[27] 큰 소리로 부르면서 말하는 것이었습니다.

"공언이여, 공언! 옛 친구가 왔는데 어째서 일어나 인사를 하지 않는 거요?"

"당신은 … 죽었는데 어째서 여기에 왔소?"

그러자 귀신이 말했습니다.

"그대와 무척 오래 내왕한 사이이고, 난 애초에 죽지도 않아 지금 몸이

---

27 **【즉공관 미비】** 非有膽者. 此時亦驚死矣. 담력 있는 이가 아니라면 이때 벌써 놀라 죽었을 테지.

이렇게 멀쩡한데[28] 어째서 내가 죽었다는 농담을 다 하는 게요!"

"내 방금 생각났소. (…) 당신은 모년 모월 모일에 죽었소이다. 내가 모일에 당신 집에 가서 장례까지 참석했고 땅에 묻고 나서야 집으로 돌아왔었지. 헌데 당신은 지금 어째서 예까지 와서 장난을 치는 게요! (…) 내가 귀신을 무서워하기라도 할까 봐서 나한테 장난을 치는 게요? 나는 용감무쌍한 사나이요. 담력도 보통이 아니니 당신이 아무리 온갖 요망한 짓을 다 벌여도 하나도 안 두렵소!"

직 선비가 이렇게 말하자 귀신은 웃으면서 말했습니다.

"여러 말 할 것 없소! 내 사실대로 이야기 하리다. (…) 난 정말 죽은 지 오래 되었소. 그런데도 저승과 이승을 마다하지 않고 이 컴컴한 밤에 이리로 그대를 찾아 온 건 한 가지 걱정거리가 있어서요. (…) 사정을 알려 드릴 테니 그대가 힘을 좀 보태 주시구려! 수락만 해 준다면 이야기 해 드리리다."

"무슨 걱정거리입니까? 어서 이야기해 보시오. 내 왕년에 교분을 나눈 정리를 생각해서라도 혹시 도울 수 있다면 최선을 다하리다!"

---

28 【즉공관 방비】鬼錯認. 귀신이 잘못 본 게지.

귀신은 잠시 한숨을 쉬고 나서야 말하는 것이었습니다.

"내가 불행하게 세상을 떠난 지 한 해도 지나지 않아서 내 처 방房씨가 바로 다른 집으로 재가해 버렸구려! (…) 출가한 일이야 그렇다고 칩시다. 헌데 내 소유의 궤짝이며 상자며 재물에 전답 문서까지 모조리 다 쓸어서 가 버렸지 뭐요. 내게는 겨우 아홉 살짜리 아들 하나뿐인데 재산을 한 푼도 나누어 주지도 않고 말이요! (…) 그렇다고 그 아이를 좀 보살펴 주는 것도 아니라오. 아이는 굶주리고 떨면서 의지할 데조차 없이 밖에서 동냥이나 하면서 지내고 있다오!"

여기까지 이야기를 하는데 얼마나 처지가 딱합니까요? 어느새 소리 놓아 통곡을 다 하는 것이었습니다. 그래서 직 선비가 참지 못하고 말했지요.

"당신이 지금 나를 보러 온 뜻이 … 나한테 아드님을 거두어달라는 거겠군요?"

"저승이 멀고도 멀어 그저 슬퍼만 할 뿐 어디 하소연 할 곳도 없구려. 해서 일부러 그대를 보러 온 게요. (…) 왕년의 우정을 생각해서라도 내 대신 원님을 뵙고 이 원한을 고해 주시오! 그렇게 해서 재산을 받아내어 우리 아들한테 주어서 아들놈이 살아갈 수 있게만 해 준다면 내 구천[29]에서도 눈을 감을 수 있으리니 기필코 풀을 엮어서라도 은혜를 갚도록 하겠소이다!"

그 이야기를 다 듣고 난 직 선비는 의협심에 몹시 분개하면서 말했습니다.

"당신의 부탁을 받았으니 그것은 내 일과 다를 바가 없소이다. 내일 당장 가서 현의 원님을 뵙고 유형을 위해 이 일을 해결해 주십사 부탁드리도록 하지요. 다만 … 유형은 이미 돌아가셔서 대질할 사람이 없는데 내가 하는 말만으로 무슨 증거가 되겠습니까?"

"하나하나 이야기해 드릴 테니 단단히 기억해 놓아야 합니다? (…) 내게는 돈 약간, 조 약간, 천이 약간 있습니다. 내 전처의 신변에는 화장 용품 상자에 자세하게 적은 장부가 하나 있는데 열쇠를 몸에 단단히 매어 놓고 있지요. 전답으로는 몇 마지기[30]가 어떤 시골에 있습니다. 가옥은 몇 칸이 어떤 마을에 있지요. 그것들은 다 전처의 방 안 자주색 칠기 상자 속에 들어 있는데, 늘 침상 위에 간수해 왔습니다. 또, 백은白銀 오백 냥이 있는데 전처 친척인 뇌賴아무개네 집에 맡겨 놓았답니다. 듣자니 몇 번이나 가서 돌려받으려고 했지만 그 집에서 인정하려 들지 않는다는군

---

29 구천(九泉): '구(九)'는 실제의 숫자 '아홉'을 뜻하는 것이 아니라 정도의 '극한'을 뜻한다. 즉, 지하 가장 깊은 곳을 뜻하는 말로, 나중에는 사람이 죽으면 가는 저승을 가리키는 말로 굳어졌다.

30 마지기[畝]: 중국의 면적 단위. 대략 666제곱미터(m2) 정도이므로, "백 무"는 6.6헥타르(ha)에 해당하는 셈이다.

요. 허나 관아의 힘을 빌린다면 돌려받을 수 있을 것입니다. (…) 이것들은 모두 다 근거가 있습니다. 그러니 그대가 조심하기만 해 준다면 그것들이 없어지지는 않을 겁니다. 그저 … 아들이 어리고 능력이 없어서 그대가 도와주지 않고는 도무지 일을 해낼 수가 없군요!"

명대의 화장상자. 안에는 연지나 빗으로부터 각종 장신구까지 보관하였다

직 선비는 그 말을 하나하나 단단히 외우더니 혹시라도 잊어버릴까 봐서 다시 그에게 다시 반복하게 해서 몇 번이고 이야기해 달라고 부탁하는 것이었지요. 그렇게 두세 차례나 들려주고 나서야 그 많은 개수와 항목을 모두 똑똑히 기억할 수 있게 되었답니다.

"모두 다 외웠으니 이 일은 나한테 맡겨 놓으시고 여러 말씀 하실 것도 없습니다. 그건 그렇다 치고…[31] 당신은 그동안 어디에 있었습니까? 오

---

31 그건 그렇다 치고[只是] : 명대의 구어. 일반적으로는 구문의 중간에 사용되어 '~일 뿐이다' 식으로 상황의 범위를 한정하는 의미를 나타낸다. 그러나 여기에서처럼 구문의 맨 앞에 사용되면 화제를 다른 이야기로 돌리는 일종의 전환의 어감을 나타내게 된다.

늘은 또 어디서 오셨소이까?"

하고 직 선비가 말하니 귀신이 말하는 것이었습니다.

"나는 죽기는 했으나 죄가 없지요. 해서 저승에는 들어가지 못 하고 곳곳을 헤매던 차에 집안의 그런 꼴을 발견하게 된 것이외다. 저승에는 들어가지도 못하는 바람에 하소연할 곳이 없었소이다. 이승의 관아는 그곳대로 귀신이 하소연할 수 있는 곳이 아니었지. 해서 지금까지 참고 견뎌 왔던 게요! (…) 헌데 오늘 우연히 산 아래 웬 집에서 잿밥을 얻어 먹으러 갔다가 그대가 이 산에 있다는 사실을 알게 된 거요. 그래서 일부러 올라와서 이 걱정거리를 털어 놓고 도와주기를 간절히 부탁드린 것이외다. 그러니 … 제발 좀 유념해 주시오!"

직 선비는 그와 이야기를 주고 받다 보니 밤이 깊어진 것 같길래 속으로

'저 자는 귀신이다. (…) 내가 저 자 하고 한참 이야기를 나누었다마는 귀신한테 홀리면 안되지. 정신이 맑을 때 저 자를 돌려 보내야겠다.'

하는 생각이 들어서 그를 보고 말했습니다.

"유형, 부탁을 다 하셨으니 이제 가셔도 됩니다. 난 몸이 지쳤으니 제 잠을 방해하지 말아 주시지요."

그 말을 마치자마자 아무 소리도 들리지 않는 것이 아닙니까. '유형!
유염사!' 하고 두 번 불렀지만 그래도 대답이 없었습니다. 직 선비는 그
가 벌써 그 자리를 떠난 것으로 여겼지요. 그래서 휘장을 젖히고 보니 달
빛이 몽롱한 가운데 좌선 의자 위에 그대로 누가 앉은 채로 꼼짝도 하지
않는 것이 아닙니까!

'거참 이상하군. (…) 귀신은 벌써 가 버린 것 같더니 … 이건 또 뭐지?'

이렇게 생각한 직 선비는 크게 기침을 했습니다. 그러자 의자의 그 물
체도 똑같이 기침을 하는 것이었지요. 직 선비는 그를 무시하고 이번에
는 코를 고는 척 해 보았지요. 아 그런데 의자의 그 물체도 똑같이 코를
고는 것이 아닙니까.[32] 그래서 아까처럼 '유형' 하고 불렀지만 상대는 대
답을 하지 않는 것이었습니다.

직 선비는 처음에는 담력이 셌습니다. 그래서 유염사의 귀신과 대화를
나눌 때에는 산 사람과 똑같이 대하면서 조금도 이상하게 여기지 않았지
요. 그러나 이때는 정신이 좀 피곤해진 상태였습니다. 거기다가 대화는
없이 그저 이렇게 흉내만 내자 속으로 겁이 더럭 나지 뭡니까.

'이 침상에 올라오기라도 하면 낭패가 아닌가!'

---

32 **【즉공관 미비】** 此却無解. 或因其自恃有膽而戲之, 或亦迫其下山白事乎. 이건 좀 이해가 되
   지 않는군. 어쩌면 그가 담력이 있다고 뽐내면서 그를 희롱했거나, 아니면 그가 산을 내
   려가 사실을 알리도록 압박한 것일까?

이렇게 생각한 직 선비는 서둘러 침상을 내려오자마자 바깥으로 냅다 뛰었습니다. 그러자 의자의 물체도 뒤에서 계속 따라오는 것이 아닙니까. 직 선비가 불당 안에까지 와서 들어 보니 등 뒤에서 발걸음 소리가 들려 왔습니다.

'전에 남들 이야기를 들으니, 귀신이 길을 걸을 때에는 앞으로 직진이나 할 줄 알지 돌아서 가지는 못한다더군. (…) 지금 빙 돌아서 가면 못 따라올 게 분명해!'

이렇게 생각한 직 선비는 결국 불당 기둥 옆에서 한 바퀴를 돌았습니다. 그러자 그 귀신은 비틀거리면서 미처 걷지도 못하고 기둥을 덮치더니 단단히 부여잡고 꼼짝도 하지 않는 것이 아닙니까. 그것이 기둥을 끌어안는 것을 본 직 선비는

"올커니![33]"

하고 소리를 지르더니 그 길로 문 밖으로 빠져 나가 두세 걸음을 한 달음에 걸어서 단숨에 산자락까지 도망쳤습니다.

---

33 올커니[慚愧] : 명대의 구어. '참괴(慚愧)'는 원래 '부끄럽구나' 식으로 자신의 잘못이나 단점을 뉘우치고 부끄러워 하는 말이다. 그러나 당송대 이후로는 '잘됐다', '다행이다', '고맙다' 등과 같이 어떤 사람이나 상황을 반기는 말로 더러 전용되기도 하였다. 여기서는 후자의 의미로 해석하였다.

섬계리에서 옛 귀신이 새 시신을 빌리다

날이 밝고 나서 가만 보니 산 밑에서 두 사람이 차례로 걸어오는데 바로 죽림과 행자였습니다. 죽림은 직 선비를 보더니 말했지요.

"나리, 이렇게 일찍 일어나셨군요. 헌데 … 어째서 그렇게 헐떡거리십니까?"

직 선비는 거친 숨이 좀 진정되고 나자 말했습니다.

"하마터면 놀라서 죽을 뻔 했습니다!"

"왜요?"

직 선비는 밤 사이에 있었던 일을 처음부터 자세하게 이야기해 주었습니다.

"두 분은 저를 팽개처 놓고 시주 집에서 즐거운 시간을 보내셨겠지요. 하지만 저는 산에서 이렇게 무서운 일을 당할 줄 누가 알았겠습니까! (…) 지금은 산을 내려와서 그 귀신이 어떻게 되었는지 모르겠습니다!"

"나리께서 모르셔서 그러십니다. 우리가 당한 일은 나리보다 더 기이한 것을요!"

"설마 제 쪽만큼 기이하셨을려구요?"

불교 의식 도구 영저(靈杵). 때로는 '금강저(金剛杵)'로 불리기도 하였다

"우리는 어젯밤 내내 불사를 치르고 막 관을 안장하려던 참이었습니다. 영저[34]를 흔들며 진언眞言을 외우고 나서 게송[35]을 읊으며 해피[36]를 걷고 보았더니만 … 아 글쎄 망자의 시신이 어디로 갔는지 원! 온 집안사람들이 다 놀라고 당황하면서 주변을 아무리 찾아 봐도 전혀 흔적이 없지 뭡니까 글쎄! 장례에 참석하러 온 친척들은 죄다 놀라서 내빼고 아드님

---

34 영저(靈杵) : 중국의 고대 전설에서 보름달 속의 흰 토끼가 장생불사약을 만들기 위해 절구에서 약초를 찧을 때 사용한다는 절굿공이. 여기서는 불교 의식에 사용하는 도구를 가리킨다.
35 게송(偈頌) : 불교 용어. 불교 교리를 함축적·반복적으로 설명한 선종(禪宗) 불교의 짧은 한시인 시게(詩偈)·송고(頌古)·가송(歌頌)을 아울러 일컫는 이름. 원래 산스크리트어에서 '시'를 뜻하는 가타(Gatha)를 음역한 게타(偈陀)·가타(伽陀)를 줄인 '게(偈)'와 찬송하는 노래를 뜻하는 '송(頌)'을 합친 합성어이다.
36 해피(海被) : 명대의 구어. 망자를 입관할 때 시신을 싸는 데에 사용하는 이불이나 천.

은 달아날 데가 없어서 쩔쩔 매고 … 온 집안이 난리가 나 버렸지요. 그 서슬에 불사를 진행하는 우리조차 아무 생각도 없이 작별하고 돌아올 수밖에 없었지요. 그러니 기이하지 않습니까?"

그러자 직 선비는 고개를 가로저으면서 말했습니다.

"해괴합니다! 해괴해요, 해괴해! 세상의 인간사가 이상하고 괴이한 일도 한둘이 아니라지만 정말로 하늘이 무너지고 땅이 다 뒤집힐 일이로군요![37] 만약 눈으로 직접 보지 않고는 이야기를 해도 믿지 않을 겁니다!"

"나리, 헌데 지금 … 어디로 가십니까?"

"유 씨네 아들을 찾아갑니다. 할 이야기가 있어서요."[38]

그래서 죽림이 말했지요.

"일단 진정하시지요. (…) 어젯밤에 대접도 못 해 드렸고 … 거기다가 이렇게 단단히 놀라셨으니 이제 일단 저희 암자에 가서 계시다가 아침이라도 좀 들고 가시지요."

---

37 【즉공관 미비】 也是一場好看的事. 그것도 볼 만한 일이지.
38 【즉공관 방비】 信人也. 신용 있는 양반이로군.

“저도 … 지금 날이 훤히 밝았으니 도로 가서 간밤의 흔적을 좀 찾아 보고 어찌 된 영문인지 확인해 보아야겠군요!”

그렇게 해서 죽림과 함께 일행 세 사람은 이야기도 하고 웃기도 하면서 느릿느릿 산으로 올라갔습니다.

하룻 밤새 두 곳에서 괴이한 일 벌어졌으니	一宵兩地作怪,
이야기 들어 보면 놀라 자빠질 테지.	聞說也須驚壞.
선사를 보지도 듣지도 않으니	禪師不見不聞,
아마 마음에 거리낄 것이 없어 그런가?	未必心無罣碍.

세 사람이 함께 암자 앞까지 가서 일제히 고개를 드는데 직 선비가 말하는 것이었습니다.

“이제 보니 그대로 여기에 있었구나!”

그래서 죽림이 그것을 주시하는데 가만 보니 웬 죽은 사람이 불당 기둥을 단단히 끌어안고 있는 것이 아닙니까 글쎄! 행자는 외마디 큰소리를 지르면서 불경이 담긴 상자를 털썩 하고 땅바닥에 내동댕이치더니 연신 고함을 질러댔습니다.

“안돼, 안돼!”

그러자 죽림은 꾸짖으면서 말했습니다.

"우리 둘이 여기에 있는데 뭐가 무섭다고 그러느냐! (…) 일단 자세히 좀 살펴보자꾸나."

죽림은 암자 문을 활짝 열고 밝은 쪽을 쳐다보다가 '이런 해괴한 일이 있나' 하고 소리를 지르면서 혀를 내둘렀습니다. 그러자 직 선비가 말하는 것이었지요.

"어젯밤에 저와 밤새 이야기를 나누고 나중에 저를 쫓아온 것이 바로 이 자입니다. (…) 그의 이야기에 따르면, 유염사의 시신일 텐데 … 지금은 못 알아보겠군요!"

"제가 자세히 살펴보니 … 분명히 장 씨댁 주인 어른 모습을 닮았는데요? (…) 바로 어젯밤에 사라진 시신 같기는 한데 … 어째서 예까지 왔을까?"

그러자 직 선비가 말했습니다.

"그렇다면 … 유염사가 저 시신에 붙어서 저 하고 이야기를 나눈 게로군요. 어쩐지 그 자가 '산 밑 집에 가서 잿밥을 먹고 왔다'고 하더라니! 거참 기이하구나! (…) 저는 이제 일단 그 자가 제게 부탁한 말을 일일이 다 적어 놓아야 겠습니다. 시간이 지나서 잊어버리기 전에 말입니다!"

"선생께서는 할 일을 하십시오. 지금 이 시신이 여기에 있으니 마음이 편치가 않습니다. 저는 일단 장 씨댁 사람들에게 알리고 확인을 좀 시켜 보겠습니다. 확인시켜 보고 그 분이 아니라면 다시 계획을 세우도록 하지요."

죽림은 서둘러 행자를 시켜 아침 공양을 좀 짓게 해서 다같이 먹었습니다. 그리고 나서 행자를 보내 산을 내려가서 장 씨댁에 이렇게 기별을 하게 했지요.

"산에 웬 시신이 있는데 기둥을 끌어안고 있습니다. 그런데 주인어른을 좀 닮은 것 같길래 일부러 친척 분을 모시고 가려고 왔습니다."

장 씨네 아들은 그 말을 듣고 급히 친척 몇 사람과 약속해서 나는 것과도 같이 산 위로 확인하러 왔답니다. 이웃들은 이웃들대로 그 이야기를 듣고 다들 신기해하면서 약속이나 한 것처럼 수많은 사람들이 그들을 따라 구경을 하러 왔지 뭡니까. 그 모습을 볼작시면

한 순간 섬계리를 떠들썩하게 만들어 놓아   一會子鬧動了剡溪里,

하마트면 온 녹태암 다 뒤집어 놓을 뻔했구나!   險些兒踹平了鹿胎菴.

계속 이야기를 들려 드리도록 하겠습니다. 장 씨네 상주가 암자로 달려와서 보니 기둥을 끌어안고 있는 것이 정말 자기 아버지 시신이지 뭡

니까 글쎄! 그는 '하늘이시여!' 하고 외치고 땅을 치면서 한 바탕 통곡을 했습니다. 통곡을 하고 난 그는 절을 하면서 말했습니다.

"아버님, 고이고이 잠들지 않으시고 어째서 여기까지 오셔서 이렇게 낭패를 당하셨습니까! (…) 어서 집으로 모십시다!"

그는 사람들에게 거들게 해서 손을 써서 시신을 기둥에서 떼어내려 했습니다. 그러나 두 손으로 단단히 끌어안고 있어서 도저히 떼어낼 수가 없으니 어쩌겠습니까! 힘껏 잡아당기려고도 해 보았지만 사지가 상할까 봐서 속으로만 끙끙 앓을 뿐이었지요. 그렇게 한참 난리를 쳤지만 도무지 방법이 없지 뭡니까. 이때 산 밑에서 구경을 하러 온 사람은 점점 많아졌습니다. 그런데 그 중에 어떤 사람이 말하는 것이었지요.

"이제 막 돌아가신 시신은 넋이 강해서 떼어내기가 어려울 겝니다. 기둥까지 댁으로 옮겨 가기 전에는 말입니다!"

장 씨네 집은 힘 깨나 쓰는 집안이었습니다. 그래서 그 말을 따르기로 하고 목공을 몇 사람 불러 나무 몇 개를 가져다가 들보를 버티게 하고 기둥의 절반을 잘라냈습니다. 그리고 나서 기둥과 시신을 통째로 눕힌 다음 나무널판에 곧게 펴고 나서야 기둥을 빼낼 수가 있었지요. 그러면서 한편으로는 널판을 밧줄로 묶은 다음 막 시신을 매고 산을 내려가려는 찰나였습니다. 안에서 이정[39] 하나가 나오더니 말하는 것이었지요.

“여러분, 성급하게 굴지 말고 소인이 드리는 말씀 좀 들어 보시오. (…) 이 일은 정말 기이합니다.[40] 구역 담당관[41]인 소인이 보기에도 괴이하고 말이지요. 해서 지현 나리께 보고를 드려서 다 같이 살펴보아야 될 것 같습니다!”

그러자 사람들은 일제히 손을 멈추고 말했습니다.

“그러시다면 당신은 보고하러 가시지요.”

“보고할 때는 이 시신이 댁에서 어떻게 사라졌는지, 언제 암자로 왔는지, 어떻게 해서 이 기둥을 끌어안게 되었는지를 고해야 합니다. 자세하게 고해야 지현 나리께 해명할 수가 있다구요.”

그의 말에 장 씨네 사람들이 말했지요.

“우리는 안장할 때 해피를 걸었더니 시신이 사라졌던 일만 알고 있을

---

39 이정(里正): 중국 고대의 관직명. 향리에서 호구·부역 등의 업무를 담당하던 관리로, 지금의 이장(里長)에 해당한다. 북제(北齊) 때부터 설치되었으며, 송·원대까지 인습되다가 명대부터는 ‘이장’으로 개칭되었다.
40 【즉공관 미비】里正或因而可索酒食耳. 이정이 어쩌면 이 일을 핑계로 술과 음식을 뜯을 수 있겠군.
41 구역 담당관[地方]: ‘지방(地方)’은 현대 중국어에서 ① 지역, ② 동네이웃 등의 뜻으로 주로 사용된다. 그러나 명·청대 강남지역 구어에서는 ③ 지역사회의 특정 구역을 담당한 관리에 대한 별칭으로 사용되기도 하였다. 여기서는 편의상 “구역 담당관”으로 번역하였다.

뿐입니다. 그 뒤의 일은 암자의 스님이 알려 주셔서 찾을 수 있었고요. 이곳 일은 우리도 모릅니다!"

그러자 죽림이 말했습니다.

"소승도 불사를 진행하느라 행자 하고 같이 장 씨댁에 있었으니 이곳 일은 모르지요. 오늘 아침에 암자에 돌아와서야 이 사실을 알게 되었습니다. 이 암자에는 수재 나리 한분이 계셨습니다. 밤에 예서 묵으시다가 그 시신을 발견하셨지요."

바로 이때 직 선비가 장부를 다 작성한 다음 걸어 나와서 말하는 것이었습니다.

"간밤의 일은 소생이 다 알고 있습니다!"

그러자 이정이 말했습니다.

"그럼 귀찮으시겠지만 나리도 지현 나리를 좀 뵈러 가서 증인을 좀 서 주시지요."

"안 그래도 지현 나리를 뵈러 갈 참이었습니다. 드릴 이야기가 있어서요."

이정은 그 구역의 다른 담당관들을 모두 불러서 장 씨네 상주는 시신을 맨 사람들을 따르고 직 수재는 직 수재대로 작성한 장부를 지니고 우루루 산을 내려가 함께 현 관아로 향했답니다. 이때 구경하는 사람들은 인산인해 저리 가라 할 정도여서 현 재판정을 꽉 채울 정도였지요. 재판정에 나타난 지현이 물었습니다.

"무슨 일로 이리도 소란스러운 게냐?"

이정은 두 곳의 구역 담당관들과 함께 무릎을 꿇고 말했습니다.

"저희 구역 담당관들이 해괴한 일을 보고 드리러 왔습니다!"

"해괴한 일이라니?"

그래서 이정이 말했습니다.

"섬계리 민가의 장 아무개가 죽어서 입관을 하려고 하는데 시신이 별안간 자취를 감추었습니다. 헌데 이튿날 녹태산의 암자에서 불당 기둥을 끌어안고 있지 뭡니까. 마침 직 수재라는 분이 산 속에서 묵어서 그 경위를 똑똑히 보았다고 합니다. 지금 그 댁에서는 기둥째로 운반해 내려와서 집으로 돌아가려던 참이랍니다. 소인들은 그 일이 해괴한 데다가 현지 담당관의 업무와도 관련되어 있어서 보고를 드리지 않을 수가 없었습

니다. 해서 해괴한 일을 벌인 시신과 관련자들까지 모두 관아로 데려 왔
사오니 나리께서 처분을 내려 주십시요!"

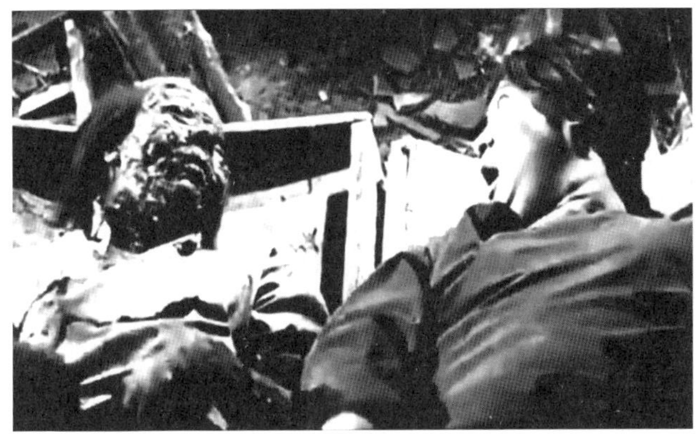

이 이야기와 비슷한 상황을 다룬 1980년대 홍콩 영화 『귀타귀(鬼打鬼)』의
한 장면

"내가 전에 야사를 읽은 적이 있다. 죽은 사람이 되살아나는 것을 '시
궐'[42]이라고 하는데 … 인간 세상에도 있는 일이지. (…) 오늘 우연히 그

---

42 시궐(尸蹶): 전한대의 역사가 사마천(司馬遷)이 편찬한 『사기(史記)』의 「편작전(扁鵲
傳)」에 소개된 질환의 일종. 그 내용은 대체로 다음과 같다. "그러자 편작이 말하였다.
'태자의 병과 같은 경우는 이른바 시궐이라고 하는 것입니다. 일반적으로 양기가 음기
속으로 들어가 위를 움직이고, 경맥과 낙맥을 얽어 막히게 하며, 한편으로는 삼초와 방광
까지 내려갑니다. 그렇게 되면 양맥은 아래로 내려가고 음맥은 위로 솟구쳐 회기가 막히
면서 통하지 않게 됩니다. 이때 음맥은 위로 올라가고 양맥은 안으로 향하게 되지요. 그
렇게 되면 양맥은 안으로 내려가 불룩해지면서 일어나지 못하고 음맥은 밖으로 올라가
끊어지면서 제 기능을 상실하게 됩니다. 상부에는 양기를 끊는 맥락이 있고 하부에는 음
기를 끊는 단서가 있는 격입니다. 그러니 음기가 파괴되고 양기가 끊겨 혈색은 닫히고
혈맥은 어지러워지는 바람에 몸이 죽은 것처럼 움직이지 않게 되지만 태자께서는 아직
죽은 것이 아닙니다. 보통은 양기가 음기의 지란장으로 들어가면 살아나지만 음기가 양
기의 지란장으로 들어가는 경우에는 죽고 말지요. 일반적으로 이 몇 가지 사태는 한결같
이 오장이 내부에서 뒤집어질 때에 갑자기 발생하게 됩니다'[扁鵲曰, 若太子病, 所謂尸蹶
者也. 夫以陽入陰中, 動胃繵緣, 中經維絡, 別下於三焦膀胱, 是以陽脈下遂, 陰脈上爭, 會氣閉
而不通, 陰上而陽內行, 下內鼓而不起, 上外絶而不爲使, 上有絶陽之絡, 下有破陰之紐, 破陰絶

런 일이 생겼다지만 기이하게 여길 일은 아니니라. 그건 그렇고, … 직 수재가 직접 본 상황은 어떠했는가?"

그 말에 직 선비는 이렇게 말했습니다.

"대인께서 말씀하신 그 '시궐'이 맞습니다! 다만, … 거기에는 그 밖에도 아주 많은 사연이 있답니다. (…) 이 시신은 괴이한 일을 벌인 것이 아니오라 … 부당한 일을 당한 귀신이온데 … 이 시신에 붙어 '억울한 일을 고해 달라'고 부탁하더이다. 지금 대인을 뵈었으니 전부 상세하게 고하도록 하겠습니다. 다만, … 이 말씀은 누설되면 안 되니 … 대인께서는 결정을 내리시어 이 관련자들을 내보내시기 바랍니다. 소생 따로 사실대로 고할 일이 있사옵니다!"

欽定四庫全書　醫說　卷二

尸蹶

董遇以為讀書百遍義自見豈是之謂歟（皇朝類苑）

號太子死扁鵲曰太子病所謂尸蹶者也夫以陽入陰中動胃繵緣中經維絡別下於三焦膀胱是以陽脈下遂陰脈上爭會氣閉而不通陰上而陽內行下內鼓而不起上外絶而不為使上有絶陽之絡下有破陰之紐破陰絶陽之色已廢脈亂故形靜如死狀太子未死也夫以陽入陰支蘭臟者生以陰入陽支蘭臟者死凡此數

남송대 명의 장고(張杲, 1149?~1227)가 저술한 의서 『의설(醫說)』에 소개된 '시궐'

陽, 色廢脈亂, 故形靜如死狀, 太子未死也. 夫以陽入陰支蘭藏者生, 以陰入陽支蘭藏者死. 凡此數事, 皆五藏蹙中之時暴作也]."

　지현은 그의 이야기가 나름대로 사정이 있다고 여겼습니다. 그래서 즉시 당직 관리를 시켜 구역 담당관에게서 경위서를 받아 안건에 올리게 했지요. 그리고 장 씨네 일가친척들은 돌려 보내어 시신을 가져다 장례를 마치게 하니 다들 헤어져 그 자리를 떠났답니다. 그리고 나서 직 선비만 남겨서 상세하게 물었더니 직 선비가 말하는 것이었지요.

　"소생에게는 옛 친구 중에 유염사라는 자가 있었습니다. 집안 형편이 기울기는 했지만 그런 대로 따뜻하고 배부르게 살았지요. 그런데 세상을 떠나고 얼마 되지 않아 그 아내 방씨가 가산을 모두 챙겨서 두 번째 남편에게 개가했지요. 그 바람에 하나 있는 아홉 살짜리 아들은 길거리를 전전하는 신세가 되고 말았답니다. (…) 그런데 어젯밤 귀신이 암자 문을 두드리더니 소생에게 고충을 하소연하지 뭡니까. 그 아내가 가로챈 가산의 규모와 맡긴 집을 일일이 제게 분명하게 일러 주고 소생이 대신 나서서 대인께 아뢰고 이 일의 처리를 부탁드리라고 하더군요. 소생이 의협심에 이끌려 '온 힘을 다해서 떠맡겠다'고 하니 그 귀신도 안심하고 그 자리를 떠났답니다. 그런데 뜻밖에도 _그_가 징 씨네에서 막 돌아가신 분의 시신을 빌어 그 몸에 붙어 왔을 줄이야 누가 알았겠습니까? (…) 그 귀신은 가 버리고 시신만 남았는데 좀 이상한 생각이 들어서 방문을 벗어나 밖으로 나왔지요. 그런데 그 시신이 소생을 쫓아오다가 기둥을 만나자 끌어안지 뭡니까. 다행스럽게도 벌써 날이 밝아서 소생도 위기를 벗어날 수가 있었습니다. 그래서 구역 담당관이 이 일을 기이하다고 여긴 것입니다. 그러나 사실은 부당한 일을 당한 제 친구의 원기가 초래한 일인 셈이지요. 이번에 소생이 유염사가 한 말을 외워 두었다가 종이에 모두 적었습니다. 대인께서 보시고 항목별로 소생에게 되찾아 주시어 그 아들이 자립할 수 있도록 도와 주십시오! 그렇게만 되면 이 귀신이 애절하게 당부한 뜻이 헛되지 않을 것이요, 대인께서도 억울한 사정을 해결해 주시고 어려움에 처한 고아를 구하는 큰 덕이 될 것입니다!"

지현은 그 말을 듣고 나서 말했습니다.

"세간에 그런 인정머리 없는 계집이 있다니! 관아에서 사정을 알지 못하니 귀신으로 하여금 와서 하소연하게 만들었으니 목민관으로서 부끄럽구려!43 오늘 수고스럽게도 선생이 증인을 서 주었으니 본관이 모두 다 찾아드리겠소!"

"소생이 가서 그의 아들을 찾아내야 임자가 생기는 거겠지요."

그러자 지현이 말하는 것이었습니다.

"가산을 되찾고 나서 그 아들을 찾아 돌려주어도 늦지는 않을 게요. (…) 사전에 계획을 누설하면 안될 것이오."44

---

43 【즉공관 미비】好知縣. 훌륭한 지현이로군.
44 【즉공관 미비】不肖者便少思染指矣. 아둔한 자였다면 지각도 없이 일부터 벌였을 테지.

"대인의 판단이 지당하십니다!"

지현은 직 선비로 하여금 바깥으로 나가 기다리게 했습니다. 그리고 나서 은밀히 작은 표[45]에 서명을 하더니 즉시 유엽사의 전처 방씨를 붙잡 아 관아로 끌고 오게 했답니다.

알고 보니 이 방씨는 어릴 적 이름이 은낭恩娘으로, 자태가 풍류가 넘치 고 성정이 음탕했습니다. 처음에는 유 씨네에 출가해서 가정 형편이 여 유로웠습니다. 그러나 유 선비는 천성이 나약해서 적수를 만나면 지레 무릎을 꿇고 온 정성을 다해 비위를 맞추어 주는 등 내내 당최 마음에 들 지 않지 뭡니까. 그러다가 심장병을 얻는 바람에 삼 년만에 죽고 말았지 요. 유 씨네에는 시부모나 아재비들 같은 친척이 전혀 없는지라 오로지 방씨가 매사를 결정했답니다. 그런데 남편 상이 이레를 넘기자 온몸이 근렸던지 일 년도 채우기 전에 현지의 행幸씨 성의 '행덕'이라는 자에게 개가해 버렸지 뭡니까. 그는 방씨보다도 너댓 살이 적은데다가 젊고 훤 칠했습니다. 정력이 왕성한 데다가 방중술에는 더더욱 밝았지요. 오죽하 면 방씨는 이때 이르러서야 정사의 즐거움을 깨우치고, 남편이 몇 해나 늦게 죽은 것을 원망했다고 할 정도였습니다. 그렇게 해서 그 집안에 소 유한 재산은 모조리 다 챙겨 가서 두 번째 남편의 비위를 맞추느라 아들 조차 돌보지 않았지 뭡니까.[46] 그러다가도 아들이 더러 그녀를 보러 가기

---

45 작은 표[小票] : '표(票)'는 '주필 관표(朱筆官票)'를 줄인 말로, 관청에서 붉은 주사(朱砂)로 글씨와 관인을 찍어 발부한 문서를 말한다. "작은 표"는 약식으로 발부한 공문서로 해석된다.

46 【즉공관 미비】婦人之常. 부녀자들에게는 늘상 있는 일이지.

三峰採戰房中妙術秘訣

夫一陰一陽之謂道故好色之心人皆有之嘗
其交戰之際必須玉莖雄壯觸漸花心通宵不
倒久戰不泄以致婦女情懼意悅方得妙處若
其將泄即便用訣急急提住勿令走泄庶可以
氣補氣以人補人一夫可度十女矣
且入房抱鼎之時先以甜言美語動其心次採
三峰而調其情所謂三峰者上舌中乳下牝

중국의 방중술을 소개한 『삼봉채전방중묘술비결(三峰採戰房中妙術秘訣)』

라도 하면 둘째 남편이 꺼릴까 걱정도 되고, 아들이 차츰 크면서 둘째 남편과 서스럼 없이 쾌락을 즐기는 모습을 늘 눈에 거슬려 하자 무작정 쫓아내기 일쑤였지요. 그러다 보니 '유 씨네'라는 말도 남들이 들먹일까 봐서 여간 신경이 쓰이는 것이 아니었습니다. 그러던 와중에 뜻밖에도 '푸른 하늘에 날벼락이 내린다'더니, 현 관아에서 난데 없이 유 씨네 전처 방씨를 잡아들이자 놀라서 어쩔 줄을 모르는 것이었지요. 그래서 그녀는 둘째 남편과 상의했습니다.

"난 죄를 지은 일도 없는데 어째서 현에서 나를 잡으러 왔을까요? (…) 그들이 가져 온 표에 '유 씨네'라는 글자가 들어 있는 걸 보면 … 어느 놈이 그 망할 자식을 부추겨서 고소장이라도 넣었나 봐요!"

그러나 사령에게 부탁해 표를 받아 보아도 도무지 원고가 누구인지 알 수가 없었지 뭡니까. 어쨌든 달아날 구석이 없는지라 하는 수 없이 사령을 따라 관아로 올 수밖에 없었습니다. 행덕은 행덕대로 방씨를 따라 같이 가기는 했지만 표에 이름이 없으니 지현 앞에 나서기가 난처했지요. 그래서 방씨를 데리고 출두하는 수밖에 없었지요.

지현은 방씨를 보더니 물었습니다.

"네가 유염사의 전처인가?"

"전에는 유 씨네에 있었지만 지금의 남편은 '행덕'이라고 합니다."

"누가 네 둘째 남편을 물었더냐? 너는 전남편 유염사가 죽은 일과 그이 재산이 어떻게 되었는지만 고하면 되느니라!"

"애초부터 대단한 재산이 있었던 것도 아니고 남편이 죽은 뒤에 아들이 어려서 기를 수 없길래 하는 수 없이 개가한 것입니다."

그 말에 지현이 말했습니다.

"네 남편이 내 꿈에 나타나 '네가 재산을 모조리 챙겨서 둘째 남편에게 개가했다'고 이야기했다. 많은 재산이 네 수중에 있다길래 내가 일일이 기억해 두었느니라. 그러니 사실대로 자백하렷다!"

그러나 속으로 그 말을 믿지 못한 방씨는 발뺌을 하는 것이었지요.

"정말로 조금도 없습니다!"

지현은 찰자[47]를 가져다가 손가락을 조이게 했습니다. 그러나 방씨는 끝까지 고통을 참으면서 아무 말도 하지 않는 것이 아닙니까. 그러자 지현이 말했습니다.

"내 일단 차례로 묻겠다. (…) 네 남편이 '너희 집에 돈 약간, 조 약간, 천이 약간 있다'고 하던데 … 정말 있느냐?"

"없습니다."

---

47 찰자(拶子) : 중국의 고대 형구의 일종. 헐겁게 엮은 나뭇살들을 연결하고 조였다 풀었다
할 수 있게 만들어서 죄인의 손가락들을 끼운 다음 힘을 주어 조여서 고통을 주었다. 이
형벌은 주로 여성에게 가해졌는데 심한 경우에는 손가락이 으스러지기도 하였다.

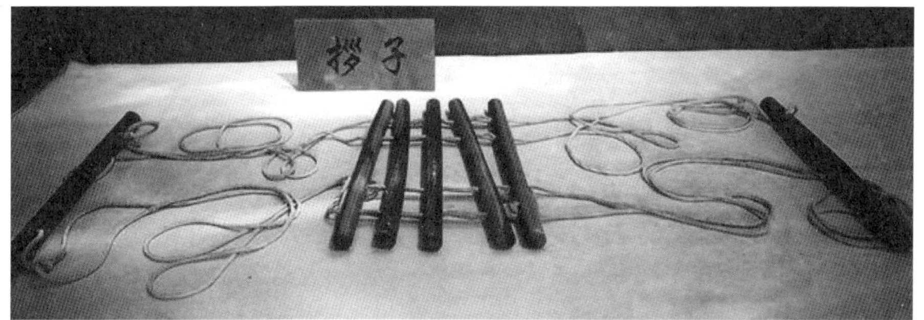

손가락을 고문하는 데에 사용된 형구 찰자

“‘전답은 어떤 시골에 있고, 가옥은 어떤 마을에 있다’고 하던데 … 정말 있느냐?”

“없습니다!”

“네 남편이 ‘자세하게 적은 돈과 물건 장부가 화장 상자에 들어 있고, 열쇠는 네 몸에 매어 놓았으며, 전답과 가옥 문서는 자주색 칠기 상자에 들어 있는데 침상 위에 간수한다’고 했느니라. (…) 이렇게도 분명한데 그래도 발뺌 하는 게냐?”

방씨는 처음에 재산의 수와 항목을 듣는 순간부터 속으로 당황하고 있었습니다. 그래도 억지로 무조건 ‘그런 일이 없다’고만 대답했지요. 아 그런데 지금 지현이 이처럼 속속 들이 다 늘어 놓자 속으로 깜짝 놀라고 말았지 뭡니까.

‘남편이 꿈에서 죄다 일러 바쳤구나!’

방씨는 더 이상 숨길 수가 없자 하는 수 없이 머리를 조아리면서 말했지요.

“나리께서 이렇게 자세하게 알고 계실 줄은 몰랐습니다. (…) 정말로 다 있습니다!”

지현은 그제서야 아전들에게 찰자를 늦추게 하고 바로 끌고 가서 그 화장용품 궤짝과 자주색 칠기 상자를 가져 오게 했습니다. 그것들을 재판정에서 열어 보니 직 선비가 적은 장부와 어느 하나 맞지 않는 것이 없지 뭡니까. 그래서 또 물었습니다.

“그리고 … ‘백은 오백 냥을 친척인 뇌 아무개의 집에 맡겨 놓았다’고 하던데 … 정말 있느냐?”

“있습니다. (…) 다만…, 뇌가네 집에서는 제가 훔쳐서 맡긴 물건이라고 우깁니다. 그 뒤에도 가지러 갔지만 몇 번이나 발뺌을 하면서 내놓을 생각을 하지 않습니다!”

“그렇다면 내게도 방법이 있지!”

지현은 그 자리에서
사령을 하나 골라 여인
을 끌고 유 씨네 아들을
찾은 다음 함께 와서 보
고하도록 일렀습니다.
그리고 나서 아전들에
게 분부해 직 수재를 들
어오게 했지요. 지현은
직 선비를 보고 이렇게 말했습니다.

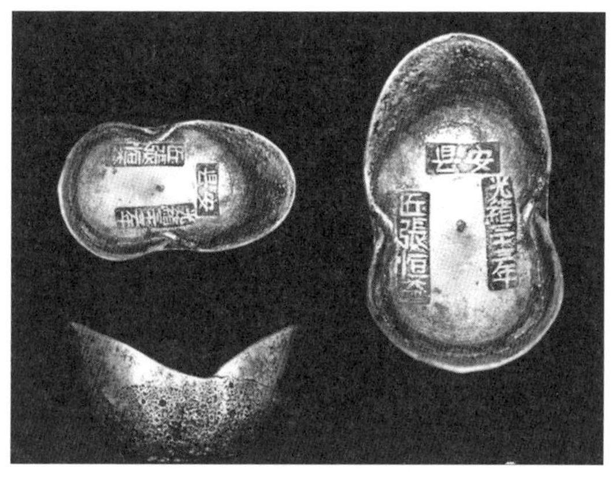

백은 예시. 청대 말기 제작된 것이다

"본관이 모두 다 알아냈소이다. 선생이 적은 것과 모두 일치하더구려.
귀신에게 신통력이 있다는 뜻이겠지요! 지금은 벌써 그 여인을 끌고 가
서 그 아들을 찾아오게 했소이다. 선생도 가서 같이 찾아보도록 하시오.
혹시라도 발견하면 같이 여기로 와서 즉석에서 재산을 그 아들에게 돌려
주리다. (…) 그렇게 하면 친구를 위하는 선생의 일도 완수되는 셈이오!"

그러자 직 선비는 고마워하면서 말했습니다.

"소생이 마땅히 해야 할 일일 뿐입니다. (…) 그럼 나가서 그 아이를
찾아오도록 하겠습니다."

직 선비가 자리를 떠나자 지현은 감옥에서 도적 용의자를 한 사람 끌

어내서 은밀히 분부했습니다.

"내 너를 어떤 집에 데리고 갈 것이다. 그러면 너는 무조건 '은자를 빼앗아서 모두 이 집에 맡겼다'고만 말하거라. 그렇게만 해 주면 … 너에게 수갑을 채워 압송하는 일을 며칠 정도 유예해 주고 새참도 한 끼 내리도록 하마!"

그러자 도적 용의자가 말했습니다.

"그 집 성씨가 … 어떻게 됩니까요?"

"뇌가이니라."

"성씨 한번 그럴 듯하군요![48] 어쨌든 그 집 여편네한테 뒤집어 씌우면 되겠습니다!"

지현은 즉시 포졸들을 여러 명 거느리고 그 도적 용의자에게 수갑을

---

[48] 성씨 한번 그럴듯 하군요[姓得好] : 성씨인 '기댈 뢰(賴)'를 뒤에 나오는 동사로서의 '뢰'와 결부시켜 시도한 언어유희. 중국 구어에서 '뢰'는 동사로 사용될 경우 ①기대다, 의존하다, ②앙버티다, ③잡아떼다, ④덮어씌우다, 전가하다, ⑤나무라다 등의 의미를 나타내는 용법이 있다. 여기서는 '뢰'가 '④덮어씌우다, 전가하다'의 의미로 사용되었기 때문에 다음 구문이 "그 집 여편네한테 덮어씌우면 되지요(賴他家娘)"으로 해석된다. 그래서 이 장면에서 그 집 성씨가 '뢰'씨라는 말을 들은 도둑 용의자가 '성이 '뢰' 씨네까 그 의미('덮어씌우다')대로 그 집에 죄를 덮어씌우면 된다'는 뜻에서 이렇게 말한 것이다.

채운 채 끌고 그 길로 뇌 씨네로 가마를 타고 갔지요.

뇌 씨네 집은 평민 출신이었습니다. 그런 마당에 별안간 지현 백柏공이 가마를 타고 대문을 들어섰으니 벌써부터 당황해서 난리도 아니었지요. 그런데 가만 보니 포졸들이 호위해 온 지현이 가운데에 앉더니 '뇌 아무개를 불러라' 하고 외치는 것이 아닙니까. 뇌 아무개가 두려워 벌벌 떨면서 무릎을 꿇자 지현이 말했습니다.

"네놈이 선량한 백성으로 지내지 않고 장물아비 노릇을 했겠다?"

"쇤네 꽤 책을 읽고 예절을 아는지라 분수를 아주 잘 지켜 왔습니다요! 어찌 함부로 그런 못된 짓을 벌일 수가 있겠습니까요?"

지현은 도적 용의자를 가리키면서 말했지요.

"이 도적이 자백한 이름을 보니 은자 전 냥을 네놈 집에 맡겨 놓았다는데 어째서 발뺌이냐!"

뇌 아무개가 '누가 자신을 그렇게 무고했는지' 확인하려고 할 때였습니다. 아까 그 도적 용의자가 지현의 분부대로 냅다 이렇게 고함을 지르는 것이었습니다.

"그렇습니다요! 엄청난 은자를 이 자 집에 숨겨 놓았습니다!"

그러자 뇌 아무개는 당황한 나머지 말했습니다.

"쇤네는 … 이 자를 알고 지낸 적이 없사온데 … 어째서 쇤네를 무고한답니까?"

"네놈 말은 근거가 없다. 여봐라, 샅샅이 뒤져라! 뇌 아무개도 직접 가서 증언을 해야 하니 … 틈을 노려 장물을 감추지 못하게 하렷다!"[49]

이리며 범 같은 그 포졸들은 지현의 호령이 떨어지자마자 방 안으로 밀고 들어갔습니다. 그리고는 땅만 뒤집어 엎지 않았다 뿐이지 상자며 궤짝들을 몽땅 지현 앞으로 날라 오는 것이었지요. 그 중에서 한 상자가 꽤 무거워 보이자 지현은 그것을 열어 보게 했습니다. 뇌 아무개는 그 속에 은자가 든 것을 눈치채고 당황한 나머지 소리를 질렀습니다.

"그건 … 친척이 맡겨 놓은 것입니다요!"

"그래도 열어 보아라!"

---

49 【즉공관 방비】也要的. 그래야지.

그래서 열었더니 정말 상자 가득 허연 것[50]이 들어 있는데 얼추 사오백 냥은 되어 보이는 것이었지요.

"이것은 장물이 분명하다!"

지현이 이렇게 말하자 도적 용의자도 입에서 나오는 대로 소리를 질렀습니다.

"이것들이 바로 제가 빼앗아 온 물건입니다요!"

"그건 쉰네 것이 아닙니다요! (…) 바로 친척 집인 과부 방씨의 물건입니다. 그녀가 출가했다가 개가한다면서 잠시 쉰네 집에 맡겨 놓은 것입니다요! 그런데 어떻게 장물일 리가 있겠습니까?"

뇌 아무개가 이렇게 말하자 지현이 말하는 것이었습니다.

"네놈은 믿지 못하겠다. (…) 진술서를 쓰고 관아로 가서 확인해 보자꾸나!"

뇌 아무개는 그 자리에서 아무개가 은자를 맡긴 액수를 분명히 적고

---

50 허연 것[白物]: '백물(白物)'은 은자를 뜻하는 명대의 은어이다.

서명을 한 다음 지현을 따라 현 관아로 왔습니다. 그런데 마침 방씨도 끌려 나온 길에 아들을 찾았지 뭡니까. 직 선비도 마주쳐서 다 같이 현 관아로 들어와 보고를 했지요. 그러자 지현은 뇌 아무개에게 다가오게 해서 말했습니다.

"네놈이 방금 '은자는 장물이 아니라 방씨가 맡긴 것'이라고 했겠다?"

"예."

"맡긴 주인이 지금 여기에 있으니 방씨에게 돌려주도록 해라. 도적은 정말 너와 무관한가 보다. (…) 이 자를 데리고 나가라!"

방씨를 발견한 뇌 아무개는 할 말이 없자 멀뚱멀뚱 쳐다보고만 있는 수밖에 없었지요. 그는 양심을 속이고 온갖 잔꾀를 다 부렸습니다. 그런데 거꾸로 남에게 속아 그것들을 다 토해내고 거기다가 단단히 놀라기까지 하자 '자신이 재수가 없었다'고 여기며 그 자리를 떠나는 것이었지요.

지현은 유 씨네 아들을 불러 확인하고 나서 직 선비를 보고 말했습니다.

"이런 아이는 키우기 딱 좋겠군! (…) 지금 장부와 문서가 다 여기 있으니 가서 분명히 맞추어 보고 은자를 돌려받아 아이에게 주기만 하면 되겠소이다. (…) 여기서부터는 모두 선생이 맡아 주시구려!"[51]

"대인께서 신처럼 현명하시니 간교한 사기꾼조차 숨을 곳이 없겠습니다! 망자가 된 친구가 이 일을 안다면 구천에서나마 대인의 은혜에 고마워할 것입니다! (…) 이 아이를 자립시키는 일은 친구가 저승에서 당부한 일입니다. 대인께서 일을 해결해 주셨는데 소생이 유종지미를 거두지 못한다면 사람들의 비난을 받을 뿐만 아니라 귀신의 질책조차 피하기 어려울 것입니다!"

"선생이 정성으로 저승을 감동시킬 정도이니 친구도 그래서 부탁한 게지요. 지금 귀신의 말이 무엇 하나 진실 아닌 것이 없으니 망자의 넋과 산 자의 우정이 참으로 무섭고도 존경스럽소이다! 이 한 바탕 귀신 소동 덕분에 이 사건을 해결하게 될 줄 누가 알았겠소이까? 정말 진기한 이야기외다!"

지현은 이렇게 말하더니 그 자리에서 방씨와 아들을 끌고 나와 장부에 기재된 내용에 따라 재산을 인도했습니다. 그리고 문서들은 전답과 가옥을 조사해 하나하나 확실하게 날인하고 관리하여 모두 직 선비가 그 아들 대신 관리하게 했습니다. 일개 거지 아이에서 졸지에 부잣집 도령이 된 셈이었지요. 이는 물론, 직 선비가 유염사의 부탁을 저버리지 않아서이기도 하지만 전적으로 이 날 밤 귀신이 일러 준 이야기 덕분이었습니다.

---

51 【즉공관 미비】貧者必改□□爲入官矣. 가난하면 □□를 바꾸어 관리가 되어야 할 것이다!

남송대 화가 공개(龔開)가 그린 『중산출유도(中山出游圖)』 속의 귀신들

이때, 둘째 남편 행덕은 방씨가 '전 남편이 꿈에서 지현 나리 꿈에 나타났기 때문에 이처럼 분명하게 알게 되었다'고 하는 말을 듣더니 속으로 지레 겁이 났습니다. 그러니 부부 두 사람이 어떻게 조금이라도 거스를 수가 있겠습니까? 나중에 귀신이 밤새 실제로 나타나 직 수재에게 부탁을 한 일을 알고 나서는 몸서리까지 쳐 지지 뭡니까. 거기다가 웬지 약간 머리가 아프고 열이 나자 이상한 생각이 들어서 나중에는 돈을 좀 들여서 몇 번이나 망자의 넋을 추모하고 나서야 마음을 놓았답니다. 이로써 사람이 아무리 이미 죽은 귀신이라고 해도 절대로 약속을 저버려서는 안된다는 것을 알 수 있는 셈입니다. 이 이야기를 증명하는 시가 있지요.

어찌 하여 세상에는 귀신이 많은 걸까?　　　　何緣世上多神鬼,
사람 마음에 억울한 사연이 있기 때문이라네.　　只爲人心有不平.

만약 붉은 해처럼 밝고 당당하다면   若使光明如白日,

아무리 귀신이 있어도 맥도 추지 못할 것을!   縱然有鬼也無靈.

제14권

조 현군이 교묘하게 귤을 보내고
오 선교가 헛되게도 은을 치르다

趙縣君喬送黃柑 吳宣敎乾償白鏹

이부吏部의 고과 평가를 받으러 상경하여 청하방淸河坊의 객줏집에 여장을 푼 선교랑宣敎郞 오약吳約은 맞은 편의 작은 집에 사는 신비의 여인에게 매료당한다. 그러던 어느 날, 오약이 문 앞에 앉아 있는데 갑자기 웬 귤 장사가 지나가길래 그와 노름을 하던 중 그 신비의 여인에게 한 눈을 팔다가 1만 전이나 되는 돈을 잃고 속상해 한다. 그때, 웬 검푸른 옷의 동자가 귤이 열 개 정도 든 작은 상자를 들고 나타나 건너편 집 조 대부의 아내 현군이 보냈다고 말한다. 그녀는 방금 전에 오약이 노름을 하여 밑천을 잃고도 귤 하나 얻지 못한 것을 보고 딱하게 생각했다는 것이다. 몹시 감동한 오약은 방으로 가서 화려한 비단 두 단端을 답례로 동자에게 들려 보내고 그 일을 계기로 두 사람은 서로 왕래하면서 차츰 연정을 품는다.

한번은 오약이 동자의 안내로 조 씨네에 가서 아름다운 현군을 만나고 반해 버린다. 현군의 생일에는 후한 예물을 장만해 조 씨댁으로 가서 축하인사를 하고 현군은 술자리를 마련해 잘 대접하지만 오약은 목적을 이루지 못한다. 나중에는 현군이 오약을 내실로 초대하자 의관을 정제하고 그녀의 집으로 간다. 두 사람의 사랑이 한참 무르익고 있을 때 갑자기 귀가한 조 대부는 오약을 체포하고 관아로 끌고 가려 한다. 오약은 관직을 잃을까 우려하여 2천 꿰미의 돈으로 합의하기를 간청한다. 이튿날, 맞은 편 집의 대문은 굳게 닫히고 인기척조차 보이지 않는다. 그제서야 사기꾼 패거리의 속임수에 속은 것을 안 오약은 우울증이 생겨 병을 앓다가 죽고 만다.

이 이야기는 홍매 『이견지 보』 권8에 소개된 「이 장사李將仕」와 「오약지현吳約知縣」 및 풍몽룡 『정사』의 「이 장사」 이야기를 소재로 지어졌다. 부일신의 『소문소』에 소개된 「매정찰돈賣情扎囤」에도 이 이야기가 다루어져 있다. 포옹노인이 엮은 소설집 『금고기관』에는 제38회에 「조현군교송황감자趙縣君喬送黃柑子」라는 제목으로 소개되었다.

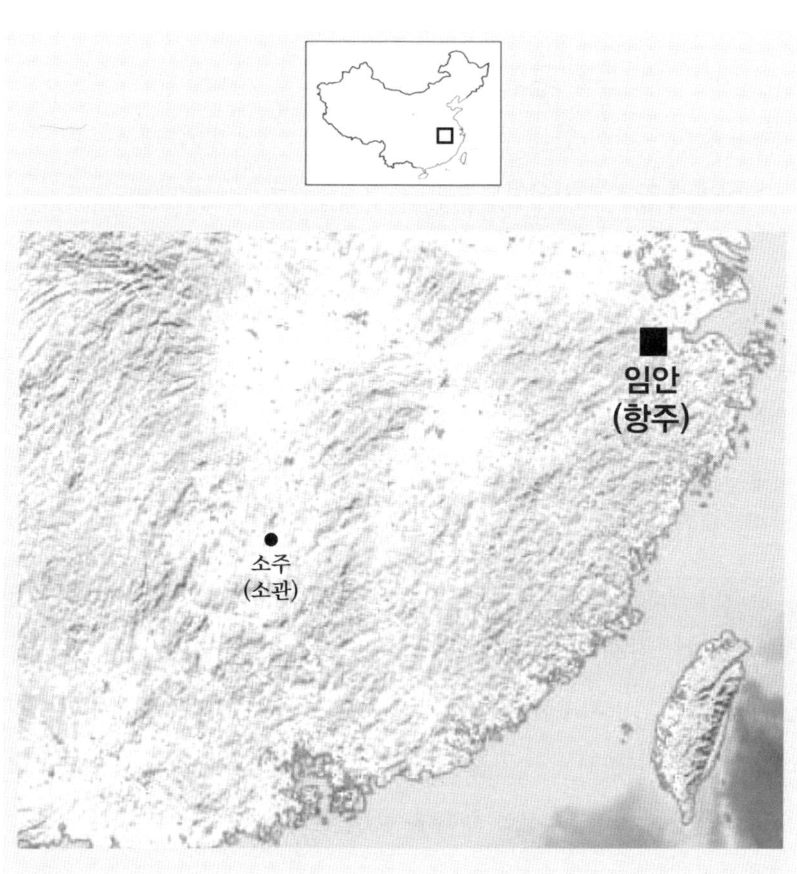

임안
(항주)
소주
(소관)

번역

이런 시가 있습니다.

외모 보고 좋아하는 것은 인간의 본성이지만	睹色相悅人之情,
개중에는 본디 진짜 연분도 있다네.	個中原有眞緣分.
거짓 없이는 참이 있을 수 없나니	只因無假不成眞,
그 이면에 감추어진 비밀은 캐물을 수 없는 법.	就裡藏機不可問.

젊은 나이라 당돌하여 멋대로 음욕을 탐하여	少年鹵莽浪貪淫,
괜스레 풍류의 무리 속에 뛰어 들었구나.	等閒踹入風流陣.
만두는 먹지도 않고 몸만 노린내가 진동하니	饅頭不喫惹身羶,
세간에서 이름하여 '찰화둔'이라고 한단다.	世俗傳名焫火囤.

듣자니 세상에서는 남자가 여색을 탐내고 여자가 사내를 사랑하는 것을 '풍정風情'[1]이라고 한다는군요. 그런데 이 '풍정'이라는 것이 사람을 망치는 것이 만만치 않고 사람을 죽게 만드는 경우 역시 적지가 않습니다. 개중에는 교활하게 사람을 속이는 자들도 있지요. 바로 이 탐욕스러운 사랑놀음에 별별 요상한 명목을 다 꾸며내어 자기 아내까지 제물로

---

1 풍정(風情) : 역대 중국어에서 '풍정'은 고대 한문에서는 ① 풍채, ② 회포, ③ 정취, ④ 풍토인정(복합어) 등의 뜻으로 사용되어 왔다. 그런데 송대 이래의 구어에서는 이와 함께 ⑤ 겉으로 드러나는 남녀간의 사랑의 감정, 즉 '연정(戀情)'이라는 뜻으로 사용되기도 하였다. 북송의 가객 유영(柳永, 984?~1053?)이 지은 가사【우림령(雨霖鈴)】의 "오만 가지 사랑의 감정 다 품고 있다 한들 또 누구한테 하소연할 것인가![便縱有千種風情, 更與何人說]에 나오는 '풍정'이 그 예이다. 여기서도 편의상 '풍정'으로 그대로 옮겼다.

삼아,[2] 속임수를 써서 양갓집 자제들을 끌어들이고 작은 호강을 약속하기도 하는데 이를 '찰화돈'[3]이라고 합니다. 만약 그 수법을 간파하지 못하면 아무리 대단한 사나이라도 열에서 아홉은 속아 넘어가곤 하지요.

제 기억에 이런 서울 양반이 있었습니다. 마누라 덕에 입에 풀칠을 하는 자였지요. 그의 아내는 연지에 분까지 바르고 풍정을 팔면서 부잣집 도령들을 유혹하곤 했습니다. 누가 걸려 들기라도 하면 자기 남편과 짜고 불륜 현장을 우연히 마주친 척 하면서 죽이네 마네 난리를 치다가 상대가 돈을 내어 목숨값을 치루어야만 만족하고 놓아 주곤 했답니다. 그런 식으로 그에게 농락당한 사람이 한둘이 아니었지요. 그런데 어떤 망나니 자제가 그의 수법을 아주 잘 알고 있었습니다. 그는 짐짓 모르는 척 하면서 작정하고 그녀에게 매달렸지요. 그 아내는 그 자제에게 재미를 좀 보여 주어 그를 유혹했습니다. 그런데 침상에서 한참 환락을 즐기고 있는데 그 남편이 현장에 들이닥쳤지 뭡니까. 다른 사람들 같았으면 당황한 나머지 당연히 침상 밑으로 뛰어내려 숨을 데부터 찾았을 것입니

2　삼는가 하면[做 / 不着] : '주 / 불착(做 / 不着)'은 송·원대에 유행한 구어로, '(특정인을)희생양으로 삼는 것'을 뜻한다. 원문 "做我一人不着"에서도 볼 수 있는 것처럼 일반적으로 '주(做)' 다음에는 희생양이 되는 대상을 뜻하는 명사나 대명사가 사용되기 마련이다.

3　찰화돈(紮火囤) : 명대의 유행어. 속임수(미인계)를 씨서 남을 속이고 잇속을 챙기는 일종의 사기 행위를 가리킨다. 『이각 박안경기』 제10권에도 같은 표현이 보인다. 때로는 '타행화돈(打行火囤)'이라고 부르기도 한다. 청대 학자 양동서(梁同書)는 『직어보증(直語補證)』 '화돈(火囤)' 조에서 이와 관련하여 황종희(黃宗羲) 『사구록(思舊錄)』의 기사를 다음과 같이 소개하고 있다. "기표가가 소주·송강의 순안으로 있을 때 사기꾼들을 모조리 잡아 들여 곤장을 쳐 죽이매 다른 군들조차 숙연해졌다[祁彪佳爲蘇松巡按, 悉取打行火囤之流杖殺之, 列郡肅然]" 이로써 명대 말기에 사회적으로 이 같은 사기 행위들이 빈번하게 발생한 것을 짐작할 수 있다.

다. 그런데 웬걸 뜻밖에도 이 사람은 전혀 허둥거리지 않는 것이 아닙니
까. 오히려 그 집 아내를 단단히 끌어안고는 조금도 놓아 주지 않고 그
배 위에 엎드린 채 큰소리를 치는 것이었습니다.

"소란 떨지 말어! 일부터 다 치루고 나서 이야기 하자고!"

그래서 그 집 아내가 돼지를 잡는 것과도 같이 고함을 지르고 뒹굴고
밀치고 해도 끝까지 내려오지 않는 것이었지요. 그 남편은 문 안으로 들
어와 휘장을 걷어 제치더니 고함을 지르면서 말했습니다.

"잘 하는 짓이다! 이 죽일 놈 같으니라구!"[4]

그는 칼등을 그 자제의 목에 들이대고 흔들어 대면서도 베지는 않고
있었지요. 그러자 그 망나니가 말했습니다.

"헛수작 하지 말고 … 죽이려면 냉큼 죽이시지? 이몸이 잘못하기는 했
지만 그래도 엄연히 이 집 사모님께서 불러서 온 것뿐이야. 죽어도 같이
죽고 귀신이 되더라도 멋지게 죽어야지. 설마 나 하나만 죽일 생각은 아
닐 테지?"

---

4 【즉공관 미비】便殺不成了. 그래 놓고 못 죽이는구만.

그 남편은 정말로 칼을 휘두를 엄두도 내지 못하고 칼을 내려 놓았습니다. 그러더니 웬 큰 작대기를 집어 들고 호통을 치며 말하는 것이었지요.

"나귀 같은 네놈 대가리는 잠시 목 위에 달아 놓고 … 일단 매질부터 한번 당해 봐라!"

그러더니 바로 매질을 했습니다. 아 그런데 그 망나니가 잽싸게 냅다 그 아내의 몸을 뒤집는 바람에 그녀만 엉덩이와 등에 매를 맞고 말았지 뭡니까.[5] 그러자 그 아내가 이렇게 고함을 질렀습니다.

"나요, 나야! 사람을 제대로 보고 때려요!"

그러자 망나니가 말했지요.

"제대로 때린걸. 아줌씨도 매를 맞아야 옳지!"

그 남편의 허세는 지나가 버리고 어느새 화풀이조차 할 수 없게 돼 버리고 말았습니다. 그러자 망나니가 말했지요.

"형씨, 고정 좀 하시오! 이 몸은 이쪽 사정에는 훤한 놈[6]이올시다! 잘

---

5 【즉공관 미비】 *妙, 妙.* 기막히군, 기막혀!
6 이쪽으로는 이력이 난 놈[箇中人] : 명대 구어체 중국어에서 '개중(箇中)'은 특정한 상황

상의해 봅시다! (…) 형씨가 우리 둘을 다 죽이려 해도 당신 마누라는 돈벌이 수단이어서 아까우실 텐데?[7] 그걸 포기하고 관아로 끌고 간다고 해도 … 그래 봤자 화해하는 데서 끝나고 이번에 수법이 들통 나 버리기라도 하면 당신네 이 생계도 끝장나고 말 테지! (…) 차라리 마누라를 포기하고 나 하고 내왕하도록 합시다. 내가 합당하게 돈을 좀 써서 형씨한테 땔감도 사고 쌀도 사게 도와 줄 테니까. 만약에 … 그래도 '촬화둔' 해서 등쳐먹을 다른 물주를 찾아보시오. 나한테는 안 먹힐 테니까!"

그 남편은 수법이 다 들통나 버리자 어떻게 해 볼 방법이 없었습니다. 그는 수습할 방법이 없자 손을 멈추고 머쓱해져서 나가 버리고 마는 것이었지요.[8] 그러자 망나니는 일어나 태연히 옷을 입었습니다. 그리고 나서 여자를 마주보고 한 바탕 잔소리를 늘어놓더니 거들먹거리면서 그 자리를 떠나는 것이었지요. 그야말로

강자에게는 강자가 맞서는 법	強中更有強中手,
이득을 보려다 도로 이득을 잃어버리는구나!	得便宜處失便宜.

을 직접 겪거나 그 내막을 잘 아는 사람을 가리킨다. 따라서 '개중인'은 '당사자' 또는 '관련자(inner circle)' 정도로 이해할 수 있는 셈이다. 『박안경기』(초각) 제25권에도 "아우야, 너도 당사자인데 어째서 남 이야기 하듯이 하는 게냐![兄弟你也是個中人, 怎學別人說淡話]" 식으로 같은 표현이 보인다.

7 【즉공관 미비】猜着心事. 속내를 들켜 버렸군 그래.

8 【즉공관 미비】烏龜法. 得縮且縮. 자라목 전술이로군. 움츠릴 수 있을 때에는 일단 움츠리고 봐야지.

부잣집 자제 도령들이야 죄다 나약하고 여려 빠지기 일쑤입니다. 그런
데 이렇게 망나니 담력에 망나니 수완을 가진 자가 또 누가 있겠습니까?
그래서 되려 그 부부가 당하고 만 것입니다.

송나라 때 향 대리[9]댁 도련님[10]인 향사숙向士肅이 외지로 나가 지인을
방문할 때의 일입니다. 원장院長 두 사람을 불러서 같이 군장교軍將橋로 간
일이 있었지요. 거기서 웬 부녀자를 하나 마주쳤는데 쑥대머리를 한 채
울면서 오는 것이었습니다. 그런데 어떤 무인이 검푸른 모시에 비단 두
루마기를 입었는데 장교 같았지요. 그는 검을 지니고 나귀를 끌면서 손
에는 가죽 채찍을 잡은 채로 길을 가면서 그 부녀자를 욕하는가 하면 때
로는 채찍으로 매질을 하는데 남이 끼어 들 수도 없을 정도로 잔뜩 성이
나 있었습니다. 그 뒤로는 건장한 졸병 열 명 정도가 몇 개의 함을 졌는
데 꽤 무거운데도 용케 그 뒤를 따라서 함께 가는 중이었지요. 거리에서
는 사람들이 다들 서서 그 광경을 바라보는데 이야기를 나누는 사람도
있고 웃는 사람도 있었답니다. 사숙이 영문을 모르고 의아하게 여기고
있는데 두 원장이 웃으면서 발하는 것이었습니다.

---

9 향 대리(大理) : '대리(大理)'는 중국 고대의 관직명인 대리시경(大理寺卿)을 줄어 부른
 것으로 보인다. 형법을 관장하는 관리로 진나라 때에는 정위(廷尉)로 불렀으나 한나라에
 이르러 경제(景帝) 6년에 '대리'로 개칭하였다. 그 뒤로 남북조시대의 북제(北齊)에서
 그 수장을 대리경(大理卿)으로 부르면서 수·당대를 거쳐 후대에까지 계승되었다.
10 도련님[衙內] : '아내(衙內)'는 중국 고대에 관원의 자제를 높여 부르던 존칭이다. 당대
 에는 경비 업무를 담당한 관리에 대한 호칭이었으나 오대(五代)와 송대에는 이 직무를
 대신의 자제들에게 맡기는 것이 관례가 되면서 나중에는 관료의 자제를 두루 일컫는 말
 로 전용되었다.

"장사 한번 제대로 했군!"

그래서 사숙이 물었습니다.

"무슨 말씀이오?"

"소인들이 그냥 추측해 본 거고 확실한 건 모릅니다. (…) 도련님께서 자세히 알고 싶으시다면 잘 캐물어 보고 고하도록 합지요!"

잠시 그 자리를 떠났던 원장이 오더니 경위를 상세하게 보고했습니다. 알고 보니 내막은 이랬습니다. 절서[11] 땅의 어떤 젊은 나리가 임안[12]에 시험을 거쳐 임용되기 위하여 삼교三橋의 황가네 객줏집 윗층에 묵게 되었답니다. 그는 아래층을 드나들 때마다 쪽방의 검푸른 발 아래로 웬 부녀자가 오가는 모습을 보곤 했는데 자태가 무척 아름답지 뭡니까. 그렇게 여러 차례 마주치다 보니 마음이 기쁨에 자기도 모르게 두근거리는 것이었지요. 그래서 차를 가져 온 동자에게 물었습니다.

"저 발 너머에 있는 여인 … 객주에서 뭘 하는 사람이냐?"

---

11 절서(浙西) : 중국 고대의 지역명. 중국에서는 전통적으로 절강성의 전당강(錢塘江)을 중심으로 그 동쪽을 '절동(浙東)', 그 서쪽을 '절서'라고 불렀다.
12 임안(臨安) : 송대의 지명. 지금의 절강성 항주시(杭州市) 임안구(臨安區)에 해당한다.

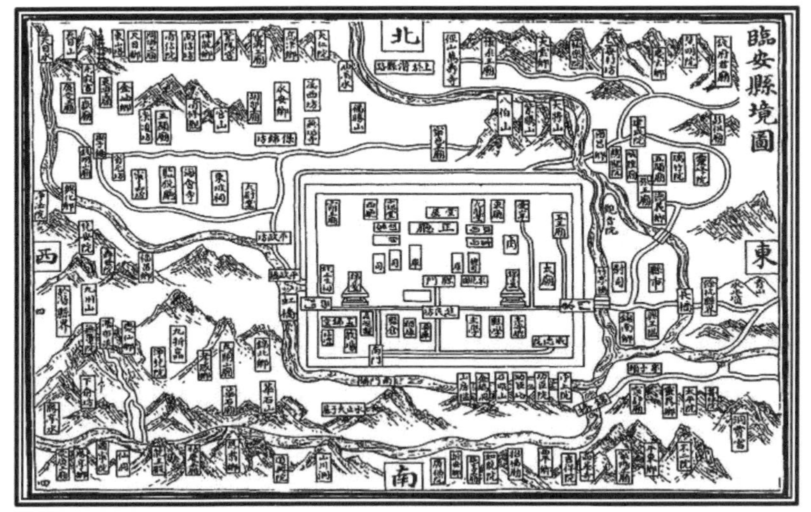

송대의 『함순임안지(咸淳臨安志)』에 그려진 임안현의 모습

그러자 동자는 눈썹을 찡그리면서 말하는 것이었습니다.

"온 객주가 저 여자 때문에 삼 년 동안 애를 먹고 있습니다요!"

그래서 나리가 놀라면서 말했지요.

"어쩐 일로?"

"지난 해에 어떤 장교가 저 여자를 데리고 왔는데 자기 아내라고 하면서 깨끗한 방에 묵게 해 주라고 하더라구요. 그렇게 열흘 정도 묵더니만 '저쪽 이웃 고을에 다녀와야겠다'면서 그 아내한테 침구며 행장을 지키게 하고 '반 달이면 돌아올 것'이라고 했답니다. 그런데 그렇게 한번 떠나더니만 소식이 끊어졌지 뭡니까요. (…) 처음에는 그 여자가 스스로 여비를 조달했는데 나중에는 돈이 바닥나자 주인님한테 애걸을 하더군요. '외상으로 먹은 것은 가장이 돌아오기만 하면 갚아 드리겠습니다' 하고 말입니다. 주인님은 거절할 수가 없어서 하루에 두 번 식사를 제공해 주었지요. (…) 이제는 시일이 한참 지나서 더 이상 제공할 수가 없자 하는 수 없이 그 여자 대신 같은 객주의 손님들한테서 도움을 받아서 번갈아 식사를 제공하고 있지요. 하지만 … 오래 버틸 수는 없을 텐데 언제쯤 이 업보가 끝날 지 모르겠습니다요!"[13]

나리는 그 이야기를 듣고 아주 흡족하고 반가워서 물었습니다.

"내가 … 그 분을 좀 만났으면 하는데 … 되겠느냐?"

"양갓댁 부인이고 남편분도 안 계신데 … 어디 외간남자를 만나려 하겠습니까?"

"옷과 음식이 부족하다니 … 내가 먹을 것을 좀 구해서 보내 드리려고 하는데 … 그건 되겠느냐?"

---

13 **【즉공관 미비】** 豈知非店家業債, 乃此官人業債耶? 객주의 업보가 아니라 이 양반의 업보인 줄을 어찌 알았으리오!

"그거야 되고 말고요!"

그 나리는 허둥지둥 거리의 큰 다식 가게로 가서 증소병[14] 한 뭉치, 과함병[15] 한 뭉치를 산 다음 그 가게에 상자 두 개를 달라고 해서 잘 담았습니다. 그리고는 시동에게 갖다 주면서 이렇게 말하도록 일렀지요.

"윗층 나리가 아씨께서 불편하게 지내신다는 말을 듣고 특별히 이 간식 거리를 보내셨습니다."

그것을 받은 여인은 몹시 고마워 했답니다.

이튿날, 여인이 술을 한 주전자 사고 요리를 네 접시 담아서 시동을 시켜 답례로 보내 주니 그 나리도 그것을 받았지요. 이리하여 그 나리는 갈수록 그녀에게 각별히 주의를 기울였답니다. 그는 이틀 뒤에 또 물건을 좀 사서 보냈습니다. 여인은 여인대로 전처럼 술을 사서 답례를 하는 것이었지요.[16] 나리는 당장 그 술을 데워서 먹을 요량으로 자은 상자에서 금 잔을 하나 꺼냈습니다. 그리고 한 잔 가득 따르더니 동자더러 보내 주도록 부탁하니 그 동자가 돌아가서 이렇게 전하는 것이었습니다.

---

14 증소병(蒸酥餠) : 송대의 다식의 일종. 글자 그대로 따져 보면 '안에 소를 넣고 찐 떡' 종류인 것으로 보인다.

15 과함병(果餡餠) : 송대의 다식의 일종. 글자 그대로 따져 보면 '과일을 다져 소로 넣고 만든 떡' 정도로 이해할 수 있겠다.

16 【즉공관 미비】 買酒菜之本又自何出? 술과 음식을 사는 돈은 또 어디서 난 걸꼬?

『소주청명상하도』에 묘사된 명대의 과자점. 종류별로 넓은 그릇에 담고 손님들의 구매욕을 자극하기 위하여 뚜껑을 열어 놓았다

"윗층 나리께서 큰 아씨께 한 잔 권하셨습니다요!"

여인은 사양도 하지 않고 그것을 다 비우는 것이 아닙니까. 동자가 다시 그 일을 알려 주자 나리는 이번에도 술을 한 잔 따라서 건네고 동자는 다시 내려가서 이렇게 전했습니다.

"나리께서 아씨를 참 많이 챙기시네요. (…) '외지에 나온 분은 한 잔만 드시면 안 된다'고 하십니다요!"

여인은 이번에도 그것을 받아먹는 것이었습니다. 그러자 그 나리는 이번에도 동자더러 내려가서 이렇게 인사를 전하게 했지요.

"나리가 '아씨께서 호의를 저버리지 않으시고 그 두 잔을 들어 주셔서 고맙다'고 하십니다. 나리가 직접 내려와 권하기는 난처해서 아씨를 윗 층으로 모셔 직접 한 잔 올리겠다고 하시는데 … 어떠신지요?"

그렇게 두세 번을 왔다갔다 했지만 여인은 좀처럼 오려고 하지 않는 것이었습니다. 그 나리는 하는 수 없이 돈으로 동자를 매수해서 이렇게 말했지요.

"네가 방법을 강구해서 꼭 좀 … 그 분을 좀 올라와 보시게 해 다오!"

돈을 본 동자는 몹시 반가워하면서 이번에도 가서 이러쿵저러쿵 바람 을 잡으면서 말했답니다.

"아씨께서 두 잔이나 받으셨으니 … 그 분한테 한 잔은 올리셔야지요!"

동자는 덥썩 그녀를 끌고 올라가서 말했습니다.

"아씨께서 오셨습니다요!"

그 나리가 미처 눈길을 돌리기 전에 여인은 '복 받으세요[17]' 하고 한 마디 인사를 하는 것이었습니다. 나리는 허둥지둥 술을 따른 다음 큰 소리로 인사를 하고 나서 직접 한 잔을 건네면서 말했습니다.

"아씨의 관심을 받았으니 … 한 잔 가득 드시지요!"

건네받은 여인은 단숨에 다 비우더니 술잔을 탁자 위에 내려 놓았습니다. 그러자 술잔에 술이 좀 남은 것을 본 나리는 그것을 가져다 쉬지 않고 쪽쪽 빨아 먹는 것이 아닙니까 글쎄![18] 그 광경을 본 여인은 빙그레 웃더니 서둘러 내려가는 것이었지요.

그 나리는 그녀의 마음을 움직일 수 있을 것 같아 보이자 동자에게 단단히 사례를 하고 그를 길잡이 삼아 수시로 그녀를 윗층으로 올라오게 해서 술을 마셨지요. 그 뒤로는 그녀를 붙잡아 놓고 함께 앉아 있어도 차츰 사양을 하지 않았습니다. 지난번에 피하던 모습과는 완전히 달라졌지 뭡니까. 그렇게 눈길이 오가고 서로 연정을 품더니 결국에는 넘어서는 안될 선을 넘고 말았답니다. 그러나 그것조차 낮에 한두번 몰래 그렇게 했을 뿐이지 밤에는 거리를 두는 바람에 동침은 할 수가 없었지요.

그렇게 두 달 남짓 지났을 때였습니다. 여인이 말하는 것이었지요.

---

17 복 받으세요[萬福] : '만복(萬福)'은 중국에서 고대에 부녀자들이 하던 인사말. 이 인사를 할 때는 주먹을 쥔 두 손을 포개어 가슴쪽 우측 하단에 두고서 위아래로 흔들면서 절을 하는 자세를 취했는데, 지금은 경극(京劇) 등의 중국 전통극에서 젊은 아가씨를 맡은 배우가 이런 식으로 인사를 하는 것을 볼 수 있다. 여기서는 편의상 우리 식으로 "복 받으세요"로 번역하였다.
18 【즉공관 방비】酸態. 궁상 맞기는!

"제가 날마다 아래층에서 올라가는 모습이 사람들 눈에 띄기라도 하
면 … 아무래도 의심을 살 수밖에 없습니다. (…) 나리께서 방을 … 아래
층으로 옮기시는 편이 어떨지요? 저와 가까운 방이면 밤에 상황을 봐서
… 동침하기도 수월하고요."

그러자 나리는 몹시 기뻐하
면서 당장 윗층에서 행장을 아
래층으로 부려서 여인의 방 옆
방에 갖다 놓았습니다. 그리고
는 이렇게 둘러대었지요.

"위층은 바람이 좀 불어서 잠
을 잘 수가 없구려! 그래서 옮
긴 것뿐이오."

비익조

그리고는 밤에는 자기 방문을 살짝 닫아 놓고 그 길로 여인의 방으로
들어가 동침을 했지요. '이 즐거움은 그야말로 병두련[19]이나 비익조[20]와
다를 바가 없구나'하고 여기면서 말이지요.

---

19 병두련[竝頭之蓮] : 중국의 고대 전설에 등장하는 연꽃. 하나의 꽃대에 서로 마주보듯이
   봉오리가 두 개 자란 연꽃을 말한다. 고대에는 여자들이 부부가 금슬 좋게 해로하라는
   뜻에서 병두련을 수 놓는 경우가 많았다고 한다.
20 비익조[比翼之鳥] : 중국의 고대 전설에 등장하는 새. 암수가 다 눈이 하나, 날개가 하나
   뿐이어서 따로 떨어지면 날 수가 없고 둘이 하나가 되어야만 날 수가 있다고 전해진다.
   중국의 고전문학에서는 금슬 좋은 부부를 상징하는 새로 소개된다.

그렇게 겨우 이틀 밤을 보내고 났을 때였습니다. 하루는 일찍 일어나 머리를 빗고 세수를 하기 직전에 두 사람이 마침 무릎을 맞대고 앉아 있었지요. 그런데 가만 보니 바깥의 객주 안에서 웬 덩치 큰 사나이 하나가 성큼성큼 걸어 들어오더니만 문을 박차고 들이닥쳐 큰 소리로 말하는 것이었습니다.

"여보! 어디 있소!"

그러자 놀란 여인은 어쩔 바를 몰라 하면서 얼굴이 흙빛으로 변한 채 다급하게 말했지요.

"야단 났네, 야단 났어! 우리 남편이 왔어요!"

그 나리는 서둘러 빠져 나온다고 나오기는 했는데 아 글쎄 이미 그 큰 사나이와 정통으로 눈이 마주치고 말았지 뭡니까! 웬 남자가 방 안에서 나오는 것을 본 큰 사나이는 다짜고짜로 여인의 머리를 덥썩 잡아채더니 소리를 질러 대었습니다.

"잘 하는 짓이다, 잘 하는 짓이야!"

그러더니 식초 사발만큼이나 큰 주먹을 치켜 들더니 냅다 주먹질을 해 대는 것이 아닙니까. 당황한 그 나리는 이것저것 재고 따질 틈도 없었습

니다. 허둥지둥 뒷문을 통해서 밖으로 도망 쳤지요. 그러자 남아 있던 행
장이며 노잣돈은 모조리 큰 사나이가 방문을 열고 들어와서 싹 쓸어 가
버렸답니다.

이야기가 시작되기 전인 방금 전에 건장한 병졸 열 명 정도가 지고 가
던 그 함이며 상자들은 모두가 바로 그 나리의 방에 있던 것들이었지요.
그 사람은 누가 알아보기라도 할까 두려워서 남편이 아내를 때리고 욕하
면서 길을 가는 것처럼 꾸몄던 것이었습니다. 사실은 그 여인이며 남편
이며 객줏집 주인이며 동자가 모두 한 통속이었던 것입니다!

사숙은 그 이야기를 다 듣더니 말했습니다.

"어디 그런 물정 모르는 젊은이가 다 있담? 그런 속임수에 다 걸려들
다니 … 괘씸하구나, 괘씸해!"

나중에 그는 늘 가까운 친구들을 보면 직접 목격한 이 일을 들려주고
우스개 이야깃거리로 심곤 했답니다. 아무리 그렇다고는 하지만 이 정도
는 그래도 약과입니다. 물건들을 빼앗아 가기는 했지만 그래도 재미는
좀 보았으니 말입니다.

이 이야기 말고도 물정을 모르는 어떤 젊은이가 이렇다 할 재미조차
보지 못한 채 남에게 한 바탕 농락당한 이야기도 있습니다. 더군다나 그
많은 밑천을 날려 버리고 말았으니 더 재수가 없지요. 그야말로

아름다운 외모야 다른 이에게는 연분 있다지만   美色他人自有緣,

옆 사람이야 군침 흘린들 무슨 소용 있겠나?   從傍何用苦垂涎.

그대여 집에서 해 주는 밥이나 챙겨 드시게.   請君只守家常飯,

상사병 앓을 일도 돈을 날릴 염려도 없나니.   不害相思不損錢.

이야기를 들려 드리도록 하겠습니다. 선교랑[21]인 오약吳約은 자가 숙혜叔惠로, 도주[22] 사람이었습니다. 그는 광우관廣右官을 두 번이나 지내고 소주[23]의 녹조[24]로부터 고과 평가를 받으러 이부吏部로 향했지요. 선교의 집안은 본래부터 잘 살았습니다. 거기다가 오랫동안 남쪽 지방에 살다 보니 진주·비취·향료·상아 등 온갖 희귀한 보물들을 꽤 많이 끌어 모았답니다. 그것들을 모두 챙겨서 길을 나서서 청하방[25]의 객줏집에서 묵게 되었지요. 그런데 이부에서의 면담이 지체되자 이따금 기방 출입을 했는데 화려한 옷차림의 기생들이 사람 눈을 사로잡지 뭡니까. 그 객줏집 맞은 편에는 작은 주택이 하나 있는데, 대문에는 검푸른 발이 드리워져 있었습니다. 그 발 안에서는 늘 웬 여인이 선 채로 거리에서 사람들이 장사

---

21 선교랑(宣敎郞) : 송대의 관직명. 황제의 어지나 명령을 선포하는 일을 관장한 관원. 휘종 정화(政和) 3년(1113)에 선덕랑(宣德郞)으로 고쳐 설치하였다. 종8품의 문신으로 기록 계관(寄綠階官), 즉 품계와 녹봉은 있으나 실질적인 직무는 없는 관원이었다.

22 도주(道州) : 송대의 지명. 지금의 호남성 영주시(永州市) 관할의 도현(道縣) 일대에 해당한다.

23 소주(韶州) : 송대의 지명. 지금의 광동성 소관시(韶關市) 일대에 해당한다.

24 녹조(錄曹) : 당·송대의 관직명. 부사 녹참군(府司錄參軍)과 주 녹사참군(州錄事參軍)을 아울러 일컫는 이름으로, 주·부의 호조(戶曹)·창조(倉曹)·사법 등의 업무를 주로 관장하였다.

25 청하방(淸河坊) : 송대의 구역 이름. 지금의 항주시 상성구(上城區) 하방가(河坊街) 일대에 해당한다.

하는 모습을 구경하곤 했지요. 선교는 하루 종일 그 집 대문을 마주보면
서 지내다 보니 그 여인을 눈여겨 살필 수밖에 없었습니다. 이따금 들어
보면 그녀가 간드러지는 목소리로 안에서 이야기를 주고 받고 있었지요.
또 어떨 때에는 두 다리를 발 너머로 드러내고 있는데 죽순처럼 날씬하
고 여린 것이 정말 볼 만했습니다. 다만 그녀의 용모가 어떤지는 본 적이
없다 보니 속으로 궁금해서 견딜 수가 없을 지경이었지요. 오죽하면 그
집으로 건너가서 발을 걷어 부치고 그 얼굴을 보고 싶은 마음이 간절했
지만 그럴 기회가 올 리가 없었지요. 그 발 안에서는 때로 옥구슬이 굴러
가는 듯한 꾀꼬리 같은 목소리로 한두 마디 노래를 부르기도 했습니다.
그 두 마디를 자세히 들어 보았더니 다름이 아니라

"버들가지는 그저 바람 앞에 춤 추면서　　　柳絲只解風前舞,
당최 그 이를 붙잡고 놓아줄 줄 모르누나."　誚繫惹那人不住.

　간혹 다른 노래를 부르기도 했지만 그 노래를 부르는 경우가 많지 뭡
니까. 그래서 '그 두 마디를 좋아하는구나' 하고 생각하기도 하고 때로는
'그녀한테 무슨 속사정이라도 있나?' 하고 생각하기도 했답니다.[26] 선교
는 그내 목소리를 듣기만 하면 발을 동동 구르고 감탄을 하면서 말하곤
했지요.

---

26 【즉공관 미비】便非好擧止, 當局者自迷耳. 그녀의 행동거지가 매혹적이지 않다고 하더라
　도 당사자 입장에서는 빠져 들지 않을 수가 없지.

"아주 대단한 가객이로구나!] 세간에 이런 기막힌 여인은 없을 게야! (…) 분명히 아름다울 것 같기는 한데 … 얼굴 한번 볼 수 없는 것이 유감이로군!"

속으로 이렇게 생각하면서 가슴 졸이다 보니 얼이 다 어디로 달아나 버렸는지 모를 지경이었습니다!

그러던 어느 날이었습니다. 문 앞에 앉아서 우두커니 맞은 편 문의 발 안을 바라보고 있을 때였지요. 갑자기 웬 장사꾼이 영가[27]에서 나는 귤을 한 광주리 지고 문 앞을 지나가는 것이 아닙니까. 선교는 그를 불러 세워서 물었습니다.

명대 화가 구영의 『소주청명상하도』에 그려진 노름 장면과 확대도(우)

"이 귤 … 내기용 상으로 건 것이오?"

---

27 영가(永嘉): 송대의 지명. 지금의 절강성 온주시(溫州市) 관할의 영가현(永嘉縣)에 해당 한다.

그러자 장사꾼이 말했습니다.

"소인이 마침 한 판에 두 푼씩 받으려던 참입니다. (…) 나리께서 좀 해 보시지요."

그래서 선교는 엽전을 넘겨받아서 던졌습니다. 그 장사꾼은 귤 광주리 옆에 쪼그리고 앉아 있으면서 그가 던지는 엽전을 줍고 세기를 반복했지요. 아 그런데 선교는 그렇게 엽전을 던질 때마다 마음은 저쪽에서 지켜보는 발 너머의 그 여인에게만 가 있었지 뭡니까. 그렇게 아무 생각 없이 던지다 보니 어디 천 닢 뿐인가요? 옆전을 아무리 던져도 혼성[28]이 나올 기미가 안 보이지 뭡니까. 나중에 세어 보니 어느새 일만 전이나 날려 버렸지 뭡니까요 글쎄! 선교는 아무래도 관리이다 보니 자기도 모르게 두 뺨이 빨개져서 끙끙거렸습니다.

'내 돈 일만 전[29]이 다 거덜나 버렸는데 귤 하나 못 먹다니! 분하다 분해!'

---

28 혼성(渾成) : 명대에 노름을 할 때에는 엽전을 던져서 전부 앞면(글자)이거나 전부 뒷면 (그림)이 나온 것을 '혼성'이라고 불렀으며 이 패가 나오면 이긴 것으로 쳤다. 풍몽룡의 『성세항언(醒世恒言)』「일문전소극조기원(一文錢小隙造奇寃)」에도 "제왕이라는 자가 … 평소에 즐긴 건 엽전 던지기 놀이였다. … 엽전을 어떻게 던질까? 8개든 6개든 던져서 글자가 나오거나 뒷면이 나오거나 모두 똑같은 쪽이 나오는 것을 '혼성'이라고 하였다 (那再旺 … 平日喜的是攧錢耍子. … 怎的樣攧錢? 也有八个六个, 攧出或字或背, 一色的謂之渾 成)" 식으로 비슷한 설명이 보인다.

29 일만 전[十千錢] : '일만 전'을 '십천(十千)' 식으로 표현한 것은 중국에서는 고대에 엽전 을 줄에 꿸 때 천 닢(전)을 한 꿰미[緡]로 삼았기 때문이다. 따라서 '십천'은 곧 천 닢씩 꿴 엽전이 열 꿰미라는 의미이므로 일만 전을 가리키는 셈이다.

그는 다시 엽전을 던져 볼까 싶었지만 더 놀아 볼 엄두가 나지 않았습니다. 그러려면 남의 돈을 융통해야 했지요. 그렇다고 해서 도중에 포기하려 해도 돈을 하도 많이 날려 버린지라 거기서 간단히 포기할 수도 없었지요.

그렇게 한숨을 쉬고 있는데 갑자기 검푸른 옷의 웬 동자 하나가 작은 곽을 받쳐 들고 거리에서 객줏집 안으로 들어오는 모습이 눈에 들어오지 뭡니까. 그 동자가 어떻게 생겼는지 아십니까?

짧은 머리는 어깨까지 가지런하고[30]	短髮齊肩,
긴 옷은 땅바닥을 쓸 정도로구나.	長衣拂地.
또릿또릿한 총기 있는 두 눈도	滴溜溜一雙俊眼,
사람 마음을 끄는데	也會撩人.
까만 깊은 구멍 하나도	黑洞洞一箇深坑,
족히 나그네의 눈길을 끌겠구나.	儘能害客.
집착해서 편애하는 사람들 입장에선	痴心偏好,
되려 '요염한 미녀보다 낫다'고 하겠고	反言勝似妖嬈.
고집스레 몹시 탐내는 사람들은	拗性酷貪,

---

30 **[교정]** 어깨까지 가지런하고[齊肩] : 천진고적판(제575쪽)에는 이 부분의 뒷 글자로 '눈썹 미(眉)'를 써서 '제미(齊眉)'로 나와 있다. 그러나 상우당본 원문(제687쪽)은 물론이고 강소고적판(제276쪽) 역시 '어깨 견(肩)'을 써서 '제견(齊肩)'으로 되어 있다. 천진고적판에 오류가 있다는 뜻이다. '제견'은 동자의 단발이 어깨까지 올 정도의 길이였음을 시사해 준다.

아무래도 그가 빠릿빠릿하기 바랄 테지.　　　還是圖他撒脱.

몸에는 온통 철부지 티 역력한데　　　身上一團孩子氣,

독야청청한 총각 모습이고　　　獨聳孤陽.

허리춤 한 줄 향기로운 계수나무 꽃은　　　腰間一道木樨香,

합쳐져 사람들의 침이 되누나!　　　合成衆唾.

계수나무 꽃

그 동자가 선교에게 말했습니다.

"나리, … 드릴 말씀이 있습니다요!"

그래서 선교가 후미진 곳으로 데려가니 동자가 상자를 내밀면서 말하는 것이었습니다.

"조^趙 현군[31]께서 바치는 것입니다요!"

선교는 무슨 말을 해야 할 지 모를 정도였습니다. '혹시 잘못 찾아온 것이 아닐까' 의심까지 했지요. 일단 상자를 열어서 보는데 알고 보니 바로 그 영가의 귤이 열 개 넘게 들어 있는 것이 아닙니까![32]

"너희 현군이 … 어느 분이시길래? (…) 나와는 평소에 아는 사이도 아닌데 어째서 불쑥 이것을 보냈다는 것이냐?"

선교가 이렇게 말하자 동자는 손가락으로 건너 편 문을 가리키면서 말하는 것이었습니다.

"저희 현군께서는 바로 길거리 남쪽 조^趙 대부[33] 나리의 부인이십니다!

---

31 현군(縣君): 중국 고대의 봉호(封號). 당대에 조정에서 5품(五品) 관리의 모친이나 아내에게 내렸으며, 송·원대에도 그대로 인습되었다.

32 【즉공관 미비】與不期多寡期于當厄, 此之謂也. '베풂에 있어서는 많고 적음을 따지지 않고 불행을 당한 때에 돕는 데에 있다'는 것은 이를 두고 하는 말이지.
원래는 『전국책(戰國策)』 「중산책(中山策)」에 나오는 말이다. 전문은 "베풂에 있어서는 많고 적음에 주목하지 않고 불행을 당하는 시점에 돕는다는 데에 있다. 원망함에 있어서는 깊고 얕음에 주목하지 않고 속이 상하는 시점에 이루어진다는 데에 있다[與不期衆少, 其于當厄. 怨不期深淺, 其于傷心]"

33 대부(大夫): 중국 고대의 관직명. 주(周)나라 때에는 임금 아래에 경(卿)·대부·사(士)의 세 등급의 관리들을 두었는데, 대부의 지위는 경보다 낮고 사보다는 높았다고 하니 중견 관리에 해당했던 것으로 보인다. 송·원대에는 수공업 장인에 대한 존칭으로 사용

방금 발 뒤에서 나리가 귤을 걸고 노름을 했다가 귤값만 날리고 하나도 맛을 보지 못해 속상해 하는 모습을 지켜보고 계셨답니다. 현군께서 너무나도[34] 견디기 어려우셨나 봅니다. 그런데 마침 이렇게 몇 개 가지고 계신 것이 있었지 뭡니까. 그래서 가져다 나리께 성의를 보이려고 보내셨답니다. 현군께서 말씀하시더군요. '아쉽게 이 정도 밖에 얻지 못해서 많지는 않구나. 나리께서 비웃지 않으셔야 할 텐데 …' 하고 말입니다요!"

"현군 마님의 고운 마음씨가 참으로 고맙기도 하구나! (…) 너희 조 대부께서는 어디에 계시느냐?"

"대부님께서는 건강[35]으로 친척들한테 인사를 가셨지요. (…) 두 달이 다 됐는데 여태 안 돌아 오시네요. 언제쯤 … 집으로 돌아오실지 모르겠

되기도 하였다.

34 너무나도[老大] : '노대(老大)'는 현대 중국어는 물론이고 원·명대 구어에서도 '맏이(firstborn)·큰형(the eldest)'이라는 의미로 주로 사용된다. 그러나 명대의 일부 구어체 문학작품들에서는 '노'가 '아주(very)', '대'가 '크다(big)·중요하다(important)'라는 의미로 해석되어 '아주 중요하다(very important)' 또는 '결정적이다(decisive)' 등의 형용사 또는 관형어로 사용된 용례들을 적잖이 확인할 수 있다. 시내암(施耐庵)의 소설 『수호전(水滸傳)』에서 무송(武松)과 반금련(潘金蓮)의 이야기를 다룬 대목을 보면 "이 은자 열 냥과 같이 잘 간직해 두게. 아주 중요한 증거니까![和這十兩銀子收着, 便是個老大證見)]"이라는 대사가 나온다. 여기에 나오는 '노대'는 '맏이'나 '큰형'으로 이해하면 곤란하며 그 뒤에 오는 명사 '증견(證見)'을 수식하는 형용사 관형어로 해석하여 '아주 중요한' 또는 '결정적인'으로 이해해야 옳다. 반면에 여기서는 "老大不忍" 식으로 '노대' 뒤에 명사가 아닌 동사 '참지 못하다'가 사용되었다. 이런 경우에는 '참지 못하다'가 실질적인 서술어로 작동하고 있기 때문에 그 앞의 '노'와 '대'는 똑같이 참지 못하는 정도가 극심함을 강조하는 일종의 부사로 작동하게 된다는 뜻이다. 여기서는 편의상 '너무나도'로 번역하였다.

35 건강(建康) : 송대의 지명. 지금의 강소성 남경시 일대에 해당한다.

습니다.”

그 말을 들은 선교는 속으로 생각했습니다.

‘그 분이 이렇게 고운 마음을 가지고 있다니! 더욱이 대부가 집에 없다
고 하니 … 손에 넣을 수 있을 것이 분명해![36] (…) 아주 좋은 기회로구나!’

그는 서둘러 침실 안으로 가서 상자를 열고 염색한 비단을 두 단[37] 가
져 나오더니 동자를 보고 말했습니다.

명대의 상자

“현군께서 귤을 보내 주셨으니 참 고맙구나! 객지에 나와 있다 보니

---

36 **【즉공관 미비】** 木必先蠹也. 而後虫生之. 나무란 늘 우선 삭고 나서 벌레가 생기기 마련.
37 단(端) : 중국 고대에 비단 등 포목의 길이를 재는 단위사. 그 길이는 시대마다 편차가
   있어서 ① 한 장(丈) 여섯 자, ② 두 장, ③ 여섯 장이라는 등의 주장이 있다.

답례 할 방법이 없단다. (…) 약소하지만 비단 두 필이다. '삼가 받아 주십사' 고하거라!"

동자는 그것을 넘겨받더니 맞은 편 문 안으로 들어갔습니다. 그리고는 얼마 뒤에, 다시 그 두 단을 가지고 와서 돌려주면서 고하는 것이었습니다.

"현군께서 거듭 말씀하셨습니다요. '하찮은 귤 몇 개가 뭐 그리 대단한 일이라고 그런 귀한 물건을 받겠습니까? 절대로 받을 수가 없습니다!'라고 말입니다."

그래서 선교가 말했지요.

"'만약 현군께서 받지 않으신다면 소생 참으로 몸 둘 바를 모르겠습니다. 그러면 소생도 귤을 받을 수가 없습니다!'(…) 내가 한 말대로 말씀드리면 현군께서도 분명히 받으실 게다!"

동자가 그 말을 그대로 현군을 보고 들려주니 이번에는 정말로 사양하지 않는 것이었지요. 이튿날, 동자가 또 잘 만든 반찬 몇 병을 가지고 와서 말했습니다.

"현군께서 '어제 과분한 은혜를 입었는데 이제 보니 나리께서 객지에서 지내시면서 객줏집 반찬이 입에 맞지 않으실 것 같다'고 하시면서 직

조 현군이 교묘하게 귤을 보내다

접 이 반찬 몇 병을 만드셔서 드시라며 보내셨습니다요!"

선교는 '그녀가 이처럼 예의를 차리는 것을 보니 자신에게 마음이 있는 것이 분명하다. 정말로[38] 땅 잡았구나' 싶어서 생각했습니다.

'이 동자가 그 댁 물건들을 왔다갔다 전해 주는 것을 보니 … 그녀 곁에서 조언을 하고 수발을 들 정도로 큰일을 맡고 있는 것이 분명해! (…) 어쨌거나 저 녀석 힘으로 이번 일을 성사시켜야 할 판이니 녀석을 홀대해서는 안되겠다!'

그는 서둘러 하인을 시켜 물고기·고기·과일 같은 것들을 좀 사고 동자와 마주앉아 마시려고 술을 데워 왔습니다. 그러자 동자가 말하는 것이었지요.

"소인은 조 씨댁 시동인데 어떻게 감히 나리 하고 한 자리에 앉을 수가 있겠습니까요?"

---

38 정말로[好不] : '호불(好不)'은 원대 이래의 소설·희곡에서 주로 보이는 구어체 표현이다. 두 글자는 일반적으로 한 구문에서 일종의 부사로 형용사 앞에 사용되어 어떤 상황의 정도를 강화시키는 역할을 한다. '너무도 많다[好不多]'나 '엄청나게 북적거린다[好不熱鬧]' 등에 사용된 '호불'이 그 예이다. 이런 경우 '호불'에서 정도의 강화 또는 강조의 어감을 나타내는 의미소(意味素)로 작동하는 것은 '호'이다. 반면에 '불'은 아무 의미나 어감도 나타내지 않으며 리듬을 맞추어 주는 역할을 한다고 할 수 있다. 어법적인 기능이 아니라 음악적인 기능을 수행하는 데에 그 목적이 있다는 뜻이다.

그러자 선교가 말했습니다.

"착한 아우님! (…) 자네는 현군의 심복일세. 내 어찌 자네를 예삿 종처럼 홀대할 수가 있겠는가? 마음 놓고 술이나 마시게!"

실례하겠다는 말을 한 동자는 술을 몇 잔 먹더니 어느새 얼굴이 빨개져서 말했지요.

"더는 못 먹겠습니다요! 만약에 취하기라도 하면 현군께서 나무라시고 저를 다른 데로 내보내실 거에요!"

선교는 이번에는 진주·비취·꽃 같은 것들을 좀 가져다가 찾아와 준데 대한 보답으로 동자에게 주어 보냈답니다.

그렇게 이틀이 지났을 때였지요. 동자가 제 발로 놀러 건너왔지 뭡니까. 선교는 이번에도 술을 사서 동자를 대접했지요. 그리고 술을 마시는 동안 동자와 말이 잘 통하는 것이었습니다. 그래서 선교가 대뜸 말했지요.

"착한 아우님! 한 마디 … 아우님한테 물어 볼 말이 있네. (…) 그 댁 현군께서는 … 나이가 얼마나 되셨는가?"

"설을 쇠셔도 스물세 살밖에 안 되세요. 우리 주인 마님의 후실이시거

든요."

"외모는 … 어떻게 생기셨을까?"

그 말에 동자는 고개를 가로 저으면서 말했습니다.

"경우도 없으시군요! (…) 듣는 사람이 없었기에 망정이지[39]… 왜 그런 식으로 물으십니까요? 어떻게 생기면 뭐 … 어떻게 하시게요."

"여태까지 매번 여기에는 아무도 없었는데 그렇게 말한들 … 무슨 상관인가! 내 아우님한테 이런저런 물건들을 챙겨 주고 몇 번이나 왕래 한 사이인데 … 어떤 분인지 알 것은 알아야 하지 않겠는가?"

"우리 현군 마님 용모를 말씀드리자면 … 정말 세상에서 따라 올 사람이 드물지요! 하늘에서 선녀님이 내려오신 것 같이 말입니다. 그림 속의 선녀 말고는 그런 분이 둘도 없지요!"

"착한 아우님! 어떻게 그 분을 좀 … 뵐 수는 없을까?"

---

[39] 망정이지[早是] : '조시(早是)'는 원래 원·명대의 구어식 표현으로 '조시(蚤是)'로 쓰기도 하는데, '진작에, 일찌감치' 등의 의미로 사용되는 것이 보통이다. 그러나 관한경(關漢卿)『노재랑(魯齋郞)』의 "내가 있는 여기에 있었기에 망정이지 만약 다른 곳에 있었다면 임자 목숨이 다 달아날 뻔했네[早是在我這裏, 若在別處, 性命也送了你的]" 등에서 볼 수 있는 것처럼, 가끔은 '~해서 다행이다', '~하기에 망정이지' 식의 어감을 나타내는 데에 사용되기도 하였다.

그러자 동자가 말하는 것이었습니다.

"그거야 어렵지 않지요! (…) 제가 미리 발을 묶는 끈을 느슨하게 풀어 놓겠습니다. 나리께서는 내일 맞은 편 문에 나와 계시기만 하십시오. (…) 현군께서 발 아래로 와서 바깥 구경을 하실 때 제가 발을 걷어 올리 겠습니다. 왈칵 걷어 올리다가 묶는 끈이 풀리면서 발이 떨어지겠지요? 그럼 현군께서도 순간적으로 피할 틈이 없으실 테고 … 얼굴을 보실 수 있게 되지 않겠습니까?"

구영『한궁춘효도(漢宮春曉圖)』. 왼쪽 위로 걷어올린 발이 보 인다

"나는 그런 식으로 보고 싶지는 않은데 …"

"그럼 어떻게 … 보시게요?"

"나야 당당하게 댁으로 가서 … 인사도 좀 드리고 … 평소에 물건들을 보내 주신 호의에 고맙다는 … 인사도 드려야 될 것 같네. 그래야 바라던 바를 이루는 셈이 아니겠나?"

"그건 … 본인이 바랄지 말지 알아야지요! (…) 저는 독단적으로 일을 벌일 입장이 못 됩니다. (…) 나리한테 그런 마음이 있으시다니 제가 돌아가서 한 말씀 드리고 … 어쨌든 대답을 받아서 나리한테 알려 드리겠습니다요!"

그러자 선교는 이번에도 은자 한 냥을 동자에게 주면서 당부하는 것이었지요.

"꼭 좀 대답을 받아 주게!"

그리고 나서 이틀이 지났을 때였지요. 동자가 와서 이렇게 알리는 것이었습니다.

"뵙고 싶어 한다는 의향을 현군께서 들으시더니 말씀하셨습니다. '나리께서 그토록 간절한 결심을 하셨으니 한번 만나 뵙는 거야 상관이 없다. 다만 … 가까운 사이도 까닭도 없이 그저 맞은 편에 살고 예물을 몇 번 주고받았다고 해서 명분도 없이 불쑥 만난다면 … 남들이 쑥덕거리지 않겠느냐!'…이렇게 말씀하시더군요."

"그렇지, 그래! 그런데 … 어떻게 명분을 만든담?"

그는 생각을 좀 해 보더니 말했습니다.

"나는 광서 땅에서 와서 이렇게 많은 주옥들을 가지고 있네. 모두가 여자들한테 아주 긴요한 것들이지. 내가 무작정 얼굴을 뵙고 물건들을 가져다 현군께 보여 드리는 척 하겠네. (…) 그걸 명분으로 삼아서 한번 만나 뵙는 건 … 어떻겠나?"

"좋기는 좋습니다만 … 그래도 일단 가서 현군 마님께 말씀을 올린 다음 허락을 받아야 됩니다."

동자는 다시 잠시 그 자리를 떠났다가 돌아와서 알리는 것이었습니다.

"현군께서 말씀하셨습니다. '되기야 되는데 … 하지만 응접실에서 잠시 만나고 바로 나가셔야 된다'하고 말입니다요."

"그거야 당연하지! 설마 내가 그 댁으로 이사라도 갈까 봐서?"

그러자 동자는 웃으면서 말했습니다.

"엉뚱한 말씀은 하지 마시고요! (…) 어여 저를 따라 오십시요!"

선교는 하도 반가워서 옷차림과 모자를 바로잡았습니다. 그리고 나서 동자를 따라서 허겁지겁 조 씨댁 바깥채 대청으로 건너 왔지요.

동자가 그 소식을 들어가서 알리자 문 소리가 나는 것이었습니다. 선교는 멀리 바라보더니 현군이 안에서 느긋하게 걸어 나오는 것이 아닙니까. 그 모습을 볼작시면

옷차림은 단정하고	衣裳楚楚,
허리의 옥 장식 나부끼네.	珮帶飄飄.
대갓집 분이어서 행동거지 차분하고	大人家擧止端詳,
조금도 경망스러운 모습 보이지 않네.	沒有輕狂半點.
젊은 나이에 얼굴은 아리땁고 여린 것이	小年紀面龐嬌嫩,
조금도 살찌거나 무거운 구석이 없구나.	並無肥重一分.
맑은 바람이 모셔다 놓았나.	淸風引出來,
'구름은 무심한 것'이라고 할 수도 없겠네.	道不得雲是無心之物.
멋지게 수작을 걸어 보는데	好光挨上去,
참으로 '외모가 음욕 부추기는 화근'인 격일세.	眞所謂容是誨淫之端.
개는 비록 벌써 울타리 가까이까지 왔다지만	犬兒雖已到籬邊,
백조가 도랑까지 강림하셨나 싶구나!	天鵝未必來溝裡.

선교가 걸어 나오는 현군을 보니 정말이지 꽃 같고 옥 같아서 자기도 모르게 온몸이 다 저릿저릿거리지 뭡니까. 그는 허둥지둥 잰 걸음으로 다가가 거창하게 인사를 하고 나서 고마워 하면서 말했지요.

"현군의 두터운 호의를 몇 번이나 입었건만 소생 보답할 길이 없어서 속으로만 고마워 할 따름이었습니다!"

"부끄럽습니다, 부끄러워요."

현군이 이렇게 말하자 선교는 소매 속에서 잽싸게 주옥을 한 뭉치 꺼내더니 손에 받쳐 들고 말했습니다.

"듣자니 현군께서 주옥을 바꾸려 하신다더군요. (…) 소생이 지닌 것이 좀 있어서 특별히 뵙고 현군께 골라 드리려고 건너 왔습니다!"

그는 이렇게 말하면서 그녀를 바라보았지요. 그저 그녀가 손을 뻗어 받기만을 바라면서 말입니다. 아 그런데 뜻밖에도 현군은 선 채로 꼼짝도 하지 않지 뭡니까. 그녀는 동자를 시켜 받아 오게 하디니 말하는 것이었습니다.

"보고 나서 값을 정하도록 하지요."

그저 이 한 마디만 하고는 안으로 들어가 버리지 뭡니까 글쎄![40] 선교는 그녀를 만나기는 했지만 싸근싸근한 대화 한 마디 나누지 못하자 허

---

40 **【즉공관 미비】** 偏作莊嚴, 使人可死. 하필이면 근엄한 모습을 보이는 바람에 사람이 애가 타서 다 죽을 판이로군.

탈해져서 의욕도 없이 밖으로 나왔지요. 거처로 돌아온 그는 그녀의 용모와 행동을 떠올리며 한숨을 쉬더니 말했습니다.

"안 만났을 때는 그런 대로 지낼 만 했는데 이번에 이렇게 만나고 보니 정말 애가 타서 죽겠구나!"

그 뒤로도 동자를 마주치기만 하면 무조건 어떻게든 다시 집으로 들어가 좀 만날 방법을 찾아 달라고 통사정을 하곤 했지요. 그때마다 어김 없이 금은보화를 거간비로 건네면서 그 전후로도 대여섯 번을 만났답니다. 그러나 그때마다 가볍게 인사를 나누는 것 말고는 다른 말이 없었지요. 표정까지 근엄하다 보니 도무지 수작을 걸어볼 엄두조차 나지 않지 뭡니까. 호락호락 웃는 얼굴 한번 보이지 않은 채 되는 대로 한두 마디만 주고받을 뿐이었지요. 선교는 손을 써 볼 재간이 없자 그럴수록 안달복달하면서 미련을 떨쳐 버리지 못하는 것이었습니다.

선교에게는 함께 지내던 기생이 하나 있었습니다. 정석석丁惜惜이라고 하는데 무척 사랑하는 사이였지요. 그랬는데 그놈의 조 현군 생각에 그녀를 뒷전에 제쳐 놓은 채 한참 동안 걸음을 하지 않고 있었답니다. 정석석은 술자리에서 기분을 맞추어 주던 바람잡이를 두 명 초대해서 몇 번이나 선교에게 기방을 좀 들러 주도록 부탁해 보게 했지요. 그러나 선교는 넋이 나간 것 같은 판국인데 어디 가려고 하겠습니까? 결국 그 두 사람이 다짜고짜 억지로 끌고 갔지요. 정석석은 그를 보자 아주 정성껏 대

인사[揖]하는 사람들을 그린 명대의 『서세양영(瑞世良英)』의 삽화

해 주었습니다마는 오 선교는 전혀 신경도 쓰지 않지 뭡니까. 정석석은 한참 동안 애교를 부리고 거기다가 술상까지 차려 주었습니다. 선교는 그래도 아랑곳도 하지 않는 눈치였지요. 그러자 정석석은 노래를 불러 그를 조롱했습니다.

"이 원수 양반아   俏冤家,

당초에는 나한테 왜 매달렸나요?　　　你當初纏我怎的,

이제는 또 왜 나를 버렸나요?　　　到今日又丟我怎的.

나를 버리면서　　　丟我時

내게 매달리던 마음은 어느새 잊었군요.　　　頓忘了纏我意.

내게 매달리고 또 나를 버리다니　　　纏我又丟我,

날 버리면 또 누구한테 매달릴 건가요?　　　丟我去纏誰.

당신처럼 그렇게 남을 버린다면　　　似你這般丟人也,

언젠가는　　　少不得

그 사람도 당신을 버릴 거예요!"　　　也有人來丟了你.

　그 자리에서 오 선교는 아무 의욕도 없이 술을 두 잔 먹고는 그저 아주 기막히게 예쁜 조 현군만 생각할 뿐이었습니다. 정석석을 보면서도 영 마뜩치 않아 하는 것이었지요.[41] 그러나 거기까지 간 이상 어쩔 수 없었지요. 억지로 석석과 침상에 올라 동침을 할 수밖에 없었습니다. 그러나 아무리 이것도 해 보고 저것도 해 보았습니다마는 머리 속은 그 사람 생각만 가득한 채로 엄한 사람에게 욕정을 풀 뿐이있딥니다.

　선교는 그 일을 치루고 나니 몸이 나른해졌습니다. 그래서 잠을 자려 하는데 가만 보니 조 씨댁 동자가 와서 말하는 것이었지요.

---

41 【즉공관 미비】人情如此. 사람 감정이란 것이 다 그렇지.

"현군께서 특별히 선교님을 모시고 이야기를 나누고 싶다고 하십니다요!"

그 말을 들은 선교는 허둥지둥 옷을 걸치더니 동자를 따라 나섰지요. 동자는 그를 데리고 곧바로 내실까지 들어갔습니다. 그런데 가만 보니 눈처럼 뽀얀 살결의 조 현군이 벌거벗은 채로 침상 안에 누워서 오 선교가 오기만을 기다리고 있는 것이 아닙니까요! 동자는 오 선교를 힘껏 밀어서 침상 안으로 들여보냈습니다. 그러자 오 선교는 이루 형용할 수도 없을 정도로 기뻐하면서 '턱' 하고 올라탔습니다. 그러더니 이렇게 한 마디 하는 것이었지요.

"예쁜 우리 현군님! 정말 황홀하군요!"

그러나 힘을 너무 많이 써서 그랬는지 한 사람이 발을 헛디디는 바람에 침상 안쪽까지 미끌어져 들어가고 말았습니다. 그 서슬에 깜짝 놀라면서 꿈에서 깨고 보니 석석이 곁에서 자고 있는 것이었습니다. 정신이 몽롱할 때 상대가 조 현군인 줄 알고 그대로 올라 탔던 것이지요. 정석석은 정석석대로 꿈에서 놀라 깨더니 말했습니다.

"색귀 같으니라구! 살살 하지 않고 이렇게 환장해서 설쳐요 왜?"

오 선교는 석석의 목소리를 듣고 나서야 자신이 정 씨네 침상에서 자고 있었던 일을 떠올렸지요. 그는 방금 전의 일이 꿈이었다는 것을 알고 자기도 모르게 웃음을 터뜨리고 말았습니다. 그러자 정석석은 몇 번이나 캐물었지요.

"당신 마음속에는 누가 있길래 … 이렇게 정신이 다 나가 버린 거에요?"

그러자 선교는 되는 대로 엉뚱한 말로 얼버무리면서 사실대로 이야기를 하려 들지 않았지요. 그리고 이튿날이 되자 작별하고 그 집 문을 나섰습니다. 그 뒤로는 다시는 정 씨네를 찾지 않았습니다. 그리고는 밤낮 없이 조 현군 생각에만 사로잡힌 채로, 기회만 생기면 그 일을 벌일 마음뿐이었지요.
그러던 어느 날이었습니다. 동자가 불쑥 와서 이렇게 말하는 것이었습니다.

"나리께 한 마디 드릴 말씀이 있어서요. 내일은 저희 댁 현군 마님 생신이십니다. 나리께서는 현군 마님과 내왕하는 사이이시니 축하 예물을 좀 장만하셔서 현군 마님께 축하 인사라도 드리러 가시지요. 인정상으로도 남들 보기에 훨씬 좋을 것 같은데요."

그러자 선교는 반가워하면서 말했습니다.

"착한 아우님! 아우님이 일러 줘서 망정이지 그러지 않았다면 내가 어떻게 알았겠어? (…) 이 예의란 것은 아주 중요하지! 어기면 안되고 말고!"

그는 서둘러 염색 비단 두 단을 잘 쌌습니다. 이어서 거리로 가서 햇과일과 닭·오리·삶은 음식을 각각 한 판씩, 술을 한 동이 사고 성대한 예물까지 곁드렸지요. 그리고 나서 먼저 하인을 시켜 동자와 함께 그것들을 전달하러 가서 "내일 정성껏 축하인사를 드리겠다"고 전하게 했습니다.

동자는 하인을 데리고 그 자리를 떠났지요. 그러자 조 현군은 다시 동자를 시켜 몇 번이나 사양하다가 마지못해 받는 것이었습니다.

이튿날 잠자리에서 일어난 오 선교는 옷과 모자를 잘 갖추어 입고 조씨댁으로 왔습니다. '이번만큼은 현군을 모셔 내서 축하 인사를 해야겠다'고 다짐하면서 말이지요. 조 현군은 조 현군대로 거절도 하지 않고 화려하게 차려 입은 채 전청으로 걸어 나오는데 평소보다 더 반듯한 모습이었습니다. 오 선교는 미처 쳐다 볼 겨를도 없이] 깍듯이 예의를 갖추어서 절을 했습니다. 조 현군은 서둘러 답례를 하더니 말하는 것이었지요.

"하찮은 제 생일이 뭐 그리 대단한 날이라고요. 나리께서 각별히 신경을 써서 이처럼 후한 예물을 내리시다니 … 이런 것을 받으면 안되는데 말입니다!"

"객지에 나와 지내느라 예의를 차릴 물건이 부족하다 보니 … 약소해서 송구스럽습니다! 그런데도 현군께서 이렇게 덕담을 해 주시니 되려 소생이 민망할 뿐입니다!"

선교가 이렇게 말하자 현군은 뒤로 고개를 돌리더니 말했습니다.

"나리께 축하주를 먹고 가게 해 드려라."

그 말을 들은 선교는 이루 형용할 수 없을 정도로 기뻐했습니다.

'날더러 남아서 술을 먹게 하는 걸 보니 뭔가가 … 있을 것이 분명하다!'

그러나 뜻밖에도 말을 마친 현군은 바로 들어가 버리는 것이었습니다. 선교는 이때 '뜨거운 땅바닥의 개미들'처럼 어째야 좋을 지 모를 지경이었지요. 그러다가 생각해 보니 현군이 학생을 받는 방사 마냥 당최 무슨 마음을 품고 있는지 알 수가 없지 뭡니까.
그렇게 우두커니 앉아서 내실 쪽만 뚫어져라 바라보고 있을 때였습니다. 얼마 지나지 않아 현군이 부리는 사내 둘이 탁자를 하나 지고 오더니 깨끗하게 닦는 것이 아닙니까. 동자는 동자대로 안에서 상자에 든 술과 안주를 두 손으로 받쳐 들고 나와서 잘 자리너니 의자를 들고 와서 선교에게 자리를 권했습니다. 그러자 선교가 동자에게 넌지시 물었지요.

"설마 … 같이 먹을 사람이 … 없는 건가?"

그러자 동자가 넌지시 이렇게 말하는 것이었습니다.

“현군께서 곧 오실 겁니다.”

선교가 의자에 앉지도 않고 여전히 서서 안절부절 하고 있는데 동자가 손으로 가리키면서 말했습니다.

“현군께서 오셨군요.”

정말로 조 현군이 나오는 것이었습니다. 그녀는 가녀린 두 손으로 술잔을 놓은 쟁반을 받쳐 들고 와서 선교와 합석하더니 ‘복 받으세요’ 하고 인사를 하더니 말했습니다.

“서방님이 안 계셔서 접대해 드릴 분이 없다 보니[42] 죄송하게도 귀한 손님께 결례를 저질렀군요! … 염치는 없지만 제가 모시는 수밖에 없지요.”

선교는 몹시 반가워하면서 말했지요.

“과분한 호의를 입으니 감당할 수가 없을 정도입니다!”

그는 동자에게 술잔과 쟁반을 달라고 해서 현군에게 답례로 술을 건넸지요. 그렇게 합석해서 두 사람이 자리에 앉았답니다.

---

42 【즉공관 미비】妙在沒主人. 절묘한 것은 주인장이 부재중이라는 점이지.

선교는 속으로 '이번만큼은 수작을 걸어 봐야겠다' 하고 다짐했습니다. 그래서 여러 마디 말로 그녀를 도발하면서 목적을 이루기만 바랄 뿐이었지요. 그러나 뜻밖에도 현군은 마음은 간절한 것 같으면서도 겉으로는 근엄하게 처신하면서 술을 권하거나 안주를 권하는 것 말고는 지나가는 말조차 한 마디도 쓸 데 없는 말을 섞지 않지 뭡니까.[43] 선교는 선교대로 쭈뼛쭈뼛 하면서[44] 객쩍은 소리를 대놓고 늘어놓을 수는 없는지라 눈요기만 실컷 하는 수밖에 없었습니다. 그렇게 술을 몇 잔 마시고 나서 현군은 선교의 말도 기다리지 않고 혼자 몸을 일으키더니 말했습니다.

"나리, 편히 계십시오. 저는 집에 주인이 안 계셔서 오래 모실 수가 없군요. 이만 실례하도록 하겠습니다!"

오 선교는 내심 두 팔을 뻗어서 그녀를 와락 끌어안고 싶은 마음이 굴뚝 같았습니다. 그렇다고 해서 억지로 붙잡을 수는 없는지라 간절한 눈길로 그녀가 점잖게 들어가는 모습을 지켜 볼 뿐이었지요. 선교가 언짢아 하고 있는데 안에서 또 말을 전하여 동사로 하여금 술을 권하게 하는 것이었습니다. 선교는 혼자 마시는 것이 따분하다고 느끼고 하는 수 없이 동자에게 '너무 폐를 끼치면 실례이니 다음에 고맙다는 인사를 드리겠다'고 현군에게 잘 말씀드리도록 당부했습니다. 그리고는 천천히 맞은

---

43 【즉공관 미비】 老手段. 수단이 보통이 아니군.
44 쭈뼛쭈뼛 하면서[生煞煞] : 명대의 구어식 표현. '생살살(生煞煞)'은 의태어로, 생소하거나 어색한 상황을 나타낸다. 『박안경기』(초각) 제35권에도 "兩口兒見了兒子, 心中老大歡喜, 終久乍會之間, 有些生煞煞." 식으로 같은 표현이 보인다.

편 집 거처로 건너 왔지요. 그야말로 '설탕을 콧등에 찍어 놓은 격[45]'이었습니다. 냄새만 맡을 뿐 맛 한 번 볼 수가 없으니 속이 정말 언짢기 짝이 없었지요!

그 일을 증명하는 【은교사銀絞絲】 가사가 한 수 있습니다.

전생의 원수런가	前世裡寃家,
아름답기도 한 사람이여	美貌也人,
수작을 벌써 몇 번이나 걸면서	挨光已有二三分,
그토록 살갑게 대해 주건만	好溫存,
몇 번을 만나야 그 마음 정성을 다할꼬?	幾番相見意殷勤.
눈으로 뚫어져라 쳐다 보건만	眼兒落得穿,
언제 가까이 간 적 있던가?	何曾近得身.
콧등의 설탕 맛을	鼻凹中糖味,
어디 입이 누릴 몫이 있다더냐?	那有脣兒分.
품행 단정하신 낭군님이	一箇淸白的郞君,
애가 타서 죽겠구나.	發了也昏.
하느님 맙소사!	我的天那!
그 수법이 내 넋을 다 나가게 만드니	陣寃迷,

---

45 설탕을 콧등에 찍어 놓은 격[甛糖抹在鼻頭上] : 명대의 유행어. 우리 속담 '그림의 떡'의 경우처럼, 눈 앞에 대단한 이익이 있지만 손에 넣지 못하는 상황을 가리킨다. 이 7자 자체로 사용되기도 하지만 때로는 바로 뒤에 이어지는 "냄새만 맡을 뿐 맛 한번 볼 수가 없다[只聞得香, 却舔不着]"와 결부되어 '문제 제기 → 해답 제시' 구조의 헐후어(歇後語)로 사용되기도 하였다.

그야말로 사람 홀리는 사기극이로구나!　　　　　迷魂陣.

그날 밤, 오 선교는 밤새도록 그녀를 떠올렸답니다. 그는 망설이면서 생각했지요.

'마음이 없는 거라면 어째서 … 몇 번이나 나를 만나 주고 술을 주고 거기다가 직접 대접할 생각을 했겠어? 그렇다고 마음이 있는 거라면 … 어째서 얼굴 표정에 조금도 그런 기미조차 보이지 않을까? (…) 이런 식으로 고지식하게 드나들기만 하면 언제 끝이 나겠나![46] 그녀가 매번 발 너머에서 부르던 노래를 생각해 보니 어쨌든 무슨 뜻인지 알 것 같다. (…) 일단 마음을 좀 떠 보고 그녀가 어떤 대답을 주는지 두고 보도록 하자!'

이렇게 계획을 잘 세웠답니다.

이튿날 잠자리에서 일어난 그는 서둘러 서주[47] 열 개를 침향 나무 상자에 담았습니다. 그리고 무늬가 있는 편지지를 한 장 가져다 시를 한 수 썼지요. 그 시는 다음과 같았습니다.

끊임없는 속마음 그대에게 하소연 하고자　　　心事綿綿欲訴君,

바다에서 난 진주 알알이 정성스레 부치오이다.　　洋珠顆顆寄殷勤.

46　【즉공관 미비】 無情有情之間正可參破機關矣. 而墮其術者不覺. 사랑하는 감정이 있는지 없는지 그 수법(진의)을 간파할 수 있을 테지. 그러나 그 수법에 넘어간 이는 깨닫지 못하는 법.

47　서주(西珠) : 서방에서 나는 진주.

그때 내게 맛난 귤을 보내 주시더니　　　　當時贈我黃柑美,
상여가 몹시 목말라 하는 걸 모르시다니요!　　未解相如渴半分.

　시를 다 쓴 그는 그것을 상자 안에 같이 넣고 기호가 적힌 작은 도서인[48]을 찍은 다음 겉봉을 잘 밀봉했습니다. 그리고는 서둘러 그 동자를 찾아 와 건네고 나서 말했지요.

　"현군께 인사 좀 잘 부탁하세. 어제는 후한 대접을 받아서 … 단장하는 데에 쓰시라고 약소하지만 작은 진주를 보내 드리네. (…) 고마워하실 것 없다고 전해 주게나."

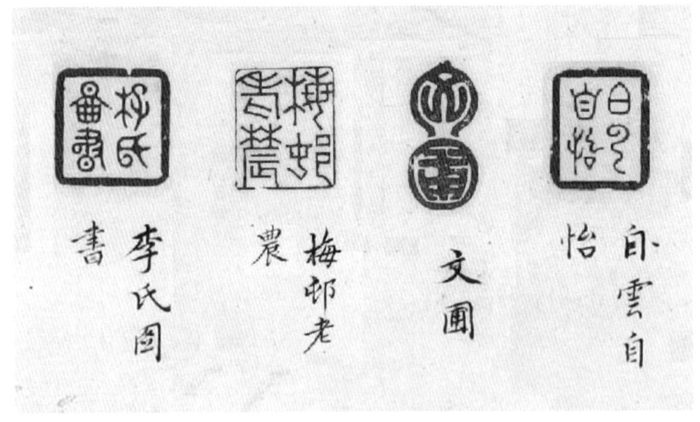

도서인 예시. 소장자의 별명이나 현학적인 문구가 자주 사용되었다

48　도서인(圖書印) : 그림이나 서적에 자신의 소유물임을 표시할 목적으로 찍는 도장. 이 대목에 따르면 고대 중국의 봉니(封泥)나 중세 서양의 밀납 봉인처럼 서신이나 문서의 봉투를 밀봉할 때에도 사용한 것으로 보인다.

그래서 동자가 말했습니다.

"기꺼이 가져가야지요!"

"그 안에 몇 글자 적었으니 … 현군께서 꼭! 직접 뜯어 보셔야 하네. 절대로 누설하지 말고!"

그러자 동자는 웃으면서 말했지요.

"저는 '자루 달린 홍낭'[49] 아닙니까요. (…) 대신 서신을 전해 드리도록 하겠습니다!"

"착한 아우님! 꼭 좀 … 전달해 주시게! 만약에 좋은 소식이라도 있으면 단단히 사례하겠네!"

"우리 현군 마님께서는 시가에 아주 정통하시지요. 무슨 말씀이리도 적어 보내시면 답을 주실 것이 분명합니다!"

---

49 자루 달린 홍낭[柄兒的紅娘] : 남자 중매쟁이를 비유적으로 이른 말. 홍낭(紅娘)은 원대의 극작가 왕실보(王實甫)가 지은 잡극 희곡 『서상기(西廂記)』의 여자 주인공인 대갓집 규수 최앵앵(崔鶯鶯)의 몸종으로, 남자 주인공인 가난한 선비 장군서(張君瑞)가 최앵앵과 인연을 맺도록 도와 준다. '자루[柄兒]'는 남자의 성기를 뜻한다. 따라서 "자루 달린 홍낭"이란 '남자 홍낭', 즉 남자 중매쟁이(중신아비)라는 뜻으로 해석된다.

"꼭 명심하게나!"

"분부하지 않으셔도 제게도 다 생각이 있습니다요."

동자는 간 지 반나절이 지나자 싱글벙글 하면서 건너 오더니 말했습니다.

"답장이 왔습니다!"

동자는 소매 속에서 푸른 나전칠기 상자를 하나 꺼내어 선교에게 건넸습니다. 선교가 손에 받아서 보니 거기에도 밀봉한 데에 작은 서명이 찍혀 있는 것이었지요. 선교는 몹시 반가워하면서 허둥지둥 봉투를 뜯었습니다. 그러자 그 속에는 검푸른 머리카락 두 가닥을 싼 작은 종이봉투가 있고 동심결[50]로 매듭을 지어 놓았지 뭡니까. 그리고 나문전[51] 편지지에는 시가 한 수 적혀 있었습니다. 그 시는 다음과 같았지요.

"머리를 가위로 고이 잘라서	好將鬒髮付幷刀,
지나고 나면 고운 머리 잃을까 걱정이구나!	祇恐經時失俊髦.
소녀 머리칼 그래도 비길 만하다 야속해 하며	妾恨千絲差可擬,

---

50 동심결(同心結) : 명대의 장식물. 붉은 비단띠를 엮어서 만든 매듭 장식으로, 전통적으로 남녀의 사랑이나 부부의 금슬이 영원히 변하지 않기를 비는 상징물로 여겨졌다.
51 나문전(羅紋箋) : 원·명대의 종이. 명대의 학자 문진형(文震亨, 1585~1645)의 『장물지(長物志)』에 따르면 "원대에는 색을 입힌 분전·납전·황전·화전·나문전이 있었는데, 모두 소흥에서 났다[元有彩色粉箋蠟箋黃箋花箋羅紋箋, 皆出紹興]"고 한다.

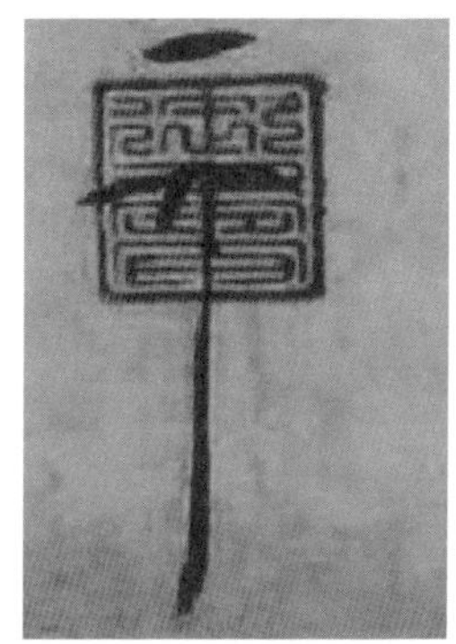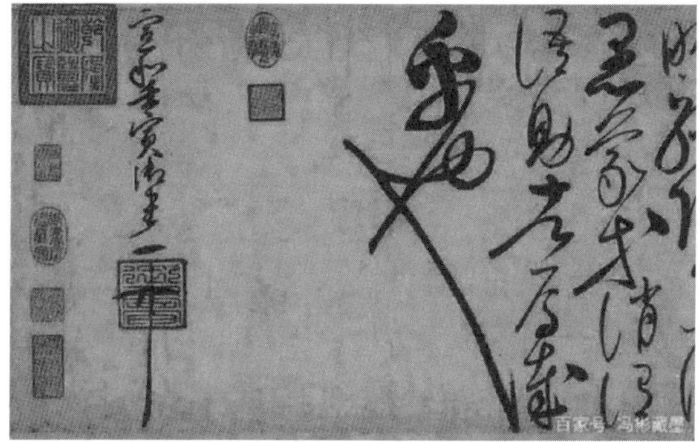

북송 황제 휘종의 서명(좌). 이 두 글자에 '천하1인(天下一人)' 네 글자가 함축되어 있다

끝에는 다시 가는 글자로 이렇게 한 줄이 적혀 있었습니다.

"당초의 진주는 돌려 드립니다. 당나라 사람도 '진주로 이 적막함을 달랠 필요 어디 있겠나!'라고 했었지요."[52]

原珠奉璧. 唐人云, 何必珍珠慰寂寥也.

52　진주로 이 적막함을 달랠 필요 어디 있겠나[何必珍珠慰寂寥] : 원대의 소설가 도종의(陶宗儀, 1329~1412?)가 지은 『설부(說郛)』 「매비전(梅妃傳)」에 소개된 시인 「진주를 내려 주신 데에 감사드리며[謝賜珍珠]」에 나오는 구절. 당나라 현종(玄宗)에게는 원래 총애하는 매비(梅妃)가 있었는데 나중에 양 귀비에게 빠지자 관심조차 주지 않았다. 나중에 매비 생각이 난 현종이 그녀의 처지를 딱하게 여기고 양 귀비 몰래 매비에게 진주를 내렸다. 그러자 매비는 진주를 거절하면서 이 시를 지었다고 한다. 이 부분은 '호의는 고마우나 외로운 나의 마음을 위로하려고 진주까지 보낼 것은 없다'는 뜻이다. 전문은 다음과 같다. "계수나무잎 같은 두 눈썹은 오랫동안 그리지 못했고, 얼굴에 남은 화장기는 눈물에 붉은 비단옷 얼룩지게 만들었다오. 냉궁에 버려진 몸이라 내내 몸단장할 일 없었거늘, 진주로 이 적막함을 달릴 필요 어디 있겠나이까![桂葉雙眉久不描, 殘妝和淚污紅綃. 長門盡日無梳洗, 何必珍珠慰寂寥]"

　다 읽은 선교는 발을 동동 구르고 몹시 즐거워하면서 동자를 보고 말했지요.

　"됐다, 됐어! 시의 의미를 꼼꼼히 따져 보니 현군께서 내게 아주 호감이 많으시군 그래!"

　그러자 동자가 말하는 것이었지요.

　"저는 잘 모르겠는데 … 저한테 설명 좀 해 주시지요."

　"그 분이 머리카락을 잘라 내게 보내시고 … 시에서 내 마음을 붙잡고 싶다고 했으니 호감이 있는 것이 아니겠나!"

　"호감이 있으신데 어째서 … 나리의 진주를 안 받으신답니까?"

　"거기에도 사연이 있지. 이건 … 이런 고사故事을 담고 있다네."

　"무슨 … 고사요?"

　"옛날에 당나라 명황[53]이 양 귀비[54]를 총애하여 매비梅妃 강채경[55]을 강

---

[53] 당나라 명황[唐明皇] : 당나라의 제9대 황제인 현종(玄宗) 이융기(李隆基, 685~762)를 말한다. 예종(睿宗) 이단(李旦)의 셋째아들로, 712년부터 756년까지 재위하여 당나라

등시켜 냉궁[56]에 유폐했지. 나중에는 그녀를 그리워하면서도 양 귀비가 두려워서 갈 엄두를 내지 못하고 진주 한 봉투를 은밀히 하사했다네. 매비는 사양하면서 받지 않고 시 한 수를 답례로 보냈는데 마지막 두 구절이 이랬지. '장문궁에서는 하루 종일 빗질도 세수도 할 일 없건만 진주로 이 적막함을 달랠 필요 어디 있겠나!'[57] (…) 지금 현군께서 내 진주를 받지 않으면서 이 글을 써 보낸 것은 이 댁 주인이 없다는 말이 분명해! 그

에서 재위 기간이 가장 길며 중국을 대표하는 4대 미인들 중 하나인 양 귀비와의 사랑으로도 유명한 황제이다. 역사적으로 당나라 황제들은 도교의 시조인 노자(老子)가 이씨라는 전설에 주목하여 자신들을 노자의 후예로 일컬으면서 도교를 숭상하였다. 그 중에서도 현종은 도교 신앙이 독실하여 교세의 확장에 큰 영향을 준 황제이기도 하였다. 자세한 내용은 제6권의 "당 명황" 주석을 참조하기 바란다.
54 양 귀비(楊貴妃, 719~756) : 당대의 미인. 아명이 옥환(玉環)으로, 포주(蒲州) 영락(永樂) 사람이다. 원래는 현종의 아들인 수왕의 왕비로 간택되었지만 재색을 겸비한 그녀에게 반한 현종이 천보(天寶) 4년(745)에 자신의 귀비(貴妃)로 책봉하였다. 가무와 음률에 능한 그녀는 현종의 마음을 사로잡았을 뿐만 아니라, 그로 인하여 양국충 등 그의 일족이 부귀영화를 누리며 국정에 간여하기까지 하였다. 천보 14년에 안록산의 난이 일어나자 현종과 함께 장안을 떠나 피신하다가 섬서성(陝西省) 서쪽의 마외파(馬嵬坡)에 이르러 병변을 일으킨 병사들에 의해 피살당하여 마외파에 묻혔다. 그 후로 역대의 수많은 문학가들이 그녀와 현종의 사랑을 소재로 한 작품들을 지었는데, 그 중에서도 백거이(白居易)의 『장한가(長恨歌)』가 특히 유명하다.
55 강채경(江采璟, 723~756) : 당나라 현종의 비인 '매비' 강채평(江采萍)을 말한다. 복건성의 보전(莆田) 사람으로, 총명하여 악기·가무·서화·바둑 등에 두루 뛰어나 현종의 총애를 받았다. 평소에 매화를 좋아하여 처소 도처에 매화를 심었기 때문에 '매비'로 불렸다. 그러나 나중에는 양 귀비의 질투로 현종의 총애를 잃고 낙양의 상양궁(上陽宮)에 유폐되었다가 안녹산이 난리를 일으켰을 때에 미처 탈출하지 못하고 흰 비단으로 몸을 싸고 우물에 투신하여 죽었다. 송대의 전기소설인 『매비전(梅妃傳)』에 그 이야기가 소개되어 있다.
56 냉궁(冷宮) : 황제의 총애를 잃은 황후나 비를 안치하던 궁궐. 여기서는 낙양의 상양궁을 말한다.
57 장문궁에서는 하루 종일~[長門盡日無梳洗, 何必珍珠慰寂廖] : 매비 강채평이 지은 것으로 알려진 당시 「진주를 내리신 데에 감사 드리며[謝賜珍珠]」의 제3~4구. 전문은 "계수나무 잎으로 두 눈썹 오랫동안 그리지 않아 남겨진 화장은 눈물에 붉은 비단 더럽히누나. 장문궁에서는 하루 종일 빗질도 세수도 할 일 없건만 진주로 이 적막함을 달랠 필요 어디 있겠나!(桂葉雙眉久不描, 殘妝和淚污紅綃. 長門盡日無梳洗, 何必珍珠慰寂廖)".

분이 홀로 지내기 적막한데 진주가 무슨 위안이 되겠나? 날더러 적막한

그 분과 짝 해 달라는 뜻이 아니겠어?"

중국의 역대 미인들을 형상화 한 구영의 『천추절염도(千秋絶艶圖)』에 그려진 양귀비.
이 그림은 명대의 심미관을 반영한 것이고 역사적으로는 풍만한 몸을 가지고 있었다고
한다

그러자 동자가 말했지요.

"정말 그렇다면 … 나리! 저한테 … 어떻게 사례를 하시렵니까?"

"그대가 바라는 대로!"

"현군 마님께서 진주를 받지 않으시니 … 저한테 주시지 않고서요?"

"진주를 돌려보내기는 했네마는 그래도 보내 드려야 하네. 아우님한

테는 따로 사례를 하면 되지
않나!"

선교는 함 속에서 통천서[58]
뿔 비녀 한 대와 해남[59] 특산인
향나무 부채의 장식[60] 두 개를
가지고 나와 동자에게 주면서
말했습니다.

부채 장식 예시

"일단 약소하지만 성의를 보임세. (…) 성사되면 … 단단히 사례를 하
지. 이 진주는 … 수고스럽지만 다시 좀 보내 드리게나. 내가 그 속에 시
를 한 수 덧붙이면 그 분도 분명히 받으실 게야!"

그 시는 다음과 같았습니다.

"오가는 진주는 의심할 것 없나니   往返珍珠不用疑,

돌려주신 진주 눈물 글썽이며 예로부터 집착했지요.   還珠垂淚古來痴.

지음이 감상할 수 있게 해 줄 수만 있다면   知音但使能欣賞,

---

58 통천서(通天犀) : 중국의 전설상의 동물. 그 정수리의 뿔은 길고 날카로운데 그 뿔은 속에
    구멍이 하나 나서 위아래로 뚫려 있는데 거기서 기운이 나와 하늘까지 올라간다고 여겼
    다. 때로는 벽수서(辟水犀)·해계서(駭鷄犀)로 불리기도 하였다.
59 해남(海南) : 중국 고대의 지명. 지금의 광동성 남부의 섬인 해남성(海南省)에 해당한다.
60 부채의 장식[扇墜] : 부채 자루 끝에 달아 장식하는 물건.

어째서 출가하기 전에 상봉하지 않겠습니까!"⁶¹　　　何必相逢未嫁時.

선교는 즉시 빙소⁶² 손수건 한 폭에 그 시를 써서 진주와 함께 동자에게 건넸습니다. 동자가 그것을 보고 웃으면서 말하는 것이었지요.

"이 시의 뜻도 … 저는 잘 모르겠습니다."

"이번에도 고사를 인용한 걸세. 당나라 장적⁶³의 시에서 이르기를 '귀하의 야광주를 돌려드리며 두 눈물 떨굽니다. 서로가 출가하기 전에 만나지 못한 것을 야속해 하면서요!'라고 했었지. 지금 그 의미를 거꾸로 적용해서 '마음만 있다면 출가한들 무슨 상관이리오?' 라는 뜻을 담은 걸세! (…) 아우님네 현군께서 만약 … 내게 호감을 갖고 있으시다면 이

---

61 당대의 시인 장적(張籍)이 당시 평로치청절도사(平盧淄靑節度使)이던 이사도(李師道)의 회유를 거부하면서 지은 「절부음(節婦吟)」에서 비롯되었다. 시의 원문은 다음과 같다. "귀하께서는 제게 남편 있음을 알면서 제게 야광주를 두 개 선물 하셨군요. 귀하의 지극한 마음에 감격하여 야광주를 내 붉은 비단 저고리에 달았습니다. 우리집 누각은 황실의 화원과 이어져 있어, 남편이 긴 창 들고 황궁에서 번을 서지요. 귀하께서 진심에 거리낌 없다는 것 알지만, 저는 벌써 남편과 생사를 함께 하기 맹세했답니다. 이에 귀하의 야광주를 돌려드리며 두 눈물 흘립니다. 서로가 출가하기 전에 만나지 못한 것을 야속해 하면서요![君知妾有夫, 贈妾雙明珠. 感君纏綿意, 繫在紅羅襦. 妾家高樓連苑起, 良人執戟明光里. 知君用心如日月, 事夫誓拟同生死. 還君明珠雙淚垂, 恨不相逢未嫁時]"

62 빙소(冰綃) : 중국 전설 속의 인어인 교인(鮫人)이 생사로 짰다고 전해지는 비단인 교초(鮫綃)를 말한다. 그것으로 옷을 지어 입으면 얼음처럼 시원하다고 해서 그렇게 이름을 붙였다.

63 장적(張籍, 766?~830?) : 당대의 시인. 자는 문창(文昌)으로, 화주(和州) 오강(烏江, 지금의 안휘성 오강진) 사람이다. 유명한 유학자인 한유(韓愈)의 제자로, 그의 악부(樂府) 시는 왕건(王建)과 나란히 명성을 얻었다. 나중에는 이신(李紳)·원진(元稹)·백거이(白居易)와 교분을 나누면서 신악부(新樂府) 운동을 창도하였다. 그가 한 벼슬에 근거하여 '장 수부(張水部)'·'장 사업(張司業)'으로 불리기도 하였다.

시를 보고 나서 이 진주를 받으실 것이 분명하네!"

그러자 동자는 웃으면서 말했습니다.

"알고 보니 나리는 풍류의 명수이셨군요!"[64]

그 말에 선교도 웃으면서 말했지요.

"그렇게 봐 줄 만하지!"

동자는 그것을 가지고 그 길로 그 자리를 떠났습니다. 그는 물건을 돌려주러 오지 않는 것을 보고 '이번에는 받기로 했군' 하고 생각했지요. 선교는 남몰래 기뻐하면서 좋은 소식이 오기만을 기다렸답니다.

정석석 쪽에서는 수시로 소이小二를 시켜 집에 오라고 그를 초대했습니다. 그러나 선교는, 마치 '대궐 밖에서 어명을 기다리는 관원'처럼, 자칫 어명 받들기를 그르치기라도 할까 전전긍긍이있지요. 그러니 어디 한 걸음이라도 꼼짝을 할 엄두가 나겠습니까?[65]

그러던 어느 날 저녁이었습니다. 갑자기 동자가 싱글벙글 하면서 건너와서 말하는 것이었습니다.

---

64 【즉공관 방비】未必然. 꼭 그런 것만은 아닌 것 같은데?
65 【즉공관 미비】可謂風波至誠種, 惜誤用于匪人耳. '지극히 성실한 이들에게 풍파가 닥친다'는 격이로구나. 애석하게도 낯선 이한테 잘못 썼군 그래!

"현군 마님께서 건너와서 이야기를 나누시자며 나리를 초대하셨습니다요!"

그 소리를 들은 선교는 생각했습니다.

'과거에는 내 쪽에서 수작을 걸어야 방법을 강구해서 만날 수가 있었지 그녀가 사람을 보내 나를 초대한 적은 한 번도 없었어. 그런데 … 이번에는 자진해서 사람을 시켜 초대하러 온 것을 보면 … 그럴 낌새가 있는 것이 분명해!'

그래서 그 일로 동자에게 물었지요.

"현군께서는 지금 어디에 계신가? 어째서 아우님을 시켜 나를 초대하라는 분부를 다 하셨나?"

"지금 현군 마님께서는 침실에 계십니다요. 장신구를 다 풀고 새로 머리를 빗고 단장 하신 다음 저를 안으로 부르시더니 물으시더군요. '맞은편 집 오나리는 처소에 계시더냐?' 그래서 제가 대답했지요. '그 분은 요즘 처소에만 있고 바깥에는 걸음을 하지 않으십니다.' 하고 말입니다. 그랬더니 현군께서 말씀하시더라구요. '그렇다면 네가 조용히 모셔 오도록 해라. 곧장 방 안까지 모셔서 만나야겠다. 절대로 … 법석 떨지 말고!' 뭐, 이렇게 분부하시더군요!"

그러자 선교는 자기도 모르게 깡총거리면서 말했습니다.

"아우님 말대로라면 … 이번에는 분명히 좋은 일이 생기겠군 그래?"

"저도 평소 하고는 좀 다르다는 생각이 들기는 합니다. 절대로 지난 몇 번 하고는 상황이 다른 것 같아요. 다만 한 가지 … 우리 댁에는 사람 입이 꽤 많아서 그들의 눈과 귀들을 덮기가 어렵습니다요. 며칠 전에는 그저 체면치레로 내왕한 것이었습니다. 그러니 남들이 보더라도 상관이 없지요.[66] 하지만 이번에는 내실까지 가셔야 합니다. 사람들 눈을 속일 수가 없을 거예요. 아무리 조용히 움직여도 몇몇은 눈치를 채서 사달이 날 것이 분명합니다. 서로가 불편해질 것이 분명하니 상의를 좀 해야지요."

"그 댁 사정을 내가 어찌 소상하게 알 수가 있겠나? 아우님이 나를 이끌어 주어야 … 어떻게든 잘 될 것이 아닌가!"

그러자 동자가 말했지요.

"시쳇말에 이런 말이 있지요.[67] '돈만 쓰면 귀신에게 맷돌질도 시킬 수가 있다'[68]고요. (…) 세상에 어느 누가 돈을 싫어 할 리가 있겠습니까?

---

66 **【즉공관 방비】** *恐亦有妨.* 이번에도 상관이 있을 것 같은데?
67 시쳇말에 이런 말이 있지요[常言道] : '상언도(常言道)'는 원·명대 구어체 희곡·소설에서 수시로 볼 수 있는 상투어로, 글자 그대로 직역하면 '늘 이렇게들 이야기 하더라' 정도로 번역할 수 있다.

(…) 나리께서 … 상을 좀 많이 내리셔서 … 우리 댁 사람들한테 나누어 주기만 하시면 제가 그 사람들[69]을 무마하도록 하지요! 그렇게만 하면 그 사람들도 각자 눈치 채고 알아서 그 자리를 피해 줄 겝니다. 그러면 나리가 나가고 들어가다가 누구 하고 마주치더라도 소문을 낼 리가 없지요!"

"아주 일리가 있는 말일세! 정말 아우님은 단을 세우고 장수로 모셔도 될 인물이라니까! 아우님이 지난번에 나를 '풍류의 명수'라고 했었지. 그런데 오늘 보니 아우님이야말로 노련한 중신아비 같구만 그래!"

"좋은 뜻에서 나리께 꾀를 내 드린 거니까 그런 농담은 하지 마시고요."

그 자리에서 오 선교는 부스러기 은자를 스무 냥 꺼내더니 동자에게 건네면서 말했습니다.

"내가 그 댁에 어떤 사람들이 있는지 알 수가 없으니 … 번거롭겠지만

---

68 돈만 있으면 귀신에게도 맷돌질을 시킬 수가 있다[有錢使得鬼推磨] : 명대의 속담. 돈만 있으면 누구라도 부릴 수 있고, 무슨 일이라도 해낼 수 있다는 뜻으로, 당시 강남지역에 만연해 있던 배금주의를 잘 반영하고 있다.

69 그 사람들[他每] : '타매(他每)'는 원·명대에 지어진 백화소설이나 희곡에 수시로 등장하는 구어로, '그들'이라는 뜻으로 번역할 수 있다. 여기서 '매(每)'는 그 문법적 성격이나 용법이 현대 중국어의 '-문(們)'과 같은 것으로, '타매(他每)·니매(你每)·아매(我每)' 등과 같이 일반명사나 고유명사 뒤에 접미사로 붙어서 해당 대상물의 복수형을 나타낸다. 원대 말기-명대 초기의 구어를 소개한 조선시대 중국어 교재인 『노걸대(老乞大)』나 『박통사(朴通事)』를 보면 '말들[馬每]' 등과 같이 인물이 아닌 동물이나 사물에 대해서도 복수형인 '-매'를 사용하고 있는 것을 확인할 수가 있다.

중국 화가 애신각라 부유(愛新覺羅溥儒)가 형상화 한 맷돌질 하는 귀신

아무님이 대신 좀 나누어 주시게. 그들을 매수해서 모두 입단속을 하면 그보다 좋은 일이 어디 있겠나?”

“그건 저한테 맡기십시오. 분부하실 필요도 없습니다요! (…) 제가 한 걸음 먼저 가서 사람들을 잘 다독거리고 상황을 살핀 다음 바로 와서 모시고 가도록 합지요!”

“좀 서둘러 주게나!”

동자는 그렇게 먼저 그 자리를 떠났습니다. 오 선교는 오 선교대로 허둥지둥 당시 유행하던 멋진 옷을 골라서 번듯하게 차려 입었지요. 그 모습은 말 그대로 반안[70]을 압도하고 송옥[71]을 능가할 정도였습니다. 그리고 나서 동자가 와서 당장 일을 벌이러 가기만을 눈이 빠져라 기다렸답니다. 그야말로

겹겹의 화려한 비단은 체통에 걸맞는데	羅綺層層稱體裁,
일심으로 양대 갈 마음 뿐이로구나!	一心指望赴陽臺.
무산의 신녀가 아무리 응대한다지만	巫山神女雖相待,
운우의 정을 결국은 이루게 될 것인가?	雲雨寧知到底諧.

이야기를 들려 드리지요. 이쪽의 선교는 앉았다 섰다 하면서 그저 밀회를 즐기러 갈 생각 뿐이었습니다. 그런데 얼마 지난 뒤에 동자가 와서 이렇게 알리는 것이었지요.

---

70 반안(潘安, 247~300): 서진(西晉) 시대의 문학가. 하남(河南) 중모(中牟) 사람이다. 원래 이름은 '악(岳)'이지만 자가 안인(安仁)이어서 줄여서 '반안'으로 불렸으며, 어릴 때부터 아름다운 외모와 재능으로 이름을 떨쳐서 후대의 문학작품들에서 미남의 대명사로 등장한다. 『어림(語林)』에 따르면, 반안은 하도 미남이어서 수레를 타고 외출이라도 할라치면 나이 지긋한 여인들이 과일을 그에게 던져 수레가 과일로 가득 찰 정도였다고 한다. 후대에는 '수레를 탄 반안'은 미남을 두고 하는 말로 굳어졌다.

71 송옥(宋玉, BC298?~B222): 전국시대 초(楚)나라의 문장가. 중국 고대의 4대 미남 중의 하나이며, 굴원(屈原, BC340?~BC278)의 후학이 되었다. 사부(辭賦)에도 뛰어나 굴원의 뒤를 이었으며, 당륵(唐勒)·경차(景差) 등 당대의 문학가들과 함께 일컬어지곤 하였다. 현재 전해지는 작품으로는 『구변(九辨)』·『풍부(風賦)』·『고당부(高唐賦)』·『등도자호색부(登徒子好色賦)』 등이 있다.

"사람들한테 다 뇌물을 먹였습니다요! 이제 가시면 곧장 침실까지 들어가셔도 아무도 막지 않을 겝니다!"

미남 반안에게 과일을 던지는 여인들을 그린 명대 민화

선교는 기쁨을 억누르지 못하고 모자를 바로잡기도 하고 옷을 살피기도 하면서 동사를 따라 나섰지요. 맞은 편 문을 지나서 몸채[中堂]도 거치지 않고 옆쪽의 골목에서 한두 번 돌고 돌아 어느 사이에 침실 앞에 이르렀습니다. 그런데 가만 보니 조 현군이 나소장[72] 같은 모습으로 진작부터 발 아래에 서서 그를 기다리고 있는 것이 아닙니까! 선교를 발견한 현군은 얼굴에 웃음꽃이 활짝 피어 있었습니다. 며칠 전의 그 엄숙하던 모습과는 전혀 딴 판이었지요.

---

72 나소장(懶梳妝) : 꽃 이름. 국화과의 여러해살이 풀로, 줄기 아래로는 약간 목질을 띤다.

"나리, 방 안으로 가서 앉으시지요."

어린 여종 하나가 문 앞의 발을 걷어 올리자 현군이 먼저 방으로 들어가고 선교가 뒤 따라 들어갔지요. 그런데 가만 보니 방 안은 아주 정교하게 꾸며 놓았고 화로에서는 향 연기가 향기로웠으며 상에는 술과 안주가 가지런히 차려져 있는 것이었습니다. 선교는 이때 벌써 얼이 다 날아가고 넋[73]이 다 달아난 상태였지요.[74] 그는 어떻게 해야 좋을지 모르더니 그저 낮은 어조로 부드럽게 말했습니다.

"소생이 무슨 복으로 이렇게 현군님의 호의를 입게 되었는지 원!"

그러자 현군이 말하는 것이었지요.

"그동안 두터운 호의를 입어 왔는데 오늘 같이 좋은 밤에 이렇다 할 일이 없길래 … 결례를 무릅쓰고 특별히 나리를 모시고 잠시라도 이야기를 나누려는 것이지 … 다른 뜻은 없습니다."

---

73 얼[三魂]과 넋[七魄] : 사람의 영혼을 두루 일컫는 말. 고대 중국에서는 일반적으로 몸을 떠나서 존재할 수 있는 정신을 '혼(魂)', 몸에 붙어서 드러나는 정신을 '백(魄)'으로 구분하였다. 도가에서는 이를 세분하여 사람에게 혼이 세 가지가 있고 백은 예닐곱 가지가 있다고 여겨서 각각 '삼혼(三魂)'과 '칠백(七魄)'으로 일컬었다. 편의상 여기서는 전자를 '얼', 후자는 '넋'으로 구분해 번역하였다.
74 【즉공관 미비】此境若眞, 原可銷魂. 이 경지가 만약 실제라면 그것만으로도 넋이 달아날 만하지.

나소장 꽃

"소생은 객지 객줏집에서 지내고 있고 현군께서는 안채를 외롭게 지키고 계시니 정말로 양쪽 다 적막한 처지인 셈입니다. 그래서인지 좋은 밤을 만날 때마다 그리움을 억누를 길이 없군요! (…) 지난번에 머리카락을 잘라 주셨길래 품 속에 고이 간직한 채 지내고 있답니다. 마치 살을 맞대고 있는 것 같은 느낌이지 뭡니까? (…) 이제 부름을 받자왔으나 … 소생이 바라는 것이 어찌 술이나 음식 따위에 있겠습니까!"

그러자 현군은 빙그레 웃으면서 말했습니다.

"쓸데없는 말씀 마시고 … 일단 술이나 드시지요."

그래서 선교는 자리에 앉을 수밖에 없었지요. 현군은 여종에게 데운 술을 따르도록 이르더니 자신도 술잔을 들어 함께 마셨습니다.

술 세 잔을 마신 선교는 그 후끈후끈한 술기운이 발꿈치로부터 정수리까지 치솟아 오르는데 어디 억누를 길이 있어야지요! 얼굴은 붉어졌다 하얘졌다 하얘졌다 빨개졌다 하는 것이었습니다. 젓가락도 뒤집어 놓고 술잔도 엎질러 버리는 바람에 손발을 바쁘게 놀려야 했답니다. 그러다가 여종이 건너가는 것을 본 그는 서둘러 현군 곁으로 다가오더니 무릎을 꿇고 말했습니다.

"현군님! 딱하게 여기시고 어서…! 소생의 목숨을 좀 살려 주십시요!"

그러자 현군은 그를 부축해 일으키면서 말했습니다.

"성급하게 이러지 마십시요!⁷⁵ 소첩도 목석은 아닙니다. (…) 지난번 귤 내기를 하실 때부터 벌써 귀하에게 반해 버린 걸요! (…) 예법에 얽매이는 바람에 마음대로 행동할 엄두를 내지 못했을 뿐입니다. (…) 오늘은 오랜 사랑이 깊어지다 보니 밤마다 생각이 나서 갈수록 억제하기 어렵더군요. 그래서 결례를 무릅쓰고 가까워지기를 바라던 참이었습니다!

---

75 【즉공관 미비】 急來緩受. 다급하게 달려드는 것을 여유롭게 받아 치는군.

여기까지 오셨으니 이제 … 절대로 그냥은 못 보내 드립니다![76] 인적이
끊길 때까지 기다렸다가 느긋하게 같이 잠자리에 드시지요!"

"사랑스러운 아씨! 이렇게 호감을 가지고 있으면 진작에 잠시라도 환
락을 내려 주셨더라면 좋았을 것을요! 소생더러 어떻게 참으라고 그러
셨습니까요?"

현군은 웃으면서

"어째서 이렇게도 안달이세요?"

하더니 바로 여종들을 불러 어서 방을 치우게 했습니다. 그런데 얼마
지나기도 전이었습니다. 가만히 들어 보니 바깥이 떠들썩해지는 것이 아
닙니까. 사람 고함소리도 들리고 말 울음소리도 들리는 것 같더니 차츰
안채 쪽으로 가까워지는 것이었지요.[77] 그러나 선교는 바야흐로 정신이
다 나가 버려서 마치 몸이 자기 것이 아니기리도 한 것 같았지요. 비록
그 소리를 듣고 좀 이상하게 여기기는 했습니다마는 그런 것을 따지고
자시고 할 겨를이 없었습니다. 그에게는 아직도 오로지 그녀에 대한 미
련 뿐이었으니까요. 아 그런데 갑자기 여종 하나가 허둥지둥 방 안으로
들이닥치더니 숨을 헐떡이면서 말하는 것이었습니다.

---

76 【즉공관 방비】也未可必. 아닐 지도 모르지.
77 【즉공관 미비】太刻毒. 참 고약하구나!

"나리께서 … 나리께서 돌아오셨습니다요!"

현군은 깜짝 놀라 얼굴빛이 변하더니 말했습니다.

"어쩌면 좋담? 어서 … 어서 탁자 위의 물건들을 치우거라!"

그러더니 서둘러 자기까지 거들면서 탁자를 깨끗이 치우는 것이었지요. 선교는 이때 허세를 부리고 대담한 척 했지만 자기도 모르게 마음이 급해지기 시작했습니다.

"저는 … 어디에 숨지요?"

현군은 현군대로 허둥거리면서 말했지요.

"바깥은 글렀습니다!"

그녀는 선교의 손을 이끌고 침상 밑을 가리키면서 말했습니다.

"일단 안에 숨으세요. 아무 소리도 내지 마시고요!"

선교는 '나가면 좋겠는데' 하는 생각이 들기는 했습니다마는 길을 찾지 못하고 사람을 마주치기라도 할까 겁이 났습니다. 그래서 두리번두리번 방 안을 둘러보았지만 딱히 숨을 데가 없지 뭡니까. 순간적으로 당황한 그는 어찌 해 볼 도리가 없자 하는 수 없이 현군이 하는 말대로 침상 밑으로 비집고 들어갔습니다. 먼지며 재며 온갖 오물 따위는 따지고 자실 것도 없었지요. 침상 밑이 넓은 것이 그나마 불행 중 다행이었습니다. 그는 전전긍긍하면서 안에서 움츠린 채 숨조차 제대로 내쉴 엄두를 내지 못했지요. 그러다가 바깥을 훔쳐보는데 컴컴한 데서 밝은 곳을 바라보니 아주 또렷하게 보였습니다. 아 그런데 지켜보니 그놈의 조 대부가 성큼성큼 방 안으로 들어오는 것이 아닙니까.

"이번에 가서 어느새 한참이 지났는데 집에는 … 별 일 없었소?"

그 말에 현군은 당황한 나머지 이빨을 위아래로 마주치며 딱딱 소리를 내면서 대답했지요.

"집 … 집 … 집안에는 아무 일도 없었습니다. 다 … 다 … 당신은 어째서 이제야 오신 겁니까?"

그러자 대부가 말하는 것이었습니다.

"집에 혹시 … 무슨 사고라도 있었소? 어째서 … 나를 보더니 거동도 갈팡질팡 말도 오락가락 하는 게요?"

“아 … 아 … 아무 사고도 없었습니다!”

그래서 대부는 이번에는 여종을 보면서 캐물었습니다.

“현군께서 … 이게 웬일이냐?”

그러자 여종도 말하는 것이었습니다.

“저 … 저 … 정말로 아 … 아 … 아무 일도 없었사옵니다!”

침상 밑의 선교는 마음이 다급해졌습니다. 당장이라도 현군이나 여종의 말을 가로막고 해명이라도 하고 싶은 마음이 굴뚝 같았지요. 그러나 도저히 그곳을 나올 엄두가 나지 않았습니다. 대부는 한 동안 이상하게 여기면서 말했습니다.

“정말 이상하다, 정말 이상해!”

현군은 마음이 가라앉자 그제서야 우물우물 하면서 다시 물었습니다.

“오늘 … 어디서 출발하셨길래 … 어째서 이 밤중에 … 돌아오셨습니까?”

“집 떠난 지가 오래 되어서 마음이 놓이지 않더군! 오늘 무주[78]에 볼 일이 있었소. 그래서 지나던 길에 둘러보려고 잠시 돌아왔지. 내일 오경에는 바로 출발해서 강을 건너가야 하오.”

그 말을 들은 선교는 그 서슬에도 ‘천만다행이다’ 싶었습니다. 그야말로 하늘을 반이라도 뚝 떼어 주고 싶은 마음이 간절했지요.[79]

‘도로 나갈 작정이었군. 그렇다면 내게는 다행이다!’

이렇게 생각하고 있는데 그때 대부에게 현군이 묻는 것이었습니다.

“그래 저녁은 … 드셨는지요?”

“저녁은 벌써 배 위에서 먹었소. 더운 물이나 좀 받아다 발이나 씻어야겠소.”

현군은 즉시 여종에게 발을 씻는 대야를 갖다 놓고 부엌에서 더운 물을 가져다 붓게 했습니다. 대부는 겉옷을 벗고 대야 사이에 앉더니 물을 끼얹으면서 발을 씻었습니다. 그런데 그렇게 한참 씻다 보니 물이 바닥

---

78 무주(婺州) : 중국 고대의 지역명. 수(隋)나라 개황(開皇) 13년(593) 오주(吳州)를 무주로 개칭했고, 명대에 이르러 금화부(金華府)가 되었으며 그 치소는 지금의 절강성 금화였다.
79 하늘을 반이라도 뚝 떼어 주고 싶은 마음이 간절했지요[恨不得天也許下半邊] : 명대의 속담. 맹세나 결심이 단호한 것을 가리키는 말이다.

에 잔뜩 튀는 바람에 침상 밑까지 그 물이 흘러 들었지 뭡니까.

이 집은 바닥이 널판이어서[80] 침상을 놓은 곳이 눌려져 있었지요. 그렇다 보니 널판도 좀 눌려져서 자연히 물이 그 밑까지 흘러 갈 수밖에 없었습니다. 선교는 바로 그 안쪽에서 쪼그리고 있었던 거지요. 그는 몸에 잘 차려 입고 있었습니다. 애초에 순간적으로 다급해지자 재와 먼지에 더러워지는 것까지 무릅쓰면서 억지로 비집고 들어갔었지요. 아 그런데 이제는 물까지 흘러 들지 뭡니까. 그는 옷이 더러워질까 봐서 무심결에 소매를 이리저리 끌어 당기면서 그 더러운 물을 피하려 기를 썼지요. 그러다 보니 부시럭부시럭 하는 소리가 나지 않을 수가 없었습니다. 그때 대부가 말하는 것이었지요.

"이상하군! 침상 밑에서 무슨 소리지? 뱀이나 쥐가 아닌가? (…) 등불을 가져다 좀 비추어 보아야 겠어."

여종이 미처 대답도 하기 전에 대부는 서둘러 깨끗이 발을 닦았습니다. 그리고는 바로 손을 탁자 위로 뻗어 촛대를 끌어 당겨 손에 쥐더니 침상 밑을 비추었지요. 그 밑을 보지 않았더라면 만사가 무사했을 텐데[81]

---

80 바닥이 널판이어서[地板] : '지판(地板)'은 실내 바닥에 까는 널판을 말한다.
81 만사가 그만이었을 텐데[萬事全休] : '만사전휴(萬事全休)'는 일반적으로 두 가지 뉘앙스로 사용된다. '만사가 끝장 났다'는 의미나 '만사에 아무 문제도 생기지 않다'라는 의미가 그것이다. 여기서는 전후 맥락을 따져 볼 때 후자의 의미로 이해해야 옳다. 원대 극작가 고칙성(高則誠, 1305~?)의 남희 희곡인 『비파기(琵琶記)』에서 "당장 양곡을 내게 돌려 다오. 그러면 아무 일도 없을 것이다!(你快把糧米還了我, 萬事全休)"에도 같은 표현이 보인다.

말입니다. 그 행동은 그야말로

패왕이 막 해하 안으로 들어온 격이요　　　　霸王初入垓心內,

장비가 막 패릉교에 당도한 격이로구나!　　　張飛剛到灞陵橋.

항우와 우희의 사별을 극적으로 표현한 그림(중국 아문애역사 블로그)

대부는 큰소리로 울부짖었습니다.

"이건 웬 놈이야? 감히 이 밑에 숨어 있다니!"

그래서 현군이 우물쭈물 말했지요.

"도둑이 … 겠지요."

대부는 덥썩 선교를 끌어내더니 말했습니다.

"보시오! (…) 이렇게 잘 차려 입은 도둑도 다 있단 말인가? (…) 어쩐지 방금 전에 나를 보고 쩔쩔 맨다 싶더니 … 이제 보니 부인이 집에서 외간 사내놈 하고 놀아났던 게요? 내가 나간 지가 얼마나 되었다고 부인이 이렇게 우리 가문에 먹칠을 한단 말이야!"

그는 일단 따귀부터 올려 부치더니 현군을 눈 앞에 별이 다 펑펑 돌 정도로 매질을 해 대는 것이 아닙니까 글쎄! 현군이 울기 시작하자 대부는 큰 소리로 종복들을 모두 불렀습니다. 이때만큼은 동자도 사람들을 따라 움직일 수밖에 없었지요. 대부는 선교를 두 손 두 발 모두 꽁꽁 묶더니 선언했습니다.

"오늘 밤은 일단 끌고 가서 곁채에 매달아 놓아라. 내일 임안부[82]로 끌고 가서 심문해야겠다!"

대부는 이어서 오랏줄을 하나 가져다가 자기 손으로 직접 현군을 단단히 묶더니 말했습니다.

"이 음탕한 계집! 네년도 그냥 두지는 않겠다!"

현군은 내내 울기만 할 뿐 한 마디 대답도 할 엄두를 내지 못하는 것이

82　임안부(臨安府) : 송대의 지명. 지금의 절강성 항주시(杭州市) 임안구(臨安區)에 해당한다.

오 선교가 헛되게도 은을 치르다

었지요.

"분하다, 분해! (…) 일단 술부터 데워 와라! 먹으면서 분을 삭혀야겠다!"

당황해서 쩔쩔 매던 종복과 여종들은 허둥지둥 주방으로 가서 요리[83]를 좀 준비하고 따뜻하게 술도 좀 데워서 가지고 왔습니다. 대부는 큰 사발을 하나 들고 그 음식을 먹으면서 욕을 퍼부어 대었지요. 그리고는 종이와 붓을 가져다가 고발장을 쓰는데 쓰는 동안 계속 술을 먹는 것이었습니다. 그렇게 먹을 만큼 먹다가 어느새 의식이 몽롱해지더니 잠에 곯아 떨어져 버리는 것이 아닙니까.[84] 그러자 현군은 가만히 선교를 보고 말했습니다.

"오늘 일은 물론 제가 나리 신세를 망친 셈입니다. 허나 … 나리가 먼저 제게 마음을 품은 탓이기도 하지요. (…) 이렇게 일을 그르치게 될 줄 누가 알았겠습니까? (…) 만약에 관아까지 가게 되면 우리 둘 다 낭패를 볼 텐데 … 어쩌면 좋습니까!"

그러자 선교가 말했습니다.

---

83 요리[嗄飯] : '하반(嗄飯)'은 명대의 강남지역 방언으로, 밥을 먹을 때 곁들여 먹는 반찬이나 술을 마실 때 같이 먹는 안주·요리를 말한다. 명대의 (의)화본소설이나 희곡에서는 때로는 '하반(下飯)'으로 적기도 하였다.

84 【즉공관 미비】□此睡使□□通消息也. □□ 이 잠은 □□가 기별을 전하게 하려는 계산인 게지.

"현군께서 호의로 불러 주셨는데 그 은혜를 조금도 입지 못했군요!
(…) 이번에 만약 진상이 … 드러나기라도 하면 제 이 벼슬살이도 바로
애물단지 같은 당신 때문에 끝장나게 생겼습니다!"

"어쩔 수가 없습니다. 나리께서는 무조건 진지하게 대부님께 빌도록
하십시요! 그 분은 마음이 여린 분이니 비시면 마음을 돌릴 수가 있을 것
입니다!"

이렇게 이야기를 나누고 있을 때였습니다. 대부가 잠을 깨더니 또 중
얼중얼 욕을 하는 것이었지요.

"여봐라, 횃불을 들고 어서 저 망할 놈을 곁채로 끌고 가거라!"

사람들은 대답을 하더니 우루루 그를 끌고 갔습니다. 그러자 선교는
마음이 다급해진 나머지 고함을 지르면서 이렇게 말했지요.

"대부님, 고정하시고 소생 말씀을 좀 들어 주십시요! (…) 소생 재능은
없사오나 외람되게도 선교랑으로 있습니다. 이번에 이부의 고과 면담 때
문에 왔다가 댁의 맞은 편에 묵고 있었지요. 댁의 현군께서 호감을 가지
셔서 내왕한 지가 오래 되었습니다마는 … 정말로 옥체를 범한 적이 전
혀 없었습니다요! (…) 지금 만약 관아에 끌려 간다면 지은 죄야 크지 않
겠지만 이 벼슬살이에는 … 큰 오점이 되겠지요. 그러니 너그럽게 관용

을 베푸시어 소생을 용서해 주시기 바랍니다! 소생이 약소하나마 사례를 해 드리고 이 죗값을 갚도록 하겠습니다요!"

그러자 대부는 웃으면서 말했지요.

"나는 대대로 벼슬을 산 관료 집안 출신이다. 그런데 아내를 돈과 바꾸라는 소리냐?"

"지금 소생 따위의 하찮은 벼슬 살이를 망친다 한들 대감께 무슨 보탬이 되겠습니까? 차라리 소생이 재물을 좀 바친다면 실제로 서로에게 도움이 될 테지요. (…) 소생도 감히 적은 액수로 수습할 수는 없으니 … 당장 오십만 전의 돈을 바치겠습니다요!"

"이렇게 멋대로 지껄이다니! 네놈의 벼슬과 내 아내가 고작 오백 꿰미 가치밖에 되지 않는단 말이냐!"

선교는 대부가 액수를 놓고 왈가왈부 하는 말을 듣자마자 '잘 마무리 되겠구나' 싶어서 무작정 이렇게 약속했습니다.

"그럼 한 갑절 더 보태서 … 천 꿰미로 맞추어 드리지요!"

대부는 그래도 고개를 가로젓는 것이었습니다. 그러자 현군이 옆에서 통곡을 하면서 말했지요.

"이 나리의 진주며 비취를 사려고 흥정을 하자고 그를 불러들인 것은 제 잘못이 맞습니다! 그러나 뜻밖에도 대부님께서 붙잡으셨으나 저는 처음부터 몸을 더럽힌 일이 없습니다! 그런데 지금 만약 이 나리를 관아에 끌고 간다면 분명히 저를 물고 늘어질 테지요! 그렇게 되면 … 저도 관아에 대질하러 가서 온갖 추태와 망신을 다 당하고 … 대부님의 체면에까지 먹칠을 하게 되겠지요! 차라리 대부님께서 그동안의 부부의 정리를 생각하셔서라도 저를 용서해 주시고 이 나리를 풀어 주십시오!"

대부는 코웃음을 치더니 말했습니다.

"몸을 더럽히지 않았다고?"

그러자 종복과 여종들 중에 앞서 동자에게 매수당했던 이들도 저마다 머리를 조아리고 용서를 빌면서 말하는 것이있습니다.

"정말로 이 자는 현군 마님을 범한 적이 없습니다요! 밤중에 여기로 얼씬거리지 말았어야 옳았습니다마는 이 자가 자청해서 돈을 내고 죄값을 갚겠다고 하니 대감 마님께서 좀 무겁게 처벌하시고[85] 이 자를 풀어

---

85 【즉공관 미비】主意在此. 의도가 여기에 있었던 게지.

주시지요! 그러시면 이 자의 벼슬에 오점이 될 리도 없고 현군께서 망신을 당하실 염려도 없으니 참으로 서로에게 보탬이 될 겁니다요!”

현군은 현군대로 통곡을 하면서 말했지요.

“대부님께서 만약 … 제 말씀대로 따르지 않으시겠다면 … 차라리 죽어 버리고 말겠습니다!”

대부는 한참 동안 아무 말도 하지 않고 있다가 이윽고 현군을 가리키면서 말했습니다.

“고작 네년 같이 음탕한 계집을 지켜 주자고 날더러 이런 오욕을 참으란 말이냐!”

그러자 동자가 허둥지둥 선교 곁으로 달려가더니 귀에 대고 가만히 말하는 것이었습니다.

“빌미가 생겼습니다요! 얼른 조금만 더 보태세요! 이 사태를 수습하셔야지요?”

“재물을 준비하는 데는 문제가 없으니 이 묶은 것을 좀 풀어 주시지요. 손발에 감각이 다 없어졌습니다!”

선교가 이렇게 말하자 대부가 말했습니다.

"내 너를 용서하자면 … 이천 꿰미는 받아야겠다! 그 벼슬을 돈으로 산 셈 치도록 해라. 그러면 우리 가문을 능욕한 죄는 없는 일이 될 테니 네 놈한테는 훨씬 이득이지!"

그러자 선교가 연이어 말했습니다.

"말씀대로 이천 꿰미라면 문제 없습니다, 문제 없어요"

대부는 큰소리로 일단 그의 결박을 느슨하게 풀어 주게 했습니다. 그러자 동자가 재빨리 다가가서 오랏줄을 풀어 두 손을 쓸 수 있게 해 주는 것이었지요. 대부는 종이·먹·붓·벼루를 가져 오게 해서 선교 앞에 놓더니 관아의 형사 처벌을 원치 않는다는 증명서를 작성하게 했습니다. 선교는 하는 수 없이 이렇게 썼지요.

"이부의 평가를 기다리던 선교랑 오 아무개는 조 대부 댁 내실을 침범하는 죄를 저질렀습니다. 관아의 판결을 거치기를 원치 않는 바 자진해서 이천 꿰미를 내어 죗값을 갚고자 합니다. 다른 할 말은 없으며 이상의 진술을 사실입니다."

吏部候勘宣教郞吳某, 只因不合闖入趙大夫內室, 不願經官, 情甘出錢二千貫贖罪, 並無詞說. 私供是實.

　조 대부는 그 글을 가져다 읽어보고 나서 선교에게 서명을 하게 했습니다. 그리고는 그의 결박을 풀어 주되 목에만 오랏줄을 씌우게 하더니 방금 전에 자신을 따라 집에 돌아온 큰 모자를 쓰고 속바지만 입은 하인 몇 사람을 시켜 맞은 편 집으로 끌고 가서 당초 약속한 이천 꿰미를 받아 오게 했지요.

　이때는 한 밤중이어서 선교가 묵는 객줏집에 있는 몇 명의 하인들은 이미 잠이 깊이 든 상태였습니다. 그런데 조 씨네 하인들은 저마다 이리나 범처럼 좋은 물건이 보이는 족족 무조건 챙기기에 바빴지요. 진주·옥·물소뿔·상아 같은 것들도 얼마나 많이 챙겼는지 모를 지경이었습니다. 그것은 모두가 이천 꿰미 이외의 부수입들이었지요. 오 선교는 이천 꿰미가 족히 넘는 액수의 돈을 가지고 나왔습니다. 그리고 별도로 은자 부스러기를 한 턱 내는 셈 치고 쥐어 주니 그 집 하인들도 그제서야 손을 멈추는 것이었습니다. 물건들을 챙긴 그들은 처음처럼 선교를 끌고 주인 앞으로 가서 확실히 전달했지요. 그 물건들을 확인한 대부는 그래도 선교에게 삿대질을 하면서

　"운이 좋은 줄이나 알거라 이 나쁜 놈!"

하더니 하인들에게 소리쳤습니다.

　"내쫓아라!"

선교는 머리를 감싸 쥐고 쥐처럼 줄행랑 쳐서 처소로 돌아왔습니다. 그가 묵는 객줏집에는 등불이 아직 꺼지지 않은 상태였지만 선교는 그 일을 주인에게 털어 놓을 엄두가 나지 않았지요. 그는 불씨를 빌려 방 안의 불을 밝히고 나서 한 동안 앉아 있더니 그제서야 놀란 가슴이 진정되는 것이었지요. 그는 심심하기도 하고 어찌 해 볼 방법도 없고 해서 동자를 하나 깨워 따뜻하게 술을 좀 데워 오게 해서 잠시 우울한 마음을 달랬지요. 그는 술을 먹으면서 이런 생각을 했습니다.

'그렇게 많은 시간을 들여서 가까스로 이런 기회를 얻었고, … 조금만 더 있었으면 목적을 이룰 판이었는데! 뜻밖에도 그런 재수 없는 일을 당하는 바람에 되려 큰 재물을 날려 버렸으니!'

그러면서도 이렇게 자신을 위로했지요.

'그래도 다행이다! 만약에 조 현군이 울면서 간청하고 사람들이 빌지 않았더라면 관아에 끌려가서 이 벼슬조차 지낼 수 없게 될 뻔 했으니! 다만…, 현군이 그처럼 두터운 호의와 인덕을 베풀고…, 거기다가 나 때문에 그런 수모를 다 당하셨구나!⁸⁶ (…) 그 집 대부가 내일 다시 외지로 나간다고 했으니 그거야말로 좋은 기회다. 다만 … 이번에 사달이 나는 바람에 내일은 설사 집을 비우기는 해도 각별히 신경을 써서 지킬 것이 분

---

86 【즉공관 미비】着迷到底. 아주 단단히 빠졌군 그래.

명해 과거 같이 수월하지는 않을 게다. 이번 생에서 나중에라도 서로 만날 수나 있을지 모르겠구나!'

속으로 이렇게 자문하다 보니 자기도 모르는 사이에 주르륵 눈물이 흘러 내리지 뭡니까.[87] 그는 갑갑하고 언짢아 하고 있는데 하품까지 몰려오자 옷도 벗지 않은 채 눕자마자 잠에 곯아 떨어지고 말았습니다.

그는 밤새 그 난리를 치는 바람에 한번 잠이 들더니 이튿날 한낮까지 자고 나서야 깼습니다. 객줏집으로 나간 그는 눈을 들어 그곳을 쳐다 보았지요. 그런데 맞은 편의 조 씨네 집 문이 열려 있고 그 발도 보이지 않는 것이 아닙니까. 멀리서 그 집을 바라보니 집안까지 다 보이는데 안팎이 텅텅 빈 채로 한 사람도 보이지 않는 것이었습니다. 그는 간밤에 낭패를 당하고 나니 안으로 들어갈 엄두가 나지 않았지요. 그래서 조용히 동자를 하나 불러서 한 걸음 한 걸음 안으로 들어가서 알아보게 했습니다. 그래서 동자가 내실까지 들어가서 주변을 살펴 보았지만 한 사람도 다니는 낌새조차 보이지 않았지요. 가만 보니 빈 방이 몇 칸 있는데 가구며 집기조차 하나도 보이지 않았습니다. 동자는 돌아와서 선교에게 보고했지요. 선교는 생각했습니다.

'대부가 처음에 오늘 외지에 나간다고 하더니 혹시 … 자기가 출타하면 내가 또 얼씬거릴까 봐서 가솔들까지 전부 데리고 가 버렸나? (…) 아무리

---

87 【즉공관 미비】亦可憐. 딱하기는 하지.

그렇다고는 해도 어떻게 이렇게 깨끗하게 쓸어 갈 수가 있지? 설마 … 이제는 돌아와 살지 않기로 한 걸까? (…) 무슨 까닭이 있는 것이 분명해!'

선교는 주변 이웃사람들에게 넌지시 물어 보고 나서야 그 조 씨네 역시 외지에서 이사를 왔고 그 집 역시 임대한 것이지 애초부터 대부의 집이 아니었음을 깨달았습니다.[88] 미인계를 써서 사기를 치고 이곳을 떠나 버린 것이었지요!

선교는 한 바탕 긴 꿈을 꾼 것 같았습니다. 그는 내내 우울해 하면서도 시간을 좀 보내려고 일단 정석석의 집으로 갔습니다. 그러자 선교를 맞이한 석석은 함박웃음을 지으면서 말하는 것이었지요.

"웬 바람이 불어서 귀한 분께서 예까지 오셨답니까?"

그리고는 서둘러 술을 차려서 그를 대접했지요. 그런데 술을 마시는 도중에 선교가 수시로 한숨을 푹푹 내 쉬는 것이 아닙니까. 그래서 서석이 물었지요.

"당신은 그동안 마음속 연인이 생겼다며 나를 오랫동안 무시했지요. 오늘은 저를 저버리지 않고 여기까지 행차하신 마당에 어째서 내내 한숨

만 쉬십니까? (…) 무슨 언짢은 일이라도 있으세요?"

선교는 속에만 담아 둔 사연이 있는지라 누구에게든 하소연하고 싶은 마음이 간절했지요. 그래서 어떻게 해서 맞은 편 집에 묵게 되었고, 어떻게 조 현군과 내왕하게 되었고, 어떻게 밀회를 하러 갔다가 돌아온 남편에게 붙잡혀 돈을 써서 위기를 벗어났는지를 자세하게 들려주었지요. 그러자 석석은 깔깔 웃으면서 말하는 것이었습니다.

"당신이 그렇게 미련을 가지더니 결국 그것들 속임수에 넘어갔군요! 당신이 지난번에 진작에 저한테 이야기해 주셨더라면 모르긴 몰라도 제가 미리 진상을 알려 드렸을 거에요. 그랬더라면 그것들 속임수에 안 속았을지도 모릅니다. 저도 왕년에 어떤 왈패들이 저를 잠시 사서 양주까지 데려간 적이 있었지요. 그때 그 상인의 애첩으로 꾸며서 젊은 나이의 도령을 속여서 천 냥이나 뜯어냈었답니다. 그런 수법은 저도 써 본 적이 있었던 거지요. (…) 지금 당신이 그토록 사랑해 마지 않던 현군도 뉘 집의 망할 계집인지도 모른다는 말이지요. (…) 지난번에 저를 잘도 속이고 잘도 팽게치더니 결국 이런 업보를 받고 말았군요!"

그러자 선교는 몹시 부끄러워하면서 후회해 마지 않는 것이었습니다. 정석석은 그리고 나서도 집요하게 경위를 캐물었습니다. 그러다가 '수중에 남은 것이 얼마 되지 않는다'는 소리를 듣더니 기생의 본색을 드러내고 그때부터는 전처럼 다정하게 대해 주지 않는 것이었지요.

원대 잡극 『유신완조오입도원(劉晨阮肇誤入桃源)』
희곡의 삽화

선교는 선교대로 그것이 못마땅 했던지 한두 밤을 지내고 나서 뛰쳐 나오고 말았습니다. 그리고 나서 온 성내를 다 수소문해 보았지만 다시는 그들의 소식을 들을 수가 없었지요. 그러다가 노잣돈도 부족해져 이부의 인사 조정을 기다릴 수가 없어서 서둘러 고향으로 돌아오고 말았답니다. 친척이나 친구들 중에 그 일을 아는 사람들은 그를 웃음거리로 여겼습니다. 선교는 선교대로 늘 마치 무엇을 잃어버리기라도 한 듯 낙심해서 한 바탕 고질병을 앓다가 결국 다른 자리에 전보되기도 전에 죽고 말았답니다.

불쌍하게도 오 선교의 그 창창하던 장래가 이런 마가 껴서 자중자애하지 못하는 바람에 이도 저도 아니고 이렇듯 어정쩡한 신세로 전락해 버리고 만 것이지요.

귀한 댁 자제들께 제발 부탁드립니다. 혈기 왕성할 때 음욕을 탐하고 여색을 밝히면서도 분수를 지키지 않고 물정을 모르는 분들이여, 이 이야기를 본보기로 삼아야 할 것입니다! 이런 시가 있습니다.

고기 한 점 맛도 보지 못한 채   一臠肉味不曾嘗,
연애질에 기분 내느라 가진 돈 다 거덜 났구나. 已遣纏頭罄橐裝.
‘바닥 없는 동굴에 빠져 버렸다’고들 말하지만 盡道陷人無底洞,
동굴 어귀에서 유 서방[89] 속일 줄 뉘 알았으랴! 誰知洞口賺劉郎.

---

89 유 서방[劉郎] : '유랑(劉郎)'은 후한대의 학자인 유신(劉晨, BC58~?)을 가리킨다. 절강성의 회계군(會稽郡) 섬현(剡縣) 사람인 그는 절친한 벗이던 완조(阮肇)와 함께 천태산(天台山)에 들어가 약초를 캐다가 길을 잃었는데 나뭇꾼으로 변신한 태백금성(太白金星)이 두 사람을 도원동(桃源洞)으로 안내해 묵으면서 그것의 두 선녀와 인연을 맺어 주었다. 1년이 지나고 나서 두 선녀가 안내해 준 덕분에 동굴을 나와 고향으로 돌아와 보니 세월이 7대나 지나 있었다고 한다.

제15권

시랑의 여종이 부인에 책봉되고
관속이던 고 제공이 고관이 되다

侍郞婢作夫人 顧提控掾居郞署

명나라 홍치弘治 연간에 태창주太倉州의 이방인 고방顧芳은 평소 관원들을 영접하거나 전송하면서 늘 소병을 파는 노인 강용의 집에서 묵곤 하였다. 강용은 장사가 잘 되고 집안 형편이 풍족하여 남들의 시기를 받고 있었다. 그러던 어느 날, 갑자기 사령 한 무리가 강 씨네에 들이닥쳐 장물을 감추고 있다면서 그를 잡아가려 한다. 해명할 길이 막막하던 강용이 실랑이를 벌이고 있을 때 고방이 나타나 강용을 두둔하고 지주知州에게도 해명을 해 준다. 지주는 한 형리를 강용으로 변장시킨 다음 도둑들에게 확인하게 한다. 도둑들은 정말 그 형리가 강용이라고 믿고 온갖 모함을 다 함으로써 강용이 억울한 누명을 썼음을 역설적으로 증명해 준다. 고방의 적극적인 도움으로 위기를 벗어난 강용은 17살짜리 딸 애낭愛娘을 그에게 첩으로 준다. 그러자 고방은 그녀를 받는 척 하더니 한달 뒤에 도로 돌려보낸다. 강용은 다시 애낭을 보내지만 고방은 그래도 받아들이지 않는다. 이때부터 고방은 일부러 강 씨네와 거리를 두게 되고 강용과의 내왕도 과거보다 크게 줄어든다. 강용은 그 뒤로 장사가 아되어 형편이 날이 갈수록 어려워진다. 그러던 어느 날, 가게에 왔다가 애낭을 본 웬 휘주상인이 그녀를 첩으로 들이려 하고 강용은 300냥의 은자를 받고 허락한다.

고방은 제공提控에 임명된 뒤 6년 만에 이부의 인사를 거쳐 한 시랑韓侍郎의 문하에서 근무한다. 하루는 한 시랑이 볼일로 외지로 나가자 고방이 집안사람들의 시중을 들게 되었는데 갑자기 부인이 부른다는 말에 달려가 보니 바로 왕년의 애낭이 아닌가. 알고 보니 애낭은 휘주상인을 따라 양주에 가서 친딸처럼 지내며 비교적 안정된 생활을 한다. 그러다가 휘주상인이 한 시랑에게 소실로 개가시켰던 것이다. 시랑의 부인이 세상을 떠나자 애낭은 정실 부인이 되는 한편 조정으로부터도 책봉을 받는다. 일을 마치고 귀가한 한 시랑은 애낭이 고방의 강직함을 들려주자 그의 인품을 높이 사서 황제에게 상소를 올리고 그 덕분에 고방은 예부 주사로 제수된다.

　이 이야기는 명대의 소설집『불가록^{不可錄}』및 명대 중기의 극작가 심령^{沈齡}이 지은 전기^{傳奇} 희곡인『풍경삼원기^{馮京三元記}』이야기를 소재로 지어졌다.

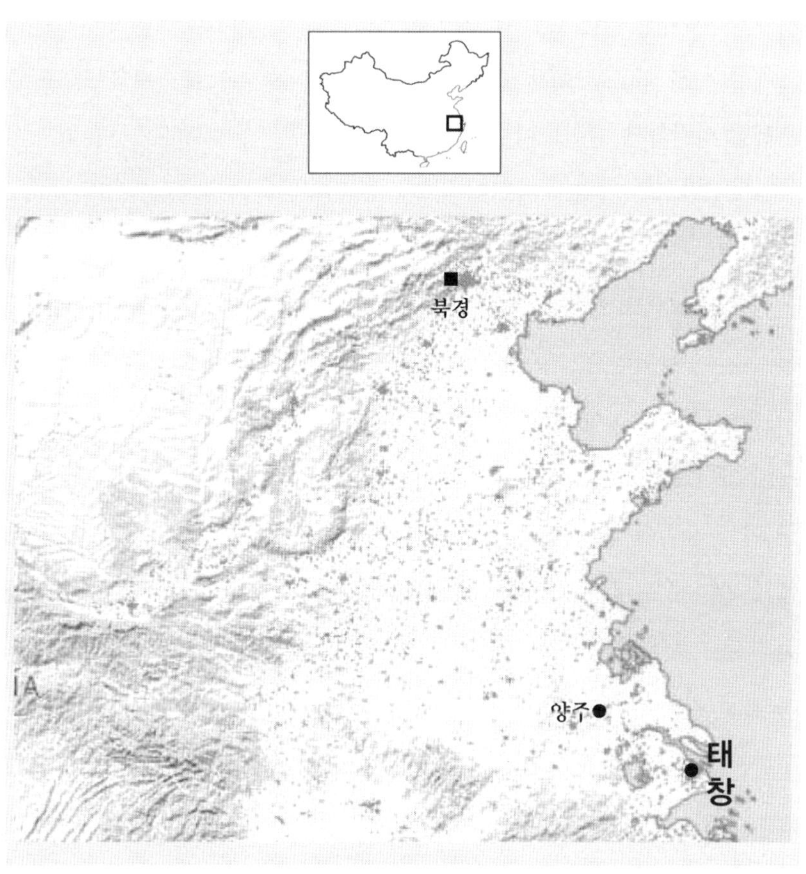

북경
양주
태
창
IA

번역

이런 시가 있습니다.

'음덕 베풀면 복을 받는다'고 하더니	曾聞陰德可回天,
예부터 지금껏 그 효과 불처럼 분명하더라.	古往今來效灼然.
세상 사람들께 권하노니 선행을 베푸시오.	奉勸世人行好事,
알고보면 그거야말로 자신이 잘되는 일이러니![1]	到頭元是自周全.

이야기를 들려 드리도록 하겠습니다. 호주부[2] 안길주[3]의 포탄浦灘에 어떤 주민이 살았지요. 집안 형편이 가난한데 관량[4]을 은자 두 냥 어치 빚지는 바람에 감옥에 갇히고 말았지 뭡니까. 집안에 있는 사람이라고는 아내 하나 뿐으로, 돌도 되지 않은 어린아이를 데리고 지낼 뿐 달리 생계를 이을 방법이 없었지요. 우리에는 돼지 한 마리를 치고 있었는데 손님에게 팔아서 그 값으로 관아에 진 빚을 갚을 작정이었습니다. 그러나 서둘러 은자를 구하다 보니 좋은 값을 기다리지도 않고 누가 사러 오자마자 바로 처분해 버렸지 뭡니까. 아무래도 여자이다 보니 은자가 많고 적고를 따지지 않고 그저 허옇고 번쩍거리는 것만 보고 '그걸로 갚으면 되

---

1 【즉공관 미비】好話. 좋은 말이로군.
2 호주부(湖州府): 명대의 지명. 태호(太湖)의 남안, 항주(杭州) 북쪽, 상해(上海) 서쪽에 자리잡고 있은 절강성 호주시(湖州市)에 해당한다.
3 안길주(安吉州): 송대의 지명. 남송대 이종의 보경(寶慶) 원년(1225)에 호주(湖州)를 고쳐 설치했는데, 지금의 절강성 호주시 일대에 해당하였다. 당시에는 호주시 및 덕청(德淸)·안길·장흥(長興)의 세 현을 관할했으며, 원나라 세조의 지원(至元) 13년(1276)에는 호주로(湖州路)로 개칭되었다.
4 관량(官糧): 명대에 빈민 구제 등의 목적으로 관청에 비축하던 관용 식량.

겠지' 싶었던 거지요. 그래서 손님이 가고 나서 받은 것을 꺼내어 은 장
인에게 주고 은자를 녹이게 했습니다. 그런데 은 장인이 말하는 것이었
지요.

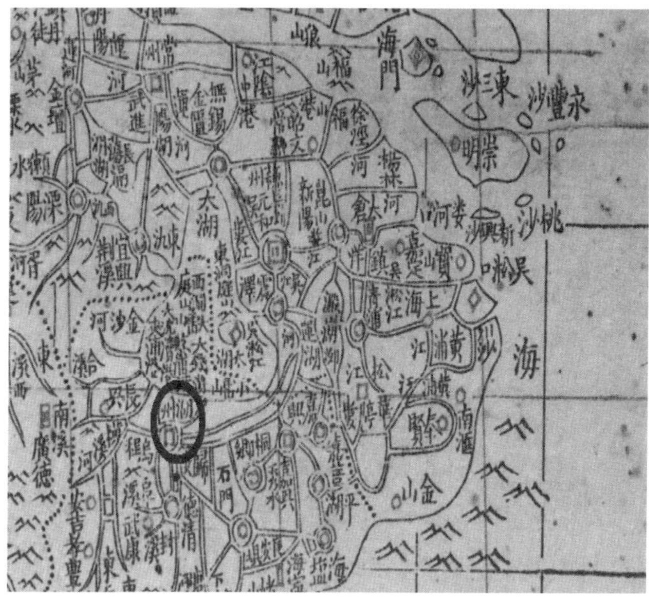

『황조일통여지전도(皇朝一統輿地全圖)』(1832) 속의 호주(동그라미). 그
위로 태호가 보인다

"이건 가짜올시다. 이걸 어디에 쓰겠어요?"

그러자 그 여인은 당황하면서 물었습니다.

"거기에 은은 얼마나 들어 있는데요?"

"어디 터럭만치라도 들어가 있어야 말이지요. 죄다 납·구리·놋·밀랍

같은 걸로 만든 거라서 녹일 수가 없어요!"

허둥지둥 그것을 손에 들고 집으로 돌아온 여인은 잠시 생각해 보았지요.

'집에서 나는 것은 하나도 없고 그 돼지 한 마리뿐이어서 그놈이라도 팔아서 지아비를 구하려고 했건만! (…) 이제 남한테 속아 끌고 가 버렸으니 서방님이 나오기는 글렀나 보다! (…) 이번 일은 내가 꼼꼼하게 따지지 않아 서방님을 해친 셈이니 죄송해서 어쩐담? 나도 더 이상 살고 싶지 않구나!'[5]

그런데 막상 자결하려다가도 어린아이를 바라보노라니 아이에게 미련을 버릴 수가 없지 뭡니까. 그래서 모진 마음을 먹고 말했지요.

"아서라, 아서! 이참에 이 어린 애물단지를 안고 같이 물에 뛰어들어 죽어 버리자! 그래야 여한이 없지!"

그렇게 서둘러 강가로 달려가서 뛰어내리려 하는 찰나였습니다. 마침 웬 휘주[6] 출신 상인이 거기에 서 있다가 그녀가 허둥지둥 물에 뛰어드는

---

5 【즉공관 미비】看他慘狀, 用假銀之人亦必有惡報. 그녀의 참담한 상황을 보니 가짜 은자를 쓴 자도 나쁜 응보를 받을 것이 분명하다.

6 휘주(徽州) : 명대의 지명. 원래는 신안강(新安江) 상류에 자리잡고 있다고 해서 '신안'으로 일컬어졌으나 송나라 휘종의 선화(宣和) 3년(1121) '휘주'로 개칭하면서 송·원·명·청 네 왕조에 걸쳐 그 이름으로 일컬어졌다. 치소(治所, 행정관청소재지)인 흡현(歙縣)을 위시하여 이현(黟縣)·휴녕(休寧)·적계(績溪)·무원(婺源)·기문(祁門)의 여섯 개

광경을 목격했지 뭡니까. 그는 덥썩 붙잡더니 물었지요.

"멀쩡한 젊은 분이 어째서 이렇게 어리석은 짓을 하려 드십니까!"

그러자 그 여인은 눈물을 훔치면서 대답했습니다.

"상황이 다급한데 방법이 없길래 죽으려던 참이었습니다!"

그녀는 남편을 구하려고 돼지를 팔다가 실수로 가짜 은자를 받은 사연을 일일이 다 들려주었습니다.

"아무리 그렇다지만 이 아이가 무슨 죄가 있습니까!"

휘주 상인이 이렇게 말하자 그 여인이 말하는 것이었지요.

"아비도 어미도 없는데 … 죽기밖에 더 하겠습니까? 차라리 같이 죽는 편이 낫지요!"

휘주 상인은 딱한 마음이 들었던지 말했습니다.

현을 관할하였다. 이 지역은 명·청대 오백년 동안 중국 상업계를 지배한 지역 상인 집단인 '휘상(徽商)'의 발상지로, "휘상이 온 천하를 누빈다(徽商遍天下)", "휘상이 없이는 고을이 만들어지지 않는다(無徽不成鎭)"고 할 정도로 경제적으로는 물론이고 문화·사회 전반에서 큰 영향을 주었다.

"관아에 빚을 진 은자가 얼마나 되는지요?"

"두 냥입니다."

"그게 몇 푼이나 된다고 이 세 목숨을 망친단 말인가! (…) 내 묵는 곳
이 멀지 않으니 어서 따라 오시오. 내 은자 두 냥을 거저 드릴 테니 관아
에 갚도록 해요."

슬퍼하던 여인은 기뻐하면서 아들을 안고 휘주 상인을 따라 갔답니다.

저울 속의 은 부스러기들

반 리도 가지 않아서 거처에 도착하자 휘주 상인은 방으로 들어가 저
울로 은자 두 냥을 달더니 그것을 가지고 나와 여인에게 건네고 말했습

니다.

"이 은은 품질이 좋은 것이어서 관아에 갚기에 딱 좋소. 다시는 남한테 속으면 안됩니다?"

여인은 몇 번이나 감사하다고 인사를 하면서 돌아갔습니다. 그리고는 이웃사람에게 부탁하여 함께 현 관아로 가서 은자를 바쳤더니 그 남편도 그제서야 감옥에서 풀어 주는 것이었지요. 남편은 집에 돌아와서 물었습니다.

"어디서 그런 은자가 생겨서 관아에 갚고 나를 구해 준 게요?"

여인은 앞서 있었던 일들을 처음부터 끝까지 들려주고 나서 말했습니다.

"만약 그 은인을 마주치지 않았더라면 서방님이 나올 수 없었을 것은 물론이고 우리 모자 둘도 벌써 황천黃泉의 귀신이 되어 버렸을 겁니다!"

그러자 그 남편은 기뻐하면서도 한편으로는 이상하게 여겼습니다. 기쁜 것은 은자를 구해 자신이 감옥에서 풀려난 일이었습니다. 그리고 이상하게 여긴 것은 여인네가 생각도 없이 독단적으로 순간적으로 성급하게 어리석은 짓들을 벌이는 바람에 그런 은자를 얻었는지도 모른다는 것이었지요. 그렇지 않다면 어떻게 그런 의인을 만났을 것이며, 이런 우연의 일치가 일어날 수가 있었겠습니까? 그는 말로는 표현하지 않고 속으로 이렇게 꾀를 내었습니다.

'진상을 제대로 알려면 이렇게 해야 되겠다!'

그리고는 짐짓 여인에게 물었지요.

"당신 … 그 은인의 거처를 아시오?"

"그 분을 따라가서 은자를 받았습니다. 어떻게 모를 수가 있겠어요?"

"그럼 당신 하고 그 분한테 고맙다는 인사를 좀 드리러 가야 겠소!"

"그러셔야지요! 오늘은 편히 쉬시고 내일 같이 가요."

"내일까지 기다릴 것 없이 오늘 밤에 당장 갑시다!"

"어째서 낮에 안 가시고 밤중에 간다고 그러세요?"

"다 생각이 있어서 그런 것이니 당신은 신경 쓸 것 없소."

여인은 남편의 뜻을 거역할 수가 없었습니다. 그래서 하는 수 없이 등

롱에 불을 붙여서 남편과 함께 휘주 상인이 묵는 집 대문 앞까지 왔지요. 그때는 벌써 땅거미가 질 나절이어서 사람들은 다 잠자리에 드는 바람에 주변이 다 조용했습니다. 남편은 아내에게 대문을 두드리게 했습니다. 그러자 그 아내가 말하는 것이었지요.

"저는 여자인데 어째서 절더러 어두운 밤에 남의 집 대문을 두드리게 하세요?"

"이 어두운 밤에 그 자의 속마음을 한번 시험해 볼 참이오!"

여인은 속으로 '남편이 의심을 품고 있다'는 것을 깨달았습니다. '의리를 아는 그런 분을 이런 식으로 의심하는 것은 사람으로서 할 짓이 아니다'고 여겼지요. 그러나 혹시라도 남편이 의심하기라도 할까 봐서 하는 수 없이 큰 소리로 사람을 불렀습니다. 휘주 상인은 꿈결에 여인의 목소리가 들리자 물었지요.

"뉘신데 저를 찾으십니까?"

그래서 여인이 말했습니다.

"저는 지난번에 물에 뛰어들던 여인입니다. 은인께서 큰 덕을 베풀어 주신 덕택으로 지아비를 구하여 감옥에서 풀려났답니다. 그래서 일부러 고맙다는 인사를 드리려고 찾아 왔습니다!"

　손님들, 휘주 상인이 이때 만약 물정을 모르는 사람인데 웬 여인이 밤중에 자신을 찾아왔고, 거기다가 '은정을 베풀어 준 분'이라는 소리에 순간적으로 나쁜 마음을 품고 야릇하고 도발적인 말을 하면서 대문을 열어 주었다가 그 남편이 서 있는 광경을 발견했다고 칩시다. 그 얼마나 민망스러운 장면일 것이며, 당초 선행을 베풀고자 한 생각이 죄다 더럽혀지지 않겠습니까? 그런데 뜻밖에도 이 조봉[7]은 정말로 올바른 양반이었습니다. 그는 여인의 그런 말을 듣자마자 큰 소리로 이렇게 말하는 것이었지요.

"여기는 나 혼자 기거하는 곳이올시다. 어디 당신 같은 부녀자가 올 수 있는 곳이겠습니까? 더욱이 어두운 밤은 고맙다는 인사를 하러 오실 때도 아니지요! 그냥 돌아 가십시오. 고맙다는 인사도 필요 없습니다!"[8]

　그 남편은 그 말을 듣고 나서야 하룻 동안 품었던 의심들이 죄다 사라지는 것이었습니다. 여인은 그러자 이렇게 대답했지요.

7　조봉(朝奉): 중국 고대의 관직명. 남송대 이후로는 부자나 토호, 나아가 가게의 점원 등을 두루 높여 부르는 존칭으로 전용되었다. 명대의 경우 안휘성 휘주(徽州) 일대에서는 부자를 '조봉'이라고 부르고 소주·절강·안휘 등지에서는 전당포의 지배인이나 점원을 높여 부르는 존칭으로 사용되기도 하였다.
8　【즉공관 미비】 可敬. 존경할 만하구나!

"제 지아비도 같이 이렇게 인사를 드리러 왔답니다!"

그 남편도 함께 왔다는 말을 들은 휘주 상인은 하는 수 없이 옷을 걸치고 침상을 내려와 대문을 열어 주러 나오는 것이었지요. 그런데 몇 걸음 옮겼을 때였을까요? 가만 들어 보니 하늘이 무너지고 땅이 꺼지는 듯한 소리가 나면서 대문 밖까지 다 흔들리는 것이 아닙니까! 휘주 상인이 당황한 것은 말할 것도 없고 부부 두 사람도 깜짝 놀라고 말았습니다. 휘주 상인은 허둥지둥 점원에게 등불을 가져오게 해서 비추어 보았지요. 그런데 가만 보니 침상 하나가 찌그러지면서 네 다리가 다 부러지는 바람에 침상이 온통 벽돌과 흙 투성이가 돼 버렸지 뭡니까. 알고 보니 그쪽 담장이 기울어져 있었는데 그동안 침상이 가리고 있어서 아무도 눈치를 채지 못하고 있다가 이번에 우연히 무너진 것이었습니다. 만약 누구라도 침상 안에 있었다면 제 아무리 근육과 뼈가 무쇠로 된 사람이라도 깔려 죽고 말았을 테지요.

그 광경을 본 휘주 상인은 혀를 내두르면서 한 동안 입을 다물지 못했습니다. 그는 즉시 점원에게 대문을 열게 해서 부부 두 사람을 만나더니 오히려 고맙다고 인사를 하는 것이었지요.

"만약에 현명하신 부부께서 일어나라고 부르지 않으셨더라면 이 목숨이 달아날 뻔 했습니다!"

부부 두 사람은 두 사람대로 담장이 무너져 침상을 덮친 광경을 보고 몹시 놀라고 신기해 하면서 말했습니다.

"이건 은인께서 하늘만큼 큰 복을 받으셔서서 큰 재난을 피하실 수 있었던 게지요! 은인께서 음덕을 쌓으신 데 대한 보답이 아니겠습니까?"

그래서 부부와 상인은 서로 고맙다고 인사를 하는 것이었습니다. 그리고 나서 휘주 상인은 부부를 붙잡아 놓고 차를 대접하면서 한 동안 이야기를 나눈 다음 서로 안녕을 비는 인사를 하고 헤어졌답니다.

이 이야기 하나만으로도 상인의 은자 두 냥이 모자의 두 목숨을 구하고, 나중에는 그녀가 인사를 하러 온 덕분에 담장에 깔려 죽는 불행을 피할 수가 있었으니 따지고 보면 자신이 자신의 목숨을 구한 것과 마찬가지였음을 알 수가 있는 셈입니다. 이것이야말로 하늘께서 그의 은덕에 기막히게 보답한 경우이겠지요. 그래서 옛날사람들은 이렇게 말했던 것입니다.

"남에게 도움을 주면,　　　　　　　　　　與人方便,
자신도 도움을 받는다."　　　　　　　　　自己方便.

소생이 앞에서 "알고 보면 그것이야말로 자신이 잘되는 길이러니"라고 한 것이 결코 허튼소리가 아닌 것입니다! 손님들께서 정 믿지 않으신다면 소생이 이번에는 남을 보살피고 마찬가지로 자신까지 보살펴 준 긴 이야기를 '몸 이야기' 삼아 한 대목 들려 드리도록 하지요. 이 이야기를 증명해 주는 시가 있습니다.

옥 같은 얼굴의 여인	有女顔如玉,
은덕에 보답함에 어찌 만족할 수 있으리?	酬德詎能足.
그런 순수한 마음 가진 이를 마주치니	遇彼素心人,
맑은 지조는 촛불을 밝힌 것 같구나!	淸操同秉燭.
난꽃은 그윽한 향기 지녔으니	蘭蕙保幽芳,
옮겨 와 황금 집에 모셔 놓는다.	移來貯金屋.
용대 분서[9]의 낭군이	容臺粉署郞,
하루아침에 관속이 되어 버리니	一朝畀椽屬.
거룩하고 현명하며 의리 중시하는 이에게	聖明重義人,
응보는 돌고 도는 수레바퀴와도 같구나!	報施同轉轂.

이 이야기는 홍치[10] 연간에 직예[11] 태창주[12] 땅에서 나온 것입니다. 그

9　용대 분서[容臺粉署] : '용대'는 예의를 갖추는 자리라는 뜻으로 일반적으로 예부(禮部)를 가리킨다. '분서(粉署)'란 후한의 학자인 응소(應劭, 2세기)가 지은 『한관의(漢官儀)』에 나오는 말로, "상서성 안을 모두 서역 백분으로 벽을 발랐다(省中皆胡粉塗壁)"라고 소개되어 있는 것처럼 상서성의 또다른 이름으로 일컬어졌다. 여기서는 "용대 분서"를 예부로 해석할 수 있겠다.

10　홍치(弘治) : 명나라 제9대 황제인 효종(孝宗) 주우탱(朱祐樘, 1470~1505)이 1488~1505년까지 18년 동안 사용한 연호.

11　직예(直隷) : 명대의 지역명. '양경제(兩京制)'가 시행된 명대에는 황제의 직할지인 직예를 북경 중심의 하북지역인 '북직예'와 남경 중심의 강소지역인 '남직예'로 구분하였다. 여기서는 후자인 남직예를 가리키며 때로는 '남직(南直)'으로 줄여 쓰기도 하였다.

12　태창주(太倉州) : 명대의 지명. 지금의 강소성 태창시에 해당한다. 홍치 10년(1497)에 태창위(太倉衛)와 진해위(鎭海衛)를 고쳐 설치했으며 청나라 옹정(雍正) 2년(1724)에는 직예주(直隷州)로 격상되었다.

명대 화가 서위(徐渭)가 그린 『난화도(蘭花圖)』

고을에는 이방[吏典]이 하나 살았는데, 성이 고(顧), 이름이 방(芳)이었지요. 그는 평소에 관리를 영접하거나 전송하는 일을 맡았는데 그때마다 늘 성 밖에서 떡을 파는 강(江) 씨네를 거처로 정해 묵곤 했습니다. 그 강 씨네 집의 가장은 이름이 용(溶)으로, 정직하고 너그러운 사람이었습니다. 그는 장사가 잘 돼서 형편이 그럭저럭 지낼 만했지요. 그런데 고 이방을 보니 거동이 단정한 데다가 용모도 준수한 것이 절대로 관아에서 부려질 사람 같아 보이지 않았습니다. 그래서 각별히 존중하면서 그가 집에 올 때마다 '제공'[13]이라고 높여 부르면서 귀한 손님으로 대해 주었지요.

---

13 제공(提控) : 중국 근세의 관직명. 관청의 업무를 관장하는 아전을 높여 부른 호칭. 『이각 박안경기』 제36권에도 같은 호칭이 보인다.

　한편 강용에게는 아내가 있었는데 애낭愛娘이라는 딸을 두고 있었습니다. 그 딸은 나이가 열일곱 살로, 용모가 남달랐지요. 고이방의 집은 그 집대로 아내가 있었는데, 강 씨네와는 서로 내왕하면서 한 집안 혈육처럼 가깝게 지내고 있었습니다. 시쳇말에 이런 말이 있지요.

　한 집이 풍족하면 천 집이 시샘을 한다.[14]　　　一家飽暖千家怨.

　강 노인은 그다지 부유하지 않았습니다. 그러나 남들 눈에는 그가 장사도 여유롭고 입고 먹는 것도 부족함이 없어 보였던지 몇백 금, 심지어 천 금의 재산을 가지고 있다는 소문이 나 있었지요. 그래서 안목이 얕고 배려가 부족한 자들 눈에는 그것이 고깝게 보였던지 어느 사이에 그를 시샘하기 시작했지 뭡니까.

　그러던 어느 날이었습니다. 강 노인이 집에서 일을 하고 있다가 가만 보니 이리·범 같은 포졸 무리가 집 안으로 들이닥치지 뭡니까.

　"해적을 잡아라!"

　그들은 이렇게 고함을 지르더니 집안의 집기들을 다 때려 부수었습니다. 강 노인이 나와서 해명을 하려고 했지만 포졸들은 다함께 매질을 하

---

14 한 집이 풍족하면 천 집이 시샘을 한다[一家飽暖千家怨] : 명대의 속담. 고대부터 명대까지의 각종 격언·속담들을 모아 놓은 『증광현문(增廣賢文)』에 나오는 말로, 소수가 풍족한 생활을 누리면 다수는 그것을 질투하기 마련이라는 뜻이다.

고 밧줄로 꽁꽁 묶는 것이었습니다. 강 씨네의 유모와 딸은 부끄러움을 무릅쓰고 다 같이 울고 불고 아우성을 치면서 물었지요.

"무슨 사달이 난 겁니까? 분명하게 말씀 좀 해 주세요!"

그러자 포졸들이 말하는 것이었습니다.

"숭명[15]에서 해적 떼를 압송해 왔는데 강용의 이름을 대면서 장물아비라고 하더구나. 그래 놓고 사달은 무슨 사달이냐!"

강 노인 부부와 딸은 하도 억울해서 말했습니다.

"지금까지 외지에는 한 번도 나간 적이 없습니다요. 헌데 어떻게 해적들 하고 알고 지낼 수가 있겠습니까? 무고한 사람한테 억울한 누명을 씌우시다니요!"

"억울하고 뭐고 일단 주 관아에 가서 해명하거라. 우리 하고는 관계가 없으니 냉큼 같이 원님을 뵈러 가자!"

---

15 숭명(崇明) : 명대의 지명. 지금의 강소성 상해시 숭명구(崇明區)에 해당한다. 중국에서 세 번째로 큰 섬으로, 장강이 황해로 진입하는 어귀에 자리잡고 있는데, 당대부터 사람이 살기 시작했다고 한다.

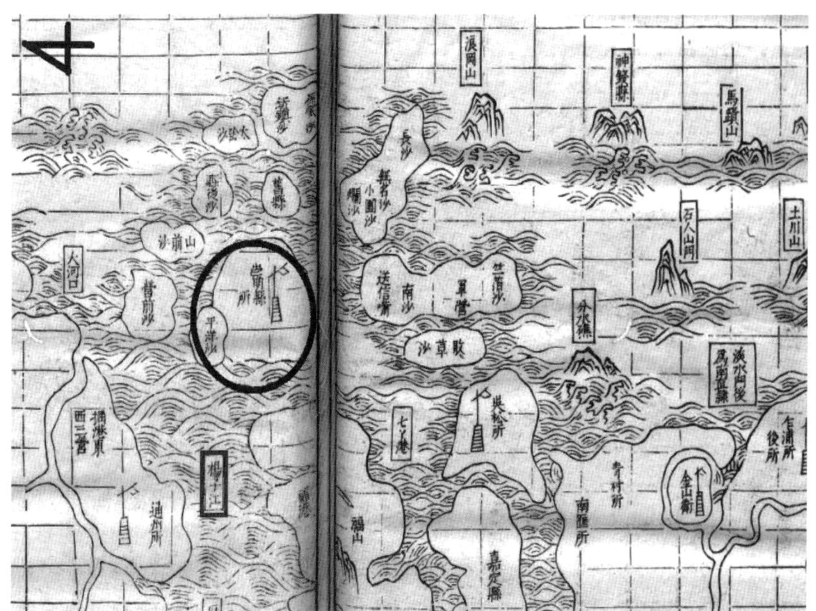

『황명직방지도』에 그려진 숭명현(동그라미) 일대의 형세. 그 아래(서쪽)로 '양자강' 표시가 보인다

　강 노인은 시골 사람이다 보니 해적들이 얼마나 기승을 부리고 있는지 전혀 모르고 있었습니다. 게다가 이 포졸들을 어떻게 응대해야 할지도 몰라서 온 가족이 울기만 하는 것이었지요. 포졸들은 전혀 해적의 행방이 보이지 않자 모진 마음을 먹고 말했습니다.

　"늙은것이 간사하기 짝이 없구나! 집안에 장물이 있는 것이 분명하다! 우리 일단 좀 뒤져 보세!"

　그들은 다짜고짜 집 안으로 밀고 들어가더니 일제히 뒤지기 시작하는데 하마터면 땅까지 다 뒤집어 엎을 기세이지 뭡니까. 그러면서도 귀중품이 눈에 띄기라도 하면 바로 호주머니에 챙기는 것이었지요. 강 노인 부부와 딸은 돼지 멱이라도 따는 것처럼 울부짖으면서 하늘이 무너지고 땅이 꺼질 정도로 통곡을 했습니다. 그래도 포졸들은 주먹을 휘두르며 기세등등하게 설쳐 대는 것이었지요.

그렇게 수습할 도리가 없을 때였습니다. 가만 보니 웬 사람이 천천히 들어오더니 호통을 치면서 말하는 것이었습니다.

"내가 여기 있네. 경우 없는 짓을 해서는 안될 것이야!"

사람들이 시선을 집중해 바라보니[16] 다른 사람이 아니라 바로 관아의 고 제공이지 뭡니까. 사람들은 그제서야 손을 멈추더니 말했습니다.

"마침 잘 오셨습니다. 우리가 나설 것 없이 제공께서 처분하시는 대로 따르면 되겠군요."

그러자 강 노인은 제공을 덥썩 붙잡으면서 말했지요.

"제공 나리, 저 좀 살려 주십시요!"

"이게 어찌 된 일인가?"

---

16 **【즉공관 미비】** 此時要緊. 이 순간이 아주 중요하지.

고 제공이 이렇게 묻자 포졸들은 명패와 주표를 꺼내 보이는 것이었습
니다. 알고 보니 해적들이 그를 자신들이 거래하는 장물아비로 지목하는
바람에 포졸들이 관아에서 잡으러 온 것이었지 뭡니까.

명대 북평행도지휘사사(北平行都指揮使司) 영패의 앞면(좌)과 뒷면(우) (중국국가박물관 소장

"해적들이 들먹인 일들은 모두가 이 집의 원수를 진 자 입에서 나온 말
일세. 이 집은 선량한 집이니 누명을 쓴 것이 분명하네. 내 얼굴을 봐서
라도 좀 봐 주게나!"

제공이 이렇게 말하자 포졸들이 말했습니다.

"제공께서 계시니 누가 여러 말을 하겠습니까요? 분부만 하시면 대충
하고 가서 원님께 고하면 그만입니다요."

제공은 즉시 강 노인에게 일러서 술과 밥, 물고기며 고기 따위를 준비해 한 상 가득 차려 내게 했습니다. 그리고 그들에게 이리·범처럼 실컷 먹여 주고, 거기다가 은자까지 몇 냥씩 수고비로 쥐어 주었지요.

"제공께서 분부하시니 우리야 거절하기도 그렇고 시비를 따지기도 그러니까 일단 물러가겠습니다. 매사를 제공 어른 체면을 생각해서 난처하게 몰아 부치지는 않겠습니다!"

"여러분, 따로 도울 일이 없으면 하루만 늦게 데려가 주시게. 내 먼저 원님을 뵙고 강 노인 편을 들어 하소연해 보겠네. 그리고 나서 보고를 올려 주면[17] 여러분이 도와준 것으로 알겠네!"

"그거야 당연히 그렇게 해 드려야지요!"

그래서 강 노인은 포졸을 따라 가고 제공은 몸을 돌려 그 모자를 위로했습니다.

"이번 일에 돈은 좀 들겠지만 분명히 하소연 할 데가 있을 것입니다. 큰 일 아닙니다!"[18]

---

17 보고를 올려 주면[投牌] : 명·청대에는 범죄자를 체포했을 때 포졸이 공문을 현지 관청에 제출함으로써 범인을 확보한 것을 알렸는데 이를 '명령패를 낸다[投牌]'라고 하였다. 때로는 '공문을 낸다[投牒]'라고 표현하기도 한다.
18 【즉공관 미비】若是他人, 卽于此時埋伏圖女根脚矢. 만약 다른 사람이었다면 이런 경우에

그러자 모자는 울면서 말했지요.

"제공님께서 구해 주시기만 바라겠습니다!"

"일단 가게 문을 잘 닫고 안심하고 기다리시지요. 내 알아서 방법을 강구하도록 하겠습니다!"

가게 문을 나선 그는 성내로 들어왔습니다. 그리고 그 길로 주 관아 앞까지 와서 포도청의 관리를 만나 말했지요.

"이 고가가 머무는 곳 주인은 강용으로, 아주 선량한 자입니다. 이번에 해적이 지목했다고 하던데 원수 진 집에서 모함을 한 것이 분명합니다다. 나리께 바라옵건대 이 고가의 체면을 보셔서라도 도와 주십시요!"

"그건 대감 소관이니 나로서도 마음대로 결정하기 곤란하구려!"

"관아의 대감께는 이 고가가 직접 아뢰도록 하겠습니다. 나리께서는 강씨가 이곳으로 끌려오면 이번만은 문초를 너그럽게 해 주시지요."

"그거야 당연히 말씀대로 해 드려야지요!"

몸을 사리며 여자나 농락하려 들었을 테지.

얼마 되지 않아 지주_{知州}[19]가 재판정에 나타나자 고 제공은 지주가 공무를 처리하는 틈을 타서 무릎을 꿇고 이렇게 말했습니다.

"소인은 그동안 대감을 모시면서 한 번도 감히 개인적인 용무를 아뢴 적이 없었습니다. 허나, … 오늘 제가 머무는 집 주인 강용이 해적들에게 무고를 당했습니다. 소인은 그가 선량한 사람임을 잘 아는 바, 원수 집의 모함이 분명합니다. 그래서 주제넘게도 이렇게 확실히 아뢰는 것이옵니다! 대감께서 헤아리시어 무고한 자를 용서해 주십시요! 만약 소인이 허튼소리를 멋대로 아뢰었다면 그 죄 만 번 죽어 마땅할 것입니다!"

"도적들에 관한 사안은 예삿일이 아니네. 자네 혹시 … 사사로이 남에게 매수되어 그 자를 두둔하는 것은 아닌가?"

지주가 이렇게 말하자 제공은 머리를 조아리면서 말했습니다.

"소인이 만약 그같은 부정을 저질렀다면 대감께서 나중에 분명히 알게 되실 테지요. 그때 소인 기꺼이 죗값을 받을 것입니다!"

---

19 지주(知州) : 중국 고대의 관직명. 송대에 조정 대신을 각 주의 수장으로 충원할 때 "권지□군주사(權知□軍州事)"로 일컬었는데 이를 줄여 '지주'로 부르기도 하였다. 여기서 "권지(權知)"는 '임시로 관장한다'라는 뜻이며, "군(軍)"은 군대, "주(州)"는 고을을 가리킨다. 예를 들어 "권지유주사(權知幽州事)"라면 '유주의 사무를 임시로 관장하는 관리'라는 뜻이 되는 셈이다. 명·청대에는 '지주'가 정식 관직명으로 각 주의 행정장관을 가리켰는데 직예(直隸) 지역의 지주는 그 지위가 지부(知府)와 대등한 반면 기타 지역의 지주는 지현(知縣)에 상당했다고 한다.

"내 자세히 심문해 보겠네. 자네 한쪽 말만 들을 수는 없으니!"

"대감께서 소상히 심문해 주기만 하신다면 무고한 백성들에게 살 수 있는 길이 생기는 셈이옵니다!"[20]

다시 한 번 머리를 조아린 그는 재판정을 내려와서 생각했습니다.

'나리께서는 방금 한쪽 말만 들을 수 없다고 하셨는데 … 내 생각에는 사람이 많으면 공적인 일이 되는 셈이다. 내일 관아의 지인 몇 사람과 약속해서 다들 한 마디씩 아뢴다면 믿으실 것이 분명해!'

이 날, 그는 같은 제공 열몇 사람을 끌고 술집으로 가서 대접을 좀 했습니다. 그리고 앞서의 일을 들려주고 동료들이 내일 자신을 도와 한 마디씩 해 줄 것을 부탁했지요. 사람들은 평소에 모두 고 제공과 친분이 있었습니다. 그래서 그의 말을 따르지 않는 이가 없었지요.

이튿날, 포졸들이 강용을 포도청으로 입송해 왔습니다. 포도청에서는 고 제공의 체면을 생각해서 형벌을 가하지 않고[21] 바로 주 관아의 재판정으로 보냈답니다. 지주가 공문을 보고 안건 순서대로 용의자를 호명하고 있을 때였습니다. 강용을 호명하자 고 제공은 옆에 서 있다가 또 무릎을 꿇더니 이렇게 아뢰는 것이었지요.

---

20 【즉공관 미비】會話. 말을 잘 하는군.
21 【즉공관 미비】便宜多了. 어지간히 봐 주는군.

"이쪽의 강용은 바로 소인이 어제 아뢰었던 자로, 참으로 선량한 사람입니다. 여기에는 분명히 억울한 사정이 있을 테니 대감 나리께서 자세히 헤아려 주시기 바라나이다!"

그러자 지주는 표정이 바뀌더니 말했습니다.

"네가 몇 번이나 그 자를 비호하려고 기를 쓰는구나. 뇌물을 받아서 이렇게 대담해진 것이냐?"

그래서 제공은 머리를 조아리면서 말했지요.

"대감께서 밝게 헤아려 주십시오! 만약 소인이 묵는 집 주인의 뇌물을 받는 따위의 부정이 있다면 때려 죽이셔도 원망하지 않겠나이다!"

그런데 가만 보니 다른 관속들도 줄줄이 무릎을 꿇더니 이렇게 아뢰는 것이었습니다.

"정말로 고가의 집 주인은 달리 부정을 저지른 정황이 없사옵니다. 소인들이 감히 이구동성으로 대신 보증을 서겠나이다!"

지주는 평소 고방의 행실을 볼 때 충직하고 신중한 자임을 잘 알고 있었지요. 그래서 속으로 어느 정도 그를 신임하고 있었던지라 이렇게 말했습니다.

"심문할 때 다 방법이 있느니라!"

그리고 나서 바로 강용에게 물었지요.

"이 해적들이 너를 한 패로 지목했다. 평소에 이 중에서 한둘이라도 알고 지낸 일이 있느냐?"

그러자 강 노인은 머리를 조아리면서 말했답니다.

"나리! 쇤네가 한 놈이라도 알고 지냈다면 죽어 마땅할 것입니다요!"

"놈들 중에 너를 아는 자가 있느냐?"

"쇤네가 모르긴 몰라도 … 쇤네를 알 리가 없사옵니다!"

"그렇다면 판결이 어렵지는 않겠군!"

지주는 형리를 한 사람 앞으로 부르더니 옷을 벗어 강용에게 입히고 사령으로 변장시켰습니다. 그리고 나서 아까 그 사령에게는 강용의 옷을 입혀 강용으로 변장하게 하더니 분부하는 것이었지요.

"강도들이 강용을 지적할 때 네가 대신 증언을 하도록 해라. 놈들이 강용을 알아보는지 못 알아보는지 보자꾸나."

형리는 그 말에 따라 강용에게 옷을 잘 갈아 입혀 주었습니다. 그런 다음 감옥의 죄수들을 데리고 나오자 지주가 도적 두목에게 물었지요.

"강용이 너희들의 장물아비이냐?"

"나리, 그렇습니다요!"

그러자 지주는 기박[22]을 울리더니 일부러 이렇게 물었습니다.

"강용아! … 그래도 할 말이 있느냐?"

그래서 강용으로 변장한 형리가 말투를 바꾸어서 대답했지요.

"나리! 소인 하고는 아무 상관도 없습니다요!"

---

22 기박(氣拍) : 명대에 재판정에서 죄수를 놀라게 하거나 소란스러운 분위기를 정돈하고 주의를 환기시키기 위하여 탁자를 두드려 소리를 내는 데에 사용한 나무토막. '재판정의 사람들을 놀라 (집중하)게 만드는 나무'라는 뜻에서 '경당목(驚堂木)'이라고 부르기도 하였다. 민간에서는 이야기꾼이 졸거나 산만한 청중의 이목을 집중시키는 데에 사용하기도 했는데 이때는 '성목(醒木)'으로 불렸다.

기박을 내려치는 포청천. 주의를 환기시킨다는 뜻에서 '경당목'으로 불리기도 하였다

그러나 도적 두목은 그 가짜 강용을 바라보고 있었지만 당사자가 아니라는 사실을 알 리가 없었습니다. 그런데 그를 가리키면서 딱 잘라 말하는 것이었지요.

"저 자는 성 밖에 살면서 떡 장사를 빙자하여 우리들의 장물들만 취급해 왔습니다. (…) 그래 놓고 어째서 시치미를 떼는 게요!"

"나리, 억울합니다요! 쇤네는 저 자 하고 알고 지낸 적이 없습니다요!"

형리가 이렇게 말하자 도적 두목이 말하는 것이었습니다.

"어째서 모른다는 게요? 우리는 전부터 당신네 집에서 떡을 먹으면서 여기도 조금 숨기고 저기도 조금 숨기고 … 장물이 몽땅 당신네 집에 있잖소! 설마 그걸 잊은 게요?”

물론 지주는 그 말이 진실이 아니라는 것을 잘 알고 있었습니다. 그러면서도 일부러 이렇게 말했지요.

“강용이 장물아비라는 사실은 두 말 할 것도 없다. 허나, … 세상에는 같은 이름을 가진 자들도 있기 마련이지.”

그러더니 형리로 변장한 진짜 강용을 손으로 가리키면서 말했습니다.

“내 수하의 이 형리 역시 ‘강용’이니라. … 이 친구도 장물아비라는 것이냐?”[23]

그래서 도적 두목이 형리를 보았습니다마는 어디 알아 볼 리가 있겠습니까? 연거푸 고함을 지르면서 말하는 것이었지요.

“나리! (…) 떡 파는 강용이라니까요! 형리이신 강용이 아니라요.”

지주는 이번에는 가짜 강용을 가리키면서 말했습니다.

---

23 **【즉공관 미비】** *此一反跌更妙.* 이 반박이 더 기막히군 그래.

“떡 파는 이쪽의 강용이 … 맞다는 말이렷다?”

“그렇고 말구요!”

이 지주 양반은 코웃음을 한번 치더니 기박을 연거푸 두세번 울렸습니다. 그리고는 그 도적 두목을 가리키면서 말하는 것이었지요.

“네 이 능지처참을 해도 시원찮을 놈 같으니! 나쁜 짓을 벌이고 거기다가 남에게 매수되어 선량한 사람을 모함해?”

그러자 도적 두목은 연거푸 고함을 지르면서 말했습니다.

“여기 이 강용은 정말 장물아비입니다요! 조금도 틀림이 없습니다, 나리!”

지주는 호통을 치면서 다른 형리에게 명령했습니다.

“저 주둥이를 매우 쳐라!”

그렇게 열 번 가까이 치게 하고 나서 지주가 다시 말하는 것이었습니다.

“그래도 잡아뗄 테냐? 그럴 줄 알고 진작에 미리 사람을 바꾸어서 누가 진짜이고 누가 가짜인지 시험해 보았다! 하마터면 무고한 백성에게

억울한 죄를 씌울 뻔하지 않았는가! (…) 이쪽은 내 관아의 형리 주재周才
이니라. 헌데 네놈은 '강용'이라고 함부로 지껄이면서 모함해 죽이려 들
었다. 여기 형리로 변장한 자야말로 떡 장사 강용이니라. 그런데 네놈은
이번에도 알아보지 못하고 상관 없는 사람이라고 했지? (…) 네놈이 남
에게 매수되어 강용을 해치려고 했을 뿐 처음부터 강용과는 일면식도 없
다는 사실을 알 수 있는 것이다!"

그러자 도적 두목은 고개를 숙인 채 아무 말도 못하고 그저

"쇤네, 죽어 마땅합니다요!"

하고 소리칠 뿐이었습니다. 강용과 형리에게 원래대로 옷을 갈아입게
한 지주는 주리를 트는 장대를 가져와 우두머리의 주리를 틀게 했습니
다. 그리고는 그를 매수해 강용을 모함하게 한 장본인을 실토할 것을 요
구했지요. 도적 두목은 고집불통의 교활한 자인데 어디 그 말에 끄떡이
나 하겠습니까? 아무리 주리를 틀고 매질을 해도 그저 "강용이 잘 사는
꼴을 보고 장물아비로 지목해 장물을 배상하게 하려 한 것은 사실이지만
따로 그 짓을 사주한 자는 없다"는 진술만 되풀이할 뿐이었지요. 그래서
지주가 말했습니다.

"보아하니 강용의 원수 집에서 사주한 것임에 의심의 여지가 없다! 그
래도 이놈이 죽어도 실토하려 들지 않으니 … 만약 사주한 자를 끝까지

추궁해도 놈은 또 되는 대로 지껄이면서 모함이나 해서 되려 억울한 누명을 쓰는 사람만 생길 테지. (…) 강용만 석방하고 더 이상 추궁하지 않겠다!"

그러자 강용은 머리를 조아리면서 말했습니다.

"쉰네도 쉰네를 해치려 한 원수를 알기를 바라지 않습니다요! 속으로 잊지 않고 원수에 또 원수를 지지 않도록 말입니다요!"[24]

"참으로 성실하고 너그러운 자로구나!"

지주는 붓을 들고 강용의 이름을 지우더니 큰 소리로 말했습니다.

"강용은 이 일과는 무관하니 당장 내 보내도록 하렷다!"

강용은 몇 번이나 머리를 조아리는 것이었습니다. 그러자 형리도 연거푸

"어서 물러가거라!"

하고 호령하는 것이었습니다. 강용은 그제서야 새장에서 새를 놓아 준

---

24 **【즉공관 미비】** 呂文穆不願知誚者姓名, 同見. 여문목이 비난한 자의 이름을 알기를 바라지 않은 게지. 나도 동감이다.

것처럼 몹시 기뻐하면서 관아를 나가는 것이었지요. 그러자 관아 안에 있던 사람들은 그들대로 두 팔을 번쩍 들면서 반가워 했습니다마는 그들을 막고 풀어 주지 않지 뭡니까. 그래서 이번에도 고 제공이 나와서 몇 마디 해서 사람들을 해산시키고 강용과 함께 집으로 돌아 왔답니다.

강 노인은 집 대문을 들어서자마자 아내와 딸을 부르더니 말했습니다.

"어서 와서 은인께 감사의 절을 드립시다! 이번에 제공께서 도와 주지 않으셨더라면 하마터면 다시 만나지 못할 뻔 했소!"

세 사람이 넙죽 절을 하자 제공이 말하는 것이었습니다.

"한 집에서 같이 지내는 처지인데 당연히 도와 드려야지요. 더욱이 어디까지나 신처럼 현명하게 판결을 내려 주신 지주 대감 덕택이지 나 하고는 상관이 없습니다. (…) 이러지 마시라니까요!"

그러자 강 씨네 아내가 대뜸 강 노인에게 묻는 것이었습니다.

"어째 이렇게 멀쩡하게 돌아오셨데요? (…) 낭패는 안 당하셨어요?"

그래서 강 노인이 말했지요.

"두 곳 모두 제공께서 미리 말씀해 놓으신 덕분에 형벌은 전혀 받지 않았소! 엄청난 송사였지만 이제 조금도 관련이 없는 것으로 판명되었지. 그래서 이렇게 온전하게 돌아온 게요."

그래서 강 씨네 아내는 몇 번이나 고맙다고 인사를 했답니다. 그러자 제공도 몸을 일으키더니 말했지요.

"여러분 일단 천천히 이야기 잘 나누십시오. 나는 관아의 나리들에게 고맙다는 인사를 드리러 가야겠습니다!"

제공은 작별인사를 하고 그 자리를 떠나는 것이었지요. 강 노인은 그를 대문 밖까지 배웅하고 돌아와서 아내를 보고 말했습니다.

"'대문 닫고 집에만 앉아 있어도 불행이 하늘에서 뚝 떨어진다[25]'고 하더니 … 이런 난데없는 낭패를 당할 줄 누가 알았겠어? 제공께서 도와주지 않으셨더라면 목숨도 못 지킬 뻔 했구려! (…) 이번에 재물을 좀 들이기는 했지만 대평히고 무사하게 해결돼서 다행이야! 우리 그 은덕을 잊지 말고 어떻게든 그 분한테 보답을 하도록 합시다!"

---

25 대문 닫고 집에만 앉아 있어도 불행이 하늘에서 뚝 떨어진다[閉門家裏坐, 禍從天上來] : 원·명대의 속담. 편안하게 잘 있다가 난 데 없이 뜻밖의 변고를 당한 경우를 두고 한 말이다. 풍몽룡의 송대 화본소설집인 『성세항언』의 제2권이나 제16권 등에도 같은 표현이 보인다. 이보다 앞선 원대 극작가 이직부(李直夫)의 잡극 희곡인 『호두패(虎頭牌)』 제4절의 "난 지금 대문 받고 집 안에 앉아 있으니 불행이 하늘에서 뚝 떨어질까 두려울 것이 뭐가 있겠는가! [我如今閉門家裏坐, 還怕甚麼禍從天上來]"의 경우처럼 변형된 형태로 사용되기도 한 것으로 보인다.

그러자 아내가 말했습니다.

"우리집은 가산이 지금까지 웬일인지 그저 먹고 살 정도밖에 되지 않았지요. 그런데 어디서 사람들 눈이 돌아갔길래 망할 놈들이 해코지를 해서 이런 뜻밖의 불행을 다 당했을까요? (…) 전번에 포졸들이 한 바탕 노략질을 벌여 거칠기가 무슨 약탈이라도 하는 것처럼 귀중품들은 몽땅 다 싸 들고 가 버렸잖아요. 그런데 이번에는 또 무슨 값진 물건이 있다고 제공의 큰 은혜를 갚겠어요?"

"아무리 물건이 없더라도 조금이라도 모아야지. 액수가 변변치 않으면 그 분도 안 받으려 하실 텐데 … 어쩌면 좋담?"

"저야말로 상의드릴 말씀이 있어요. (…) 딸 나이가 열일곱 살인데 아직 남한테 출가시키지 않았지요. 우리 같은 사람들이야 출가시켜 봤자 고작 촌 사람들 뿐이잖아요? 차라리 … 그 분한테 첩으로 출가라도 시키자구요. 그 분을 사위로 삼으면 우리 집안도 지킬 수 있고 … 남들이 얕보지도 않을 테니까 얼마나 좋수?"

"그거 괜찮구만! 헌데 … 딸이 바랄 지 모르겠구려?"

"제공께서는 젊으신 데다가 … 그 댁 마님도 어질고 슬기로우셔서 평소 우리 딸 하고도 아주 사이가 좋았지요. 모르긴 몰라도 기꺼이 바라실 겁니다!”

그래서 딸을 불러 그 뜻을 일러 주었지요. 그러자 딸이 말하는 것이었습니다.

“부모님께서 그 은덕에 보답하겠다고 하시는데 제가 어떻게 이 한 몸을 아끼겠습니까?”

“그렇기는 하지만 제공께서는 도리를 아는 분이시다. 만약에 그 분한테 드러내 놓고 말씀드리면 안 따르실 게 뻔하지. (…) 차라리 우리 셋이 감사 인사를 드리러 그 댁에 찾아뵙는 편이 낫겠다. 그런 다음에 딸아이를 그곳에 남겨 놓으면 그 분도 거절하시기 어려울 테지!”

장노인이 이렇게 말하자 그 아내가 말했습니다.

“일 리가 있군요!”

그 자리에서 세 사람이 상의를 마치고 달력을 가져 와서 보니 내일이 아주 좋은 날이지 뭡니까.

이튿날 강 씨네 아내는 일찍 일어나 딸을 잘 단장해 주었습니다. 그리고 나서 강 씨네 부부 두 사람은 걷고 딸은 작은 가마를 탄 채로 성내로 들어가 그 길로 고 씨댁으로 왔습니다. 제공 부부는 세 사람을 집 안으로 맞아 들이더니 물었지요.

여성용 가마와 가마꾼(구명)

"어쩐 일로 왕림하셨습니까?"

그래서 강 노인이 말했습니다.

"이 늙은것이 제 목숨을 살려 주신 제공 덕택을 입었습니다. 해서 오늘
처와 딸 세 식구가 고맙다는 인사를 드리러 찾아 뵈었지요!"

"무슨 대단한 일이라고 이렇게까지 하십니까! 거기다가 아가씨까지
번거롭게 걸음을 하게 하시다니 더더욱 몸둘 바를 모르겠습니다 그려!"

제공 부부가 이렇게 말하자 강 노인이 말하는 것이었습니다.

"주제 넘는 말씀을 한 마디 드려도 되겠습니까? (…) 이 늙은것이 전번에 부당한 형벌을 받아 감옥에서 죽고 처와 딸만 남겨 놓았더라면 두 사람이 지금쯤 어디를 떠돌고 있을지 모릅니다! (…) 이번에 다행스럽게도 제공께서 목숨을 살려 주셨는데 … 그 은혜를 갚을 길이 없군요! 유일하게 이 딸 애낭이만 있는데 올해 딱 열일곱 살입니다. 처와 상의해서 댁의 마님 잠자리 깔고 이불도 개면서 도와 드리고 허드렛일 하는 첩으로 삼으시라고 데려 왔답니다. (…) 제공께서 변변치 않은 딸을 마다하지 않으시고 이 댁에 거두어 주신다면 이 늙은 부부가 죽는 날까지 의지할 수도 있고요. (…) 오늘이 좋은 날이길래 댁에 고맙다는 인사도 드리고 특별히 딸을 댁에 부탁도 드리려고 이렇게 왔지요."

제공은 그 이야기를 다 듣더니 정색을 하면서 말했습니다.

"어르신, 무슨 그런 말씀을 하십니까? 이 고가가 그런 짓을 한다면 천지신명께서 용납하지 않으실 겁니다!"

제공 집 마님은 마님대로 이렇게 말하는 것이었지요.

"어르신과 어머니와 누이가 다 같이 여기까지 어려운 걸음을 하셨는데 일단 약소하나마 식사라도 하시지요. 하실 이야기가 있으시다면 이따가 하시고요."

제공은 그러면서 주방에 분부해 밥을 차리게 해서 세 사람을 대접했습니다. 그런데 술을 마실 때 강 노인이 앞서 했던 이야기를 또 꺼내더니 자리에서 일어나 제공에게 절을 하면서 말하는 것이었지요.

"제공께서 부탁을 안 들어 주시면 … 이 늙은것은 죽어도 눈을 감지 못합니다요!"

제공은 강 노인의 마음이 애절한 것을 눈치채고 속으로 생각했습니다.

'임시로라도 부탁을 들어 주지 않으면 이 노인장은 포기하지 않고 내게 보답을 하겠다며 또 무슨 사달을 낼 것이 분명하다! 그렇게 되면 되려 일만 많아질 테지.[26] (…) 일단 그의 말을 들어 주고 나중에 알아서 처리하는 수밖에 없구나!'

식사를 마치고 나서 강 노인 부부는 일어나 작별인사를 하고 딸에게 혼자 남도록 이르더니 말하는 것이었습니다.

"너는 이 댁에서 마님 시중을 들도록 해라!"

애낭은 수줍어하면서 눈물을 참고 대답을 했습니다. 그러자 제공이 말

---

26 【즉공관 미비】眞忠厚有心人. 참으로 성실하고 너그러운 자상한 양반일세 그려.

하는 것이었지요.

"그런 말씀 마십시요! 제 처가 일단 잠시 아가씨를 며칠 머물게 해 준 다음 돌려보내 드려야지요!"

그러나 강 노인 부부는 그가 순간적으로 인사치레로 한 말로 양가가 속으로는 딸 혼사를 기정사실화 한 것으로 여겼습니다.

두 사람이 그 자리를 떠나자 제공댁 마님은 애낭을 안채의 자기 방으로 불러다 앉혔습니다. 그리고는 과자며 다식들을 차려서 대접하고 나서 자신이 부리는 여종에게 작은 방을 한 칸 치우고 침상에 침구를 준비하게 일렀지요. 제공 마님조차 속으로는 '제공에게 애낭을 거두어 줄 마음이 있거니' 여기고 '오늘밤 좋은 날을 맞아 꼭 잠자리를 같이 하게 해 드려야겠다'고 생각했답니다.[27]

제공 마님은 본래 아주 어질고 슬기로워서 질투라는 것을 모르는 사람이었습니다. 거기다가 평소 애낭을 좋아했지요. 그래서 이 일을 잘 챙겨서 제공이 밤에 잠자리를 같이 하기만을 기다렸답니다. 그야말로

| 한 송이 꽃 지키기도 좋아라. | 一朶鮮花好護持, |
| 꽃 만발할 때가 바로 꽃 구경의 적기라네. | 芳菲只待賞花時. |

---

[27] 【즉공관 미비】 惟人心如此, 愈見不染之難. 사람 마음이 이런 식이다 보니 남들로부터 나쁜 영향을 안 받기가 어려운 것이다.

괜스레 동군의 뜻 움직이기도 전에　　　　　等閑未動東君意,

사랑스런 모습에 다시금 휘장 드리우네.　　　惜處重將帷幌施.

그러나 제공이 이날 밤 곧바로 자기 아내 방에 자러 올 줄 누가 알았겠습니까. 그가 애낭이 있는 방에는 가지 않자 제공 마님이 물었지요.

"강 씨네 아가씨 방에 가서 주무시지 않으시고요? (…) 제 눈치는 보실 것 없습니다."

그러자 제공이 말하는 것이었습니다.

동군 초상

"그 집이 불행하게 어려움을 당했길래 내 평소 내왕한 인연 때문에 그를 구해 주려고 애쓴 것뿐이오. 오늘 그가 딸로 은혜를 갚겠다고 했소마는 내가 만약 여색에 욕심을 낸다면 남이 어려운 틈을 타서 사심을 채우는 격이오. (…) 그 해적들이 무고한 사람을 모함하고 포졸들이 노략질을 벌인 심보와 무슨 차이가 있겠소? (…) 이 고가가 아무리 하찮은 자리에 있다고는 하지만 처신을 똑바로 하지 않는다면 영원히 불행을 벗어날 수 없을 게요!"

남편이 이렇게 맹세까지 하는 것을 본 제공 마님은 그 말을 진심으로 여기고 말했습니다.

"정말 그렇군요. 그것이 서방님의 장점이지요. 다만, … 낮에는 어째서 한사코 거절하지 않으셨습니까. 되려 집안에 머물게 하시니 어쩌시려고요?"

그러자 제공은 이렇게 말하는 것이었지요.

"강 노인은 정직한 분이오. 만약 내가 그 집 딸 일을 받아들이지 않으면 그 분 입장에서야 또 '생살을 파내서 종기 구멍을 메꾸는 격[28]'이오. 무리 해 가면서까지 다른 보답할 방법을 찾으려고 애쓴다면 그거야말로 불미스러운 일이오! 그 집 딸은 평소 당신도 아끼면서 양가가 내왕하는

---

28 생 살을 파 내서 종기 구멍을 메꾸는 격[剜肉補瘡] : 명대의 유행어. 우리 속담 '아랫돌 빼서 윗돌 괸다'와 비슷한 상황에서 사용하는 말로, 눈앞의 위기를 피하는 데에 급급하여 되려 불행을 자초하는 것을 가리킨다.

자매처럼 지내는 사이지. 그러니 당신 처소에 며칠 머물게 해 준다면 그 거야 상관이 없지. (…) 내 생각에는 이참에 마음에 드는 댁 자제가 보이 면 혼처를 구해 줄 작정이요. 그 분이 평생 의지할 데를 찾는 소원을 이 루게 해 드린다면 그것도 좋은 일일 테지.[29] 해서 당장 거절하지 않았던 것이지 애초부터 개인적으로 꿍꿍이속이 있었던 건 아니오.”

“그게 더 좋은 방법이군요!”

그날 밤에는 다른 이야깃거리가 없었습니다.[30]

이렇게 해서 강애낭이 고 씨댁에만 머무는 동안 제공댁 마님은 그녀를 친자매처럼 아주 잘 보살펴 주었답니다. 그러면서도 그녀는 속으로는 늘 제공을 애낭의 방에 보내 줄 준비를 하고 있었답니다.[31] 그런데 누가 알 았겠습니까.

지는 꽃에게는 물 따라 흘러갈 마음 있건만	落花有意隨流水,
정작 흐르는 물은 지는 꽃 연모하는 마음 없구나.	流水無情戀落花.
훗날 부귀영화를 얻고 났을 때에	直待他年榮貴後,

---

29 【즉공관 미비】眞正有心人, 不止忠厚. 참으로 소신이 있는 양반이로군. 단순히 성실하고 너그러운 것뿐만이 아니야.
30 다른 이야깃거리가 없었습니다[無詞] : 송·원대 화본, 명·청대 의화본 및 장회소설에서 이야기꾼이 상투적으로 사용하는 표현. 특기할 만한 이야깃거리가 없어서 그 다음 줄거 리를 생략할 때 이렇게 말하곤 하였다.
31 【즉공관 미비】空咽唾. 괜히 군침만 삼켰겠군.

그제서야 오늘 무시한 것 아닌 걸 알게 되겠지.　　　　方知今日不爲差.

　이렇듯 제공은 평소처럼만 대할 뿐 터럭만치도 엉큼한 마음을 품거나 한 마디도 희롱하는 말을 한 적이 없었습니다. 심지어 애낭의 방 쪽으로는 발도 들여 놓지 않는 것이었지 뭡니까. 애낭은 처음에는 이상하게 여겼지만 나중에는 대수롭지 않게 여겼답니다. 제공은 관아에 일이 많다 보니 집을 비우는 경우가 많아서 그렇게 후딱 한달 넘게 지나가 버렸지요.
　그러던 어느 날이었습니다. 집안에서 한가하게 있던 그가 마님을 보고 말했습니다.

　"강 씨네 아가씨가 집에 있어서 처음에는 적당한 혼처를 찾아 주려고 했는데 당장은 구해 줄 수가 없구려! 지금 한 달이 넘었는데 계속 집에 머물고 있으니 편치가 않구려. 차라리 예물을 좀 장만해서 그 집에 돌려 보내는 편이 낫겠소. 그 집 부모님은 딸이 분명히 어떻게 지냈는지 물어볼 것이고 … 그 분들이 내 속내가 이렇다는 것을 깨닫는다면 자연히 내게 강요하지 않을 테지!"

　"일 리가 있습니다!"

　제공댁 마님은 그 뜻을 강애낭에게 분명하게 일러 주었습니다. 그리고는 여섯 가지 이바지 음식을 준비하고 거기다가 진주로 만든 꽃 네 송이와 금 귀걸이 두 쌍을 꺼내서 강애낭이 쓰도록 선물로 주었지요. 그리고는 가마에 태운 다음 종복을 시켜 그 길로 강 노인의 집까지 보내 주게 했지요.

가마를 맞이한 강 노인 부부는 고 씨댁에서 딸을 집으로 돌려보낸 것을 알고 속으로 의아하게 여겼습니다.

명대의 반합

'어째서 아이 혼자 돌려 보내셨을까?'

그래서 물었지요.

"제공께서는 댁에 계시는가?"

"제공께서는 오실 틈이 없어서 어르신께 송구스럽다고 하시네요. 그동안 아씨를 제대로 모시지 못해서 오늘 이렇게 댁으로 모시게 된 겁니다요!"

강 노인은 종복의 말이 이상한 것을 보고 되려 단단히 속마음을 감춘 채[32] 말했습니다.

"설마 … 무슨 못마땅한 구석이라도 있으셨나?"

그는 서둘러 딸을 안으로 데려다 앉혀 놓고 아내와 함께 지난 한 달 동안 있었던 일들을 자세하게 캐물었습니다. 그러자 애낭은 고 씨댁 마님이 아주 자상하게 대해 주었고 제공은 방에 들어오지도 곁에 온 적도 없었던 일을 처음부터 끝까지 이야기해 주었지요. 그러자 강 노인은 한 동안 멍하게 있다가 말하는 것이었습니다.

"지금까지 늘 와서 소식을 묻곤 하시더니 … 그 사건이 생긴 뒤로는 영 장사가 안 돼서 먹고 사느라 경황이 없었지. 거기다가 빈 손이어서 찾아 뵙기도 민망스러웠다. 그렇다고 사람을 모셔 오려 해도 바빠서 그럴 수가 없었지. 너희 일가가 화목하게 지내서 별다른 문제가 없는 줄 알았는데 뜻밖에도 이렇게 되었으니 … 이게 어찌 된 일이냐 그래!"

"날이 안 좋아서 딸 하고 인연이 닿지 않은 걸까요? 무당을 불러서 푸닥거리라도 좀 해야겠어요!"[33]

"일단 따로 날을 잡아서 또 보내 보고 다시 방법을 강구하도록 합시다!"

그러자 애낭이 말하는 것이었습니다.

---

32 속마음을 감춘 채[懷着鬼胎] : 자세한 설명은 제1권의 주110(제77쪽)를 참조하기 바란다.
33 【즉공관 미비】老嫗見識. 노친네의 식견이란!

"소녀가 보기에 고 제공님은 재물에 욕심을 내거나 여색을 밝히는 분이 아닌 올곧은 군자이십니다! 우리집에서 그 분께 보답하려고 무리 하니까 거절하기 난처하셨던 거지요. 그래서 일단 그동안 머물게 해 주시면서도 끝까지 제게 손을 대지 않으신 것입니다. 이제 저를 집에 돌려 보내신 이상 또 보내실 필요는 없을 것 같군요."

그러자 강 노인이 말했습니다.

"그렇다고는 하지만 … 그 분 은덕에 보답하기도 전인데 되려 그 댁에서 지내면서 오랫동안 폐만 끼치고 … 거기다가 이렇게 예물까지 보태서 보내 주셨는데 … 이렇게 뜻을 접으라는 말이냐? (…) 아무래도 다른 날 다시 보내도록 해야겠어!"

애낭도 그 뜻을 거역하기 어렵자 하는 수 없이 부모가 말하는 대로 따르기로 했답니다.

이틀이 지났을 때였습니다. 강 노인 부부는 떡이며 음식을 좀 만들고 신선한 물건을 몇 가지 사고 열 가지 가까운 이바지 음식, 샘물로 빚은 술 한 단지를 장만한 다음 짐꾼을 사서 지게 했습니다. 그리고는 가마에 딸을 태운 다음 아내는 집을 지키도록 남겨 놓고 강 노인이 직접 동행해서 고 씨댁까지 갔지요. 제공이 강 노인을 맞이하자 강 노인은 자신이 온 이유를 털어 놓았습니다. 그러자 제공이 정색을 하면서 말하는 것이었지요.

"어르신께서는 설마 따님에게 캐묻지도 않으신 겁니까? (…) 이 고가
의 마음은 하늘만이 아십니다! 어르신께서 어째서 이렇게도 이해해 주
지 않으십니까! (…) 이번에는 절대로 받을 수가 없으니 도로 가져가시
기 바랍니다! 따님도 집안에 들일 수 없으니 가마 그대로 돌아가십시요!
다른 날 감사 인사를 드리러 찾아뵙도록 하겠습니다!"

강 노인은 제공의 굳은 말투와 표정을 보고 나서야 딸이 한 말이 허튼
소리가 아님을 알았지요. 그래서 서둘러 대문을 나가서 고 씨댁으로 오는
가마를 멈추어 세우고 가마꾼들에게 원래대로 집으로 가마를 되돌리게
하는 것이었습니다. 제공은 강 노인을 붙잡고 지고 온 음식들을 되돌려주
려고 했지요. 그러나 강 노인은 강 노인대로 몇 번이나 사양하면서 받아
가려 하지 않는 것이었습니다. 그렇게 작별하고 그 자리를 떠났지요.

제공은 돌아와서 그 예물을 받고 이바지 음식을 꺼낸 다음 짐꾼들에게
품값을 챙겨 주고 모두 돌아가게 일렀습니다. 그리고나서 방에 들어온
그는 마님을 보고 강 노인이 오늘 다시 온 이유를 이야기해 주었지요. 그
러자 마님이 말하는 것이었습니다.

"이 일을 번번이 대충 넘어가시는군요! 지난번에 잘 처리하셨더라면
이번에 다시 처리하실 필요가 있었겠습니까? 애낭이가 안됐군요. 또 걸
음을 했는데 서방님을 만나지도 못하고 갔으니…"

그래서 제공이 말했지요.

"만약 애낭이 가마를 내리고 그 아이를 맞이하여 집안으로 들였다면 일이 많아졌을 게요. 차라리 단호하게 거절하고 돌려보내는 편이 낫지! (…) 그 노인장은 진솔하기는 하지만 눈치가 없구려. 이런 식으로 딸을 데리고 매달리면 앞으로는 내왕도 뜸해질 수밖에 없지![34] 내막을 모르는 남들이 입방아를 찧기라도 하면 되려 딸의 신세를 망치고 말게요. 호의로 한 일로 되려 민망한 꼴을 본 셈이지[35]!"

"맞는 말씀입니다!"

이때부터 제공댁은 과거처럼 강 씨네와의 내왕이 각별하지 않게 되었답니다.

강 씨네는 원래 대단한 기업은 없이 장사 매상만 좋을 뿐이었습니다. 그런데 지난번에 난데없는 낭패와 착취를 당한 뒤로는 집안살림이 시들해지고 말았지요. 예로부터 이런 말이 있습니다.

"집안 살림이란 하늘이 지으시는 것이다."[36]   人家天做.

---

34 【즉공관 미비】 老成之見, 忠厚之心. 물정을 아는 식견이요, 성실하고 너그러운 마음이로구나.

35 호의로 한 일로 되려 민망한 꼴을 본 셈이지[要好成歉] : 중국 근세의 격언. 좋은 뜻에서 한 일이 전혀 엉뚱한 결과를 초래한 것을 가리킨다. 풍몽룡이 엮은 화본소설집인 『경세통언(警世通言)』 제21권에는 "은인의 은덕을 갚지는 못하고 되려 은인의 깨끗한 명성에 누를 끼쳤으니 좋은 일을 하려다가 민망한 꼴을 본 격입니다! 모두가 쇤네의 죄올시다! [不能報恩人之德, 反累恩人的淸名, 爲好成歉, 皆奴之罪]로 나와 있다.

36 집안 살림이란 하늘이 지으시는 것이다[人家天做] : 명대의 격언. 한 집안이 흥하고 망하고는 하늘의 의지에 따른 것이지 인간이 좌우할 수 있는 일이 아니라는 뜻이다. 『이각

운이 좋을 때는 벌이는 일마다 돈이 붙어 살림이 불길과도 같이 늘어 납니다. 그러나 운이 나빠지면 하는 일마다 돈을 밑져 살림이 썰물과도 같이 줄어드는 법이지요. 강 씨네는 운수가 사나워서 무슨 장사를 해도 번번이 손해를 보는 것이었습니다. 떡이며 음식을 만들기라도 하면 늘 오칠일[37]이어서 마수걸이조차 하지 못하는 바람에 음식이 쉬어서 개·돼 지도 먹지 않는 것이었습니다.

『소주청명상하도』에 묘사된 명대의 다식 가게

여러분, 왜 그런지 아십니까? 앞서 그 사건이 생기고 며칠 지나지도 않아서 하도 놀라고 두려운 나머지 딸을 고 씨댁에 보낸 뒤로 한 달 넘게

박안경기』 제22권에도 같은 표현이 보인다.

37 오칠일[五七日] : 중국에서는 전통적으로 사람이 세상을 떠나면 이레마다 한 단계씩 쳐 서 다섯 번째 이레가 마지막 날이 된다. 전설에 따르면 이 날 망자의 넋이 돌아와 집을 둘러보고 가는데 집안사람들이 이 날 제사를 지내고 영별하는 의식을 치루면 망자의 넋 은 완전히 이승을 떠나게 된다고 한다.

가게 문을 닫고 장사를 하지 않았지 뭡니까. 그 바람에 가게 주인과 손님들 사이가 멀어져서 급기야 다른 집으로 가서 되돌아오지 않게 되었던 것입니다. 게다가 '도적놈을 숨겨 주는 집'이라며 듣기 거북한 소문이 퍼져서 남들은 그 일을 사실로 믿고 거기에 연루라도 될까 두려워했지요. 그렇게 되자 장사는 시들해지고 날이면 날마다 달이면 달마다 밑천만 거덜나면서 차츰 버틸 수가 없게 돼 버렸던 것입니다. 그렇다고 딸을 남의 집에 출가시켜서 그 딸에 기대어 말년을 보내려고 해도 지체가 높은 집은 높아서 안되고 낮은 집은 낮아서 안 보내는 식이었습니다. 그 사이에 세월은 눈 깜짝 할 사이에 지나 어느새 한 해가 지나 버리는 바람에 딸도 혼기를 넘겨 버리고 말았지요.

그러던 어느 날이었습니다. 웬 휘주 출신 상인이 그곳을 지나면서 무심코 뒤를 돌아보다가 애낭의 모습을 발견했습니다. 그는 이웃집에 가서 물어 본 끝에 떡장사 강 씨네 딸임을 알게 되었지요. 그래서 이렇게 물어 보았습니다.

"남의 집에 첩으로 보낼 생각이 있을까요?"

그러자 이웃사람이 말하는 것이었습니다.

"왕년에 관아에 왔다갔다 하는 일이 생겼을 때 남한테 첩으로 보낸 일이 있습니다. 헌데 … 그 댁에서 좋은 뜻에서 첩으로 거두어 주지 않고 돌려 보냈었지요. 첩 자리라면 … 원할지도 모르겠습니다!"

그 이야기를 들은 휘주 상인은 중매를 잘 하는 매파에게 부탁하여 강 씨네에 가서 혼담을 넣어 보게 했습니다. 성사되기만 하면 돈은 얼마가 들어도 아끼지 않겠다면서 말이지요. 그러자 매파는 자신 만만하게 강 씨네로 가자마자 이야기했습니다.

"휘주 상인이 부유하고 너그러워서 엄청난 예물을 내더라도 아가씨를 소실로 들이고 싶어 하는군요."

강 노인 부부는 마침 다급하던 참인지라 그 말에 마음이 흔들려서 물었지요.

"어디로 데려 간답디까?"

"그 조봉 어른은 양주[38]에서 전당포를 운영하면서 중염[39] 일을 맡고 계시고 큰 마나님만 혼자 휘주 본가에서 지낸답니다. 이번에 둘째마님으로

---

38 양주(揚州) : 중국 고대의 지명. 명대에 남직예(南直隸)에 속했던 양주부(揚州府)로, 지금의 강소성(江蘇省) 양주시에 해당한다.
39 중염(中鹽) : 송나라 태종 때에 절중창(折中倉)을 설치하고 상인들로 하여금 변경으로 식량을 수송하고, 나중에는 쌀을 도성으로 수송하게 하였다. 이런 경우에 우대가격으로 소금을 지급했는데 이를 '중염'이라고 불렀다. 명대에도 초기에는 이 제도를 계승하였다. 그러나 홍치 연간에 운사(運司)에 은화를 수송하는 것으로 변경하는 대신 원래대로 염인(鹽引)을 지급했는데 그 소금 역시 '중인'으로 불렸다.

모셔가서 양주 가게에서 살게 되면 … 본처 대접[40]을 받게 되는 셈이니 그런 호강이 어디 있겠어요? 거기다 길도 그다지 멀지 않고!"

"예물을 얼마나 내시겠답니까?"

『소주청명상하도』에 묘사된 명대 전당포의 모습. 일반적인 상점들과는 달리 벽이 외부와 차단되어 있다

"'성사되기만 하면 돈이야 얼마가 들더라도 아끼지 않겠다'고 하십니다. 두 분이 얼마를 달라고 해도 그 양반은 부자니께 두 분 원하는 만큼

---

40 본처 대접[兩頭大] : '양두대(兩頭大)'는 글자 그대로 직역하면 '양쪽 모두 본처' 정도로 번역할 수 있는데, 본처와 소실을 구분하지 않고 동등하게 대하는 것을 말한다.

낼 거구만요! 얼마든지 예물을 받아내시면 되지요!"

그러자 강 노인 부부는 이렇게 상의했습니다.

"당신이나 나나 속으로야 딸을 보내 주기 아깝지. 그렇다고 곁에 잡아 놓자니 이렇게 훌륭한 혼주를 만날 수도 없지 않소? (…) 남의 집에 시집 보낼 마음이 있는 이상 예물이며 지참금이라도 많이 받아내면 말년에 장 사나 하면서 지내기 충분할 거요. (…) 그 사람한테서 삼백 냥은 받아내 야겠어. 그보다 한 푼도 모자라면 안되지!"

상의를 마친 부부는 매파를 보고 그렇게 이야기했습니다.

"삼백 냥 … 이면 좀 많기는 한데…"

매파가 이렇게 말하자 강 씨네 아내가 말했습니다.

"한 푼이라도 적으면 나도 안되겠어요!"

"일단 한번 이야기해 보지요. 성사되면 … 저한테 사례나 좀 더 해 주 시고."

세 사람은 다 삼백 냥이 엄청난 재물로, 값을 아주 비싸게 불렀다고 여겼습니다. 그런데 뜻밖에도 휘주 상인은 애낭의 미모에 단단히 빠져 있었습니다. 그러니 이삼백 금인들 그게 무슨 대수이겠습니까? 한 마디에 '그렇게 하겠다'는 것이었습니다. 그렇게 해서 부른 액수대로 예물을 보내고 날을 잡아서 출가시켜 배를 타고 양주까지 가게 되었답니다.

강애낭은 울고 불면서 '이제 다시는 부모님을 만날 수 없게 되었다'고 여겼지요. 강 노인은 딸을 판 셈이어서 심정이 착잡했습니다. 그러나 다행스럽게도 그런 대단한 횡재를 만나는 바람에 새로 장사를 시작하게 된 것은 말할 필요도 없었지요.

다시 이야기를 들려 드리도록 하겠습니다. 고 제공은 주 관아에서 여섯 해 동안 근무해서 임기를 다 채운 상태였습니다.[41] 관례상으로는 당연히 서울로 가서 발령을 기다려야 했지요. 이부吏部에서는 이름을 확인하고 나서[42] 그를 한韓 시랑[43] 문하로 전보시켜 일을 맡아 보게 했습니다. 한

---

41 임기를 다 채운 상태였습니다[兩考役滿] : 『대명회전(大明會典)』「이역참발(吏役參撥)」에 따르면, 명대 초기인 태조의 홍무(洪武) 31년에 규정하기를, "어떤 경우는 서울에서 두 번 고과를 거치고 외직에서 한 번 고과를 거치거나 또는 서울에서 한번 고과를 거치고 외직에서 두 번 고과를 거치는 식으로 두 경우 모두 9년이 임기를 다 채운 것으로 정하였다. 나중에는 외직에서 두 번 고과를 거치고 서울에서 한번 고과를 거치면 임기를 채우는 것으로 정하였다[或在京兩考, 在外一考. 或在京一考, 在外兩考. 皆以九年滿出身. 後定, 以在外兩考, 在京一考, 爲滿]" 여기서도 고 제공은 외직으로 6년 임기를 채운 다음 서울에서 남은 3년 임기를 채우기 위하여 서울로 가서 인사 발령을 받으려 하고 있다.

42 이름을 확인하고 나서[點過卯] : '점묘(點卯)'는 글자 그대로 직역하면 '묘시에 점호를 한다' 정도로 번역되는데, 명대의 출근 확인 절차이다. 조정에서는 날마다 묘시(卯時), 즉 동이 트는 이른 아침 5~7시에 조회를 진행하였다. 여기서는 편의상 '이름을 확인하다' 식으로 번역하였다.

43 시랑(侍郎) : 중국 고대의 관직명. 한대에 설치한 낭관(郎官)의 하나로, 본래는 궁정에서

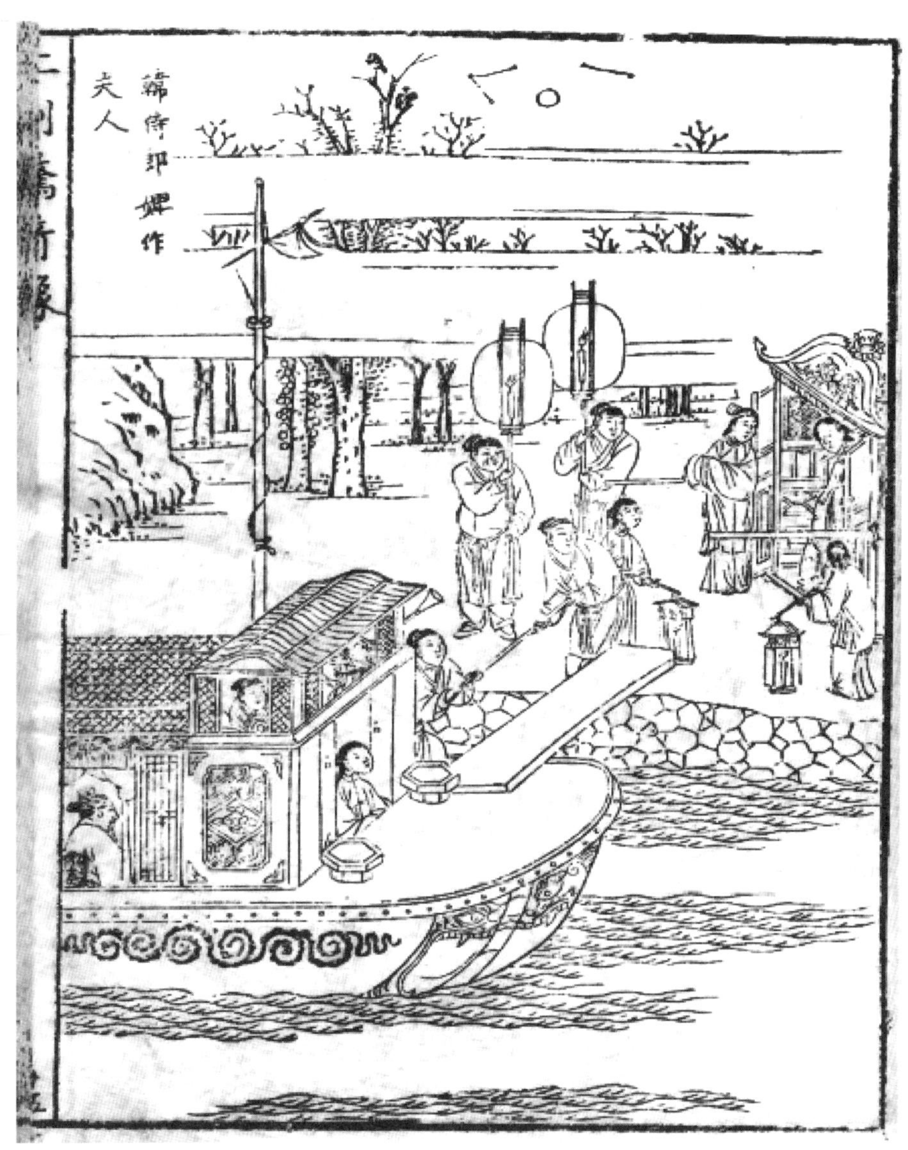

시랑의 여종이 부인에 책봉되다

시랑이라는 양반은 정직하고 관대한 대신이었지요. 그는 제공이 신중하고 세심한 데다가 풍채도 의젓한 것을 보고 각별하게 대해 주었습니다. 그래서 수시로 관아에 데려다 놓고 공무를 맡게 해 주었습니다.

그러던 어느 날이었습니다. 시랑이 외출하여 손님을 만나게 되었습니다. 그래서 제공은 관아 주변을 벗어날 엄두를 내지 못하고 앞채에서 그가 돌아오기만을 기다리고 있었지요. 그런데 한참을 기다렸지만 시랑은 먼 곳의 술자리에 참석해서 그런지 제때에 돌아오지 않는 것이었습니다. 기다리다가 나른해진 제공은 난간에 앉아서 졸다가 가물가물 잠이 들고 말았습니다. 그런데 허공을 보니 구름 속에서 누런 용이 모습을 드러내는데 온통 노을이 빛나면서 자기 몸을 비추는 것이 아닙니까. 그렇게 놀라며 구경을 하고 있을 때였습니다. 별안간 누가 자신을 발로 차는 바람에 갑자기 놀라서 깨고 보니 뒷채에서 누가 부르면서 큰소리로 외치는 것이었습니다.

"부인께서 나오신다!"

제공은 허둥지둥 어쩔 줄을 모르는 바람에 서둘러 몸을 피한다고 피했지만 미처 그 자리를 벗어나지 못하고 말았습니다.

황제를 모시는 측근 내시였다. 후한대 이후로는 상서(尚書)의 관리로 갓 임용되었을 때는 '낭중(郎中)', 한 해가 지나면 '상서랑(尙書郎)', 3년이 지나면 '시랑'으로 불렀다. 당대 이후로는 중서성(中書省)·문하성(門下省)·상서성에서 시랑을 각 부(部) 수장의 부관으로 삼으면서 벼슬이 점차 높아져서 지금의 장·차관급에 이르렀다.

명대의 청화 대접에 그려진 용 문양(중화고완망 사진)

앞채까지 나온 한 시랑댁 부인은 제공이 허둥지둥 나가는 광경을 발견하고 사람을 시켜 그를 되돌아오게 했습니다. 제공은 '예의에 벗어난 행동을 했으니 문책을 당하겠구나' 하고 여겼습니다. 그래서 잰걸음으로 뜰로 가서 무릎을 꿇고 땅바닥에 납작 엎드린 채 윗쪽은 바라볼 엄두도 내지 못했지요. 그러자 부인이 말하는 것이었습니다.

"고개를 드시오. 어디 좀 봅시다!"

제공은 함부로 처신할 엄두가 나지 않아서 목만 살짝 폈습니다. 그러자 부인이 그 모습을 보더니 말하는 것이었습니다.

"어서 일어나세요. (…) 당신은 태창의 고 제공이 아니세요? 어떻게 이곳에 계십니까!”

그래서 제공이 말했지요.

“황공한 말씀이십니다! (…) 소인 고방은 … 말씀대로 태창 사람입니다. 임기가 만료되어 서울에 왔다가 댁에서 일을 맡게 되었습니다!”

“저를 … 알아 보시겠어요?”

무슨 영문인지 몰랐던 제공은 갈피도 잡지 못한 채 한 마디도 대답을 하지 못하는 것이었습니다. 그러자 부인이 웃으면서 말했지요.

“소첩은 다른 사람이 아니라 바로 떡장사 강씨의 딸입니다. 예전에 휘주 상인에게 출가했는데 친딸처럼 대해 주시더군요. 나중에 정식으로 한 상공에게 소실로 출가했답니다. 그런데 정부인께서 돌아가시고 상공께서 소첩을 후처로 삼으셔서 지금은 봉고[44]까지 받았답니다! (…) 생각해 보면 이 같은 영화는 모두가 당신 덕분입니다! 만약 그때 당신께서 너그럽게 덕을 베푸시어 의롭게 소첩을 돌려보내지 않으셨더라면 지금 어떻게 이 자리까지 오를 수 있었겠습니까! 소첩 늘 그 은혜를 마음속에 새기고 있으면서도 보답할 길이 없는 것을 안타까워 하고 있었답니다. 그런

---

44 봉고(封誥) : 명대에 황제가 5품 이상의 관원 및 그 선조·본처에게 작호(爵號)를 내리던 것을 말한다.

데 오늘 다행스럽게도 여기서 만나 뵙는군요! 상공께 그간의 사정을 말씀드리고 조금이라도 보답해야 겠습니다!"

그 말을 다 들은 제공이 이게 꿈인가 긴가민가 싶었습니다. 그래서 곁눈질로 위쪽에 있는 부인을 훔쳐 보았지요. 그랬더니 바로 강 씨네 애낭이지 뭡니까 글쎄!

'그녀가 저 자리에까지 올라갈 줄이야!'

하고 생각한 그는 문득 이런 생각이 들었습니다.

'그녀는 휘주 상인에게 첩으로 팔려 갔었는데 … 어떻게 한 상공께 출가할 수 있었던 걸까? (…) 방금 전에 듣자니 '휘주 상인이 친딸처럼 대해 주었다'고 하던데 … 그건 또 무슨 말인지 모르겠구나?'

그 자리를 물러나 바깥으로 나온 제공은 한 상공 댁의 늙은 도관[45]에게 은밀히 물어보고 나서야 그 내막을 상세하게 알 수가 있었습니다.

당시에는 휘주 상인이 애낭을 소실로 들일 때 휘주 사람들 풍속에 따라 하객들이 신방에 몰려 들어 신랑을 들볶는 의식을 치루어야 했답니다. 이런 경우 친척·친구 등 지인들은 거처에서 지내다가 누가 장가를

---

[45] 도관(都管) : 집안의 사무를 돌보는 하인의 우두머리, 집사. 여기서는 편의상 원어 그대로 옮겼다.

들었다는 소식을 들으면 술통을 들고 달려와서 축하인사를 하곤 했습니다. 인사를 주고 받을 때에도 말로는 축하를 한다지만 사실은 절반은 웃고 놀리는 분위기였고, 신랑을 곤드레 만드레 취하게 만들고 나서야 흡족해 하곤 했지요.

그날 밤도 휘주 상인은 잔뜩 취한 상태였습니다. 그러니 운우의 정 따위는 말도 꺼내 보지 못했지요. 신부 베개 맡에 그대로 쓰러진 그는 날이 밝을 때까지 곯아 떨어져 버렸답니다. 그런데 비몽사몽간에 웬 황금 갑옷을 입은 신인神人이 나타나더니 과추⁴⁶로 그의 머리를 내려치고 발로 차면서 말하는 것이었지요.

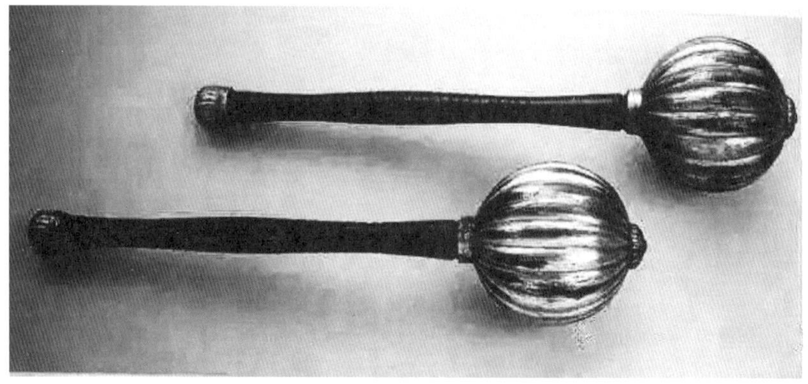

과추의 예시. 망치 머리가 참외 같이 생겼다 하여 과추로 불려졌다

"이 분은 이품 부인⁴⁷이시다! 예삿 사람의 배필이 아니시니 섣불리 허

---

46 과추(瓜錘) : 중국 고대의 병기. 끝 부분에 참외처럼 생긴 망치가 달려 있다.
47 이품부인(二品夫人) : '부인(夫人)'은 중국 고대의 존칭. 당대에는 3품 이상의 고관대작

튼 짓을 벌여서는 안될 것이니라! 만약 내 말을 거역한다면 기필코 큰 불행을 당하게 될 것이다!"

그렇게 해서 휘주 상인이 놀라 깼더니 머리가 유난히 아프지 뭡니까. 하는 수 없이 잠자리에서 일어난 그는 '그 꿈 참 희한하다' 하고 생각하면서 속으로 이상하게 여겼지요. 평소에 가장 믿고 모시던 신이 관성 영첨[48]이었습니다. 그래서 머리를 빗고 세수를 한 다음 작은 휴대용 곽을 열고 엽전 열 개를 꺼내서 허공을 우러르며 경건하게 기도를 올렸지요. 그 여자와의 인연이 어떤지 알아보려고 말입니다. 그렇게 점을 쳤더니 을무乙戊의 괘가 나왔습니다. 바로 열다섯 번째 찌[簽, 점괘]이지요. 그 찌에 대한 그 풀이는 다음과 같았습니다.

"두 집안이 격은 서로 잘 어울리건만	兩家門戶各相當,
인연이 아니니 저울질 하지 말라.	不是姻緣莫較量.
봄바람 불 때 되면 좋은 소식 들리고	直待春風好消息,
금슬 좋은 부부 신방으로 들게 되리라."	却調琴瑟向蘭房.

그 찌의 의미를 알고 난 그는 이상하게 생각했습니다.

의 모친이나 아내를 '군부인(郡夫人)', 왕의 모친, 아내 및 1품 고관대작과 제후의 모친, 아내는 '국부인(國夫人)'으로 높여 불렀다. 나중에는 대갓집의 여주인 역시 '부인'으로 불려졌다.

48 관성영첨(關聖靈籤): 중국의 전통적인 점술. 산통(算筒)에 가득 꽂힌 산가지(찌)들 중에서 하나를 임의로 뽑아 운세를 점 치는 방법. 관제영첨(關帝靈籤)·관제신첨(關帝神籤)으로도 불린다.

'인연이 아니라고 해 놓고 봄바람 불 때 되면이 어쩌고 금슬 좋은 부부가 저쩌고 하다니 … 설마 눈 앞의 물건을 고이 놓아 두고 때가 올 때까지 기다리는 말인 걸까?'

그는 갈수록 알다가도 모를 노릇이지 뭡니까. 그래서 새로 찌를 하나 뽑았더니 이번에는 신병辛丙의 괘가 나왔습니다. 바로 일흔세 번째 찌였지요. 그 풀이는 다음과 같았습니다.

관제영첨(關帝靈籤) 표지

"예전 신방에서 비녀 반쪽 받았더니   憶昔蘭房分半釵,
이제 문득 전해 온 소식 이상도 하구나.   而今忽報信音乖,
연리지 되기만 간절히 바랐건만   癡心指望成連理,
결국엔 뜻밖에도 인연이 닿지 않는구나!"   到底誰知事不諧.

그 점괘를 얻자 그는 생각했습니다.

'이 찌가 분명히 내 인연은 아니어서 백년해로 할 수 없다는 것을 아주 잘 설명해 주는구나! (…) 꿈에서는 이품 부인이 될 팔자라고 했는데 … 만약 그녀를 남의 집에 다시 출가시키면 … 어떻게 될까?'

기도를 마친 그가 다시 찌 한 개를 더 뽑았더니 이번에는 병경丙庚의 괘가 나왔습니다. 바로 스물일곱 번째 찌였지요. 그 풀이는 다음과 같았습니다.

"세상 만물에는 저마다 주인이 있는 법   世間萬物各有主,
한 톨 한 올이라도 그대는 갖지 마오.   一粒一毫君莫取.
영웅과 호걸은 본디 하늘에서 내시는 것   英雄豪傑本天生,
매사에 분수를 따라야 할 것이오!"   也須步步循規矩.

휘주 상인은 그것을 다 보고 나서 말했습니다.

"풀이에서 이렇게 분명하게 설명해 놓은 것을 보니 주인은 따로 찾아야 하는 것이 분명하다. (…) 나도 마음을 정했어!"

말이야 그렇게 했습니다마는 낮에 그녀의 아름다운 모습을 보았을 때에는 마음이 요동치는 것을 막을 길이 없었지요. 그렇기는 하지만 조금이라도 나쁜 마음을 먹기만 하면 금세 머리가 아파 오지 뭡니까. 밤이 되어서도 그녀의 침상 가까이 다가가면 갈수록 정신이 흐리멍텅해지면서 머리가 참을 수 없을 정도로 아픈 것이었습니다. 그래서 휘주 상인은 생각했지요.

'이렇게 기이할 수가! (…) 꿈에서 들은 말을 따져 보더라도 찌의 풀이와 분명하게 맞아 떨어지는구나! 그녀의 동정을 빼앗는다면 신께서 노하실 것이 분명하다! (…) 차라리 그런 마음일랑 내려 놓고 그 아이를 양딸로 받아들인 다음 사람을 구해서 출가시키는 편이 낫겠어! 그렇게 하면 나중에 정말 부귀를 누리게 될지도 모르니까!'[49]

그래서 그 뜻을 강애낭에게 들려주었습니다.

"이 몸은 나이가 마흔 살이 넘었으니 아가씨 하고는 나이가 맞지 않

---

[49] 【즉공관 미비】 此商亦有一段後緣, 故決此意. 若强然冒行, 必得奇禍. 이 상인 역시 나중의 인연이 있는 게지. 그래서 이런 결심을 한 것이다. 만약 억지로 밀어 부쳤다면 불행을 당했을 것이 분명하다.

소! 더욱이 집에는 원래 본처가 있는 데다가 지금 양주 전당포에도 둘째 부인이 있소이다. (…) 전번에는 아가씨가 하도 곱게 생겼길래 순간적으로 소실로 맞아들이기로 한 것이었소. 헌데, … 간밤에 꿈에서 웬 신을 뵈었더니 아가씨가 귀한 분이어서 이 몸은 인연이 아니라고 합디다. (…) 이제 아가씨를 감히 범할 수 없게 되었고 … 이 몸이 갑절이나 나이를 더 먹었으니 차라리 의붓딸로 받아들여 좋은 인연을 구해 짝을 지어 주리다. 그리고 나서 그 인연을 이어갈까 싶은데 … 아가씨 의향은 어떻소?"

강애낭의 입장에서야 첩으로 들이지 않고 딸로 삼겠다는 말을 들었으니 마다할 리가 있겠습니까? 그래서 이렇게 대답했지요.

"무조건 뜻대로 따르기는 하겠습니다마는 … 기대에 미치지 못할까 걱정입니다!"

그리고는 바로 일어나더니 촛대에 초를 꽂기라도 하는 것처럼 휘주 상인에게 네 번 절을 했습니다. 그 뒤로는 휘주 상인을 '아버지'라고 부르고 휘주 상인도 애낭을 '처녀[50]'라고 부르면서 각자 다른 침상에서 잠을 잤답니다. 그렇게 그녀와 양주 전당포까지 함께 온 그는 '오는 길에 의형제를 맺은 친구 딸인데 신랑감을 찾아달라고 부탁하더라'는 말만 하면서 매파에게 분부해 사방에서 혼처를 구해 보게 했지요.

---

50 처녀[大姐] : '대저(大姐)'는 명대에 미혼 여자를 부르던 호칭이다.

그때는 마침 초봄이었습니다. 공교롭게도 마침 한 시랑이 가솔을 데리고 부임 길에 오른 참이었지요. 그런데 배로 양주를 지나갈 때였습니다. 부인이 병을 얻는 바람에 소실을 들여 부인의 병구완을 시킬 생각으로 배를 관문 아래에 멈추게 되었지요. 그 이야기가 전해지자 중매장이들은 파리가 누린 고기에 꼬이듯이 몰려들었습니다. 그렇게 해서 들어온 혼담이 삼사십 건을 넘지 뭡니까요! 가는 곳마다 사람을 물색해 보았지만 한결같이 성에 차지 않았습니다. 막판에는 누가 이렇게 말하는 것이었습니다.

『소주청명상하도』에 그려진 명대의 각종 배. 뱃머리를 봉황(좌), 범(중), 용(우)으로 장식한 봉주·호주·용주도 보인다

"휘주 전당포에 양딸이 하나 있는데 태창주에서 왔다고 합디다. 외모는 아주 고운데 남의 집에 소실로 줄 생각이라고 하더군요. (…) 물어 보셔도 좋을 것 같습니다!"

그러는 사이에 매파가 혼담을 넣어 보려고 대표로 전당포로 찾아 왔겠다?

알고 보니 휘주 사람들에게는 고약한 습성이 있었습니다. '오사모烏紗帽'[51]와 '홍수혜紅繡鞋'[52] 이 두 가지에는 평생 돈을 아끼는 법이 없었지요. 나머지 다른 일들에는 몹시 인색하게 굴었지만 말입니다.[53] 그래서 '한 시랑이 첩을 들인다'는 소리를 듣자마자 지레 몸 한 쪽이 축 늘어지지 뭡니까! 그는 '꿈 속의 예언이 맞았구나' 하고 뿌듯해 하면서 당장에라도 혼사를 치르려 들었습니다. 한 시랑댁은 그 댁대로 사람을 불러 선을 보더니 아주 흡족해 하는 것이었지요. 휘주 상인은 어차피 그녀를 자기 딸로 받아들인 상황이었습니다. 그렇다 보니 재물이야 얼마나 들든 간에 되려 자기 돈으로 신부가 신랑집에 보낼 혼수까지 떠맡았습니다. 그러면서도 고관과 내왕하는 인연을 맺을 욕심에 여간 만족스러워 하는 것이 아니었지요.

오사모(좌)와 홍수혜(우)

---

51 오사모(烏紗帽) : 명대에 관리들이 쓰던 모자. 여기서는 '관직' 또는 벼슬살이를 뜻하는 말로 사용되었다.
52 홍수혜(紅繡鞋) : 명대에 여자들이 신던 붉은 비단에 수를 놓은 신. 여기서는 '여자' 또는 '아내'라는 의미로 사용되었다.
53 【즉공관 미비】 是徽人行狀. 그게 휘주인들의 풍습이지.

　한 시랑 댁은 대대로 벼슬을 지낸 집안이었습니다. 그래서 매사를 거창하게 치르곤 했지요. 거기다가 휘주 상인의 처신이 당당한 것을 보더니 처음에는 몸값만 치르려던 것이 되려 도저히 허술하게 때워서는 안되겠다 싶었던지 비녀·반지 같은 장신구 하며 비단에 은자, 거기다가 삼사백 금이나 되는 예물까지 내 놓지 뭡니까 글쎄! 그것들을 받은 휘주 상인은 양녀의 출가를 더욱 빛나게 해 주기 위하여 자신은 대복[54]을 입고 떠들썩하게 태평소를 불고 북을 울리면서 애낭을 관선官船까지 보내 주었답니다.

　시랑과 부인은 애낭의 인물이 아름다운데 거기다가 예절에까지 밝은 것을 보고 속으로 기뻐하면서 각별하게 대해 주었습니다. 밤이 되어 운우의 정을 나눌 때에는 동정을 고이 간직하고 있는 것을 보고 더더욱 그 몸가짐을 높이 샀지요. 그렇게 부임하는 도중에 내내 함께 지내면서 몹시 금슬이 좋았답니다.

　도성에 당도했을 때에는 뜻밖에도 부인의 병세가 무거워져 몸져 눕는 바람에 일체의 집안일이 애낭에게 맡겨졌습니다. 애낭은 매사를 깔끔하게 처리해서 부인이 집안일을 할 때보다 훨씬 낫지 뭡니까. 그래서 그 댁 안팎과 노소를 막론하고 그녀를 좋아하지 않는 사람이 없을 정도였지요. 흡족해진 한 상공은 좋은 날을 잡아 후처로 삼았답니다. 때 마침 홍치 연간에 연호를 바꾸는 경사를 만나매 아예 강씨를 책봉 명단에 올려 보고 했고, '부인夫人'의 봉고까지 내려지자 이때부터 집 안팎에서 다들 '부인'

54　대복(大服) : 품과 소매가 크고 화려한 겉옷.

으로 높여 부르게 되었지요.

『소주청명상하도』 속의 명대 혼례 행렬

　애낭은 부인이 된 뒤에도 속으로 늘 앞서 두 집에 출가했던 일을 뇌리
에 떠올리곤 했습니다. 만약 그때마다 좋은 사람을 만나지 않았더라면
어떻게 동정을 지키고, 거기다가 오늘 이 같은 부귀를 누릴 수가 있었겠
습니까! 그래서 그 휘주 상인을 '양아버지'로 섬기면서 변함없이 왕래를
이어나간 것은 말 할 필요도 없었지요. 다만 유감스럽게도 고 제공만은
최근의 행방을 모르고 있던 참이었습니다. 그런데 별안간 본채 앞에서
이렇게 마주치고 보니 공교롭게도 마침 자기 집안에서 일을 맡고 있었지
뭡니까요! 그야말로

부평초 망망한 바다로 떠 내려 간다 한들　　　一葉浮萍歸大海,
인생에서 어디선들 만나지 않겠는가?　　　人生何處不相逢.

부인은 고 제공을 만나보고 일단 안방으로 돌아갔습니다. 그리고 나서 시랑이 귀가하자 시랑을 보고 말했지요.

"소첩에게 은인이 한 분 계신데 보답할 길이 없었사옵니다. 그런데 뜻밖에도 상공 관아에서 일을 맡고 있었지 뭡니까!"

그래서 시랑이 누구냐고 물었더니 부인이

"관아에서 일하는 관리인 고방입니다!"

하고 말하는 것이 아닙니까.

"그 자가 부인에게 어떤 은혜를 베풀었소?"

"소첩은 원적原籍이 태창이옵고 그 분 역시 태창주의 관리였습니다. 부모님께서 해적들에게 모함을 당하셨을 때 그 분께서 도와주신 덕에 다행스럽게도 큰 불행을 피할 수 있었지요. 부모님께서는 저를 첩으로 보내어 그 은덕에 보답하려 했습니다마는 그 분이 끝까지 거절하고 거두지 않았답니다. 그 댁에 억지로 저를 남겨 놓아도 그 분과 아내 분은 귀한 손님으로 예우하면서 소첩을 범하지 않고 방에서 혼자 한 달 동안 지내게 한 뒤에 예의를 갖추어 집으로 돌려보내 주셨지요. 그리고 나중에 휘주 상인에게 양녀로 보내어 오늘이 있게 해 주었으니 어찌 은인이 아니겠습니까?"

그러자 시랑은 깜짝 놀라면서 말했습니다.

"그렇다면 유하혜[55]나 노나라 사내[56] 같은 경우로구려! 우리 같은 사대부도 하기 어려운 일인데[57] 관속[58]들 중에도 그런 훌륭한 군자가 다 있었을 줄이야! (…) 그런 은혜를 못 본 척 해서는 안되고 말고!"

그는 아예 그 사연을 상소문으로 작성해서 조정에 아뢰었습니다. 상소문의 내용은 대체로 다음과 같았지요.

"사사로이 따져 보건대 태창주의 관속 고방은 남의 억울한 일을 드러

---

55 유하혜(柳下惠) : 춘추시대의 정치가·사상가인 전획(展獲, BC720~BC621)을 말한다. 대부(大夫) 전무해(展無駭)의 아들로, 자는 계금(季禽) 또는 자금(子禽)이다. 노나라의 유하읍(柳下邑)을 식읍으로 받았기 때문에 '유하혜'로 불리기도 하였다. 노나라의 사사(士師)에 임명되어 형벌·송사 등의 업무를 관장하였다. 『순자(荀子)』 「대략(大略)」에 따르면, 하루는 밤에 성문에서 숙직을 서다가 웬 집 없는 여인을 마주쳤다. 그는 여인이 동상에 걸릴까 걱정하여 자신의 품에 안기게 해서 옷으로 덮어 주면서도 밤새 법도를 벗어난 행동을 하지 않았다고 한다.

56 노나라 사내[魯男子] : 『시경(詩經)』 「소아·항백(小雅巷伯)」에 따르면, 춘추시대 노나라의 어떤 사내가 혼자 집안에 있었는데 어느 날 밤에 폭풍우가 몰아쳐서 이웃집 과부의 집이 무너지자 사내에게 달려 와서 하룻밤만 재워 줄 것을 부탁했으나 그 사내는 끝내 과부를 집안으로 들이지 않았다고 한다.

57 【즉공관 미비】 侍郎身試可信, 故此段轉加感激, 不然難免于疑矣. 시랑이 애낭과 동침했기에 그 말에 믿음이 가는 게지. 그래서 이 대목이 더더욱 감격스러운 것이다. 그렇지 않았더라면 의심을 피하기 어려웠을 테지.

58 관속[掾吏] : '연리(掾吏)'는 고대에 관원의 업무를 보좌한 관속을 말한다. '연'은 '돕는다'는 뜻으로, 한대에는 관청이나 군·국(郡國)에 소속한 관속들을 '연리' 또는 '연사(掾史)'로 불렀다.

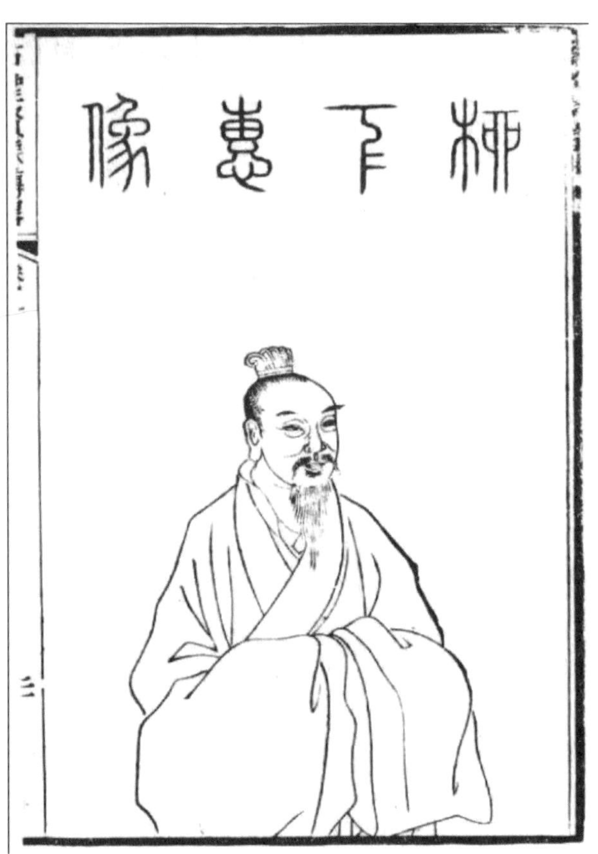

유하혜 초상

내는 등 그 정의감은 관아에서도 자자하옵니다. 사사로운 이해에 단호하니 그 굳은 지조는 어두운 방에서조차 굳게 지킬 정도이옵니다. 품계는 비록 낮으나 사대부들조차 실천하기 어려운 일을 해 내었나이다. 이에 특별히 그의 의로운 처신을 표창하시어 더욱 분발하도록 격려해 주심이 마땅하옵니다!"

竊見太倉州吏顧芳, 暴白冤事, 俠骨著于公庭. 峻絶謝私, 貞心矢乎暗室. 品流雖賤, 衣冠所難. 合行特旌, 以章篤行.

효종은 그 상소문을 보고 아주 기특하게 여기면서 말했지요.

"세상에 이런 이가 또 어디 있겠는가!"

그리고는 즉시 한 시랑을 소환해 접견하고 그에 관하여 상세하게 물었지요. 시랑이 일일이 아뢰자 효종은 칭찬해 마지 않는 것이었습니다. 그래서 시랑이 말했지요.

"이 모두가 폐하께옵서 중흥의 교화를 이루신 결과이온즉 표창하심이 옳사옵니다!"

"어디 표창 뿐이겠소? 그 이는 나라에서 중용할 만한 인재외다. 지금 … 어디에 있는가?"

"지금은 도성에서 임기가 차서 신의 관아에 차출되어 일을 맡고 있나이다!"

효종은 고개를 돌려 내시內侍에게 어느 부서의 주무 관원에 결원이 있는지 조사하도록 일렀습니다. 그러자 사례감[59]의 병필 내시[60]가 아뢰었지요.

"어제 이부에서 상소문을 올렸사온데 예부의 의제사[61]에 주사[62]가 한 사람 부족하다 하옵니다!"

"잘됐군, 잘됐어! 예부는 교화의 근본이 되는 부서이니 그 이가 적임일세!"

그리고는 즉시 이렇게 어명을 내렸습니다.

"고방에게 관직을 제수하리니 이부에서 알아서 처결하도록 하라!"

그러자 한 시랑은 황제의 은혜에 고맙다고 인사를 하고 그 자리를 물러갔습니다.

시랑의 당초 의도는 한 차례 표창으로 그에게 걸맞는 직함을 내리려는

---

59 사례감(司禮監) : 명대의 관직명. 대궐에서의 각종 의례·행사에서의 예법을 관장하던 태감(太監, 환관)으로, 담당 업무에 따라 제독(提督)·장인(掌印)·병필(秉筆)·수당(隨堂) 등이 있었다. 명대 초기에는 권력이 없었으나 중기 이후로는 황제가 국정에 소홀해지자 월권하여 국정을 농단하였다. 대표적인 경우로는 장인태감으로 왕진(王振)·유근(劉瑾)·풍보(馮保), 병필태감으로 위충현(魏忠賢) 등이 있었다.

60 병필내시(秉筆內侍) : 명대의 사례감 환관인 병필태감(秉筆太監)을 말한다. 황제가 조서를 내리거나 신하들의 상소문에 재가할 때에 어명에 따라 초고 작업을 맡았다.

61 의제사(儀制司) : 명대의 예부 산하의 관직명. 정식 명칭은 의제청리사(儀制淸吏司)이며, 가례(嘉禮)·군례(軍禮)·학교·과거(科擧) 등의 업무를 관장하였다.

62 주사(主事) : 명대의 관직명. 명대의 관직명. 중앙'정부기관인 육부(六部)'의 부마다 주사를 두고 수장인 상서(尙書)와 시랑(侍郎)의 업무를 보조하게 했는데, 그 직위는 원외랑(員外郎) 다음이었다.

정도였습니다. 그런데 황제가 이처럼 칭찬하고 장려하면서 금세 파격적인 요직을 내릴 줄은 꿈에서조차 생각하지 못했지요. 그래서 기뻐서 어쩔 줄을 모르는 것이었습니다. 조정을 물러 나온 그는 그 길로 관아로 돌아가서 부인에게 그 일을 알려 주었습니다. 그러자 부인도 몹시 기뻐하면서 고맙다고 인사를 했지요.

"상공께서 소첩 대신 그 은혜에 보답해 주셔서 고맙습니다! 소첩 정말 큰 행운을 만난 셈입니다!"

시랑은 부인이 기뻐하는 것을 보고 속으로 더더욱 즐거워하면서 서둘러 측근을 시켜 고 제공에게 알리게 했지요. 그 소식을 들은 제공은 마치 땅에서 하늘로 솟아오르기라도 하는 것 같았습니다. 그는 본분에 맞는 옷을 그대로 입고 시랑의 측근을 따라 시랑댁으로 들어왔습니다. 그리고 먼저 상공에게 절을 하면서 고맙다고 인사를 했지요. 그러자 시랑은 그 절을 받기도 전에 이렇게 말하는 것이었습니다.

"이제 조정에서 임명하신 관리가 되었으니 그에 걸맞는 격식을 갖추어야 할 것이오. 일단 옷부터 갈아입고 황은에 감사의 절을 올리도록 하시오. 그런 다음에 사저에서 이야기를 나누어도 늦지 않소이다!"

이윽고 예부 관청에서 시중 들 사람이 와서 그가 홍려시[63]에 이름을 올리러 가는 일을 도와주었습니다. 이튿날 아침, 오문[64] 밖에서 성은에

감사하다는 인사를 올린 그는 관아에 정식으로 부임했답니다. 그야말로

북경 자금성의 오문(정면)

왕년에는 소 주리[65]이더니	昔年蕭主吏,
오늘은 숙손통[66]이 되었구나.	今日叔孫通.
두 날개 장식 관모야 언제 바뀐 적 있을까마는	兩翅何曾異,

63　홍려시(鴻臚寺) : 중국 고대의 관직명. 외교 사절에 대한 의전이나 황실의 경조사 등의 업무를 관장하였다.

64　오문(午門) : 중국 고대 황궁의 정문. 명·청대에는 특히 자금성(紫禁城) 정문을 가리켰으며, 문·무 백관이 여기에서 입궁을 대기하거나 어명을 기다렸다고 한다.

65　소 주리(蕭主吏) : 한나라의 개국공신 소하(蕭何, ?~BC193)를 말한다. 패현(沛縣) 풍읍(豐邑) 출신으로, 개국군주 고조(高祖) 유방(劉邦)과 동향 사람이다. 처음에는 패현의 하급 관리인 주리연(主吏掾)으로 있다가 유방이 진나라에 반기를 들자 참모가 되었다. 나중에 한왕(漢王)이 된 유방에 의해 재상으로 임명되었으며 한신(韓信)을 추천하여 유방이 최종적으로 항우를 이기고 천하를 제패하는 데에 큰 공을 세웠다.

66　숙손통(叔孫通, ?~BC188?) : 전한 초기의 정치가. 설현(薛縣, 지금의 산동성 등주) 사람이다. 원래는 진나라의 박사(博士)로 있다가 항우(項羽)를 따라 진나라에 반기를 들었다가 나중에 그 정적인 유방에게 귀순하였다. 한나라가 건국된 뒤로는 태자태부(太子太傅)에 임명되어 의례제도 정비를 주도하였다.

그저 붉은 비단 관복을 입게 되었을 뿐이라오! 　　　　只是錦袍紅.

그날 고 주사는 관아의 공무를 마치자마자 관복을 입고 그 길로 한 시랑댁 사저로 가서 시랑에게 절을 했습니다.

숙손통(좌)과 소하(우)의 초상

"상공께서 이끌어 주셔서 감사합니다! 성상께 적극적으로 천거해 주신 덕분에 오늘 같은 영광을 누리게 되었습니다! 그 은혜 하늘처럼 높고 땅처럼 두텁습니다!"

"그것은 모두가 귀하께서 음덕이 너무도 크기 때문이요. 그래서 성상께옵서 각별히 총애하시어 이처럼 특별한 은혜를 베푸신 것입니다. 이 몸에게 무슨 공로가 있겠소이까!"

절을 마친 주사는 이번에는 '부인을 뵙고 자신을 추천해 준 큰 은혜에 고맙다는 인사를 하고 싶다'는 뜻을 밝혔습니다. 그러자 시랑이 말하는 것이었지요.

"기왕에 제 처가 외람되게도 동향 출신이라 하니 오늘부터 아예 친척 같이 지내도록 하십시다!"

그는 명령을 내려 부인을 나오게 해서 서로 인사를 시켰습니다. 부인 은 주사를 만나더니 서로 고맙다고 인사를 하면서 각자 절을 네 번씩 했 지요. 그리고 나서 부인은 안으로 들어가 술을 준비하는 것이었습니다. 이날 시랑은 주사를 환대하면서 술과 음식을 마음껏 즐기고 나서야 헤어 졌답니다. 부인은 이번에는 고 주사에게 '언제 고향을 떠나 왔는지, 부친 의 안부와 행방을 묻게 했습니다. 그래서 고 주사가 대답했지요.

"집을 떠난 지는 한 해가 되었고 … 강 씨댁의 장사는 평소와 같지만 다행스럽게도 평안하시고 별고 없으십니다!"

시랑은 고 주사와 상의한 끝에 주사가 부임하고 석 달이 지나 휴가를 받아 고향으로 돌아가면 즉시 강 노인 부부를 영접해 데려와 주도록 당 부했습니다. 고 주사는 그 명령에 따라 정말로 휴가를 받아 금의환향 했 지요. 그러자 고향 사람들 치고 그를 칭찬하고 부러워하지 않는 사람이 없을 정도였답니다. 그렇게 해서 고 주사가 강 씨네에 가서 안부를 묻자

관속이던 고 제공이 고관이 되다

마자 딸 소식을 알려 주니 강 씨네 사람들은 기뻐서 어쩔 줄 모르지 뭡니까. 휴가를 마친 주사는 처자식을 데리고 복귀하러 서울로 가기 위하여 즉시 수하에게 분부하여 두 번째 관선에 강 노인 부부를 동승시키게 했습니다. 부부가 서울에 와서 딸과 재회하니 온 가족이 이루 말할 수조차 없을 정도로 기뻐하는 것이었지요.

이때부터 시랑과 주사는 양가가 서로 내왕하면서 그야말로 친혈육처럼 가깝게 지냈답니다. 고 씨댁 큰 마님과 한부인은 그들대로 더더욱 사이가 각별해진 것은 말할 필요도 없었지요. 나중에 고 주사는 아들을 셋이나 두었는데 모두 글공부를 해서 과거에 급제했답니다. 주사는 아흔다섯 살까지 천수를 누리고 병에 시달리는 일 없이 편히 임종을 맞았지요. 이 이야기는 하늘께서 착한 사람에게 두텁게 보답하신 사례입니다. 그래서 세상사람들께 말씀드리나니, 선행을 베푸는 것도 알고 보면 결국은 그 선행들을 쌓아 자신이 그 복을 누리게 되는 법입니다. 이 이야기를 증명하는 시가 있습니다.

미인이 앞에 있으면 누가 사모하지 않겠나?	美色當前誰不慕,
은덕에 보답하니 그 복이 갔다가 되돌아 왔네.	況是酬恩去復來.
만약 무심코 웃으며 정을 통했더라면	若使偶然通一笑,
관속이 어디 용대의 반열에 오를 수가 있었으랴!	何緣掾吏入容臺.

1. 이각 박안경기의 창작과정

'이박'을 지은 능몽초凌濛初, 1580~1644는 명대 말기의 소설가·극작가이자 출판가이다. 명대 절강浙江의 오정烏程 사람으로, 자가 현방玄房이며, 호로는 초성初成과 즉공관주인卽空觀主人을 사용하였다. 그는 생전에 문학·예술·경학·역사 등 다양한 분야에서 저술을 남겼지만[2] 그 중에서도 가장 두각을 나타낸 것은 소설·희곡·가요 등의 통속문학 분야였다. 그가 지은 희곡을 당시의 유명한 극작가이던 탕현조湯顯祖, 1550~1616에게 보내고 조언을 부탁한 일이나, 당시 강남에서 연극 담론을 주도하던 또 다른 극작가 심경沈璟, 1553~1610의 무대 연출 스타일을 비판한 일, 또 자신이 운영하는 서방書坊을 통하여 『서상기西廂記』·『남음삼뢰南音三籟』 등, 당시 독서시장에서 인기를 끌던 희곡·가요집들을 펴낸 일 등은 능몽초가 통속문학의 소개와 창작에 얼마나 지대한 관심을 가지고 있었는지 잘 보여 준다.

동시대의 정치가이자 학자이던 사조제謝肇淛, 1567~1624는 능몽초의 출판관과 관련하여 이런 평가를 내렸다.

오흥의 능씨가 간행한 책들은 책을 만들어 이익을 노리는 데에 급급한 데다

1 　이 부분은 2023년에 선보인 학고방판 『박안경기』(전 6권)의 것을 주로 활용하였다.
2 　능몽초의 각종 저술 일람표는 2023년에 학고방 출판사에서 펴낸 『박안경기』 제6권의 425~426쪽의 것을 참조하기 바란다.

가, 사람을 부리는 데에도 인색하여, 그 사이에서 엮고 다듬느라 오자가 빈번하게 나오니 이 얼마나 해괴한 일인지 모른다. 그러면서도 『수호전』·『서상기』·『비파기』니 『묵보』·『묵원』이니 하는 책들은 거꾸로 온 정신을 집중하여 정성과 심혈을 기울임으로써 천의무봉의 태세로, 쓸데없이 희곡을 눈과 귀의 놀잇감으로 꾸미는 데에만 몰두하니, 이 또한 안타까울 따름이다.[3]

『오잡조五雜組』는 만력萬曆 병진년1616에 완성되었으니 여기에 언급된 것은 능몽초가 한창 출판활동에 전념하던 30대 시절의 상황인 셈이다. 정통문학을 중시하던 사제조로서는 능몽초가 소설·희곡·서화첩 같은 통속서들에만 지나친 정성과 투자를 집중하는 행태가 상당히 불만스러웠던 것으로 보인다. 그러나 우리는 사제조의 이 볼멘소리를 통하여 당시 독서시장의 동향에 촉각을 곤두세우고 있던 능몽초가 '경·사·자·집經史子集'의 정통문학보다는 소설·희곡 등 통속문학에 훨씬 더 깊은 애정을 가지고 있었음을 확인할 수 있는 셈이다.[4]

수향거사는 『이각 박안경기』의 서문에서 능몽초의 통속문학 창작과 관련하여 이렇게 소개하였다.

3　『오잡조』 권13 「사부1(事部一)」: "吳興凌氏諸刻, 急於成書射利, 又慳於倩人編摩其間, 亥豕相望, 何怪其然. 至於水滸西廂琵琶及墨譜墨苑等書, 反覃精聚神, 窮極要眇, 以天巧人工, 徒爲傳奇, 耳目之玩, 亦可惜也."

4　문성재, 「명말 희곡의 출판과 유통 - 강남지역의 독서시장을 중심으로」, 『중국문학』 제41집, 2004.5, 제156쪽. 물론, 능몽초가 이처럼 통속문학의 창작과 출판에 몰두한 것은 해당 분야에 대한 개인적인 관심이 결정적인 요인으로 작용했다고 본다. 그러나 여기에는 당시 독자들의 성격이나 독서시장의 추세에 민감한 출판가로서의 그의 판단력도 한몫했을 것이다.

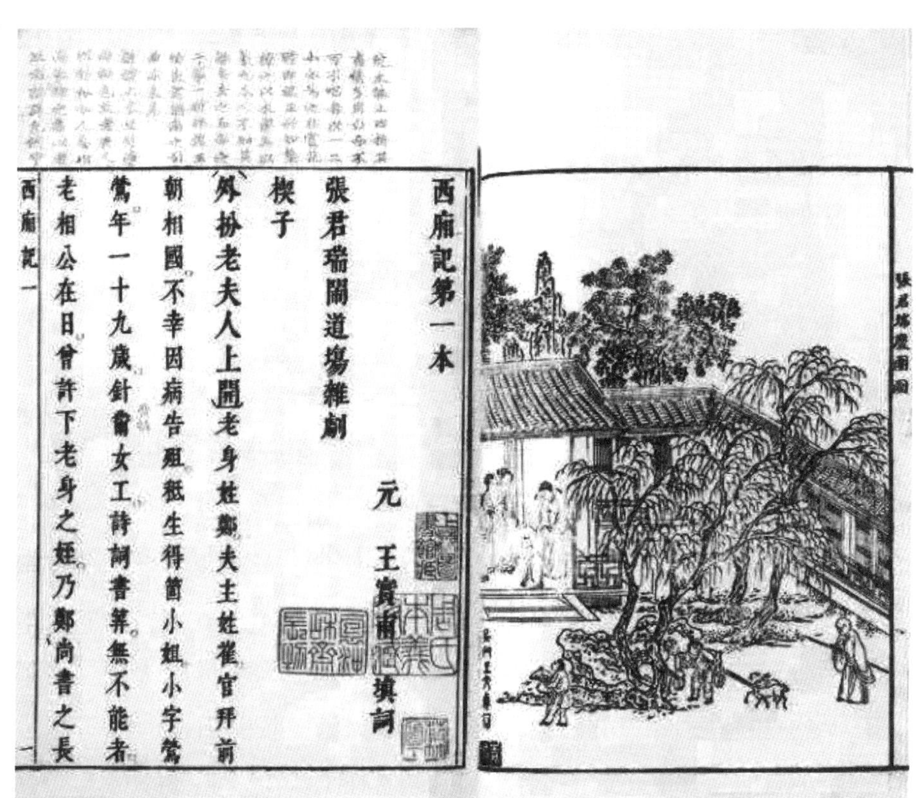

출판업을 가업으로 계승한 능몽초가 여러 색으로 인쇄해 펴낸 당시의 인기 희곡 『서상기(西廂記)』

즉공관주인이라는 분은 그 사람 자체도 기이하거니와 그 글도 기이하며 그 역정 또한 기이하다. 뜻을 제대로 펼치지는 못 했으나 원대한 그 재능을 발휘하는 기회를 만나매 남는 재능을 내어 전기를 짓고 거기서 몸을 더 낮추어 연의를 지으니, 이 박안경기를 두 번에 걸쳐 간행하게 된 까닭이다.[5]

---

5   수향거사, 「이각 박안경기 서」.

수향거사의 증언은 ① 능몽초가 통속문학 저술과 출판에 종사하기 시작한 시점과, ② 능몽초가 희곡과 소설을 창작한 순서에 관하여 우리에게 두 가지 사실을 시사해 준다. 수향거사의 증언에 따르면, 능몽초가 통속문학에 관심을 가지고 창작에 착수한 시점은 "과거에서 뜻을 제대로 펼치지 못한" 때부터이다. 능몽초가 과거시험에서 "뜻을 이루지 못한" "정묘년의 가을"은 그가 48세 되던 천계天啓 7년1627이었다. 이 해 가을에 응천부應天府, 지금의 남경에서 거행된 향시鄕試에 지원했다가 낙방했기 때문이다. 그러자 그는 통속문학의 창작에 본격적으로 뛰어들게 된다. "전기를 짓고 거기서 몸을 더 낮추어 연의를 지으니"라는 수향거사의 증언을 통하여 초기에는 희곡 창작에 종사하던 능몽초가 거기서 한 걸음 더 나가 창작 범위를 소설로까지 확장시켰음을 알 수 있다. 이때 몸을 낮추어 지은 소설이 바로 숭정崇禎 원년1628 10월에 소주蘇州의 상우당을 통하여 선보인 『박안경기』초각이다. 그렇게 우연히 선보인 『박안경기』의 대성공은 능몽초가 그 후속작을 준비하는 데에 결정적인 계기를 제공하였다.

억지로 지어낸 말과 투박한 이야기들이어서 장독을 덮기에도 부족한 내용임에도 불구하고 날개를 달고 날고 다리를 달고 달리는 것처럼 빠르게 유행하였다. 서상은 우연히 한번 시도해 본 것이 성공을 거두자 '또 내겠다'고 하는 것이었다. 그래서 내가 웃으면서 '한번으로도 충분하지 않소!' 하고 말은 하면서도 도중에 멈출 수는 없다고 여겨 일단 이번에도 마흔 편을 엮기로 한 것이다.[6]

---

6   즉공관주인(능몽초), 「이각 박안경기 소인」.

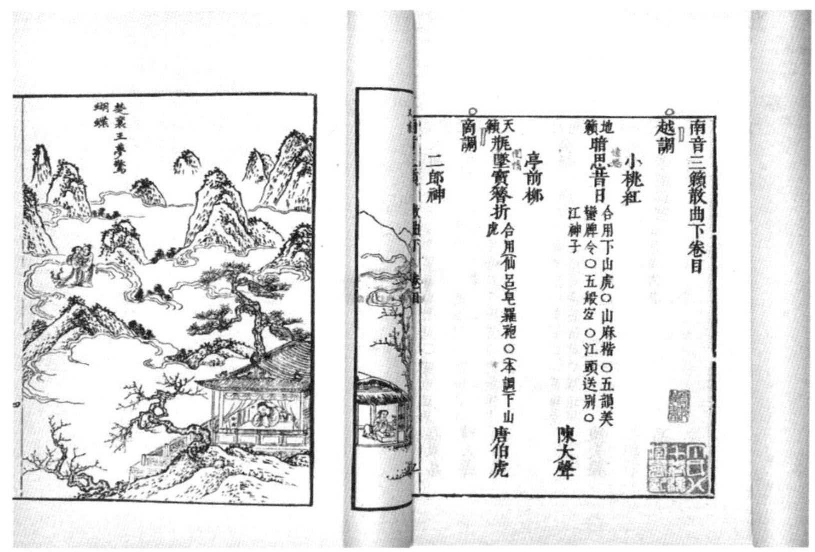

능몽초가 엮은 가곡집 『남음삼뢰(南音三籟)』의 본문과 삽화. 조판과 삽화에 상당한 공을 들인 것을 알 수 있다

능몽초가 「이각 박안경기 소인」에서 밝힌 『이각 박안경기』 출판 경위에 따르면, 직접적인 계기는 전작 『박안경기』의 성공에 고무된 상우당 운영자 안소운安少雲의 간곡한 요청이었다. 그러나 본인 역시 "도중에 멈출 수는 없다"며 한번으로는 부족하다고 여겨 후속작을 내는 데에 동의했다는 것이다.

그렇다면 『이각 박안경기』는 언제 정식으로 출판되었을까? 그 출판을 앞두고 수향거사와 능몽초가 각각 작성한 「이각 박안경기 서」와 『이각 박안경기 소인』을 보면 그 작성 시점이 "숭정 임신 겨울[崇禎壬申冬]"로 되어 있다. 능몽초가 살아 있을 때의 '임신년'은 명나라의 마지막 황제 주유검朱由檢, 1611~1644이 즉위한 뒤로 다섯 번째 해로, 서기 1632년에 해당

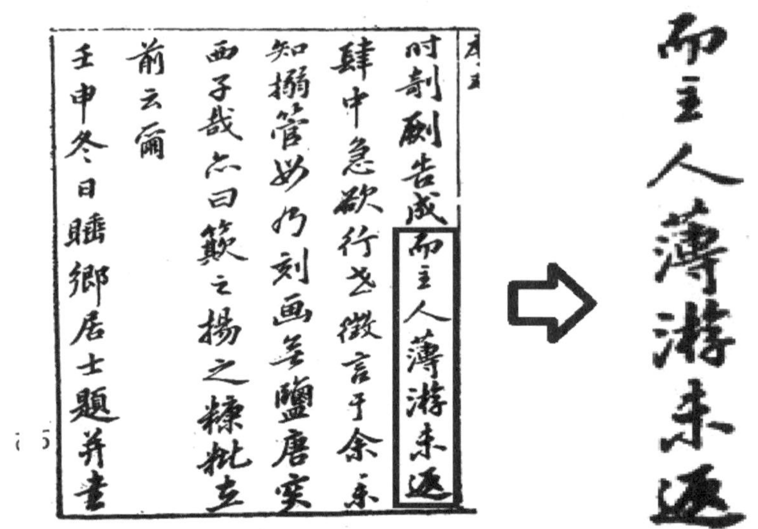

수향거사가 쓴 서문의 '박유미반' 대목. 이를 통하여 서문이 작성되던 시점에도 능몽초가 외지에 머물고 있었음을 알 수 있다

한다. 그 해의 "겨울"을 음력 11월부터 1월까지라고 본다면 양력으로는 1632년 연말보다는 그 이듬해인 1633년 연초일 가능성도 배제할 수 없다. 『이각 박안경기 소인』에는 능몽초가 그 글을 완성한 시점을 "임신년 겨울날[壬申冬日]"이라고 밝혔으나 수향거사의 서문과 날짜를 맞춘 것일 뿐 실제로는 해를 넘겼다고 보는 편이 합리적인 것이다.

『이각 박안경기』의 정식 출판이 해를 넘긴 숭정 6년1633에 이루어졌다는 사실은 수향거사의 증언을 통해서도 뒷받침 된다.

이제 책은 마침내 완성되었지만 (즉공관)주인이 벼슬을 지내느라 아직 돌아오지 않았다. 그러나 서사에서는 서둘러 책을 펴 내고자 하여 내게 서문을 청

탁하였다.[7]

수향거사의 증언을 정리하면, 『이각 박안경기』를 인쇄할 목판은 모두 준비되었으나 그 직전에 작자인 능몽초가 공교롭게도 작은 벼슬을 지내 느라 객지에 머물고 있었고 '신상품' 출시 일정을 앞당기려는 안소운의 재촉으로 자신이 서문을 대신 작성했다는 것이다. 원문에는 능몽초의 벼슬살이를 '박유薄游'로 표현했는데, 중국의 대표적인 검색 사이트 바이두百度의 온라인사전에 따르면, 그 의미는 "하찮은 녹봉을 위하여 객지에서 벼슬살이를 하는 것爲薄祿而宦游於外"이다. 실제로 능몽초 연보를 확인해 보면 능몽초는 숭정 6년 봄에 "강서포정사 반증굉의 남창 관아에 머물렀다"고 소개되어 있다. 그렇다면 원문의 '박유'는 능몽초가 포정사 관청이 있던 남창에서 반증굉의 고문으로 잠시 재직한 일을 가리키는 셈이다. 그리고 그의 귀환을 학수고대하고 있던 상우당 안소운의 독촉으로 허겁지겁 작성한 것이 우리가 이 책 서두에서 읽은 그 짧은 「이각 박안경기 소인」이다. 『이각 박안경기』가 정식으로 출판된 것은 숭정 6년이었다고 보는 편이 합리적이라고 보는 이유이다.

2. 이각 박안경기의 체제

현존하는 『이각 박안경기』 판본들 중에서 가장 일찍 간행된 것은 숭

---

7   수향거사, 「이각 박안경기 서」.

정 5년¹⁶³²에 소주의 상우당에서 간행한 판본^{이하 '상우당본'}이다. 이 판본의 경우, 중국에는 현재 국가도서관^{國家圖書館}에 소장된 것이 유일하다. 그러나 전체 내용에서 제13권~제30권까지의 분량이 사라진 채 절반 정도만 남아 있을 뿐이다. 그 뒤로 1941년에 일본의 닛코^{日光}를 방문한 중국의 서지학자 왕고로^{王古魯, 1901~1958}가 도쿄^[東京]의 내각문고^{內閣文庫}에서 또 다른 판본^{이하 '내각문고본'}을 새로 발견하였다.

이 판본의 경우, 맨 앞에 수향거사의 「이각 박안경기 서」와 능몽초 본인의 「이각 박안경기 소인」이 차례로 배치되어 있다. 이어서 목차와 삽화가 배치되고 그 뒤에는 40편의 작품 본문이 온전하게 엮여져 있다.

1) 목차

전작 『박안경기』와 마찬가지로, 수록된 작품 총 40편의 작품의 제목이 순서대로 소개되어 있다. 각 권의 제목은 장르가 다른 제40권을 제외한 나머지 39편이 모두 전형적인 명대 장회소설^{章回小說}의 양식에 따라 앞뒤 두 구절의 대구^{對句}로 구성되어 있다. 또, 각 구절의 글자 수는 7자구를 쓴 것이 총 18건, 8자구를 쓴 것이 총 18건으로 가장 많다. 반면에 6자구를 쓴 것은 제4권·제6권·제33권·제40권의 4건이 불과하며 그 중에서도 제40권은 제목이 대구가 아닌 단일한 구절로 붙여져 있어서 이채^{異彩}를 띤다.

2) 삽화

명대에 간행된 소설이나 희곡은 일반적으로 앞머리에 1~2장의 삽화를 배치하는 것이 관례였다. 『이각 박안경기』에도 제1권부터 제39권까지 총 78장의 삽화가 한꺼번에 배치되어 있다. 다만, 장르가 다른 잡극 희곡인 제40권 『송공명이 원소절에 소란을 일으키다[宋公明鬧元宵雜劇]』의 경우에는 삽화가 누락되어 있다. 능몽초 당시에는 희곡이나 소설에 일반적으로 삽화를 넣는 것이 관례였다는 점을 감안할 때, 제40권에 삽화가 누락되어 있다는 것은 이 부분이 나중에 뒤늦게 추가되었을 가능성을 시사해 준다. 만약 이 부분이 능몽초가 『이각 박안경기』를 선보이던 숭정 6년 당시의 원본이 맞다면 상식적으로 제40권에도 똑같이 삽화가 들어가 있어야 정상이기 때문이다.

3) 본문

제40권을 제외하면, 제1권부터 제39권까지는 권마다 우선 맨 오른쪽에 세로로 제목이 두 줄로 배열되고, 거기서 몇 칸을 띄운 다음부터 본문이 오른쪽에서 왼쪽으로 배열되어 있다. 본문은 쪽마다 10행씩, 행마다 대체로 200자씩 들어가 있다.

목판의 중심 하단에는 '상우당[尚友堂]' 세 글자가 표시되어 있으며, 일부 작품에는 해당 작품의 목판을 제작한 판각공[版刻工]의 이름이 표기되어 있다. 내각문고본의 경우, 제1권 상단에 '유음이 그리다[劉金彣]'라는 문구가 들어가 있는데, 그 의미를 따져 볼 때 삽화를 그린 화공[畵工]의 이름으로

『이각 박안경기』 삽화에 표시된 판각공의 서명들. 왼쪽부터 '유음 모(劉焱摹)', '유군유 각(劉君裕刻)', '군유 각(君裕刻)' 등의 글자들이 보인다.

추정된다. 이 밖에도 제6권 상단에 '유군유가 새기다[劉君裕刻]', 제18권 하단에 '군유가 새기다[君裕刻]'라는 문구가 표시되어 있는 것이 확인된다. 문구의 의미를 따져 볼 때, '유군유[劉君裕]'는 해당 작품의 목판을 제작한 판각공의 이름인 것으로 보인다. 화공 유음과 한 집안 사람으로 추정되는 그의 이름은 다른 도서에서도 확인할 수 있다. 역시 내각문고에 소장된 명대의 『이탁오선생비평 서유기[李卓吾先生批評西遊記]』 제100회의 삽화 오행산하정심원일정도[五行山下定心猿一精圖]에 그려진 바위 옆에 표시된 '군유유씨가 새기다[君裕劉刻]'라는 문구가 그 예이다. 이를 통하여 유군유라는 인물이 명대 말기에 다양한 책의 삽화를 판각하면서 맹활약한 유명한 판각공이었으며, 당시에 출판용 목판의 판각 및 삽화 제작이 일종의 가업으로 전승되면서 직업화·전문화되었음을 짐작할 수 있다.

3. 평점 작자의 독특한 서사장치

각 권의 본문에는 중요한 대목마다 군데군데 작자의 입장을 피력하는 평점評點이 안배되어 있다. 일반적으로 '평評'이란 작품의 특정한 대목에 다는 작자의 소감이나 논평을 가리키는데, 그 위치에 따라 각 쪽의 꼭지에 다는 미비眉批, 본문 행간에 다는 방비旁批, 또는 본문 옆에 단다고 해서 '측비(側批)' 등이 있었다. 또, '권점圈點'은 마침표처럼 구문이 끝나는 곳을 표시하거나, 독자들에게 환기시키고자 하는 대목이나 구절을 부각시키는 역할을 하는 것으로, 'ㅇ、●' 등으로 표시되었다. 이 독특한 서사장치는 원래 '설화' 시대에는 공연장에서 이야기를 들려주는 이야기꾼이 일종의 내포작가로 작품 속에 개입하면서 독자적인 목소리를 내는 데에 주로 사용되었다. 그것이 『이각 박안경기』에서는 작자인 능몽초가 그 이야기꾼의 역할을 대신하면서 독자들에게 자신이 강조하는 주제나 메시지를 전달하는 소통의 장치로 활용되었다.

명대 독서시장에서 평점은 희곡이나 소설의 주요 대목에서 이따금 요식적으로 간단하게 사용하는 것이 보통이었다. 그러던 것을 능몽초는 『이각 박안경기』에서 무려 979개의 각종 평점을 사용하였다. 그에게 있어 평점은 작품마다 자신이 강조하고자 하는 내용이나 전달하려 하는 메시지를 독자들이 쉽게 파악할 수 있도록 유도하는 장치였다. 이야기꾼이 공연장의 관중들을 염두에 둔 서사장치라면, 평점은 서재에서 책으로 이야기를 읽는 독자들을 배려한 소통장치였던 셈이다. 대단히 상세하면서도 때로는 치밀하게 안배된 이 평점들은 일종의 내포작가로 작품 속에

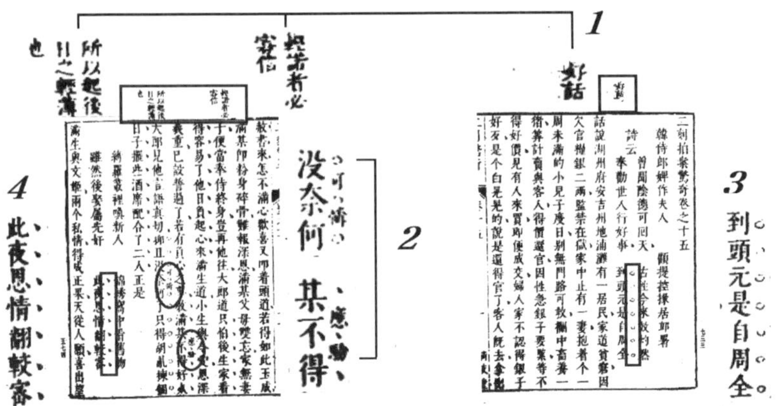

『이각 경기』의 평점 예시. 능몽초가 사용한 미비(1)와 방비(2), 권(3)과 점(4) 등 다양한 방식으로 자신의 의견을 개진하면서 독자와 소통하려 한 것을 볼 수 있다

직접 개입하면서 메시지를 전달하고 나아가 최종적인 목적'교화'을 달성하고자 하는 작자능몽초의 의지를 느낄 수 있게 한다. 그래서 일본 학자 카사미笠見는 평점이 고도로 활성화되어 작품 전체가 하나의 장편 논설과도 같은 성격을 보여 주는 것이 『박안경기』 서사의 가장 큰 특징"이라고 평가하기도 하였다.[8]

4. 내각문고본의 의문점

지금까지 살펴보았듯이, 현재 존재하는 『이각 박안경기』의 판본들 중

---

8 카사미 야요이(笠見弥生), 「『초·이각 박안경기』의 언어에 관하여 (『初·二刻拍案驚奇』の語りについて)」, 『동경대학 중국어중국문학연구실기요(東京大學中國語中國文學研究室紀要)』, 제18호, 28쪽, 2015.

에 가장 온전하게 전해지는 것이 일본의 내각문고본임은 분명하다. 다만, 이 판본이 능몽초가 숭정 6년에 당시 독자들에게 선보인 바로 그 최초의 판본인지에 관해서는 몇 가지 의문이 제기되고 있다.

1) 상이한 표지

내각문고본이 숭정 6년의 원본이 아닐 가능성은 인쇄에 사용된 목판을 통해서도 제기된다. 대표적인 사례가 제5권 「양민공이 원소절에 아들을 잃고, 열셋째가 다섯 살에 황제를 알현하다」와 제9권 「경박한 신랑이 갑자기 신부와 이별하고, 고용된 시녀가 옥 두꺼비를 알아 보다」이다. 이 두 작품의 경우, 목판 가운데에 한결같이 "이속 경기二續驚奇"라는 문구가 표시되어 있다. 문제는 이 두 이야기를 제외한 나머지 36편의 작품에는 해당 위치에 모두 "이각 경기二刻驚奇"라는 문구가 표시되어 있다는 데에 있다. "2각 경기"를 '박안경기의 속편'이라는 뜻에서 "속 경기續驚奇"라고 이해할 경우, "이속 경기"는 '속 경기의 속편'이라는 뜻으로 이해해야 하는 셈이다. '이각 경기'와 '이속 경기'가 서로 다른 판본일 가능성을 배제할 수 없다는 뜻이다.

2) 중복된 작품

능몽초는 「이각 박안경기 소인」에서 "일단 이번에도 마흔 편을 엮기로 한 것이다聊復綴爲四十則"이라고 밝힌 바 있다. 상식적으로 해석한다면 이 "마흔 편"은 모두 전작 『박안경기』를 엮고 남은 "백량대를 짓고 남은 목

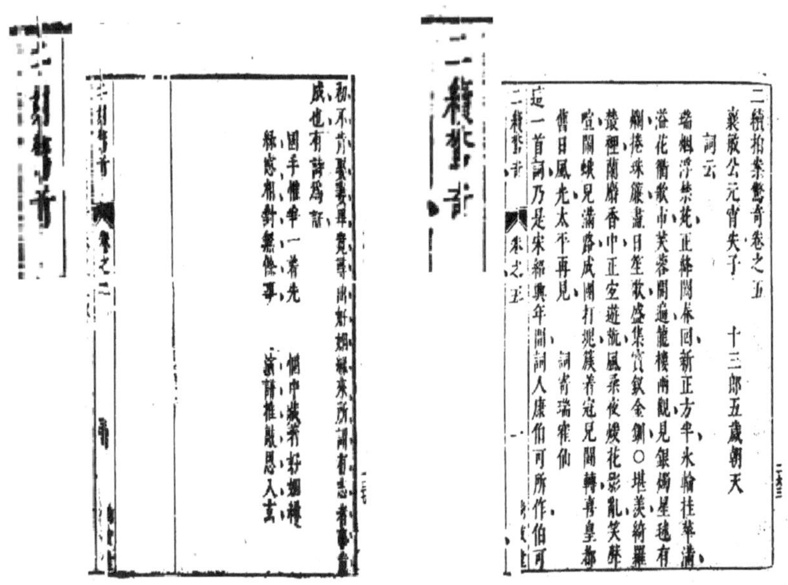

'이각 경기(二刻驚奇)'와 '이속 경기(二續驚奇)' 표시 사진. 동일한 판본에서 제목이 서로 다르게 표시되어 있는 것을 확인할 수 있다

재와 무창의 남은 대나무"를 새로 엮은 것이다. 전작에 수록된 작품들과는 '구분되는 별도의' 의화본 소설들이라는 뜻이다. 내각문고본은 문구에서 부분적으로 편차를 보이기는 하지만, 23번째 이야기인 제23권 「언니가 넋이 떠돌다 오랜 소원을 이루고 처제가 병상서 일어나 전날의 인연을 잇다」가, 그보다 4년 전에 간행된 『박안경기』초각의 제23권과 동일한 작품이다. 상식적으로 엄정한 창작관을 고수한 능몽초가 전작에서 이미 소개한 작품을 5년 뒤에 다시 끼워 넣었을 리는 없는 것이다.

3) 장르가 다른 작품

마지막 이야기인 제40권 「송공명이 원소절에 소란을 일으키다」가 장르의 성격상 소설novel이 아닌 희곡drama인 점도 납득하기 어렵다. 수향거사의 서문에서 보듯이, 희곡과 소설은 능몽초 당시에 각각 '연의演義'와 '전기傳奇'로 그 명칭이 분명히 구분되어 있었다. 그런데 장르가 다른 '전기'를 '연기'로 둔갑시켜 『이각 박안경기』에 '신작'으로 수록한다는 것은 논리적이지 않다는 뜻이다. 또, 『이각 박안경기』 목차 맨 뒤의 제40권 부분을 살펴보면 제목인 "송공명요원소 잡극宋公明鬧元宵襍劇" 바로 아래에 작은 글씨로 '부附'자가 들어가 있는 것을 확인할 수 있다. 여기서의 '부'는 정식 수록되는 본문과는 별도로 추가한 부록附錄임을 뜻한다. 이 글자의 존재만으로도 이 희곡이 능몽초가 『이각 박안경기』를 출판할 때 처음부터 "40편[四十則]"의 하나로 기획되고 수록된 작품이 아니라 제40권 자리에 나중에 누군가에 의하여 부록으로 끼워 넣어진 것임을 알 수 있는 것이다.

당시 복단대覆旦大 교수였던 중국문학 사학자 장배항章培恒은 이같은 의문점들에 문제를 제기하면서 다음과 같은 결론을 내렸다.

내각문고에 소장된 『이각 박안경기』가 세상에서 유일한 판본이기는 하지만 상우당에서 처음 발간한 판본은 아니다. 원래 수록되었던 제23권과 제40권은 이미 망실되었고, 그래서 『박안경기』의 제23권과 「송공명이 원소절에

소란을 일으키다」 잡극 희곡을 각각 끼워 넣음으로써 40권을 채운 것이기 때문이다.[9]

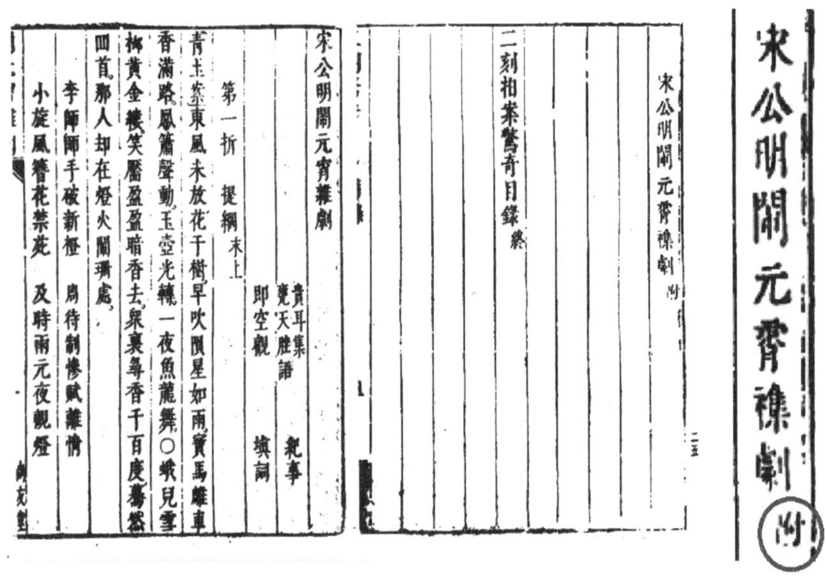

장르가 다른 제40권 희곡의 첫머리(좌)와 목차(우)의 '부(附. 동그라미 표시)'

5. 이각 박안경기의 소재들

중국 학계에서는 『이각 박안경기』를 "중국소설사에서 작자가 독자적으로 창작한 최초의 화본소설집"이라고 높이 평가하고 있다.[10] 그러나

---

9 장배항(章培恒), 「영인본 『이각 박안경기』 서」, 『이각 박안경기』, 제3쪽, 상해고적, 1985.
   "內閣文庫所藏 『二刻拍案驚奇』 雖爲天下孤本, 而非尙友堂原刊足本; 原刊的第二十三卷
   與四十卷業已亡佚, 故將 『拍案驚奇』 的第二十三卷與 『宋公明鬧元宵雜劇』 分別補入, 以湊
   足四十卷之數."
10 석창유, 「『박안경기』 전언」, 『박안경기』(초각), 강소고적, 제1쪽, 1990.

능몽초가 이 소설집의 줄거리와 인물들을 모두 혼자서 창조해낸 것은 아니다. 엄밀하게 말하면 『이각 박안경기』는 『이견지夷堅志』·『전등신화剪燈新話』·『제동야어齊東埜語』·『정사情史』·『지낭智囊』 등, 송대와 명대에 서면체 중국어'문언'로 지어진 단편 소설이나 희곡에서 발굴한 소재를 재구성하고 당시의 독자들이 이해할 수 있도록 구어체 중국어'백화'로 쉽게 부연하고 자신의 주장을 삽입하는 방식으로 재창작한 결과물이기 때문이다. 실제로 『이각 박안경기』에 수록된 작품들의 출처를 살펴보면, 홍매洪邁의 『이견지』에서 소재를 취한 것이 第2권·第7권·第8권·第11권 등 총 12편으로 가장 많다. 그 다음이 第6권·第24권 등, 구우瞿佑의 『전등신화』에서 소재를 취한 것이다. 이와 함께 제10권 등과 같이 『제동야어』에서 소재를 취한 것도 보인다. 그 중에는 제28권·제37권 등과 같이 풍몽룡의 『지낭보智囊補』나 채우蔡羽의 『요양해신전遼陽海神傳』 등, 능몽초와 비슷한 시기인 명대에 지어진 소설에서 소재를 취한 것들도 포함되어 있다. 이 밖에도 제3권·제9권 등처럼, 능몽초 당시에 민간에서 유행하던 연극 희곡을 소설로 각색하고 재창작한 사례도 더러 보인다.

능몽초가 『이각 박안경기』에 수록한 삭품들의 출처를 소개하면 다음 표와 같다.

	이각 박안경기			이야기 소재 출처		
순서	제목	시대	작자	제목	편명	영향
1	進香客莽看金剛經 出獄僧巧完法會分	명		古今圖書集成·神異典一	金剛持念	
2	小道人一著饒天下 女棋童兩局注終身	송	洪邁	夷堅志補 권19	蔡州小道人	
3	權學士權認遠鄕姑 白孺人白嫁親生女	명	葉憲祖	丹桂鈿盒雜劇		撮盒緣傳奇 鈿盒奇緣(傅靑眉)

| | 이각 박안경기 | | | 이야기 소재 출처 | | |
순서	제목	시대	작자	제목	편명	영향
4	青樓市探人蹤 紅花場假鬼鬧	명				紫金魚傳奇 今古奇觀(제36회),
						十三郎五歲朝天
5	襄敏公元宵失子 十三郎五歲朝天	송	岳珂	桯史	眞珠族姬	
			洪邁	夷堅志補8		
6	李將軍錯認舅 劉氏女詭從夫	원	瞿佑	剪燈新話		領頭書
			葉憲祖	金翠寒衣記	翠翠傳	
			馮夢龍	情史	劉翠翠	
7	呂使者情媾宦家妻 吳太守義配儒門女	송	洪邁	夷堅志支戊 권9	董寒州孫女	買笑局金(傅靑眉)
8	沈將仕三千買笑錢 王朝議一夜迷魂陣	송	洪邁	夷堅志補8	王朝議	
9	莽兒郎驚散新鶯燕 傷梅香認合玉蟾蜍	명	葉憲祖	素梅玉蟾雜劇		蟾蜍佳偶(傅靑眉)
10	趙五虎合計挑家釁 莫大郎立地散神奸	송	周密	齊東埜語 권20	莫氏別室子	
11	滿少卿饑附飽颺 焦文姬生讎死報	송	洪邁	夷堅志補 권11	滿少卿	死生怨報(傅靑眉)
			馮夢龍	情史	滿少卿	
12	硬勘案大儒爭閒氣 甘受刑俠女著芳名	송	洪邁	夷堅志支庚 권10	吳淑姬嚴蕊	
			周密	齊東埜語	嚴蕊	
			馮夢龍	情史	嚴蕊	
13	鹿胎庵客人作寺主 剡溪里舊鬼借新屍	송	洪邁	夷堅志補 권16	嵊縣山庵	
14	趙縣君喬送黃柑 吳宣敎乾償白鏹	송	洪邁	夷堅志補8	李將仕	賣情扎囤(傅靑眉)
					吳約知縣	今古奇觀 권38
			馮夢龍	情史	李將仕	彤縣君喬送黃柑子
15	韓侍郎婢作夫人 顧提控掾居郎署	명		不可錄		
			沈齡	三元記傳奇		
16	遲取券毛烈賴原錢 失還魂牙僧索剩命	송				
17	同窗友認假作眞 女秀才移花接木	명	洪邁	夷堅志堅甲 권19	毛烈陰獄	
18	甄監生浪吞秘藥 春花婢誤洩風情	명				
19	田舍翁時時經理 牧童兒夜夜尊榮	춘추				
20	賈廉訪贗行府牒 商功父陰攝江巡	송	洪邁	夷堅志補 권24	賈廉訪	
21	許蔡院感夢擒僧 王氏子因風獲盜	명				
22	癡公子狠使噪脾錢 賢丈人巧賺回頭婿	명	邵景詹	覓燈因話	姚公子	人鬼夫妻(傅靑眉)

<table>
<tr><td colspan="4" align="center">이각 박안경기</td><td colspan="3" align="center">이야기 소재 출처</td></tr>
<tr><td>순서</td><td>제목</td><td>시대</td><td>작자</td><td>제목</td><td>편명</td><td>영향</td></tr>
<tr><td rowspan="3">23</td><td rowspan="3">大姊魂遊完宿願 小姨病起續前緣</td><td rowspan="3">원</td><td>瞿佑</td><td>剪燈新話</td><td>金鳳釵記</td><td rowspan="3">원잡극 碧桃花와 유사</td></tr>
<tr><td>沈璟</td><td>一種情傳奇</td><td></td></tr>
<tr><td>馮夢龍</td><td>情史</td><td>吳興娘</td></tr>
<tr><td>24</td><td>庵內看惡鬼善神 井中譚前因後果</td><td>원</td><td>瞿佑</td><td>剪燈新話</td><td>三山福地志</td><td></td></tr>
<tr><td>25</td><td>徐茶酒乘鬧劫新人 鄭蕊珠鳴冤完舊案</td><td>명</td><td>何喬遠</td><td>九朝野記</td><td></td><td></td></tr>
<tr><td>26</td><td>懵教官愛女不受報 窮庠生助師得令終</td><td>명</td><td></td><td></td><td></td><td></td></tr>
<tr><td rowspan="2">27</td><td rowspan="2">偽漢裔奪妾山中 假將軍還姝江上</td><td rowspan="2">명</td><td rowspan="2">王同軌</td><td rowspan="2">耳譚</td><td rowspan="2"></td><td>撮盒緣傳奇</td></tr>
<tr><td>智賺還珠(傅靑眉)</td></tr>
<tr><td>28</td><td>程朝奉單遇無頭婦 王通判雙雪不明冤</td><td>명</td><td>馮夢龍</td><td>智囊補</td><td></td><td>沒頭疑案(傅靑眉)</td></tr>
<tr><td rowspan="2">29</td><td rowspan="2">贈芝麻識破假形 擷草藥巧諧眞偶</td><td rowspan="2">명</td><td rowspan="2">馮夢龍</td><td>靈狐三束草</td><td rowspan="2">大別狐</td><td rowspan="2"></td></tr>
<tr><td>情史</td></tr>
<tr><td rowspan="3">30</td><td rowspan="3">瘞遺骸王玉英配夫 償聘金韓秀才贖子</td><td rowspan="3">명</td><td></td><td>鴛鴦被雜劇</td><td rowspan="3">王玉英</td><td rowspan="3"></td></tr>
<tr><td>王同軌</td><td>耳譚</td></tr>
<tr><td>馮夢龍</td><td>情史</td></tr>
<tr><td rowspan="3">31</td><td rowspan="3">行孝子到底不簡屍 殉節婦留待雙出柩</td><td rowspan="3">명</td><td>李詡</td><td>戒菴漫筆</td><td rowspan="3"></td><td rowspan="3"></td></tr>
<tr><td>王同軌</td><td>耳譚</td></tr>
<tr><td>馮夢龍</td><td>情史</td></tr>
<tr><td>32</td><td>張福娘一心貞守 朱天錫萬里符名</td><td>송</td><td>洪邁</td><td>夷堅志補 권10</td><td>朱天錫</td><td>義妾存孤(傅靑眉)</td></tr>
<tr><td>33</td><td>楊抽馬甘請杖 富家郎浪受驚</td><td>송</td><td>洪邁</td><td>夷堅志丙 권5</td><td>楊抽馬</td><td></td></tr>
<tr><td>34</td><td>任君用恣樂深閨 楊太尉戲宮館客</td><td>송</td><td>洪邁</td><td>夷堅志支乙 권5</td><td>楊戲館客</td><td></td></tr>
<tr><td>35</td><td>錯調情賈母罸女 誤告狀孫郞得妻</td><td>?</td><td>馮夢龍</td><td>情史</td><td>吳松孫生</td><td>錯調合璧(傅靑眉)</td></tr>
<tr><td>36</td><td>王漁翁捨鏡崇三寶 白水僧盜物喪雙生</td><td>?</td><td>洪邁</td><td>夷堅志支戊 권9</td><td>嘉州江中鏡</td><td></td></tr>
<tr><td rowspan="2">37</td><td rowspan="2">疊居奇程客得助 三救厄海神顯靈</td><td rowspan="2">명</td><td>蔡羽</td><td>遼陽海神傳</td><td rowspan="2">遼陽海神</td><td rowspan="2"></td></tr>
<tr><td>馮夢龍</td><td>情史</td></tr>
<tr><td>38</td><td>兩錯認莫大姐私奔 再成交楊二郎正本</td><td>명</td><td></td><td></td><td></td><td></td></tr>
<tr><td rowspan="2">39</td><td rowspan="2">神偷寄興一枝梅 俠盜慣行三昧戲</td><td rowspan="2">명</td><td rowspan="2"></td><td rowspan="2"></td><td rowspan="2"></td><td>失印救火</td></tr>
<tr><td>盜銀壺</td></tr>
<tr><td rowspan="3">40</td><td rowspan="3">宋公明鬧元宵</td><td rowspan="3">송</td><td>施耐庵</td><td>水滸傳 제72회</td><td rowspan="3"></td><td rowspan="3"></td></tr>
<tr><td>張端義</td><td>貴耳集</td></tr>
<tr><td>童甕天</td><td>甕天脞語</td></tr>
</table>

6. 능몽초의 소설 창작 원칙 사실주의 고수

능몽초는 '이박'을 창작하는 과정에서 일관되게 고수한 원칙이 있었다. 그것은 바로 "교화에 죄인이 되지 않는다[不爲敎化罪人]"와 "뜻을 설득하고 경계하는 데에 둔다[意存勸戒]"는 것이다. 물론, 서둘러 작성된 『이각 박안경기 소인』에는 그것이 어떤 의미인지 구체적으로 언급되어 있지 않다. 그러나 그 전작 『박안경기』의 서문에는 그가 고수한 창작 원칙의 내용과 이유가 비교적 자세하게 언급되어 있다.

근래에는 태평성대가 오래 이어지다 보니, 백성들이 방탕해지고 그 뜻 또한 방종으로 치닫는 경향이 있습니다. 그래서 경박한 망나니들은 붓을 좀 놀릴 줄 알게 되기만 하면 지레 세상을 오도하고 잘못된 것들을 두루 가져다 쓰면서 황당무계한 것이 아니면 믿으려 들지 않는 바람에 그 내용이 하도 외설적이고 더러워서 차마 듣기조차 민망스럽기 일쑤이지요. 유가의 가르침에 죄를 짓고, 다음 생에 업보를 쌓기로는 이보다 더한 경우가 없을 것입니다. 더욱이 종이도 그런 책들 때문에 값이 올랐건만 그런 이야기들이 날개 없이도 퍼져나가고 다리 없이도 돌아다니곤 합니다[11]

서문에서 볼 수 있듯이, 능몽초는 유가에서 금기시하는 '괴·력·난·신[怪力亂神]'의 귀신 이야기와 지나친 음담패설을 다룬 책들이 당시의 독서

시장에 범람하면서 사람들의 도덕과 풍속을 부정적인 영향을 끼치는 데에 상당한 불만을 토로하고 있다. 유가적 교화를 무척 소중하게 여기는 정통 지식인인 그의 입장에서는 이 같은 사회병리 현상들을 일소하는 일이 정통 지식인에게 대단히 중요한 책무라고 여긴 듯하다. 그런 그에게 있어 교화의 죄인이 되지 않는 길은 소설을 통하여 어리석은 사람들을 계도하는 방법뿐이었다. 「박안경기 서」에서 밝힌 바에 따르면, 사실 능몽초가 『박안경기』를 짓게 된 가장 큰 이유도 당시 사람들의 땅에 떨어진 도덕관에 경종을 울리고, 나아가 잘못된 가치관을 바로잡자는 데에 있었다.

능몽초가 '이박'을 선보이면서 사실주의를 창작의 대전제로 표방한 것도 바로 이 때문이었다. 그는 "황당무계해서 믿을 수 없고[荒誕不足信]", "외설스러워 차마 들어 줄 수 없는[褻穢不忍聞]" 귀신 이야기나 음담패설이 횡행하는 현상을 비판하면서 "보고 듣는 범위 이내 및 일상에서 생활하는 영역[耳目之內, 日用起居]"에서 생생하고 익숙한 소재들을 토대로 소설을 창작할 것을 역설하였다. 그는 그 대안으로 기존의 퇴폐적인 창작 풍토와는 상반되는 접근방법, 즉 "보고 듣는 범위 이내 및 일상에서 생활하는 영역", 즉 일상생활을 토대로 한 소설 창작을 제안하였다. 이같은 사실주의적 접근방법은 「이각 박안경기 서」에서 수향거사가 당시의 소설가들에게 눈 앞에 펼쳐지는 '만물의 상태와 인간의 감정[物態人情]'에 주목하면서 사실주의[眞]의 예술적 경지를 지향할 것을 역설한 것과도 궤를 같이한다. 『박안경기』의 서문·범례와 상우당의 패기[牌記] 등에 "교화의 죄인이 되지 않겠다"는 몇 번이나 다짐이 등장하는 것은 소설의 사회적 교화에 대한 그의 각성과 의지가 얼마나 확고했는지 잘 보여 준다. 능몽초의 이 같은 창작 원칙은 실제로 『박안경기』에 이어 『이각 박안경기』에서도 일관되게 고수되었다.

그가 수집한 것들은 대부분 매우 사실적이고 근거가 있는 것들이다. 비록 더러 신이나 귀신의 이야기를 언급하기도 하지만 그래서 역사가인 사마천이 역사를 기술할 때와 마찬가지로 묘사가 사실적이다. … 이국적인 볼거리를 곁들이므로써 세속의 유생들이 가진 편견을 깨는 것도 나쁠 것은 없을 것이며, 요염한 미인이나 풍류 넘치는 밀회 따위를 다룬 이야기들의 경우도 소설집에 수록해야 할 것들이다. 다만, 세상의 풍속을 더럽히는 이야기들의 경우만큼은 모조리 배제시키려 노력하였다. 즉공관주인의 말을 빌리자면 참으로 '세상에서 내 이야기를 구할 수 있는 이들이 충신이나 효자가 되는 데에 어려움이 없게 해 줄 것이고 그렇게 되지 못하는 자들이라도 음행을 일삼지는 않게 될 것'이라는 격이다.[12]

능몽초가 '이박'에서 평범한 일상의 사회와 인물에서 소설적 재미를 찾으려고 노력한 것은 바로 '평범함도 기이함으로 승화될 수 있다[平淡爲奇]'거나 '기이함이 없는 것을 기이함으로 여긴다[無奇之所以爲奇]'라는 확고한 신념이 있었기 때문이었다.

그렇다고 해서 능몽초가 소설의 허구적인 요소들을 완전히 부정한 것

---

12 수향거사, 「이각 박안경기 서」.

은 아니다. 능몽초는 자신의 사실주의 창작 원칙을 관철하기 위하여 "사
건의 진실과 허구, 이름의 사실과 거짓이 각각 반씩 섞이게 할 것[其事之眞
與飾, 名之實與贗, 各參半]"을 제안하였다. 이는 사실주의에 입각하여 소설을 창
작하되 필요에 따라서는 소설의 교화효과를 배가시키기 위하여 허구적
인 요소를 양념처럼 적절하게 활용하는 융통성을 허용한 셈이다. 간혹
"작품들 속에서 귀신을 언급하고 꿈을 거론한 것들도 있지만 … 그 취지
역시 독자들을 설득하고 경계로 삼게 하는" 장치로서 운용한 것이라는
수향거사의 증언은 바로 이같은 배경 속에서 나온 것일 것이다. 실제로
그는 『이각 박안경기』에서 대부분 실제로 발생한 사건과 인물을 다룬 이
야기들을 소개하면서 중간중간에 이국적인 볼거리나 풍류가 넘치는 남
녀간의 사랑 이야기나 귀신 이야기들을 적절하게 활용하는 것을 주저하
지 않았다. 그가 『이각 박안경기』에서 당시 사람들이 일상에서 볼 수 있
는 각계각층의 다양한 인물들을 주인공으로 내세워 역시 일상에서 접할
수 있는 사건들을 위주로 스토리텔링을 이끌어간 것은 아무래도 "다룬
일들은 사람들의 정서나 일상과 가까운 것들이 많은 반면, 귀신·괴물 같
은 허황된 것들은 그다지 다루지 않은 것이다[事類多近人情日用, 不甚及鬼怪虛誕]"
라는 『박안경기』 시절부터의 초심을 고수한 결과로 해석된다.

7. 『이각 박안경기』의 해적판들

　　능몽초의 『이각 박안경기』는 숭정 6년에 출판된 이래로 독서시장에서
상당한 인기를 얻었던 것으로 보인다. 『이각 박안경기』가 출판되고 나서

'즉공관주인' 또는 '박안경기'라는 이름을 차용한 해적판이 잇따라 등장했기 때문이다. 대표적인 해적판이 바로『별본 이각 박안경기別本二刻拍案驚奇』이다.

　'또 다른 판본의『이각 박안경기』'라는 뜻으로 해석되는 "별본 이각 박안경기"는 정식 제목이『박안경기 2집拍案驚奇二集』이다. 현재 프랑스 파리 국가도서관에만 소장되어 있는 세계 유일본으로, 표지의 오른쪽 위에는 능몽초가 직접 엮었다는 뜻의 "즉공관주인 편차卽空館主人編次"가, 왼쪽 아래에는 상우당의 목판을 사용했다는 뜻의 "본아 장판本衙藏板"이라는 문구가 들어가 있으며, 서두에는『이각 박안경기』의 것과 똑같이 숭정 6년에 작성된「이각 박안경기 소인」이 배치되어 있다. 중국의 서지학자 유수업劉修業, 1910~1993의 분석에 따르면, 이 판본의 목판은 제1권~제10권까지는 한 쪽의 절반[半葉]이 10행, 각 행이 20자씩으로, 내각문고본『이각 박안경기』와 같은 것이지만 제11권 뒤로는 한 쪽의 절반이 9행에, 각 행이 21자씩으로 구성되어 있다. 지금까지 서지학자들이 연구한 바에 따르면, 이 판본은『이각 박안경기』에 다른 소설집에 사용된 목판을 끼워 넣은 것이라는 것이다. 실제로 그 다른 목판들의 체제는 북경대학교에 소장된 제3의 의화본 소설집인『환영幻影』의 체재와 정확히 일치한다. 말하자면 "별본 이각 박안경기"는 능몽초가 직접 집필한 세 번째 소설집이 아니라 서상안소운?이 기존에 출판되어 인기를 끌고 있던『이각 박안경기』에『환영』에 수록되었던 작품들을 섞어 인쇄한 뒤에 능몽초가 새로 엮은 소설집인 것처럼 둔갑시킨 해적판이라는 뜻이다. 제목은 다른데 책

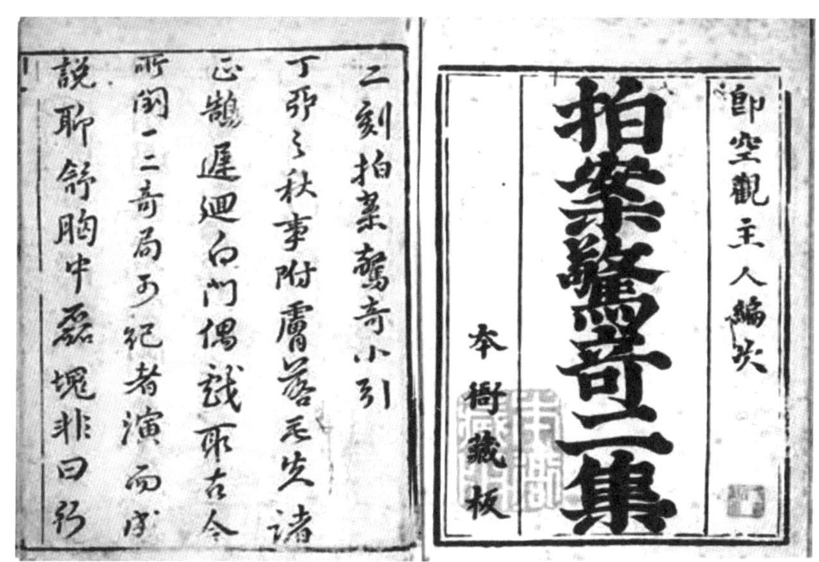

프랑스 파리 국가도서관에 소장된 『박안경기 2집』의 표지(우)와 『이각 박안경기 소인』(좌). 책 제목이 다른데 소개 글 내용은 그대로이다. 능몽초가 아닌 제3자가 만든 해적판이라는 뜻이다

을 소개하는 글의 제목은 그대로 「이각 박안경기 소인」인 것이 그 증거이다. 그 뒤에 지어진 『환영』 작품들을 끼워 넣어 34권 총 34편으로 엮어져 있다. 게다가 「이각 박안경기 소인」의 "마침내 그 이야기들을 베끼고 모아 책으로 엮은 것이 마흔 편이나 뇌었다[遂爲鈔撮成篇, 得四十種]" 대목의 '40四十' 부분은 교묘하게 깎아내고 '34卅四'로 바꾸어 놓았다. 제목 역시 부분적으로 편차를 보인다. 제1권~제10권까지는 『이각 박안경기』와 동일하나 『이각 박안경기』 제15권의 「한시랑비작부인, 고제공연거낭서(韓侍郞婢作夫人, 顧提控掾 居郞署)」가 여기서는 「강애낭신호주부인, 고제공연거낭서(江愛娘神護做夫人, 顧提控掾 居郞署)」 제2권로 앞부분이 바뀌어져 있는 것이 그 예이다.

『환영』은 명나라 숭정 16년[1643]에 처음으로 간행되었다. 따라서 이 둘이 합쳐진 "별본 이각 박안경기"의 존재는 그 출판 시점이 그보다 나중, 즉 서기 1643년 이후임을 시사해 준다. 중국 근현대의 서지학자인 정진탁[鄭振鐸, 1898~1958]·유수업의 연구에 따르면, 그 수록 작품들을『이각 박안경기』·『환영』과 비교하면 다음 표와 같다.

권수	환영 제목	출처	제목 비고
권01	滿少卿饑附飽颺 焦文姬生讎死報	이각 권11	
권02	江愛娘神護做夫人 顧提轄聖恩超主政	이각 권15	韓侍郞婢作夫人 顧提控掾居郞署
권03	美男人拾箭得婚 女秀才移花楼木	이각 권17	同窓友認假作眞 女秀才移花接木
권04	甄監生浪吞秘藥 春花婢誤洩風情	이각 권18	
권05	遲取券毛烈賴原錢 失還魂牙僧索剩命	이각 권16	
권06	李將軍錯認舅 劉氏女詭從夫	이각 권6	
권07	呂使者情媾宦家妻 吳太守義配儒門女	이각 권7	
권08	沈將仕三千買笑錢 王朝議一夜迷魂陣	이각 권8	
권09	莽兒郞驚散新鴛燕 㑳梅香認合玉蟾蜍	이각 권9	
권10	趙五虎合計挑家釁 莫大郞立地散神奸	이각 권10	
권11	不苟存心終不苟 淫奔受辱悔淫奔	환영 제3회	情詞無可逗 羞殺抱琵琶
권12	李侍講無心還寶物 王指揮有意救恩人	출처 불명	
권13	恤孤仗義反遭殃 好色行凶終有寶	환영 제1회	看得倫理眞 寫出奸徒幻
권14	延名師誤子喪妻 設奸謀敗名殞命	환영 제27회	爲傳花月道 貫講差使書
권15	昵淫朋痴兒蕩産 仗義僕敗子回頭	환영 제8회	義僕還自守 浪子寧不回
권16	耽風情店婦宣淫 全孝義孤兒完節	환영 제6회	衆心還獨抱 惡計枉敎施
권17	貪淫婦圖歡偏受死 烈俠士就戮反超生	환영 제9회	淫婦情可誅 俠士心當宥
권18	老衲識書生于未遇 忠臣保危主而令終	출처 불명	
권19	富差貧夫婦拆散 尋親行孝父子團圓	출처 불명	
권20	死殉夫一時義重 生盡節千古名香	환영 제7회	生報華募恩 死謝徐海義
권21	奸淫漢殺李移桃 神明官追尸斷鬼	환영 제13회? (본문 없음)	匡計估紅顔 發棺蘇呆婿
권22	任金剛假官劫庫銀 張銅梁僞鐲誅大盜	환영 제15회?	動庫饑雖巧 擒兇智倍神
권23	認惡友謀財害命 舍正身斷獄懲凶	환영 제16회	見白鐲失義 因雀引明寃
권24	無福官叛而尋死 有才將巧以成功	출처 불명	
권25	狠毒郞圖財失妻 老實頭憑天得婦	환영 제25회	緣投波浪裏 恩向小窗親

권수	환영 제목	출처	제목 비고
권26	忠臣死義鐵錚錚錚 貞女全名香撲撲	환영 제5회	烈士殉君難 書生得女貞
권27	報父仇六載伸寃 全父尸九泉含笑	환영제 2회	千金苦不易 一死樂伸寃
		이각 권31회?	行孝子到底不簡屍 殉節婦留待雙出柩
권28	痴人望貴空遭騙 賊禿貪財却受誅	환영 제28회	修齊邀紫綬 說法騙紅裙
권29	財色兼貪何分僧俗 寃仇互報那怕官人	환영 제29회	淫貪皆有報 僧俗總難逃
권30	飮蛊毒禍起蕭牆 刺哲謀珠還合浦	출처 불명	
권31	積陰功陡遷極品 棄糟糠暴死窮途	출처 불명	
권32	騙來物牽連成禍種 遇故主始終是功臣	출처 불명	
권33	逞奸計以婦賣姑 盡孝道將妻換母	환영 제4회	設計去姑易 賣舟送婦難
권34	孝女割肝救祖母 眞尼避地絶塵緣	출처 불명	

『이각 박안경기』의 명성을 차용한 또다른 해적판으로는『삼각 박안경기三刻拍案驚奇』가 있다. 이 판본은 두 가지 판본이 있다. 먼저, ① 현재 북경도서관에 소장된 판본은 속지에 또다른 의화본소설집으로 포옹노인抱甕老人이 엮은『금고기관今古奇觀』의 제목에서 착안한 것으로 보이는 "형세기관形世奇觀"이라는 문구가 가로로 붙어 있으며, 제1회부터 제7회까지만 남아 있다. 또, ② 북경대학교 도서관에 소장된 판본은 총 30회가 전해지는데 명대 말기 판본과 역시 같은 시기의 것으로 추정되는 필사본이 남아 있다. 현존하는『이각 박안경기』의 판본들을 표로 소개하면 대체로 다음과 같다.

이 판본은 원래 제목이『환영』이며, 저자는 "몽각도인·서호낭자 합집夢覺道人西湖浪子 合輯"으로 기재되어 있는 것을 보면 원래는 몽각도인과 서호낭자가 함께 엮은 소설집『환영』에 '표지 갈이'를 하여 마치 그것이 즉공관주인의 세 번째 소설집인 것처럼 둔갑시킨 것으로 보인다.『환영』에『형

소장자	제목	분량
마렴(馬廉)	삼각 박안경기	20여 회
북경도서관(정진탁 소장본)	형세기관	환영의 제1~7회
북경시 문물 부서	형세기관?	환영 총 21회
프랑스 파리 국가도서관	별본 이각 박안경기	제11~34회 총 24권이 이각과 다름 총 15회가 환영과 동일하나 나머지 9회는 환영과 다름
일본 좌백(佐伯)문고		

세기관』, 나아가 『삼각 박안경기』라고 제목을 붙였다는 것은 누가 보더라도 능몽초가 지은 『박안경기』와 『이각 박안경기』의 명성과 인기를 빌려 독자들을 끌어들이려고 한 것임을 짐작할 수가 있다. 『형세기관』이라는 또다른 제목이 『금고기관』의 명성을 차용하려 한 것과 같은 맥락이다.

이처럼 해적판이 줄줄이 만들어질 정도로 인기를 끌던 능몽초의 『이각 박안경기』와 『박안경기』는 명나라가 망하고 청나라로 왕조가 교체되는 난세를 거치면서 그 인기가 급격히 사그라들더니 청나라에서는 아예 '금서'라는 낙인까지 찍히면서 독서시장에서 완전히 자취를 감추었던 것으로 보인다.

1세　만력 8년 5월 7일[1580년 6월 18일]

절강浙江 호주부湖州府 오정현烏程縣 동성사포東晟舍鋪[1]에서 부친 능적지凌迪知와 생모 장씨蔣氏 사이에서 태어남.

조부 능약언凌約言은 가정嘉靖 경자년庚子年 거인擧人 출신으로 벼슬이 남경南京의 형부刑部 원외랑員外郎에 이르렀고, 가정 병진년丙辰年 진사進士 출신인 부친은 당시 52세, 생모는 21세였다.

2세　만력 9년[1581년]

아우 능준초凌濬初가 태어남.

12세　만력 19년[1591년]

관학官學에 입학함.

18세　만력 25년[1597년]

늠선생廩膳生으로 편입됨.

21세　만력 28년 12월 5일[1600년]

부친 능적지가 72세로 사망함. 그 고을의 진사 주국정朱國禎이 조문을 옴.

1　동성사포(東晟舍浦) : 지금의 중국 절강성 호주시 직리진(織里鎭)에 해당한다.

23세　만력 30년^{1602년}

딸을 항주_{杭州}에 머물던 가흥_{嘉興} 출신 문인 풍몽정_{馮夢禎}의 손자 풍연생_{馮延生}에게 출가시킴.

11월 8일, 풍몽정이 혼인 예물을 지참하고 방문하자 외숙인 오몽양_{吳夢暘}과 함께 극단인 여삼반_{呂三班}을 불러 『향낭기_{香囊記}』를 무대에 올리고 한밤중까지 접대함.

24세　만력 31년¹⁶⁰³

정월 25일, 사돈 풍몽정이 덕청_{德淸}의 산소에서 차례를 지낸다는 소식을 듣고 호주에서 지인인 송종헌_{宋宗獻}·장염군_{張髥君}과 함께 현지로 가서 술을 마시며 이경_{二更}까지 담소를 나눔. 26일, 일행은 호주의 청산_{靑山}으로 자리를 옮겨 나들이를 하고 수암상인_{守庵上人}을 만남.

2월, 풍몽정·복원상인_{復元上人}·송종헌과 함께 소주_{蘇州} 나들이를 하면서 배에서 시를 짓고 글을 논함. 이 자리에서 풍몽정은 능몽초가 입수한 원대에 출판된 『경덕전등록_{景德傳燈錄}』의 발문_{跋文}을 쓰는 동시에 『동파선희집_{東坡禪喜集}』과 『산곡선희집_{山谷禪喜集}』에 평점_{評點}을 붙여 줌.

8월 5일, 항주의 풍몽정을 방문하러 갔다가 그 자리에 있던 복원상인과 상봉함.

이 해에 왕서등_{王樨燈}이 호주에 나들이를 왔다가 능몽초와 그 형 함초_{涵初}, 아우 준초의 융숭한 대접을 받고 병중에도 그 길로 능 씨네 차적원_{且適園}을 방문함. 얼마 후, 형 함초가 45세의 나이로 사망함.

26세 만력 33년^{1605년}

6월, 아내 심씨沈氏가 장자 침琛을 낳음.

9월 6일, 생모 장씨가 남경에서 사망함.

10월, 생모의 관을 고향으로 운구하고 풍몽정이 부고를 듣고 와서 조문함.

27세 만력 34년^{1606년}

국자감國子監 제주祭酒 유왈영劉曰寧에게 글을 올림. 유왈영이 그 글을 병부兵部 우시랑右侍郎이던 경정력耿定力에게 보이자 자신의 형인 경정향耿定向의 진사 동기인 능적지의 아들이며, 경정향이 평소 능몽초의 글재주를 칭찬했다고 밝힘.

이 해에 선친의 지인인 남경 국자감 사업司業 주국정朱國禎과 인연을 맺음. 외숙부인 오윤조吳允兆가 남경 처소를 방문하자 정담을 나누고 도서들을 감상한 후 자신이 지은 희곡의 서문을 써 줄 것을 부탁함.

같은 해에, 첫 번째 학술저서인 『후한서찬後漢書纂』을 남경에서 출판하는 한편 선친의 지인인 왕서등에게 서문을 써 줄 것을 부탁함. 이 해부터 남경에 장기 체류함.

29세 만력 36년^{1608년}

자신의 희곡 5편을 당시 극작가로 명성을 날리던 탕현조湯顯祖에게 보냄. 탕현조는 답장에서 그의 희곡에 대해 극찬함.

30세   만력 37년^{1609년}

3월~7월, 내방한 원중도袁中道를 남경 진주교珍珠橋 처소에서 접대함.
(…)

가을~겨울에, 주무하朱無暇·종성鍾惺·임고도林古度·한상계韓上桂·반지항
潘之恒 등과 진회하秦淮河에서 모임을 가지고 시를 지음.

37세   만력 44년^{1616년}

12월, 첩 탁씨卓氏가 차남 보葆를 낳음.

40세   만력 47년^{1619년}

탁씨가 삼남 초楚를 낳음.

42세   천계天啓 원년^{1621년}

다색인쇄기법[套版]으로 『동파 선희집東坡禪喜集』과 『산곡 선희집山谷禪喜
集』을 판각하는 한편 진계유陳繼儒에게 『동파선희집』의 서문을 써 줄 것을
요청함.

43세   천계 2년^{1622년}

가을, 학술저서인 『시역詩逆』을 간행하면서 「시경인물고詩經人物考」라는
글을 부록으로 삽입함. 이 저술의 교정은 능서삼凌瑞森 등이 맡고 자신이
직접 서문을 씀.

44세　천계 3년^{1623년}

4월, 상경하여 알선謁選에 참여함. 이때 마침 예부 상서禮部尙書 겸 동각 대학사東閣大學士에 배수된 지인 주국정도 능몽초와 같은 배로 상경함.

6월, 주국정과 함께 북경에 도착함.

45세　천계 4년^{1624년}

계속 북경에 체류함. 이 해 중양절에 모유茅維·담원춘譚元春·갈일룡葛一龍·왕가언王家彦·주영년周永年·정도수程道壽·장이보張爾葆 등과 함께 가희인 학월미郝月媚의 집에 모여 술을 마시고 시를 읊음.

47세　천계 6년^{1626년}

『규염옹虯髯翁』 등 13편의 잡극雜劇 희곡, 『교합삼금기喬合衫襟記』 등 3편의 전기傳奇 희곡 및 남곡南曲 선집인 『남음삼뢰南音三籟』를 완성한 것으로 보임.

48세　천계 7년^{1627년}

가을, 남경에서 응천부應天府 향시鄕試에 응시했으나 낙방한 후 『박안경기』 집필을 시작함.

49세　숭정崇禎 원년 ^{1628년}

10월, 소주蘇州의 상우당尙友堂에서 『박안경기』를 정식으로 출판함.

11월, 첩 탁씨가 사남인 고臯를 낳음.

50세　숭정 2년^{1629년}

심태^{沈泰}가 자신이 엮어 간행하는 『성명잡극 이집^{盛明雜劇二集}』에 능몽초가 지은 잡극 『규염옹』을 수록함.

51세　숭정 3년^{1630년}

자신의 학술저서인 『공문양제자언시익^{孔門兩弟子言詩翼}』을 간행하면서 아우 능영초에게 교정을 맡기고 자신은 직접 서문을 씀.

52세　숭정 4년^{1631년}

복건^{福建}에서 벼슬을 사는 친척 반증굉^{潘曾紘}의 도움으로 복건 제학사^{提學副使} 하만화를 초청해 자신의 학술저서 『성문전시적총^{聖門傳詩嫡冢}』 16권에 대한 서문을 부탁함. 같은 해에, 책이 간행되자 뒤에 「신공시설^{申公詩說}」 1권을 부록으로 수록함.

53세　숭정 5년^{1632년}

10월, 첩 탁씨가 오남 목^槩을 낳음.

겨울, 『이각 박안경기』를 완성함.

54세　숭정 6년^{1633년}

봄, 강서 포정사^{江西布政使}로 있는 반증굉의 남창^{南昌} 관아에 머묾.

5월, 반증굉과 작별하고 복건지역을 편력함. (…) 복건에서 조학전^{曹學佺}·이서화^{李瑞和} 등과 교류함. … 이서화의 글을 읽고 그의 급제를 예견함.

가을(?), 『이각 박안경기』를 정식으로 출판함.

55세　숭정 7년[1634년]

강서江西 남부를 순무巡撫하던 반증굉에 의해 그 막부에 초빙됨.

57세　숭정 9년[1636년]

반증굉이 군사를 거느리고 근왕勤王에 나서자 (…) 다시 상경해 과거에 응시하지만 이번에도 낙방함.

　9월, 사촌형 반담潘湛의 초청으로 호주湖州 성 남쪽의 저산杼山에 올랐다가 「유저산부遊杼山賦」를 지어 낙심한 자신의 소회를 토로함.

58세　숭정 10년[1637년]

　장욱초張旭初가 「오소합편吳騷合編」을 엮으면서 능몽초의 산곡散曲 「상서傷逝」·「석별惜別」·「야창화구夜窓話舊」 등 3편을 소개함.

60세　숭정 12년[1639년]

다시 향시에 응시했으나 이번에도 낙방함. 마지막으로 부공副貢의 자격으로 상해上海 현승縣丞으로 발탁된 것으로 보임시점에 논란. (…) 그 사이에 8개월 간 현령의 업무를 대리함.

　왕년에 복건에서 알게 된 이서화가 송강부松江府의 추관推官이 되어 인사를 옴.

　상해 현지 사대부들의 도움으로 조운漕運의 임무를 맡아 조[粟]를 북경까지 원만히 수송하고 귀환한 후 「북수 전부北輸前賦」와 「북수 후부北輸後賦」
를 지음.

해상방위 관련 업무를 담당함. 당시 적폐가 극심하던 염전에서 '정자
법井字法'을 추진하여 적폐를 해소하고 연해지역에서 그대로 적용하면서
여러 차례 상사의 칭찬을 받음.

63세 숭정 15년1642년

서주徐州의 통판通判으로 승진함. 이임할 때 상해의 백성들이 통곡하고
눈물을 흘리며 전송해 줌. 서주에 도착해 황하黃河가 메말라 거마가 다닐
수 있을 정도인 광경을 보고 세상에 우환이 생길까 우려하며 한숨 지음.
부임과 동시에 방촌房村에 배치된 후 방하 주사防河主事 방윤립方允立과 황하
치수의 묘책을 궁리한 끝에 좋은 효과를 얻어 우첨 도어사右僉都御史로 총
독조운總督漕運·순무유양巡撫維揚을 겸한 노진비路振飛로부터 여러 차례 칭찬
을 받음.

64세 숭정 16년1643년

병비유서兵備維徐의 임무를 맡은 하등교何騰蛟가 황제의 명령을 받들어
유적流賊 진소을陳小乙 토벌을 위해 여량홍呂梁洪의 한협제漢協帝·당악공唐鄂公
의 사당에서 출진을 선포함. 공교롭게도 큰 바람이 불어 모래가 날리면
서 관군에게 불리해져 하등교가 대책을 구하자 와불사臥佛寺에서 한밤중
에 「초구 10책剿寇十策」을 작성해 바침. (…) 하등교가 그 건의를 받아들이
고 그를 '십구형十九兄'이라고 존대하자 감격해 성공을 위해 최선을 다할

것을 맹세함. (…) 하등교가 감기^{監紀}의 소임을 맡기려 하자 사양한 후 혼자 말을 타고 적진으로 뛰어들어 조정에 귀순하도록 설득해 다음날 진소을 등이 무리를 이끌고 와서 투항함. (…) 하등교가 연자루^{燕子樓}에서 고을의 문무 관리들을 위해 잔치를 베풀고 능몽초에게 술을 내리자 즉석에서 「탕산 개가^{碭山凱歌}」·「연자루 공연^{燕子樓公讌}」을 지음.

얼마 후 호광순무^{湖廣巡撫}로 승진한 하등교가 능몽초를 감군첨사^{監軍僉事}로 천거하고 휘하에 두려 했으나 그대로 방촌에 남아 치수에 전념함.

65세　숭정 17년^{1644년}

「별가 초성공 묘지명^{別駕初成公墓誌銘}」에 따르면, 정월 7일 밤, ^{이자성의 유적}이 서주 성을 공격하면서 일단의 군사를 나누어 방촌을 약탈하자 백성들을 지휘해 성을 굳게 지킴. (원래 현지 민병을 훈련시키고 유적이 공격해 오면 근방의 병력이 지원에 나서고 유적이 대거 공격해 오면 봉화를 올리고 모두가 지원에 나서기로 약속했으나 유적이 서주 성을 거세게 공격하자 각지의 민병들은 그 서슬에 두려움을 느끼고 아무도 지원에 나서지 않아 혼자 고군분투함)

9일 동이 틀 때까지 사수하던 중 적진에서 투항을 세안하자 성루에서 그들을 꾸짖고 조총으로 몇 명을 쏘아죽임. 격노한 유적들이 맹공을 퍼부어 함락을 눈앞에 두자 백성들의 목숨을 지키기 위해 자결하려 했으나 백성들도 통곡하며 사수를 맹세하자 그때부터 단식에 돌입함. (…) 종복이 벼슬이 낮은데 굳이 죽을 필요가 있느냐고 반문하자 "나는 내 절개를 지키려 하는 것이다. 어찌 벼슬이 높고 낮음을 따졌겠느냐" 하고 말하고 몇 되나 되는 피를 토함. (…) 적진에 자신은 죽을 목숨이니 백성들은 다

치게 하지 말라고 부탁하고 12일 아침 "우리 백성들을 다치게 하지 말라"고 세 번 외친 후 세상을 떠나니 사람들이 모두 통곡하고 자결로 충성심을 보인 자가 열 명 넘게 있었음. 다음날, 성루로 진입한 적군은 죽은 능몽초의 안색이 살아 있는 것 같은 것을 보고 놀라면서 약속대로 한 사람의 목을 베고 세 사람을 창으로 꿴 후 나머지는 모두 살려 줌. 얼마 후 관군이 도착하자 유적은 도주하고 하등교는 그의 죽음을 전해 듣고 비통해 하며 관리를 보내 제사를 지낸 후 그의 시신을 담은 관을 호주로 옮겨 대산戴山 남쪽에 안장함.